Juni 2010

D1865459

Querverlag

Bettina Heinzelmann

Das Vermächtnis des Wassers

Roman

© Querverlag GmbH, Berlin 2010

Lektorat: Regina Nössler

Erste Auflage März 2010

Alle Rechte vorbehalten. Kein Teil des Werkes darf in irgendeiner Form (durch Fotokopie, Mikrofilm oder ein anderes Verfahren) ohne schriftliche Genehmigung des Verlages reproduziert oder unter Verwendung elektronischer Systeme verarbeitet, vervielfältigt oder verbreitet werden.

Umschlag und grafische Realisierung von Sergio Vitale unter Verwendung eines Fotos von Hanno Meier
Gesamtherstellung: Norhaven A.S.
ISBN 3-89656-176-3
Printed in Denmark.

Bitte fordern Sie unser Gesamtverzeichnis an:
Querverlag GmbH und Salzgeber & Co. Medien GmbH,
Mehringdamm 33, 10961 Berlin
www.querverlag.de • www.salzgeber.de

Prolog

Dunkelgraue Wassermassen zogen von Westen her über den See, der Wind nahm zu und die Wellen schlugen hart gegen das Boot. Mit aller Kraft zog die junge Frau das Paddel durch das Wasser, um den schwankenden Kajak gerade zu halten. Doch die nächste Böe ließ ihn wieder wie eine Nussschale auf dem See tanzen.

Eine Weile kämpfte die Frau gegen den heraufziehenden Sturm an. Es begann zu regnen. Mit dem nassen Unterarm wischte sie sich über die Augen, obwohl sie die Orientierung längst verloren hatte. Die tiefen Wolken und der aufgewühlte See kesselten sie ein. Das Wasser hatte mörderische Kräfte.

Der nächste Windstoß brachte sie so in Bedrängnis, dass sie mit dem Paddel eingreifen musste, um sich über Wasser zu halten. Ihr Puls raste und die Muskeln an ihren Oberarmen verkrampften sich. Wenn das noch lange weiterginge, würde sie ins Wasser fallen und ertrinken. Verzweifelt holte sie weiter aus und steuerte auf eine dunkle Wolkenwand zu. Aber es war sinnlos. Noch nie war sie in so einer bedrohlichen Lage gewesen.

Als sie das Paddel sinken ließ, legte sich das Boot sofort in eine gefährliche Schieflage. Kaltes Wasser schwappte über ihre Hände. Wenn sie heil davonkäme, würde sie nie mehr aufbrechen, ohne den Wetterbericht zu kennen. Und nie mehr ohne Schwimmweste auf das Wasser gehen. Alles tat ihr weh, aber sie fuhr so lange weiter, bis sie nicht mehr konnte.

Dann wurde ihr klar, dass sich der Sturm allmählich beruhigte. Zu ihrer Rechten tauchte ein grüner Streifen auf. Das Ufer, da musste das Ufer sein. Das Herz schlug ihr bis zum Hals und sie paddelte in diese Richtung weiter. Doch der grüne Landstreifen verschwand genauso schnell, wie er aufgetaucht war.

Ihr Magen zog sich zu einem Knoten zusammen. Der Wind frischte auf und sie musste erneut gegen eine starke Böe ankämpfen. Im letzten Moment gelang es ihr, den Kajak in eine stabile Lage zu bringen. Kurze Zeit später sah sie auf und kniff die Augen zusammen. Da war es wieder, das Ufer. So zügig wie möglich fuhr sie auf das dunkle Grün zu und zählte jeden Schlag mit. Einundsechzig, zweiundsechzig, dreiundsechzig, vierundsechzig, fünfundsechzig. Endlich. Während sie mit klammen, zitternden Fingern die Schlaufe und die Spritzdecke des Kajaks löste, zog die Strömung das Boot wieder hinaus auf den See. Das Wasser spielte ein heimtückisches Spiel mit ihr.

Die junge Frau fixierte einen Baum, streckte den Rücken durch und holte aus. So kurz vor dem Ziel durfte sie nicht aufgeben. Mit endlos vielen Schlägen fuhr sie zum Ufer zurück, legte das Paddel quer über das Boot auf die Böschung und schob das rechte Bein hinaus. Als sie das linke Bein nachziehen wollte, rutschte sie aus und fiel in den See. Den Kajak konnte sie noch am Süllrand festhalten, aber ein heftiger Schmerz zog sich durch die Finger ihrer linken Hand. Mit letzter Kraft rappelte sie sich auf, zerrte das Boot an Land und ließ sich auf den Boden fallen.

Nach einer Weile hob sie den Kopf und untersuchte ihre Finger. Die Nägel am linken Ring- und Mittelfinger waren abgerissen. Es blutete. Das Paddel war weg. Und sie war vollkommen erschöpft, nass bis auf die Haut und wusste nicht, wo sie war. Mitten in dieser finnischen Wildnis.

Aber bald war ihr so kalt, dass sie sich zwang, aufzustehen und dem schmalen Pfad zu folgen, der am See entlanglief. Wo ein Weg ist, da müssen auch Menschen sein. Hinter der nächsten Biegung stolperte sie über eine Baumwurzel und schlug der Länge nach hin. Der rechte Knöchel pochte. Nachdem sie einige Male ein- und ausgeatmet hatte, tastete sie den Fuß vorsichtig ab. Wenn sie nicht mehr laufen konnte, dann war alles aus. Hier war kein Mensch unterwegs, schon gar nicht bei diesem Wetter. Es gab nur den verfluchten See, Birken, von denen der Regen tropfte, Heidelbeersträucher und Mücken.

Die Kälte fraß sich wie ein Bandwurm in ihre Eingeweide hinein. Worauf wartete sie noch. Es gab zwei Möglichkeiten: liegen bleiben oder weitergehen. Immerhin konnte sie den Knöchel vorsichtig bewegen. Mit den Unterarmen stemmte sie sich hoch, belastete den Fuß und zog ihn schnell wieder zurück. Es war sehr schmerzhaft. An einem rauen Birkenstamm stützte sie sich ab und schloss die Augen. Wenn sie nur etwas hätte, womit sie den Fuß bandagieren könnte. Aber das Verbandszeug, die Wasserflasche und der Proviant lagen im Boot.

Hilf dir selbst, so hilft dir Gott, pflegte Großmutter zu sagen. Die junge Frau stöhnte auf. Wie tief diese alten Sprüche saßen. Dabei wäre es viel einfacher, hier zu bleiben und zu warten, bis sie jemand finden würde. Oder bis sie sich eine Lungenentzündung holte. Hilf dir selbst, das hieß aufstehen, weitergehen, egal wie sehr der Knöchel schmerzte, ein Haus finden und Menschen, die ihr trockene Kleider, heißen Tee und einen warmen Platz am Ofen gaben.

Nach einem tiefen Atemzug biss sie sich auf die Lippen und setzte einen Fuß vor den anderen. Es war so anstrengend, dass sie nicht einschätzen konnte, wie lang ihre Kraft auf dem unebenen Pfad reichen würde. Immer wieder hielt sie inne und tastete den Knöchel ab, der in der Zwischenzeit so dick wie ein Tennisball geworden war.

Plötzlich stutzte sie. Da war Rauch, der sich mit der feuchten, erdigen Waldluft mischte. Bewusst sog sie die Luft noch einmal tief ein und sah sich um. Da war nur der Wald mit seinem endlosen Grün. Aber der Rauch stammte eindeutig von einem Holzfeuer und der Regen drückte ihn nach unten. Außerdem wurde der Weg breiter und führte an einem Holzsteg vorbei landeinwärts. Hoffentlich täuschte sie sich nicht, aber der Weg kam ihr bekannt vor.

Nach der nächsten Biegung blieb sie stehen und fuhr sich über das nasse Gesicht. Dem Himmel sei Dank. Da vorne auf der Lichtung stand das Holzhaus, das sie zusammen mit ihrer Freundin für den Urlaub gemietet hatte. Die blau gestrichene Sitzbank vor dem Haus war unverkennbar, obwohl der Regen alles mit einem grauen Schleier überzogen hatte. Auf den letzten Metern spürte die junge Frau nichts mehr, sie öffnete die Haustür und stolperte in den großen Wohnraum hinein.

Die Freundin sprang auf, stürzte auf sie zu und zog sie an sich. „Gott sei Dank. Bist du verletzt? Tut dir etwas weh? Was ist passiert? Ich habe mir solche Sorgen gemacht. Du blutest ja."

„Das sind nur abgerissene Fingernägel. Mein Knöchel ist verletzt. Und mir ist kalt."

„Setz dich hierher. Ich helfe dir. Du musst so schnell wie möglich aus den nassen Kleidern raus. Um deinen Fuß kümmere ich mich gleich."

Obwohl sie bald trockene Kleider anhatte und unter mehreren Decken lag, ging es der jungen Frau nicht besser. Die Wärme des Holzofens drang nicht zu ihr durch und die heiße Wärmflasche an ihren Füßen erreichte nur die äußerste Hautschicht. Alles tat ihr weh. Die nasse Kälte hatte sich so tief in ihren Körper gebohrt, dass das Zittern erst nachließ, als sich die Freundin zu ihr legte und sie wärmte.

Später pochte der Knöchel und die beiden Fingerkuppen brannten wie Feuer. Nachdem ihr die Freundin Tee eingeflößt und den Knöchel in ein feuchtes Tuch gewickelt hatte, fiel die junge Frau in einen unruhigen Schlaf.

Im Traum trieb sie auf einem breiten Gewässer und schaffte es nicht, sich über Wasser zu halten. Aber sie war keine erwachsene Frau, sondern ein kleines Mädchen, das nicht schwimmen konnte. Es zog das Kind hinunter, immer tiefer hinunter. Das Ufer war weit weg. Das Mädchen war mutterseelenallein, es strampelte und sank immer weiter hinab. Wie in Zeitlupe. Und bald hörte es auf, sich gegen den Abwärtssog zu wehren. Unten auf dem sandigen Grund wartete ein alter Mann auf sie und starrte sie aus kalten Fischaugen an. Algen klebten an seinem Kopf, sein Gesicht war bleich und aufgequollen. So wie er aussah, musste er schon lange hier unten leben. Sein zahnloser Mund öffnete sich mechanisch wie bei einem Skelett in einem Zeichentrickfilm. Luftblasen stiegen auf, kleine schimmernde Fische schwammen in seine Mundhöhle. Schimpfend spuckte er sie aus und verscheuchte sie. Mit seinen knochigen langen Fingern deutete er auf das Mädchen und fragte vorwurfsvoll, wieso es ihn nicht begrüßte. Er sei schließlich der Großvater.

Die junge Frau wachte auf und öffnete die Augen. Es dämmerte, der Wind rüttelte leise an den Fensterläden. Die Freundin steckte die Decken fest, wischte ihr mit einem Waschlappen über die Stirn und schob ihr ein Fieberthermometer in den Mund.

Mehrere Tage und Nächte verbrachte die junge Frau in einem fiebrigen Dämmerzustand, schwer atmend, die Bronchien voller Schleim. Im Nachhinein erinnerte sie sich nur daran, wie ihr die Freundin Medizin gegeben, kalte Wickel gemacht und die durchgeschwitzten T-Shirts oder die Bettwäsche gewechselt hatte. Und dass ihr jemand hin und wieder die Brust abgehört hatte. Ihr war klar, dass das ein Arzt gewesen sein musste, aber sie verstand nicht, was er sagte. Als der Mann einmal versuchte, das Pflaster von den blutverkrusteten Fingerkuppen zu ziehen und ihren Knöchel abzutasten, entzog sie sich, drehte sich auf die andere Seite und tauchte wieder in ihre Fieberwelt ein.

In einem dieser Träume war sie acht oder neun Jahre alt. Ein wildes Mädchen, das Abenteuer- und Piratengeschichten verschlang und es liebte, wenn der Vater abends im Bett bei schummrigem Licht aus solchen Büchern vorlas. Je heftiger die Stürme waren, in die die Seeleute und Piraten gerieten, desto besser gefiel es der Kleinen.

„Warum dürfen die Piraten das?", wollte sie eines Abends von ihrem Vater wissen.

Mit hochgezogenen Augenbrauen sah er sie an, blätterte um und las weiter.

„Warum dürfen Piraten anderen Leuten die Schiffe und Schätze wegnehmen? Und warum dürfen sie Leute gefangen nehmen?"

„In den Büchern ist das eben so. Piraten kapern Schiffe, sonst wären sie keine echten Piraten", sagte er leise und strich ihr über den Kopf.

„Und wieso darf ich dann meiner Schwester nichts wegnehmen?"

„Wir sind eine Familie. Wir halten zusammen, Mama, deine Schwester, du und ich, und natürlich deine Großmutter. Egal, was passiert."

„Und meiner Freundin? Darf ich der etwas wegnehmen, wenn ich eine Piratin bin", fragte sie und setzte sich auf.

„Du bist keine Piratin, du bist mein Mädchen."

„Haben die Piraten meinen Großvater mitgenommen?"

„Dein Großvater ist schon lange tot. Und du musst jetzt schlafen. Es ist spät. Wir lesen morgen weiter." Ihr Vater klappte das Buch zu und legte es auf den Boden.

„Warum ist Großvater tot?"

„Genug für heute. Es ist höchste Zeit. Schlaf gut." Mit einem Kuss auf ihre Stirn verabschiedete er sich und zog die Bettdecke hoch.

„Immer hörst du auf, wenn es wirklich spannend ist", schrie sie und warf sich auf die Seite.

„Schlaf gut, mein Schatz." Ihr Vater löschte das Licht und verließ das Zimmer.

Die Kleine setzte sich auf und hielt sich das linke Auge zu. Das war ihre schwarze Augenklappe. Alle zitterten vor ihr, denn sie war der gefährlichste Pirat auf der ganzen Welt. Mit ihrem Krummsäbel hatte sie alle im Griff. Freund und Feind. Vater, Mutter, die große Schwester, Großmutter und sogar den fiesen Meier.

Auf ihrem Piratenschiff eroberte sie alle Weltmeere und eines Tages würde sie auch den Großvater befreien. Wer hatte ihn bloß in diesen Turm, in diese Zelle mit den vergitterten Fenstern gesperrt?

Die junge Frau schreckte hoch und wusste lange nicht, wo sie war. Eine weiche, warme Hand streichelte über ihr Gesicht. Alba, die Freundin, beugte sich über sie und gab ihr einen Kuss. „Jo, wach auf. Es ist gut. Du bist über dem Berg. Das Fieber sinkt. Und vielleicht hast du ja bald Lust auf einen Blaubeerpfannkuchen."

1

Drei Wochen später hatte Jo in München die ersten langen Arbeitstage hinter sich gebracht.

Auch heute war es wieder spät geworden. Natürlich hatte sich während ihres Urlaubs viel Arbeit auf dem Schreibtisch angesammelt und außerdem musste sie eine Kollegin vertreten, die im Urlaub war. Aber diese Überstunden verdankte sie auch der Tatsache, dass alles viel langsamer ging seit der finnischen Bronchitis.

So nannte sie die fiebrigen Tage, die sie im Bett des kleinen Holzhauses an einem karelischen See verbracht hatte. Gesund war sie noch nicht, denn sobald sie sich anstrengte, musste sie husten und es stach in der Brust. Der Knöchel war immer noch geschwollen und tat nach wenigen Schritten weh. Aber das alles wäre nicht wirklich schlimm gewesen, wenn nur endlich diese Alpträume aufgehört hätten. Vergeblich hatten erst Alba und dann auch Jakob, ihr bester Freund, versucht, sie davon zu überzeugen, mindestens noch eine Woche zu Hause im Bett zu bleiben.

Schnell speicherte sie die Tabelle ab, an der sie gearbeitet hatte, schaltete den Rechner aus und schob die Papiere zu einem Stapel zusammen. Dann holte sie ihren Rucksack und winkte den beiden Kollegen zu, die noch im Büro waren.

Draußen vor dem Verlagsgebäude war es stickig. Schwer atmend ging sie zu ihrem blauen Golf und holte den Schlüssel aus dem Rucksack. Dann klingelte das Handy.

„Alles in Ordnung bei dir? Bist du schon im Supermarkt?“, fragte Frieda. „Ich habe vergessen, dir zu sagen, dass Mimi Thunfisch nicht mehr mag. Bitte bring etwas mit Huhn und Pute mit. Und Essigreiniger.“

„Wird gemacht. Ich gehe gerade erst los." Jo rieb sich die Stirn. Den Einkauf hätte sie beinahe vergessen. Die Liste musste vorne im Rucksack stecken, gestern Abend hatte sie alles notiert. Friedas Kühlschrank war leer und mit ihren Krücken konnte sie unmöglich einkaufen gehen. Dass ihr Sohn ausgerechnet jetzt verreisen musste! Außerdem schien es zurzeit nichts Wichtigeres zu geben als einen abwechslungsreichen Speiseplan für ihre Katze.

Eine Dreiviertelstunde später stand sie mit zwei großen Plastiktüten und einer Kiste Mineralwasser vor Friedas Wohnung in der Bauerstraße. Es dauerte eine Weile, bis die alte Dame an die Tür kam, und Jo erinnerte sich, wie sie hier vor mehr als zehn Jahren das erste Mal geklingelt und dann ein Jahr zur Untermiete gewohnt hatte.

Nach einer herzlichen Umarmung stellte sie die Einkäufe in der Küche ab, packte die Milchprodukte in den Kühlschrank und ließ sich erschöpft auf einen Stuhl fallen.

Frieda, die in der Zwischenzeit auch in die Küche gekommen war, stützte sich auf ihre Krücken und musterte sie. „Du meine Güte, Mädchen, du schnaufst wie eine Siebzigjährige. Und dünn bist du geworden. Hast du deine Lunge untersuchen lassen? Du hast mir versprochen, dass du zu einem Facharzt gehst. Mit so etwas darf man nicht leichtsinnig sein."

„Ich geh schon noch zum Arzt. In der Urlaubszeit ist es schwierig, einen Termin zu bekommen."

„Ich meine es nur gut, das weißt du."

Jo nickte, stand auf und holte die Pfirsiche, den Salat und die Karotten aus der Einkaufstasche, aber die alte Dame unterbrach sie. „Bitte hör auf, das kann ich später machen. Was ich dir schon vor dem Urlaub sagen wollte, die längeren Haare stehen dir wirklich gut. Lass sie noch ein bisschen weiter wachsen. Mit dem Bubikopf warst du schon sehr burschikos."

„Mal sehen. Kurze Haare sind viel praktischer. Und dein Dutt in Ehren, er ist wirklich schön, aber müssen denn jetzt alle Frauen wieder lange Haare tragen?"

Frieda setzte sich vorsichtig. „Nein, natürlich nicht. Aber es sieht besser aus als vorher. Und wie geht es dir? Kannst du wieder schlafen? Und was ist mit deinem Fuß?"

„Ich hätte nie gedacht, dass ein verstauchter Knöchel so lästig sein kann. Das Joggen kann ich erst mal vergessen", sagte Jo und sah aus dem Fenster.

Draußen drückte die Schwüle auf die Stadt. Nichts rührte sich. Nicht einmal die Blätter der alten Linde. Beim Laufen würde sie sowieso nicht genügend Luft kriegen. Von den Alpträumen, die ihr seit dem Erlebnis auf dem See fast jede Nacht zu schaffen machten, hatte sie Frieda nichts erzählt. Die Arme war mit sich selbst und mit ihrer frisch operierten Hüfte beschäftigt.

„Und wie ist es bei dir, Frieda? Sind die Schmerzen noch schlimm?"

Die alte Dame verzog das Gesicht. „Manchmal tut die Narbe weh, vor allem nachts. Ich bin sehr dankbar, dass ich ab und zu eine Schmerztablette nehmen und mich entspannen kann."

„Und Mimi? Wie ist ihre Pfote verheilt? Wir drei könnten ein Privatsanatorium aufmachen und eine Krankenschwester einstellen."

„Eine gute Idee. Mir wäre allerdings ein Pfleger lieber. Und ich glaube, es wäre besser, wenn ich ihn aussuchen würde. Ich habe eindeutig mehr Erfahrung mit Pflegepersonal als du. Du warst doch noch nie in einem Krankenhaus."

„Doch, bei meiner Geburt", sagte Jo.

„Das ist dreißig Jahre her. Seitdem hat sich sehr viel geändert, das kannst du mir glauben."

Als es an der Wohnungstür läutete, fragte Jo: „Erwartest du jemanden? Soll ich aufmachen?"

Im Hausflur stand eine zierliche Frau mit leuchtend roten Haaren und einer altmodischen Arzttasche, die sie wie ein Kind auf dem Arm hielt. „Guten Abend. Ich bin die Tierärztin und ich möchte nach Mimi sehen", sagte sie resolut und ging zügig durch den Flur in Richtung Küche. Aber gehen war nicht das richtige Wort, vielmehr flog sie wie ein Komet durch die Altbauwohnung und alles wurde auf einmal größer, heller und klarer.

Jo schloss die Wohnungstür und wischte ihre feuchten Handflächen an der Hose ab.

In der Küche sagte Frieda: „Es wurde Zeit, dass ihr euch kennenlernt. Darf ich vorstellen? Doktor Elsa Beyer, unsere Tierärztin und Nachbarin. Und das ist meine Freundin, Johanna Richter, sie kümmert sich um mich, wenn mein Sohn nicht da ist. Dabei hat sie immer so viel zu tun, in ihrem Verlag."

„Schön, Sie kennenzulernen." Die Tierärztin hatte einen erstaunlich festen Händedruck und sah Jo von oben bis unten an.

„Freut mich auch." Jo zog ihre Hand schnell zurück und machte einen Schritt nach hinten.

„Verzeihen Sie, dass ich Sie anstarre, aber Sie sind unglaublich groß." Elsa Beyer strich eine rote Haarsträhne hinter das Ohr und lächelte verlegen.

„Einsfünfundachtzig, falls Sie es genau wissen möchten." Jo schob ihre Schultern nach hinten und richtete sich auf. Es wäre ihr lieber, wenn sie nicht ständig wegen ihrer Größe auffiele, aber sie hatte sich damit abgefunden. Man könne sie einfach nicht übersehen, hatte Jakob einmal gesagt und sie musste irgendwann einsehen, dass er recht hatte.

„Genauso eigensinnig wie groß", sagte Frieda und lehnte ihre Krücken an den Tisch. „Könntest du uns bitte Mineralwasser holen?"

Als Jo mit einer Wasserflasche zurückkam, deutete die alte Dame auf ihren Hals und kratzte sich. „Mimis Pfote ist nicht mehr so empfindlich wie vor einer Woche, aber dieser Kragen, der macht uns sehr zu schaffen. Hoffentlich können Sie ihn bald abnehmen."

„Sie haben eine echte Symbiose mit Ihrer Mimi, Frau Müller. Ich weiß, wie lästig das ist, aber es musste leider sein."

Jo holte Gläser aus dem Schrank, goss Mineralwasser ein und wandte sich an die Tierärztin. „Sie können sich nicht vorstellen, wie Frieda von Ihnen schwärmt. Mimi hat anscheinend gar keine Angst vor Ihnen."

„Sie ist eine Katzendame, die genau weiß, was sie will. Und das muss man respektieren. Das ist wie bei den Menschen: Je mehr Respekt man voreinander hat, desto einfacher ist es."

„Schließlich ist sie meine Katze." Die alte Dame schob das Kinn nach vorne.

„Sie sehen gar nicht aus wie eine Tierärztin", sagte Jo.

„Und wie sehe ich Ihrer Meinung nach aus?"

Großartig, einfach wunderschön, dachte die junge Frau und sagte: „Vielleicht wie eine Musikerin?"

„Wie kommen Sie denn darauf?"

„Die feingliedrigen Hände und die kurzen Fingernägel."

„Elsa spielt tatsächlich Klavier. Letztes Jahr hat sie mir zum Geburtstag ein wunderbares Ständchen geschenkt, aber du warst ja im Urlaub", warf Frieda ein.

„Ich habe leider nicht viel Zeit zum Üben. Aber meine Hände sind gut für die Tiere. Sie fürchten sich viel weniger, wenn man sanft und entschieden zugleich ist."

„Da war ich wohl bisher bei den falschen Ärzten. Ich fürchte mich immer." Jo zuckte mit den Schultern.

„Dabei sollten Sie dringend mal zu einem gehen und sich untersuchen lassen, Sie sind ziemlich blass und durchsichtig. Oder ist das Ihr normaler Sommerteint?", fragte die Tierärztin.

„Das ist gut, dass Sie das sagen, Elsa. Die junge Dame hatte im Urlaub eine sehr schwere Bronchitis und ich finde, sie müsste sich dringend von einem Facharzt untersuchen lassen. Wer weiß, ob dieser finnische Landarzt das Ganze richtig eingeschätzt hat. Vielleicht war es eine Lungenentzündung. Und so etwas soll man nicht verschleppen. Aber auf mich hört sie ja nicht."

„Darf ich das selbst entscheiden, wo ich schon so groß bin?", fragte Jo und musste ausgerechnet in diesem Augenblick husten. Mit der Hand vor dem Mund murmelte sie eine Entschuldigung und drehte sich weg.

Nachdem sich der Husten gelegt hatte, sagte Frieda: „Auf jeden Fall machen Sie das wunderbar mit den Tieren. Ich könnte mir auch vorstellen, dass Sie eine tolle Kinderärztin geworden wären. Wie sind Sie denn darauf gekommen, Tiermedizin zu studieren?"

„Das ist eine lange Geschichte, die erzähle ich Ihnen gerne ein andermal. Aber wo ist Mimi?"

„Tiere sind sicher nicht so launisch wie wir Menschen", sagte Jo und hoffte, dass das Gespräch weitergehen und die Schöne doch noch etwas von sich preisgeben würde.

„Das kommt ganz auf den Besitzer an." Elsa Beyer lachte.

Ihre Lachfalten waren die schönsten weit und breit. Gerne hätte Jo die Frau noch länger angesehen, aber die Tierärztin stand auf und griff nach ihrer Tasche.

Frieda drohte mit dem Zeigefinger. „Sie sind mir eine Schlimme, Frau Doktor, Sie wissen genau, wie peinlich mir das war."

Jo räusperte sich. „Haben die Damen ein Geheimnis?"

Elsa schüttelte den Kopf und ihr roter Pferdeschwanz flog durch die Luft. „Nein, um Himmels willen. Frau Müller kann es Ihnen gern erzählen."

„Na gut, im Grunde ist es eine schöne Geschichte. Wir hatten damals einen Impftermin bei Doktor Schneider, ich steckte die arme Mimi in den Korb und fuhr mit dem Taxi vor. Mimi fürchtete sich sehr, wir waren beide nervös. Du weißt ja, wie das bei uns ist. Wir standen am Empfang und diese junge, schnippische Assistentin sagte mir, dass wir erst am nächsten Tag einen Termin hätten. Ich weiß nicht mehr, wer sich da geirrt hatte, auf jeden Fall war ich so wütend, dass ich meiner armen Katze die Fahrt noch einmal antun sollte, nur weil diese Praxis so unflexibel war", sagte Frieda empört.

„Das waren die wirklich damals bei Schneider, aber ich glaube, das hat sich in der Zwischenzeit auch geändert. Konkurrenz belebt das Geschäft." Die Tierärztin öffnete ihre Tasche.

„Jedenfalls schimpfte und zeterte ich so lange herum, bis eine junge Tierärztin zu uns kam. Sie war neu in der Praxis und kümmerte sich rührend um uns. Und das Gute an der Sache war, dass sich Mimi nicht halb so viel fürchtete wie beim Doktor."

„Und das waren Sie?", fragte Jo.

Frieda sagte leise: „Ich bin mir sicher, dass sie mit Tieren sprechen kann, deshalb geht das so gut mit ihr und meiner Mimi."

„Jetzt muss ich mich wirklich um Ihre Katze kümmern, ich habe heute nicht so viel Zeit. Die Laborergebnisse waren negativ, das habe ich Ihnen ja bereits am Telefon gesagt."

„Gott sei Dank. Haben Sie es eilig? Müssen Sie heute Abend noch andere Hausbesuche machen?", erkundigte sich die alte Dame.

„Nein, nein. Aber wir sind zum Essen eingeladen und ich muss mich noch schön machen, so kann ich nicht ausgehen." Elsa Beyer zeigte auf das weiße T-Shirt mit dem braunen Katzen- und Hundeaufdruck. Dazu trug sie eine Kette aus grünen und orangefarbenen Glasperlen.

Jo drehte ihr Wasserglas hin und her. Warum „schön machen"? Das hatte sie nicht nötig, die Frau Doktor. Und wer verbarg sich hinter dem „wir"?

„Wo hat sich Mimi versteckt?", fragte die Tierärztin noch einmal und sah sich um.

Frieda lockte die graue Tigerkatze mit gurrenden Worten zu sich und Mimi schmiegte sich samt ihrer Halskrause an das gesunde Bein ihrer Besitzerin.

Elsa Beyer ging in die Knie und sprach mit dem Tier, ohne es anzufassen. „Hallo Mimi, wie geht es deiner Pfote? Kann ich sie mir mal ansehen?"

In der weißen Plastikhalskrause hatte die Katze große Ähnlichkeit mit einer englischen Königin, sicher irgendeiner Elisabeth. Und Jo wäre nicht besonders überrascht gewesen, wenn Mimi ihre Pfote zum Handkuss gereicht hätte. Elsa Beyer war anscheinend auch eine Königin und wusste, wie sie mit ihresgleichen umzugehen hatte.

„Bist du bereit, Süße?", fragte Frieda, nahm die Katze auf den Schoß und streichelte sie.

Vorsichtig löste die Tierärztin den Verband und untersuchte die kahl rasierte Stelle an der Oberseite der Pfote. „Es sieht gut aus. Wir können die Fäden ziehen und dann hast du es geschafft."

Blitzartig zog Mimi ihre Pfote zurück, als hätte sie genau verstanden, was auf sie zukommen würde. Ungerührt holte Elsa Beyer Schere und Pinzette aus der Arzttasche. „Und wer hält sie beim Fäden-Ziehen?"

Friedas Stimme klang auf einmal sehr leise und verzagt. „Jo, bitte mach du das. Wenn ich sie gegen ihren Willen festhalte, ist sie mir eine Woche lang böse. Und das halte ich zurzeit nicht aus. Und du, mein Liebling, du musst tapfer sein. Jo hält dich und die Frau Doktor zieht die Fäden. Es geht nicht anders, das muss sein. Ich musste auch tapfer sein bei meiner OP." Dann stellte sie ihren Liebling auf dem Tisch ab.

Elsa Beyer räumte die Gläser weg, schaltete die Deckenlampe an und zeigte, wie man eine Katze in so einem Fall festhält. Jos Hände zitterten, aber sie gab Mimi keine Chance zu entkommen.

„Es ziept ein wenig und schon ist es vorbei."

Tatsächlich ging es so schnell, dass das Tier vor lauter Überraschung still hielt. Mimi warf ihnen einen bösen Blick zu, hüpfte auf den Boden und lief schnell aus der Küche.

„Der Pfote geht es gut, sonst würde sie nicht in dem Tempo vom Tisch springen. Und die Halskrause können Sie ihr abnehmen, sobald sie wiederkommt. Und wenn ich etwas für Sie tun kann, Frau Müller, sagen Sie bitte Bescheid." Eilig packte die Tierärztin ihre Sachen zusammen.

„Danke, Elsa, das ist wunderbar, dass Mimi wieder gesund ist, wenn ich schon so durch die Gegend hinken muss. Jo, bringst du die Dame bitte zur Tür?"

„Das ist nicht nötig." Elsa Beyer streckte Jo die Hand entgegen. „Es war sehr nett, Sie kennenzulernen. Und vergessen Sie nicht, zum Arzt zu gehen, sonst höre ich Sie beim nächsten Mal ab."

Die Haustür fiel ins Schloss. Während Frieda nach ihrer Katze sah, öffnete Jo das Küchenfenster. Dieser charmanten Drohung würde sie gerne nachgeben. Wenn sie nicht mit Alba zusammen gewesen wäre, hätte sie gleich nachher geklingelt und gefragt, ob sie irgendwann zusammen einen Kaffee trinken könnten. Sie nahm einen Schluck Wasser aus einem der Gläser auf der Anrichte und hoffte, dass es Elsa Beyers Glas war. Auf jeden Fall schmeckte das Mineralwasser wie frisches Quellwasser in den Bergen. Klar, kühl, weich.

„Natürlich ist mein Liebling beleidigt. Mal sehen, wie lange es dieses Mal dauert." Die alte Dame kam in die Küche zurück. „Und wie gefällt sie dir, unsere Frau Doktor? Sie ist eine Schönheit und dabei ein ganz normaler Mensch. Als ich ihr damals das erste Mal in der Praxis begegnete, da dachte ich mir, was sollen wir bloß mit der anfangen. Dabei ist sie wirklich die beste Tierärztin, die wir je hatten. Und dass sie jetzt auch noch nebenan wohnt, das ist wirklich ein Glücksfall. Wir müssen nie mehr in die Praxis."

Jo stellte das Wasserglas ab und machte sich daran, die restlichen Einkäufe aufzuräumen. Nudelpakete, Haferflocken und Katzendosen landeten im Vorratsschrank, Klopapier und Essigreiniger gehörten ins Bad. Dort hatte sie endlich einen Augenblick Ruhe, spritzte sich kaltes Wasser ins Gesicht und sah in den Spiegel.

Es musste ihr süßes, kleines Geheimnis bleiben, wie sehr ihr diese Frau gefiel. Das ging keinen etwas an. Gründlich trocknete sie sich Gesicht und Hände ab, setzte sich auf den Rand der Badewanne und ermahnte sich, vernünftig zu bleiben. Ihr Leben war bereits aus den Fugen geraten und sie musste alles dafür tun, dass es nicht noch unruhiger wurde. Dann strich sie sich die Haare aus dem Gesicht und ging zurück in die Küche.

Während Frieda Obst und Gemüse in den Kühlschrank räumte, erkundigte sie sich nach Alba.

„Sie arbeitet viel, sie muss noch eine Seminararbeit fertig machen und dann so schnell wie möglich mit ihrer Magisterarbeit anfangen. Und sie macht sich Sorgen, dass ihr die Zeit davonläuft. Und ich muss jetzt leider auch wieder los."

„Schade, bitte komm bald wieder, ich kann zurzeit wirklich Abwechslung gebrauchen."

Jo drückte der alten Frau einen Kuss auf die Wange und warf Mimi eine Kusshand zu. Die Katzendame hatte sich auf den großen Lehnstuhl im Wohnzimmer zurückgezogen und hob nicht einmal den Kopf.

Draußen im Hausflur zögerte Jo einen Moment lang und ging dann doch zur gegenüberliegenden Wohnungstür, um die Namen zu lesen, die auf einem goldenen Schild standen. Tatsächlich, da wohnte sie. Dr. Elsa Beyer. Und eine Zeile weiter unten: Dr. Heiko Mering. Eine Wohngemeinschaft war das mit Sicherheit nicht. Natürlich war die Frau mit jemandem zusammen. Wahrscheinlich sogar verheiratet. Heiko Mering. Das klang wie saurer Hering.

Hinter ihrem Rücken ging plötzlich eine Tür auf und Frieda rief über den Flur: „Du hast deine Schlüssel vergessen."

Jo drehte sich um, fuhr sich mit der Hand über die Wangen und war mit ein paar Schritten bei der alten Dame. „Danke. Ich wollte nur wissen, ob sie wirklich da drüben wohnt."

Frieda schüttelte den Kopf. „Manchmal versteh ich nicht, was in dir vorgeht, mein Kind."

„Ich auch nicht", antwortete Jo, nahm den Schlüsselbund entgegen und lief zur Haustür.

2

An einem kühlen Septembermorgen wachte Jo wieder einmal aus einem hässlichen Wassertraum auf. Obwohl es noch dunkel war und so still, wie es in der Stadt nur an einem frühen Sonntagmorgen war, konnte sie nicht mehr einschlafen. Der Regen tropfte gleichmäßig auf das Fensterbrett. Die Freundin lag ruhig atmend neben ihr, im Bett war es warm und sicher. Aber Jo war hellwach. Wenn sie nur endlich wüsste, was diese Träume bedeuteten. Ständig träumte sie davon, wie dieses Mädchen im Wasser versank. Von Mal zu Mal wurde es gespenstischer, wenn die Kleine – und mittlerweile war sie sich sicher, dass sie selbst es war – unten auf dem Grund diesem alten, unheimlichen Mann begegnete, der felsenfest behauptete, ihr Großvater zu sein.

Dabei war das Wasser immer ihr Element gewesen, sie war gerne im und auf dem Wasser und sie liebte die Donau, auf der sie Paddeln gelernt hatte. Früher war sie stundenlang am Fluss unterwegs gewesen, mit oder ohne Jakob, der wie sie in Straubing groß geworden war. Sommers wie winters begeisterten sie Flüsse, Seen und Meere.

Um die Freundin nicht zu wecken, stand sie leise auf, verzichtete auf den ersten Cappuccino und ging bei strömendem Regen mehrere Runden über den Alten Nordfriedhof. Die Vögel ließen sich die Laune an diesem Morgen nicht verderben und auch ihr wurde unter den großen Laubbäumen leichter ums Herz. Wenn sie endlich wieder richtig gesund wäre, laufen und in die Berge gehen konnte, dann würde alles gut werden. Dann könnte sie nachts durchschlafen und sich wieder konzentrieren. Und nächsten Sommer würde sie wieder paddeln gehen. Es war nur eine Frage der Zeit.

Auf dem Nachhauseweg holte sie Croissants vom Sonntagsbäcker und stieg so leichtfüßig wie schon lange nicht mehr die Treppen zu ihrer gemeinsamen Wohnung hinauf.

„Was hältst du davon, Alba, wenn wir heute zusammen ins Museum gehen? Mach doch mal einen Tag Pause. Ein wenig Ablenkung und Entspannung täte uns beiden gut", sagte sie beim Frühstück.

„Hattest du wieder diesen Traum?", fragte die Freundin und legte ihr Croissant auf den Teller zurück.

„Ja. Und dann konnte ich nicht mehr schlafen und bin auf den Nordfriedhof gegangen. Ich hab mir übrigens deinen neuen Schirm ausgeliehen und da ist mir etwas Schönes eingefallen."

„Was denn?"

„Ich hatte mal ein kleines Buch, das hieß *Ein geblümter Regenschirm*. In der Geschichte bekommt ein Mädchen einen Regenschirm geschenkt und hat lauter tolle Ideen, was sie mit dem Schirm anfangen könnte."

„Wahrscheinlich allein im Regen spazieren gehen, so wie du heute Morgen. Das ist sicher ein deutsches Kinderbuch." Alba tunkte ein Stück Croissant in die Erdbeermarmelade und schob es in den Mund.

„Seit wann bist du so fantasielos? Die Kleine will mit ihm durch die ganze Welt und bis in den Himmel hinauffliegen, um nach Engeln zu suchen. Oder mit ihren Freunden unter dem Schirm zusammensitzen und Geschichten erzählen. Oder sie spannt ihn über dem Bett auf, damit sie die schönsten Träume von Prinzessinnen und Teddys und anderen Tieren träumen kann."

„Wie kommt es, dass du dich so genau daran erinnerst? Gibt es das Buch noch?"

„Vielleicht ist es bei meinen Nichten gelandet. Auf jeden Fall glaube ich, dass das Traumyoga ist, was die Kleine in dem Buch macht. Jakob hat mir kürzlich davon erzählt, dass man durch Meditationen und bestimmte Rituale vor dem Einschlafen beeinflussen kann, was man träumt. Das muss ich unbedingt ausprobieren." Jo nahm einen Löffel voll Milchschaum und leckte ihn ab.

„Was willst du ausprobieren? Das mit den Engeln oder das mit dem Schirm über dem Bett?"

„Am besten beides. Langsam, aber sicher gehen mir diese Alpträume an die Substanz."

„Ich weiß, *cara*. Aber können wir heute Abend weiterreden? Ich muss an die Arbeit. Und wir essen zusammen Mittag, einverstanden?" Die Freundin lächelte entschuldigend, drückte ihrer Geliebten einen Kuss auf den Mund, der nach Kaffee und Erdbeermarmelade schmeckte, und ging an den Schreibtisch.

Jo tunkte einen Streifen Weißbrot in ihr weiches Ei und aß schnell weiter, bevor es ganz kalt wurde. Als sie fertig war, zerbrach sie die Eierschale und schob die Teilchen auf ihrem Teller hin und her. Schon wieder kein gemeinsamer Sonntag. Aber sie konnte der Freundin nie lange böse sein.

Vor zweieinhalb Jahren hatte Alba mit ihrem Lächeln Jo mitten ins Herz getroffen. Bei ihrem ersten Treffen in einer Kneipe war die quirlige Italienerin mit den wilden, dunklen Locken so offen und herzlich gewesen, dass Jo sofort dahingeschmolzen war. Und bald wurden die beiden ein Paar, ein ungewöhnliches Paar, wie viele behaupteten. Die kleine, zugängliche Alba und die große Jo, die nicht so leicht aus ihrem Schneckenhaus herauskam.

Jo räumte den Tisch ab. Vielleicht könnten sie im Oktober noch eine Woche zusammen nach Italien fahren. Nach diesem Fiasko in Finnland mussten sie unbedingt noch einmal Sonne tanken und sich erholen. Seit dem Urlaub gönnte sich Alba keinen freien Tag mehr, sie kümmerte sich nicht einmal mehr um ihre Pflanzen. Hätte Jo sie nicht hin und wieder gegossen und gedüngt, wären sie schon längst vertrocknet. Gott sei Dank war die Prüfungszeit ein Ausnahmezustand.

Nachdem sie die Küche aufgeräumt hatte, machte sie es sich im Wohnzimmer mit einem Krimi auf der Couch bequem.

Dass der *Commissario* in *Aqua Alta* den Mord an einem venezianischen Museumsdirektor aufklären sollte und dabei einem Frauenpaar begegnete, hörte sich im Klappentext noch gut an. Aber nach der ersten Seite, auf der eine der beiden Frauen in ihrer Wohnung von Unbekannten bis zur Ohnmacht zusammengeschlagen worden war, landete das Buch auf dem Tisch. So gab es kein venezianisches Hochwasser.

Frieda könnte den Krimi lesen, das wäre eine spannende Ablenkung. Jo würde das Buch vorbeibringen und dann bei der Tierärztin klingeln und sie mit einem saloppen „Hallo, ich war gerade bei Ihrer Nachbarin und dachte mir, ich schaue mal bei Ihnen vorbei" begrüßen. Vielleicht würde Elsa Beyer sie auf eine Tasse Kaffee hereinbitten. Aber wahrscheinlich hatte die Schöne ihre Begegnung längst vergessen. Und wahrscheinlich, nein, ganz sicher, war das auch besser so.

Eine Weile lag Jo auf dem Sofa und versuchte zu schlafen. Die Wand hinter der Couch könnte einen neuen Anstrich vertragen. Das Rot war zu viel des Guten. Alba hatte die Farbe gemischt. Jo hätte es nie gewagt, eine Wand blau zu streichen, bloß weil das ihre Lieblingsfarbe war.

Müde und aufgekratzt zugleich stand sie wieder auf, räumte die Geschirrspülmaschine aus und stellte das schmutzige Frühstücksgeschirr hinein. Am Küchentisch blätterte sie in der *Süddeutschen*, verspeiste eine halbe Tafel dunkle Schokolade und legte ihre neue CD mit Klavierkonzerten von Bach ein. Aber sie konnte sich nicht auf die Musik konzentrieren. Statt hier herumzuhängen, sollte sie lieber eine Runde mit dem Auto drehen und draußen auf dem Land einen kleinen Spaziergang machen. Sie sagte Alba Bescheid und machte sich auf den Weg.

Es regnete noch immer in Strömen, als sie die Stadt verlassen hatte. Der Spaziergang fiel ins Wasser, weil sie vergessen hatte, Schuhe zum Wechseln einzupacken. Eine Erkältung durfte sie auf keinen Fall riskieren. Bei der nächsten Ausfahrt würde sie umdrehen und nach München zurückfahren. Aber als ihr Blick auf einen großen blauen Autobahnwegweiser fiel, beschloss sie spontan, zu ihren Eltern nach Straubing zu fahren.

Ihre Mutter hatte immer nur gesagt, sie könne sich nicht an ihren eigenen Vater erinnern, sie sei ja noch so klein gewesen, als er gestorben war. Aber es konnte nicht sein, dass Großmutter ihrer Tochter gar nichts vom Vater erzählt hatte. Ihre Mutter musste etwas wissen. Jo klopfte mehrmals auf das Lenkrad, als ob sich die Wahrheit in diesem Ring aus Kunststoff verborgen hätte, und legte einen kleineren Gang ein.

Obwohl die Scheibenwischer auf Hochtouren liefen, war die Sicht so schlecht, dass sie noch langsamer fahren musste. Die Fahrbahn kam ihr vor wie die finnische Seenplatte. Überall Wasser auf dem Asphalt. Konzentriert richtete sie den Blick auf die Straße und in den Rückspiegel und war froh über den schwachen Verkehr.

In Landau verließ sie die Autobahn und fuhr auf der Bundesstraße weiter. Der Regen hatte mittlerweile nachgelassen, aber der Bayerische Wald würde sich noch lange hinter den tief hängenden, dunklen Wolken verstecken. Das war schade, denn der Ausblick vom Donautal in die Berge hinauf war wie ein Stück Heimat für sie, selbst wenn sie keine zehn Pferde mehr dazu gebracht hätten, nach Straubing zurückzukehren.

Jakob ging es genauso. Es war die beste Entscheidung ihres Lebens gewesen, dass sie beide nach dem Abitur zusammen nach München gegangen waren und dort ihr eigenes Leben aufgebaut hatten. Und es war ein Geschenk, dass sie die ganzen Jahre über unzertrennlich geblieben waren. Kein Wunder, dass diese Freundschaft häufig Anlass für eifersüchtige Sticheleien seitens ihrer Geliebten gab. Alba mochte Jakob, ging aber trotzdem auf Abstand.

Über die große Umgehungsstraße erreichte sie die Siedlung, in der die Eltern lebten, und stellte den Wagen vor dem gepflegten

Einfamilienhaus mit der gepflasterten Auffahrt und der Doppelgarage ab. In diesem Augenblick war sie dankbar für das nasse Wetter, denn bei Sonnenschein wären die Nachbarn im Garten und sie müsste mit allen ein paar Sätze sprechen. Ein einfaches „Grüß Gott" reichte nicht aus. Zwar redeten hier alle ständig miteinander oder übereinander, aber über die wirklich wichtigen Fragen sprach man nicht. Zumindest nicht in ihrer Familie.

Im Garten ließen die dunkelroten Dahlien, die lila Astern und die Sonnenblumen die regennassen Köpfe hängen. Jo musste husten. Auf einmal wurde es eng in der Brust und sie musste sich dazu zwingen, das Gartentor zu öffnen und hineinzugehen. Am liebsten hätte sie kehrtgemacht und wäre unverrichteter Dinge nach München zurückgefahren.

Ihre Mutter lag im Wintergarten im Liegestuhl und schlief. Mit dem schmalen Gesicht und den fahlen Haaren, die in den drei Monaten seit Großmutters Tod fast ganz grau geworden waren, sah sie so aus, als ginge es ihr schlecht.

Kein Wunder. Ihr ganzes Leben hatte sie mit ihrer Mutter verbracht, auch wenn ihr Verhältnis nicht einfach gewesen war. Die beiden hatten sich nur für zwei Wochen im Jahr voneinander getrennt, wenn die Eltern nach Italien gefahren waren.

Jo setzte sich leise auf einen Stuhl und lehnte sich zurück. Aber bald juckte es in der Nase und sie musste mehrmals laut niesen, weil eine von den exotischen Pflanzen ihrer Mutter intensiv duftete.

Die Schlafende schreckte hoch und sagte mit belegter Stimme: „Hast du mich erschreckt, Johanna. Sitzt plötzlich neben mir. Wieso hast du nicht angerufen?"

„Ich war mit dem Auto unterwegs und hab mich spontan entschieden, euch mal wieder zu besuchen", sagte Jo und putzte sich die Nase.

„Das letzte Mal warst du bei Großmutters Beerdigung da."

„Wie geht es dir?", fragte Jo.

„Es ist nicht leicht, aber da kann man wohl nichts machen." Ihre Mutter zupfte an ihren Haaren herum.

„Das tut mir leid. Ich hoffe, du erholst dich bald."

Dann hatten sie sich nichts mehr zu sagen und Jo ging hinein, um ihren Vater zu begrüßen. Als sie das Esszimmer betrat, legte er sein Buch zur Seite, stand auf und nahm sie in den Arm. „Was für eine schöne Überraschung. Ich hab dich gar nicht gehört. Wo ist Alba?"

„Am Schreibtisch, bei ihrer letzten Hauptseminararbeit. Vielleicht kommt sie nächstes Mal wieder mit. Geht es dir gut?"

„Ich genieße die Ferien, das kannst du mir glauben. Ich bin froh über jede Stunde, in der ich mich nicht mit diesem jungen Volk herumschlagen muss. Aber du siehst nicht gut aus, Mädchen. Was ist los?"

Jo wusste nicht recht, wie sie anfangen sollte, und beschloss, erst einmal ihre Jacke auszuziehen. Aber bis sie sich den ersten Satz zurechtgelegt hatte, kam ihre Mutter ins Zimmer und verkündete laut: „Rebekka und die Mädchen müssen gleich da sein. Rudolf, mach schon mal das Gartentor auf, damit sie im Hof parken können. Und du deckst den Tisch, Johanna."

„Willst du gar nicht wissen, wie es mir geht, Mutter?", fragte Jo leise.

„Danke für die Postkarte. Ich wusste von Anfang an, dass das eine verrückte Idee war, da oben Urlaub zu machen. Aber du hast dich ja nicht davon abhalten lassen."

„Ich war ziemlich krank, da oben."

„Warum bist du dahin gefahren? Wir haben genug Wasser vor der Haustür."

„Walburga, bitte, sie ist alt genug zu entscheiden, wo sie Urlaub machen will. Außerdem ist sie eine gute Paddlerin", sagte ihr Vater.

„Dieser Wettersturz kam so plötzlich. Es ging gerade noch gut."

„Am Telefon hast du gar nichts davon erzählt. Und was war mit Alba?“ Ihr Vater runzelte die Stirn.

„Ich war allein unterwegs. Den Rest der Zeit war ich mit hohem Fieber im Bett. Und seitdem träume ich ständig davon, dass ich ein kleines Mädchen bin und ertrinke. Und dann begegnet mir Großvater unter Wasser und fragt mich, warum ich ihn nicht erkenne.“

„Beruhige dich, es ist ja alles gut gegangen.“ Rudolf legte ihr die Hand auf den Arm.

„Mama, hörst du mir zu? Ich träume die ganze Zeit, dass ich ertrinke. Und ganz unten, da wartet dein Vater auf mich und spricht mit mir“, sagte Jo.

Ihre Mutter holte das gute Kaffeegeschirr aus dem Schrank und stellte es auf dem Tisch ab. „Wenn du einen Psychologen brauchst, sprich mit deiner Schwester, die kennt sich da aus.“

„Großvater geht mir nicht mehr aus dem Kopf. Ich würde gerne wissen, was mit ihm war. Wie ist er gestorben? Und woran?“

„Du hast eine blühende Fantasie, Kind, das war schon immer so. Ich habe gehofft, du wärst mittlerweile alt genug, um mit beiden Füßen im Leben zu stehen und dich nicht in eine so gefährliche Situation zu bringen. Das mit den Träumen, das ist nur der Schock.“

Dann ging sie durch die offene Tür in die Küche, füllte Kaffeepulver und Wasser in die Kaffeemaschine und holte den Kuchen aus der Speisekammer. Dabei bewegte sie sich wie ein Roboter, eckig, wie auf fest montierten Schienen, immer nach demselben Ablauf, mit großem Sicherheitsabstand zu allen, die ihr nahestanden.

Die Tochter folgte ihr. „Bitte erzähl mir von ihm. Wann ist er gestorben? Und woran? Er muss sehr jung gestorben sein, wenn du dich nicht mehr an ihn erinnern kannst. Was hat ihm denn gefehlt?“

Ihre Mutter stellte das Blech ab, wischte verschüttetes Kaffeepulver weg und starrte zum Fenster hinaus. „Deine Großmutter hat nie darüber gesprochen. Und ich möchte auch nicht darüber reden."

„Großmutter ist tot. Wir brauchen sie nicht mehr wie Porzellan zu behandeln."

„Johanna, du könntest ein bisschen mehr Respekt davor haben, was deine Oma alles geschafft hat. Das war kein leichtes Leben", sagte ihr Vater mit seiner Lehrerstimme und kam zu ihnen in die Küche.

„Sagt mir wenigstens, was los war, damit ich es verstehen und respektieren kann."

„Rebekka ist da. Und du hast das Gartentor vergessen, Rudolf." Jos Mutter warf ihm einen vorwurfsvollen Blick zu und lief eilig aus dem Zimmer.

„Sie braucht einfach Zeit, es sind ja gerade erst drei Monate", sagte ihr Vater gutmütig.

„Das ist mir klar. Aber warum mauert ihr, wenn ich nach Großvater frage? Und warum hat Großmutter nie etwas von ihm erzählt? Immer, wenn ich sie nach Opa fragte, wurde sie ganz starr und erschien nicht mehr zum Essen." Jo versuchte, den aufkommenden Hustenreiz zu unterdrücken.

„Bitte steigere dich da nicht hinein. Dir geht es nicht gut, du musst dich erholen. Und du weißt, dass deine Großmutter ein schwieriger Mensch war. Ich habe nie behauptet, dass es leicht war, mit ihr unter einem Dach zu leben", sagte ihr Vater.

„Aber wieso schimpfte Mutter mit mir, wenn ich als Kind etwas über die Familie wissen wollte? Es hieß immer, hör auf mit deinen dummen Fragen, du bist aufdringlich, Johanna. Großmutter braucht ihre Ruhe, es geht ihr nicht gut."

„Ich weiß, aber das ist vorbei. Du bist erwachsen. Und deine Mutter kannst du nicht ändern, höchstens die Art und Weise, wie du mit ihr umgehst. Das habe ich gelernt in all den Jahren mit diesen beiden Frauen. Das kannst du mir glauben. Willst du nicht deine Schwester und die Kinder begrüßen?"

Jo musste doch husten. Irgendetwas stimmte ganz und gar nicht, aber mehr war im Moment nicht zu machen. Als sich ihre Bronchien beruhigt hatten, warf sie ihre Jacke über und ging in den Garten hinaus. Dort stürmten die beiden Nichten auf sie zu und sprangen an ihr hoch wie junge, unerzogene Hunde.

„Tante Johanna, was machst du denn hier?“, fragten sie wie aus einem Mund.

„Euch besuchen. Wie geht es meinen Mädchen?“

„Die Ferien sind super, aber mir ist oft langweilig, weil meine Freundin weg ist“, sagte Sara, die Ältere.

Lea nahm die Tante bei der Hand. „Und ich halte es nicht mehr aus, bis ich endlich in die Schule darf. Wieso hast du nicht gesagt, dass du kommst. Ich hätte dir so gerne meinen Schulranzen gezeigt. Der ist rosa mit ganz vielen Feen drauf und ich habe schon Wachsmalstifte, ein Federmäppchen mit Buntstiften und Bleistiften und einen Zeichenblock bekommen.“

„Das hört sich gut an. Wie gut, dass es bald losgeht. Und wo ist eure Mutter? Oder seid ihr alleine gekommen?“

Sara deutete in den Garten hinaus. Dort redeten Rebekka und ihre Mutter miteinander, als hätten sie etwas zu verheimlichen. Jo schickte die Mädchen zum Großvater und winkte den Frauen zu. Auf einmal sahen die beiden hoch.

Während ihre Mutter ins Haus ging, stellte Rebekka die große Ikea-Tasche ab, kam zu ihrer Schwester und umarmte sie. „Alles klar, Große? Wie war es im Urlaub?“

„Na ja, beinahe eine Katastrophe.“

„Du bist blass um die Nase, aber die längeren Haare stehen dir gut.“

„Und du siehst müde aus“, sagte Jo.

„Gut, dass die Schule bald wieder anfängt, ich bin am Ende. Die beiden sind dermaßen anstrengend. Sie streiten sich den ganzen Tag, weil sie nicht ausgelastet sind.“

„Und Rolf?“

„Hat kaum Zeit, er arbeitet viel. Ist Alba gar nicht mitgekommen? Und wie ging es euch da oben im hohen Norden? Das war sicher spannend, oder? Da würde ich auch gerne mal hinfahren. Ihr habt es gut."

„Johanna, deck den Tisch im Esszimmer", rief ihre Mutter aus dem Fenster hinaus in den Garten.

„Wir können nachher weiterreden." Rebekka holte ihre Tasche und ging ins Haus.

Jo folgte ihr. So war das immer. Man konnte keinen normalen Satz miteinander sprechen, ohne unterbrochen zu werden oder irgendetwas tun zu müssen.

In der Küche schnitt ihre Mutter den Zwetschgenkuchen in gleichmäßige Stücke und wies Jo an, die gute Porzellankanne aufzuwärmen und den Kaffee umzufüllen.

Lea löste sich vom Großvater, zog ihre Tante am Ärmel und fragte: „Gehst du mit mir an die Donau? Mir ist so langweilig."

„Möchtest du Sahne schlagen, Lea?" Die Großmutter drängte sich zwischen die beiden.

Das Mädchen wollte unbedingt. Eifrig nahm sie Mixer, Schüssel und Sahne entgegen, um alles auf dem Küchentisch aufzubauen.

„Wir können nachher an die Donau gehen, Lea, erst essen wir Kuchen. Oma hat schon Kaffee gekocht."

„Du gehst nicht mit den beiden an die Donau, Johanna. Es hat sehr viel geregnet, das Wasser steigt", sagte ihre Mutter laut.

„Ich will aber an die Donau mit Tante Jo, es regnet doch gar nicht mehr." Lea kämpfte mit dem Deckel des Sahnebechers.

„Johanna, du wirst unter keinen Umständen mit den beiden an die Donau gehen. Hörst du, unter keinen Umständen." Die Stimme ihrer Mutter überschlug sich.

Jo legte sich die Hand auf den Mund. Niemals hätte sie die Mädchen in Gefahr gebracht, sie hütete die beiden wie ihren Augapfel. Aber es war sinnlos, vor den Kindern darüber zu reden, vielleicht könnte sie später nachfragen. Deshalb strich sie Lea über die Wange und sagte: „Wir verschieben es einfach auf nächstes Mal. Es hat wirklich viel geregnet in letzter Zeit. Wir gehen bald wieder zusammen an den Fluss, das verspreche ich dir. Einverstanden?"

Das Mädchen sah die Tante fragend an, öffnete den Deckel, schüttete die Schlagsahne in den Rührbecher und schaltete den Mixer an.

Dann kam ihre große Schwester und wollte der Kleinen das Rührgerät aus der Hand reißen. Als die Großmutter das bemerkte, zog sie kurzerhand den Stecker und erklärte die Sahne für fertig geschlagen.

„Komm, Sara, zeig mir die Spiele, die ihr mitgebracht habt. Habt ihr etwas Neues? Wir könnten nachher zusammen spielen", sagte Jo und lockte das Mädchen aus der Küche.

Im Esszimmer räumte Sara die große Tasche aus und führte einen bunten Pappkarton nach dem anderen vor. „Das ist *Lügenbeutel.* Wer nicht gut lügt, verliert. Spielen wir das? Es gibt einen Rachewürfel, mit dem wirst du bestraft. Und zwar immer, wenn ich dich beim Lügen ertappe. Das macht echt Spaß, Tante. Kannst du gut lügen? Ich bin super im Lügen."

Die junge Frau fuhr sich mit dem Daumen und dem Zeigefinger über die Mundwinkel. *Lügenbeutel,* Rachewürfel. Wer nicht gut lügt, verliert. Sie studierte die Spielanleitung und spülte den schalen Geschmack im Mund mit einem Schluck Wasser hinunter.

„Oder willst du lieber *Drachenstark* ausprobieren? Die Drachen lieben das Feuer und sie veranstalten ein Wettrennen um einen Vulkan, der ganz viel Lava spuckt. Wer gewinnen will, braucht ein drachenstarkes Gedächtnis. Wie gefällt dir das? Oder ist dir *Labyrinth junior* lieber? Das ist neu. Das kenne ich noch nicht gut. Was wollen wir spielen? Sag schon, Tante."

„Wartet auf mich, ich will auch mitmachen", schrie Lea und stellte die Schale mit der Schlagsahne laut auf den Tisch.

„Vorsicht, das ist Glas. Außerdem essen wir erst Kuchen, dann könnt ihr spielen. Sara, hol was für euch zu trinken." Rebekka verteilte Tassen und Teller auf dem Tisch.

„Warum muss ich immer alles machen? Lea tut gar nichts. Und sie durfte Sahne schlagen. Das ist ungerecht."

„Siehst du? Das ist der ganz normale Wahnsinn bei uns. Was hab ich bloß falsch gemacht?"

Rebekka legte Kuchengabeln und Servietten zu jedem Gedeck und Jo wusste, dass es eine Frage war, auf die sie keine Antwort geben sollte.

Dann brachte ihre Mutter den Kuchen. „Wo steckt Rudolf? Es ist immer dasselbe mit ihm."

„Ich hol ihn", antwortete Jo. Ihr Vater war sicher in der Werkstatt, dem einzigen Ort neben seinem Arbeitszimmer, an dem er sicher war.

Das musste sie Jakob erzählen, er kannte alle Richters. Dass die Kinder dieses Spiel mit dem seltsamen Namen spielten. Lügenbeutel. Wer nicht gut lügt, verliert. Das sollten sie und Mutter zusammen spielen, da käme sicher einiges ans Tageslicht.

Unten in der Werkstatt hämmerte es. Jo ging die Kellertreppe hinunter und klopfte. Ihr Vater legte gerade eine große Schublade auf den Boden und sah zu ihr auf. „Bin schon auf dem Weg."

„Papa, kannst du mir erklären, wieso Mutter mir ausweicht, nur weil ich etwas über ihren Vater wissen will?"

„Sieh mal, da ist Großmutters Wäschekommode, ich lauge sie ab. Die wird sicher schön. Möchtest du sie haben?"

„Vater, ich habe dich etwas gefragt." Jo strich mit der Hand über das warme Holz.

„Deine Mutter will einfach nicht daran erinnert werden", sagte er und wusch sich gründlich die Hände.

„Wie lange ist es her, dass er gestorben ist?"

„Ungefähr fünfzig Jahre. Glaub mir, das war damals nicht leicht, ohne Vater aufzuwachsen. Mit dem Tod deiner Großmutter kam alles wieder bei Walburga hoch."

„Weißt du etwas über seinen Tod? Woran ist er denn gestorben?"

Einen Moment zögerte er, dann trocknete er sich die Hände ab und sagte: „Nein, Großmutter hat nie über ihn gesprochen. Bitte Johanna, gib Ruhe, es ist schwer genug für deine Mutter."

„Wo bleibt ihr nur?", rief Rebekka von oben. „Kommt endlich. Der Kaffee wird kalt."

Nach mehreren Tassen Kaffee und viel zu vielen Kuchenstücken mit viel zu viel Sahne fingen sie endlich an zu spielen. *Lügenbeutel* gefiel den Mädchen am besten und sie wollten ihre Tante auch nach der fünften Runde auf keinen Fall ziehen lassen.

Mit dem Versprechen, bald wiederzukommen, brach sie am späten Nachmittag auf und fuhr über die Agnes-Bernauer-Brücke zurück nach Süden. In der Grundschule war es mucksmäuschenstill gewesen, wenn die Lehrerin die Geschichte von Agnes Bernauer erzählte. Die Kinder wollten immer wieder hören, wie der Herzog die Bernauerin als Zauberin verhaften und sie in die Donau werfen ließ. Dabei musste die arme Agnes nur deshalb sterben, weil sie nicht adlig war und sich heimlich mit dem Sohn des Herzogs verheiratet hatte.

Jo warf einen kurzen Blick nach unten auf die schmutzig-graue Donau. Das Wasser war nicht wirklich hoch. Der Fluss war zwar über die Ufer getreten, aber oben auf dem Damm hätte man mit den Kindern durchaus gehen können. Was Mutter bloß hatte. Jo sah noch einmal nach unten und schreckte hoch, als es hinter ihr hupte.

Im Zentrum schaltete die Ampel bei der Staatlichen Realschule gerade auf rot. Gleich um die Ecke, hinter dem Wasserturm, stand das Haus, in dem sie groß geworden war. Seit die Eltern mit der Großmutter vor etlichen Jahren an den nördlichen Stadtrand gezogen waren, war sie nicht mehr dort gewesen.

Da sich die Sonne gerade durch die Wolken schob, würde sie sich hier im Viertel die Füße vertreten und erst dann zurückfahren. Den Wagen stellte sie bei der Brauerei ab und lief in Richtung Krankenhaus. Es roch nach Malz, genau wie früher. Als Kind hatte sie den Geruch gehasst, der manchmal tagelang über Haus und Garten hing.

Abgesehen davon war das Haus mit dem großen Treppenhaus und dem verwinkelten Garten ein Paradies für sie gewesen. Den Sommer verbrachte sie draußen; nach der Schule saß sie oben im Apfelbaum und las. Bei schlechtem Wetter war sie im Schuppen, dort hatte sie einen alten Sessel am Fenster stehen und einen geheimen Vorrat mit Süßigkeiten, die sie in einer Lebkuchendose aufbewahrte.

Rebekka war immer eine Stubenhockerin gewesen. Und die Erwachsenen waren ständig mit sich beschäftigt. Ihre Großmutter hatte nie Zeit für die Enkelkinder gehabt. Entweder arbeitete sie in der Schneiderei oder sie zog sich zurück. Jo konnte sich nicht daran erinnern, dass sie jemals mit ihren Enkelkindern gespielt hätte, kein einziges *Mensch-ärgere-dich-nicht* oder *Halma* oder *Mühle*. Das gab es nur am Sonntagnachmittag mit ihrem Vater.

In der Krankenhausgasse wechselte sie die Straßenseite und blieb stehen. Da war es. Aber leider funkelte hinter der perfekten Fassade gar nichts mehr. Die Fenster und die Haustür waren aus weißem Kunststoff und die glänzenden Dachpfannen sahen aus, als hätte man sie mit Lack überzogen, damit sich kein Stäubchen festsetzen konnte. Ein Haus, das so wirkte, als wäre es einbalsamiert.

Am schlimmsten hatten die neuen Besitzer den Garten zugerichtet. Die alten Apfel- und Birnbäume waren gefällt worden und den großen Holunderstrauch, in dem ihre Freunde, die Amseln und Spatzen, zu Hause gewesen waren, gab es auch nicht mehr.

Wahrscheinlich hatten nicht einmal die Schneeglöckchen und die Märzenbecher auf der Südseite überlebt. Das waren Blütenteppiche gewesen, wie man sie mittlerweile nur noch selten in den Gärten fand.

Der Schuppen war ebenso verschwunden wie der schiefe Holzzaun, den sie regelmäßig mit ihrem Vater in den großen Ferien gestrichen hatte. Wie schmerzhaft die Holzsplitter gewesen waren, die sie sich regelmäßig geholt hatte, wenn sie über den Zaun in den Nachbargarten geklettert war. Und es gab oft Ärger, wenn sie mit neuen Blessuren an Händen und Füßen nach Hause gekommen war. Ihre Mutter war immer genervt. An diesem neuen hohen Metallzaun würde sich jedes Kind den Bauch aufschlitzen, wenn es versuchte, über die Spitzen zu klettern.

Auf dem Platz mit der grünen Schaukel und dem Sandkasten, im dem sie ihre Burgen gebaut hatte, thronte jetzt eine Marmorstele, über die ein gleichmäßiger Wasserstrahl plätscherte. Jo hätte wetten können, dass das Kunstwerk nachts angeleuchtet wurde.

„Da schau her, die junge Richter ist auch mal wieder im Land. Was ist eigentlich aus dir geworden?“ Der alte Mann war wie aus dem Nichts aufgetaucht, stützte sich mit beiden Händen auf seinen Gehstock und beäugte sie neugierig. „Du bist wirklich genauso groß wie dein Vater, ganz der Rudolf. Aber von der anderen Seite scheinst du nicht viel geerbt zu haben.“

„Das Haus ist nicht mehr wiederzuerkennen“, sagte sie und musterte ihn. Die Stimme kam ihr zwar bekannt vor, aber sie wusste nicht, wer er war.

„Du kennst mich nicht mehr, Mädchen, oder? Ja, ja, wie die Zeit vergeht. Früher hast du beim Ballspielen die Blumenbeete zertrampelt und bist in den Obstbäumen herumgestiegen und jetzt kennst du mich nicht mehr. Was warst du für ein Wildfang. Deine Schwester war ein Engel.“ Der Alte zeigte mit der linken Hand zum Haus.

Die junge Frau zuckte zusammen. Das war der fiese Meier, der wie ihre Familie hier zur Miete gewohnt, sich aber immer so benommen hatte, als wäre es sein Haus. Und der nichts Besseres zu tun gehabt hatte, als sich andauernd über sie zu beschweren. Rebekka steckte er Bonbons zu und strich ihr über den Kopf. Nicht, dass Jo das lieber gewesen wäre, sie ging ihm aus dem Weg. Sie traute ihm nicht und sie verstand nie, warum ihre Mutter glaubte, was er behauptete.

„Nach der Sanierung hätte ich mir das nicht mehr leisten können. Außerdem fiel mir das Treppensteigen immer schwerer, ich bin vor drei Jahren ins Betreute Wohnen gezogen. Da gleich schräg gegenüber. Und du, bist du noch in München?"

Jo nickte und richtete sich auf.

„Du bist nicht gesprächiger geworden. Grüß deine Mutter von mir, sie soll mich mal wieder besuchen. Seit dem Tod deiner Großmutter hat sich niemand mehr bei mir blicken lassen. Warst du schon auf dem Friedhof?"

„Nein. Noch nicht. Aber kann ich Sie etwas fragen? Sie wissen doch sicher, wie mein Großvater gestorben ist?"

Meiers Augen wurden schmal. „Er hatte einen Unfall. Aber wieso willst du das von mir wissen? Frag lieber deine Mutter."

„Sie spricht nicht darüber."

„Sie wird ihre Gründe haben. Ihr jungen Leute seid wirklich unverschämt. Das war früher anders, das hätte es bei uns nicht gegeben. Wir hatten noch Respekt vor den Alten."

„Danke für die freundliche Auskunft", sagte sie. „Und überanstrengen Sie sich nicht. Ihre Strafpredigten von früher reichen für den Rest meines Lebens. Ich muss jetzt los." Sie hob die Hand und ließ ihn stehen.

„Unverschämt! Du hast dich wirklich nicht verändert", schimpfte er mit seiner kratzigen Altmännerstimme hinter ihr her.

„Du auch, Meier, du bist auch ganz der Alte geblieben." Zügig ging sie weiter die Straße hinunter, zog den Reißverschluss ihrer Kordjacke hoch und versuchte, sich nicht über ihn zu ärgern.

Aber er hatte etwas von einem Unfall gesagt, das war immerhin eine kleine Spur. Ein Unfall mit tödlichen Folgen. Am Familiengrab mussten die Lebensdaten ihres Großvaters zu finden sein. Dass sie daran noch nicht gedacht hatte.

Der Sankt-Michael-Friedhof kam ihr dieses Mal viel größer vor als auf Großmutters Beerdigung im Frühsommer. Es war still. Nur eine alte Frau stand an einem frischen Grabhügel und murmelte etwas. Wahrscheinlich betete sie. Oder vielleicht sprach sie mit dem Verstorbenen und erzählte ihm, was sie heute zu Mittag gegessen hatte oder was die Enkelkinder in den Ferien machten.

Die meisten Gräber bestanden aus ordentlichen Grabsteinen, marmornen Umfassungen, bunten Stiefmütterchen, ein oder zwei Grünpflanzen und dem obligatorischen Weihwasserkessel. Reihe um Reihe. Hier achtete man darauf, nicht aufzufallen. Nicht einmal nach dem Tod durfte man aus der Reihe tanzen.

Leider wurde auf dem Alten Nordfriedhof in München niemand mehr beerdigt. Wenn Jo sich vorstellte, wo sie selbst gerne beerdigt würde, dann dachte sie an diese stille Oase mitten in der Stadt. Die blauen Sternblumen und der Bärlauch im Frühjahr waren ganz nach ihrem Geschmack. Ebenso das bunte Herbstlaub, das alles zudeckte.

Hier sah es so aus, als würden sie nicht nur die Grabsteine auf Hochglanz polieren, sondern auch jeden Kieselstein umdrehen und putzen. Auf den Wegen gab es kein Unkraut, kein Gras, kaum Laub. Hinter den hohen, verwitterten Ziegelsteinmauern ratterte ein Zug nach Passau.

Das Familiengrab lag im hinteren Teil des Friedhofes unter einer Linde. Bei Großmutters Beerdigung hatte der Baum geblüht, aber bei dem ganzen Weihrauch war der Lindenduft leider nicht bis zu ihnen durchgedrungen.

Auf dem kleinen Erdhügel steckte noch immer das braune Holzkreuz, das ein Ministrant vor dem Sarg ihrer Großmutter hergetragen hatte. Außerdem standen da zwei Blumenschalen und ein Strauß Astern. Jo bückte sich automatisch und sammelte die Lindenblätter auf, die auf der schwarzen Erde lagen.

„Großmutter, wieso hast du mir nie gesagt, was mit deinem Mann passiert ist? Aber das mit uns beiden hat nie richtig gut funktioniert. Und ich nehme mal an, es gibt keinen Grund, warum sich das geändert haben sollte. Oder?" Aus Gewohnheit verteilte Jo mit der freien Hand ein wenig Weihwasser auf dem Grab und setzte sich in die Hocke.

Unter dem gusseisernen Deckel war der kleine Steintrog randvoll mit Weihwasser gefüllt. Früher hatte sie sich oft um das Grab ihrer Großtante kümmern müssen und hatte das Weihwasser einfach mit Leitungswasser verdünnt, obwohl das streng verboten war. Sie hätte bei der Kapelle geweihtes Wasser holen müssen.

An dem braunen Holzkreuz hing der schwarze Schleier, unter dem Großmutters Sterbebild befestigt war. Das Foto zeigte sie an ihrem siebzigsten Geburtstag, aber selbst an diesem Festtag sah sie streng und ernst aus.

Den katholischen Brauch mit den Sterbebildern mochte Jo. Diese kleinen gedruckten, vierseitig gefalteten Papiere wurden bei der Beerdigung verteilt, damit die Verwandten, Freunde und Nachbarn etwas zur Erinnerung mit nach Hause nehmen konnten. Auf der Vorderseite gab es in der Regel ein Foto oder ein Bild mit einem bunten Laubbaum, einem melancholisch gefärbten Himmel, mit Dürers betenden Händen oder einem Kreuz. Innen war das Foto des Verstorbenen mit den Lebensdaten abgedruckt und daneben ein Zitat eines Heiligen oder etwas aus der Bibel.

Bei ihrer Großmutter musste es natürlich der Gekreuzigte sein, schließlich war sie eine fromme Frau gewesen. „Theresia Mayr, 1930 – 2004. Der Herr hat's gegeben, der Herr hat's genommen."

„Was hat dir der Herr gegeben und was hat er dir genommen, Großmutter? Die knapp vierundsiebzig bescheidenen Jahre? Glücklich kannst du nicht gewesen sein, glückliche Menschen sehen anders aus. Schade, dass ich so wenig von dir erfahren habe. Du warst schon eine seltsame Frau."

Dann versuchte Jo, die Lettern zu entziffern, die auf dem Stein eingraviert waren. Die Lebensdaten ihrer Großtante und ihres Mannes konnte man kaum mehr lesen. Und die Daten ihres Großvaters standen überhaupt nicht auf dem Stein. Seltsam. Jo suchte vergeblich weiter und nahm sich vor, als Nächstes herauszufinden, wo ihr Großvater beerdigt worden war.

3

Am Montagabend saß Jo müde in der Küche, trank eine Tasse Tee und konnte sich nicht überwinden, das Abendessen zu machen. Ihre Freundin kam herein, leerte am Spülbecken ein Glas Leitungswasser und stöhnte. „Du kannst dir nicht vorstellen, wie fertig ich bin. Diese Arbeit macht mich wahnsinnig. Ich muss dringend an die frische Luft."

Jo warf ihr einen mitfühlenden Blick zu, sie selbst hatte es nicht einmal geschafft, zwanzig Seiten in diesem zeitgenössischen Roman zu lesen, den Alba in ihrer Seminararbeit interpretieren musste. *Die Ausgesperrten* war gnadenlos. Nichts als Gewalt in der Familie und die Aussichtslosigkeit der jungen Generation, diesem Teufelskreis zu entkommen.

„Du Arme, erhole dich. Ich mach uns gleich was zu essen. Wann kommst du wieder?"

Wortlos drehte sich Alba um, verließ die Küche und schlug die Tür hinter sich zu.

„Wenn das jetzt schon so schlimm ist, wie wird das erst bei den Abschlussprüfungen werden", brummte Jo und ging in den Flur hinaus. „Was ist los?"

„Kannst du nicht einmal mit mir einen Spaziergang machen? Du willst immer nur laufen oder hoch hinaus mit deinem Freund Jakob. Mit mir gehst du keinen Meter."

„Frag mich doch einfach, ob ich mitkommen will. Ich gehe in letzter Zeit oft spazieren", sagte Jo, nahm die Jacke von der Garderobe und steckte den Haustürschlüssel ein.

Auf der Straße gingen sie eine Weile schweigend nebeneinander her. Dann nahm Alba die Hand ihrer Freundin, drückte sie und sagte: „Ich weiß auch nicht, was mit mir los ist. Ich komme nicht weiter und Ende des Monats muss ich abgeben, sonst kann ich mich nicht für die Prüfungen anmelden."

Jo beugte sich zu ihr hinunter, drückte ihr einen Kuss auf die Wange und legte ihr den Arm um die Schultern. „Ich kann dir leider nicht helfen. Davon verstehe ich wirklich nichts. Wäre es schlimm, wenn du erst ein Semester später fertig werden würdest?"

„Nein, aber ich halte das nicht mehr lange aus an der Uni, ich muss das jetzt durchziehen."

„Ja, ich weiß, es gibt einen Punkt, da muss man Ernst machen. Sonst wird das nichts mehr mit dem Abschluss."

Hand in Hand überquerten sie die Augustenstraße und in einer der ruhigen Seitenstraßen, die zum Nordfriedhof führten, erkundigte sich Alba nach dem Besuch in Straubing.

„Es war seltsam", sagte Jo, zog ihre Hand zurück und kickte eine leere Plastikflasche in die Abwasserrinne.

„Wie meinst du das? Waren Rebekka und die Mädchen auch da?"

„Ja. Mit den Mädchen ist es wunderbar. Aber Mutter ist ausgerastet, weil Lea mit mir an die Donau wollte. Es hätte zu viel Wasser oder was weiß denn ich. Ihre Reaktion war wirklich seltsam. Als ob ich den Mädchen was Böses wollte."

„Du übertreibst. Was ist los mit Walburga?"

„Ich weiß es nicht genau. Sie sieht schlecht aus. Anscheinend wird sie nicht mit Großmutters Tod fertig. Aber ich frage mich, wie sie darüber hinwegkommen will, wenn sie kein Wort darüber redet. Wir sprechen nicht über Großmutter, weder über ihr Leben noch über ihren Tod. Und als ich nach meinem Großvater gefragt habe, da war es nur noch komisch."

„Wahrscheinlich ist das kein guter Zeitpunkt. Du könntest Rebekka fragen, ob sie etwas weiß. Manchmal wissen die anderen mehr, als man glaubt", erwiderte Alba nachdenklich.

„Bloß weil sie die Ältere ist? Das kann ich mir nicht vorstellen. Als Kind war ich mir lange nicht sicher, ob Großmutter überhaupt verheiratet war. Und seit ich denken kann, haben wir nie irgendein Wort über Großvater gehört. Im Grunde existiert er nur in meinen Alpträumen."

„Und was sagt Rudolf dazu?"

„Er versucht zu vermitteln, das hat er ja schon immer getan. Ich liebe meinen Vater wirklich sehr, aber gestern ist er mir auch nur ausgewichen", antwortete Jo.

„Das darfst du nicht persönlich nehmen. Er muss zu deiner Mutter halten. Außerdem sind alle Familien irgendwie schrecklich, genau wie in diesen verfluchten *Ausgesperrten*. Ich habe gestern Abend mit meiner Mama telefoniert, ich soll unbedingt an Allerheiligen nach Rom kommen, sie will mir jemanden vorstellen."

„Nicht schon wieder! Jetzt sag es ihr endlich, sonst gibt sie nie Ruhe."

„Ruhe, dass ich nicht lache. Du kennst meine Mama nicht. Sie macht mir das Leben zur Hölle, wenn sie erfährt, dass es in meinem Leben keine normale Familie gibt." Alba warf den Kopf in den Nacken und verschaffte sich mit einem imaginären Fächer frische Luft.

„Du kannst ein Kind kriegen, ohne mit einem Mann zusammen zu sein."

„Mama würde in Ohnmacht fallen, wenn sie das hören würde."

Jo lachte. „Nimm eine Flasche Grappa mit und dann sagst du es ihr."

„*Madonnina*, du hast leicht reden, in Deutschland ist das viel einfacher. Du kannst dir nicht vorstellen, wie wichtig es in Italien immer noch ist, eine normale Familie zu sein. Und die Betonung liegt auf normal, das heißt, Vater, Mutter und die Kinder." Die Freundin faltete die Hände vor der Brust und bewegte sie in dieser typisch italienischen Geste einige Male locker aus dem Handgelenk hin und her.

„Auf dem Land ist es bei uns auch noch so. Sieh mal", sagte Jo und deutete auf einen Mann, der einen kleinen Jungen auf seinem Dreirad vor sich herschob.

„Lass mich, Papa, ich kann das, ich will allein fahren, will allein fahren", kreischte der Bub und trat heftig in die Pedale.

Der Vater brachte seinen Sohn zum Stehen und kniete sich neben ihn auf den Asphalt. „Gut, aber fahr langsam und da vorne bei dem großen, roten Auto, da hältst du an. An der Ampel warten wir beide zusammen. Hast du mich verstanden?"

Als der Kleine nickte, ließ der Mann die Dreiradstange los und ging hinter ihm her. Kurze Zeit später hatte der kleine Rennfahrer den roten Kombi erreicht und der Vater forderte ihn mehrmals zum Stehenbleiben auf. Aber der Junge tat so, als hörte er nichts, und fuhr weiter auf die Kreuzung zu.

„Jetzt gibt es Ärger", sagte Jo und deutete auf die Ampel, die gerade auf Rot umschaltete.

Und schon sprintete der Vater los, holte auf und hielt das Gefährt so abrupt an der Stange fest, dass das Kind fast vornüber gekippt wäre. Dann sagte er: „Wenn du nicht hörst, was ich sage, dann müssen wir zusammen fahren, mein Schatz."

Das Protestgeschrei des kleinen Jungen begleitete die Frauen noch lange und Jo fragte: „Bist du wirklich wild entschlossen, Kinder zu kriegen? Man braucht unendlich viel Geduld, bis sie groß sind."

Alba sagte kein Wort und ging mit kleinen, schnellen Schritten weiter.

„Meine Güte. Du hast doch noch fünfzehn Jahre Zeit, um ein Kind in die Welt zu setzen. Mach dein Studium fertig und kümmere dich um einen Job und dann siehst du schon, ob es immer noch passt."

„Du redest nur so vernünftig daher, weil du kein Kind willst."

„Ich bin nun mal die geborene Tante, ich kann mir beim besten Willen nicht vorstellen, Mutter zu sein."

„Lassen wir das. Heute ist kein guter Tag, um über so was zu reden. Meine Laune ist schon schlecht genug", sagte die kleine Italienerin theatralisch und lief zügig weiter.

Unter dem bunten Laubdach spazierten sie so lange schweigend über den Alten Nordfriedhof, bis Alba auf eine Inschrift an einem der alten, verwitterten Grabsteine zeigte. „Italienische Friedhöfe sind so hässlich. Hier können die Toten wirklich ruhen."

„Ja, aber auch nur abends und nachts oder bei schlechtem Wetter. Sonst ist es hier ziemlich belebt. Apropos Familie. Wie alt sind eigentlich deine Stiefgeschwister in der Zwischenzeit?"

„Paula ist siebzehn und Thomas fünfzehn."

„Die sind ja schon bald erwachsen. Besuchst du sie mal wieder?", fragte Jo.

„Ich weiß nicht, ob ich es in den Semesterferien schaffe. Meiner Mutter darf ich nichts davon erzählen, für sie ist die Familie meines Vaters tabu. Ich kann ja nicht einmal das Wort ‚Papa' erwähnen, ohne dass sie ausflippt. Geschweige denn seine beiden anderen Kinder. Kannst du mir verraten, warum sie mich unbedingt mit einem Mann zusammenbringen will, wenn sie glaubt, dass alle Männer Schweine sind?"

„Wahrscheinlich denkt sie, dass ihr das mit einem Italiener nicht passiert wäre. Und deswegen sollst du einen italienischen Mann heiraten."

„Das ist Blödsinn, was sie sich da ausdenkt. Sie könnte mich ja auch mal fragen, wie ich leben möchte." Alba bückte sich nach einem großen Ahornblatt und zerfetzte es in kleine Teile.

„Du bist ihre einzige Hoffnung. Du kannst ihr den Traum vom Familienglück noch erfüllen, an dem sie gescheitert ist."

„Ein Kind ist nicht dazu da, um die Wünsche seiner Eltern zu erfüllen. Wenn ich wenigstens eine Schwester oder einen Bruder hätte, dann würde sich das besser verteilen."

„Das stimmt. Ich bin froh, dass meine Schwester den Part mit der Familiengründung übernommen hat. Meine Nichten sind wirklich super, aber was die Generationen vorher angeht, da tun sich Abgründe auf." Jo hustete, setzte sich auf eine Sitzbank am Wegrand und streckte die Beine aus.

„War es das schon?“, fragte Alba ungehalten, setzte sich trotzdem und scharrte mit den Füßen unter der Bank.

„Ich brauche eine Pause, es ist anstrengend, so viel zu reden und gleichzeitig schnell zu gehen.“ Jo starrte auf den Boden. So hilflos hatte sie sich schon lange nicht mehr gefühlt und sie wusste einfach nicht, wie sie damit umgehen sollte. Es war doch kein Verbrechen, danach zu fragen, was in ihrer Familie los war. „Kannst du dir eigentlich vorstellen, Alba, dass ich nicht einmal weiß, wo mein Großvater beerdigt wurde?“

„Wieso bist du so besessen von diesem Großvater? Der ist vor ewigen Zeiten gestorben. Ich glaube, dass deine Alpträume mit dem Stress in Finnland zusammenhängen. Das Erlebnis auf dem See sitzt dir noch in den Knochen. Du warst sehr krank. So schnell vergisst der Körper das nicht. Es dauert, bis du wieder fit bist. Und geh endlich zum Arzt und lass dich abhören.“

Jo verdrehte die Augen. „Du klingst wie Frieda.“

„Und du wie ein sturer Esel. Denk mal mit. Es nützt nichts, deine Mutter zu quälen. Für sie ist es schwer genug.“

„Bravo. Ich danke dir für deine Loyalität, es ist wirklich nett von dir, dass du dich auf ihre Seite stellst. Wie es mir damit geht, interessiert dich anscheinend nicht.“ Jo rutschte ein Stück zur Seite und verschränkte die Arme.

„Du bist sehr empfindlich in letzter Zeit, weißt du das?“

„Auf wessen Seite stehst du? Und wann sagst du deiner Mutter endlich, dass du mit mir zusammen bist?“

„Meine Mutter hat nichts mit deiner Familie zu tun und ich möchte selbst entscheiden, was ich tue oder lasse“, sagte die Freundin mit einem warnenden, dunklen Unterton in der Stimme.

„Und mir gibst du gute Ratschläge, wie ich mit meiner Familie umgehen soll.“

„Ich gebe dir keine guten Ratschläge, aber es wird langsam Zeit, dass du die Verantwortung für dein Leben übernimmst.

Keiner kann etwas dafür, dass du bei diesem Wetter ohne Schwimmweste auf dem See unterwegs warst. Das war extrem leichtsinnig von dir. Und du hast Glück gehabt, dass du heil davongekommen bist. Außerdem bin ich nur dir zuliebe in dieses verfluchte Karelien mitgefahren. Nichts als Seen, Wälder und Stechmücken. Da kann man sich nicht erholen. Und dann die Sorge um dich mit dem Fieber und der ganze Stress. Das war wirklich kein Spaß. Ich wäre viel lieber nach Italien gefahren."

„Ich fahre sehr gern mit dir nach Italien, aber nicht im Hochsommer. Oder willst du mich umbringen?"

„Dafür hättest du schon beinahe selbst gesorgt", sagte die Freundin laut und schlug mit der flachen Hand auf die Bank.

Die Spaziergänger, die gerade an ihnen vorbeiliefen, drehten sich um und starrten die jungen Frauen an. Dann steckten die beiden älteren Leute die Köpfe zusammen, flüsterten miteinander und gingen nicht weiter, ohne sich noch einmal nach ihnen umzudrehen.

Auf einmal sprang Alba hoch, lief einige Schritte hinter ihnen her und rief ihnen nach: *„Buona sera, signore e signori. Avete passato una bella giornata? Siete veramente gentili a prestarci tanta attenzione. È stato un piacere conoscervi. Buona sera signora, buona sera signore."*

Jo musste laut lachen, sie hatte nicht alles verstanden, aber es war ein beeindruckendes Schauspiel. So musste es in Albas Familie sein. Bei Familientreffen und Zusammenkünften mit Freunden war es oft dermaßen laut und theatralisch, dass man das eigene Wort nicht mehr verstand. Die Kehrseite war, dass das eigene Wort in Italien nicht so viel zählte wie das der Familie. Sonst fiele es Alba nicht so schwer, ihrer Mutter zu erzählen, dass sie mit einer Frau zusammen war.

Die Freundin kam zur Bank zurück und schob sich die dunklen, widerspenstigen Locken aus dem geröteten Gesicht. „Ich weiß, ich weiß, das gehört sich nicht, aber wir sind doch keine Nashörner im Zoo und diese Leute sind sich auch noch zu gut dazu, ein Wort mit mir zu wechseln. Sie hätten wenigstens irgendetwas sagen können."

„Du hast italienisch geredet, ich bin mir sicher, sie haben dich nicht verstanden. Und du, du bist ein entzückendes Nashorn. So sanft und dann wieder so aufbrausend, dass die Wände wackeln. Ist dir eigentlich klar, dass du die Totenruhe störst, wenn du auf einem Friedhof so herumschreist?"

„Nimm mich nicht auf den Arm, das ist gar kein richtiger Friedhof mehr. Und lenk nicht von unserem Gespräch ab. Wir hätten zusammen ans Meer fahren sollen, da wäre es uns beiden viel besser gegangen und vor allem hätten wir uns erholt. Jetzt haben wir den Salat, du bist immer noch nicht gesund. Und ich bin ein Nervenbündel, bevor es überhaupt ernst wird mit den Prüfungen."

„Du glaubst doch nicht wirklich, dass wir uns im August am Strand erholt hätten, bei der Hitze und mit all den Touristen, die wie Sardinen aufeinander liegen und in der Sonne brutzeln", sagte Jo.

„Wir hätten schon ein ruhiges Plätzchen gefunden und außerdem kann man auch morgens und abends an den Strand gehen", sagte Alba. „Das haben wir immer so gemacht. Aber der Sommer ist vorbei und ich habe genug von dieser Diskussion. Ich habe Hunger. Gehen wir was essen? Oder willst du uns etwas kochen?" Alba packte ihre Freundin an den Händen und zog sie hoch.

Der erste Herbststurm rüttelte an den Jalousien. Es war Nacht. Jo schreckte hoch. Ihr Herz raste. Schweißgebadet setzte sie sich auf und zog die Bettdecke hoch. Der Druck auf die Brust war so groß, dass sie eine ganze Weile husten musste. Wie gut, dass sie heute allein schlief. Als sich ihre Bronchien beruhigten, stand sie auf und wechselte das verschwitzte T-Shirt. Im Badezimmer wusch sie sich das Gesicht und trank einen Schluck Wasser. Sauberes, wohlschmeckendes Wasser, kein braunes, schlammiges wie vorhin im Traum.

Schnell zog sie den Morgenmantel über und schlich in die Küche. Als sie eine Tasse Lindenblütentee aufgegossen hatte, kam die Freundin herein. Ihre Augen waren schmal, die Stimme verschlafen. „Wieder ein Alptraum?"

Jo stellte die Teetasse auf den Tisch und gab Honig dazu.

„Erzähl es mir, dann kannst du vielleicht wieder einschlafen." Alba holte sich einen Stuhl und nahm Jos Hand.

„Da war ein kleines Mädchen, das zusammen mit einem älteren Mädchen auf dem Dammweg an einem Fluss entlanglief. Die Kleine trug ein rotes Kleid und weiße Sandalen, unter ihrem Arm klemmte eine Puppe. Die Große hielt die Kleine an der Hand und erzählte ihr irgendetwas. Auf jeden Fall lachte das kleine Mädchen aus vollem Hals."

„Wer waren die beiden?", fragte Alba und gähnte.

„Ich bin mir nicht sicher. Es könnten Rebekka und ich gewesen sein. Auf jeden Fall hatte der Fluss Hochwasser; es war ein breiter, schmutziger, schnell dahinfließender Strom, in dem Äste, Holzplanken und Müll trieben."

„Hast du den Fluss erkannt?"

„Es muss die Donau gewesen sein", sagte Jo leise. „Es sah aus wie zu Hause. Vor den beiden Mädchen trippelte ein weißer Terrier mit der Schnauze am Boden. Das ältere Mädchen lockte ihn vergeblich, wurde immer schneller und zog die Kleine hinter sich her. Auf einmal ließ die Große die Kleine los und rannte dem Hund hinterher."

„Und wie ging es weiter?" Alba ließ ihre Freundin nicht aus den Augen.

„Die Kleine interessierte sich gar nicht für den Hund, sie war fasziniert von dem Unrat auf dem Fluss und am Ufer. Sie stapfte weiter, stolperte, verlor ihre Puppe und fing an zu weinen. Dann wollte sie die Puppe retten, lief die Böschung hinunter, rutschte aus, fiel ins Wasser, zappelte, riss den Mund auf. Schrie stumm. So ähnlich wie der Mensch auf Edvard Munchs Gemälde. Und dann bin ich aufgewacht."

„Das ist ja furchtbar. Was ist das bloß? Was können wir bloß tun, damit es dir wieder besser geht?"

Jo nahm einen Schluck Tee. „Danke, dass du mir zugehört hast. Im Moment können wir nichts tun. Geh ins Bett, ich leg mich auch gleich wieder hin."

„Soll ich bei dir schlafen?", fragte Alba, stand auf und küsste die Freundin auf den Scheitel.

„Nein, danke, ich werde mich noch eine Weile hin und her wälzen. Schlaf gut. Und danke fürs Zuhören." Jo trank ihren Tee aus.

Im Schlafzimmer schüttelte sie das Bettzeug auf, lüftete und legte sich wieder hin. Wenn sie nicht bald einschlafen konnte, würde der nächste Tag eine Qual werden. In letzter Zeit war sie nach dem Mittagessen oft so müde im Verlag, dass sie am liebsten den Kopf auf den Schreibtisch gelegt und ein Nickerchen gemacht hätte.

Der Wind hatte nachgelassen, die Stadt schlief noch und Jo versuchte, an etwas Angenehmes zu denken. An eine Reise mit Alba in die Toskana. An eine Bergtour mit Jakob. An einen Spaziergang oder irgendeine andere kleine Unternehmung mit Elsa Beyer. Frieda wusste bestimmt, ob die Tierärztin noch andere Hobbys hatte außer Klavierspielen.

Um sieben riss sie der Wecker aus dem Tiefschlaf. Es fiel ihr schwer aufzustehen, sie wollte einfach nur die Decke über den Kopf ziehen und im Bett bleiben. Unter der Dusche stellte sie den Wasserhahn auf kalt. In nächster Zeit würde sie sich zusammennehmen müssen und weder über ihre Alpträume noch über ihre Familie nachdenken können. Das Meeting mit der Vertriebschefin und dem Verleger stand bevor und sie würde die Arbeit der letzten Monate in die Waagschale werfen müssen.

Die Freundin steckte den Kopf zur Tür herein und wünschte einen guten Morgen. Jo stieg aus der Dusche, trocknete sich ab und putzte sich die Zähne. Die Zahnpasta schmeckte so intensiv nach Pfefferminze, dass der brackige Geschmack in ihrem Mund endgültig verschwand. Zum Teufel mit diesen Träumen und zum Teufel mit diesem Großvater-Phantom.

Schnell zog sie sich an und cremte das Gesicht mit Rosencreme ein. Nach einem Kaffee im Stehen gab sie ihrer Freundin, die gerade aus dem Bad kam, einen Kuss auf die Wange und sagte: „Du brauchst heute nicht mit dem Essen auf mich zu warten. Es wird spät."

4

Im Zugabteil roch es muffig. Jo warf die *Süddeutsche* auf den Sitz und öffnete das Fenster. Das junge Pärchen gegenüber ließ sich nicht stören. Seit sie in Landshut zugestiegen waren, saßen sie eng aneinandergeschmiegt da, flüsterten miteinander und schlossen den Rest der Welt von ihrem Glück aus.

Kilometer um Kilometer bummelte der Regionalexpress durch Niederbayern. Vorbei an kleinen Dörfern, umgepflügten Ackerflächen und Maisfeldern. Es dauerte noch immer eine halbe Stunde bis Regensburg. Der Zug hatte Verspätung. Wie gut, dass Rebekka erst später ankam.

Jo sog die frische, würzige Luft ein. Es war endgültig Herbst geworden. Lea hatte letzte Woche ihren ersten Schultag gehabt und man würde sehen, wie es der Kleinen in der Schule ging. Die große Schwester Sara war eine Musterschülerin, genau wie ihre Mutter. Rebekka war schon am ersten Schultag vor Stolz geplatzt, in ihrem blauen Kleid und mit der selbst gemachten Schultüte im Arm. Auf dem Klassenfoto in der ersten Klasse lächelte die Schwester wie ein Honigkuchenpferd und sah trotzdem ernster aus als die anderen Kinder.

Was Rebekka über die Großeltern wusste und was sie hinter ihrem freundlichen Gesicht und dem ewigen Lächeln verbarg, das interessierte Jo brennend. Aber sie war sich nicht sicher, ob sie der Schwester vertrauen konnte.

Langsam fuhr der Zug an großen Industrieanlagen und an *Südzucker* vorbei. Und endlich kündigte der Zugführer ihre Ankunft in Regensburg an. Hier war ihre Mutter 1954 auf die Welt gekommen, Großvater musste bald darauf gestorben sein und dann war Großmutter nach Straubing gezogen. Alles andere war unklar. Wahrscheinlich hatten sie Großvater hier beerdigt.

Regensburg Hauptbahnhof. Auf dem Bahnsteig gegenüber warteten die Menschen dicht gedrängt auf den Zug nach München. Die meisten waren in Gruppen unterwegs und trugen echte Dirndl und Lederhosen oder sogenannte Landhausmode. Die wollten tatsächlich alle zum Oktoberfest.

Jo war froh, an diesem Sonntag nicht in München zu sein. Langsam schlängelte sie sich durch die Menschentrauben und ging auf die gläserne Brücke hinauf, die das Bahnhofsgebäude mit den Gleisen und dem gegenüberliegenden Einkaufszentrum verband. Mit der Nase an der Glasscheibe wartete sie auf den Zug aus Straubing.

Es ließ ihr einfach keine Ruhe, sie musste unbedingt herausfinden, ob und wie diese Welle, die seit Finnland immer wieder über sie hinwegschwappte, mit ihrer Familie zu tun hatte. Dass sie vom Ertrinken träumte, erschien ihr noch einigermaßen nachvollziehbar, aber wie dieser Großvater ständig in ihren Träumen auftauchte, das war sehr beunruhigend. An den Traum mit den beiden Mädchen mochte sie im Moment lieber nicht denken.

Früher waren sie nie nach Regensburg gekommen, obwohl es nur vierzig Kilometer von Straubing entfernt war. Auf einem Hügel im Westen standen zahlreiche Hochhäuser, davor ragte ein Kirchturm in den glasklaren, blauen Herbsthimmel und die Gleise liefen weit draußen auf einen bewaldeten Hügel zu, der golden gefärbt war. Die Altstadt, von der alle schwärmten, war leider nicht zu sehen.

„Verehrte Fahrgäste, auf Gleis fünf fährt ein die Regionalbahn aus Passau."

Und schon füllte sich die Glasbrücke erneut mit Reisenden. Jo wechselte die Seite. Bald darauf kam die Schwester mit Schwung die Treppen herauf. In einer engen, roten Lederjacke und mit frisch geschnittenen schwarzen Haaren. Die silbernen Fäden darin, die Jo auf Großmutters Beerdigung zum ersten Mal aufgefallen waren, gab es nicht mehr.

„Blendend siehst du aus", sagte Jo und umarmte Rebekka.

„Danke. Und du bist immer noch blass." Die Schwester hielt die Jüngere auf Armeslänge von sich weg und musterte sie.

„Das war die schlechte Luft im Abteil", antwortete Jo und ließ der Älteren auf der Rolltreppe nach unten den Vortritt.

„Wie kommt es eigentlich, dass wir uns in Regensburg treffen?", fragte Rebekka draußen vor dem Bahnhof, während sie an einer Fußgängerampel warteten.

„Ich war noch nie hier. Und unsere Großeltern lebten hier eine ganze Weile."

Die Schwester konnte gerade noch einer großen Reisetasche ausweichen, die ein Mann vor ihnen schwungvoll von einer Schulter auf die andere schob. Die Ampel schaltete auf grün.

„Regensburg ist Mutters Geburtsstadt", setzte Jo auf der anderen Straßenseite nach.

„Gehen wir durch den Park in die Altstadt?", fragte Rebekka und zeigte nach Norden.

„Bist du öfter hier?"

„Ab und zu nehme ich mir einen Nachmittag frei, drücke Rolf die Kinder in die Hand oder bringe sie zu Mutter und fahre hierher. Ich trinke einen Kaffee, kaufe mir etwas Neues zum Anziehen und schon geht es mir wieder besser. Ich beneide dich um deine Freiheit, du kannst tun und lassen, was du willst, Schwester", sagte Rebekka.

„Ich muss arbeiten gehen. Und im Verlag ist es gerade nicht leicht."

„Arbeiten muss ich auch. Ich meine privat. Für die Mädchen muss ich immer da sein, sie versorgen, lieben und trösten, egal, wie ich mich fühle."

„Ich dachte immer, du bist eine glückliche Mutter."

„Nur weil ich immer lächle? Wenn ich lächle, kann mir nichts passieren. Das war schon immer mein Trick. In mir drin, da sieht es manchmal ganz anders aus. Es gibt so viel, was ich dir nie erzählt habe", sagte die Schwester.

„Das ist so üblich bei uns. Keiner sagt, wie er sich wirklich fühlt. Und mit der Wahrheit nehmen wir es anscheinend auch nicht so genau." Jo hob die Arme und ließ sie wie eine Marionette fallen.

„Warum sagst du so etwas?"

„Großmutter sagte immer, wer zu viel redet, gibt zu viel von sich preis. Und daran hat sie sich ihr Leben lang gehalten, zumindest so lange, wie ich sie kannte. Was vorher war, weiß ich nicht. Findest du es normal, dass man so wenig von seinen Großeltern weiß wie wir?"

„Normal. Was ist schon normal? Seit ich Sozialpädagogin bin, habe ich dieses Wort aus meinem Wortschatz gestrichen", erwiderte Rebekka.

„Mutter ist genau wie Großmutter, nie hat sie mit uns über Gefühle, Ängste oder Sorgen, über unsere Pläne oder Wünsche gesprochen. Nur über das Wetter oder anderen unwichtigen Kram."

„Du übertreibst. Unsere Kindheit war schön. Im großen Ganzen. Mutter hatte zwar ihre Stimmungen, aber sie hätte alles für uns getan." Die Schwester zeigte auf einen hohen Zaun. „Da ist übrigens der Schlosspark mit dem Fürstlichen Schloss. Die machen jedes Jahr einen tollen Weihnachtsmarkt. So richtig romantisch mit Fackeln und Feuer."

„Ich kriege kein Wort aus ihr heraus. Sie sagt nichts darüber, wie Großvater starb oder wo er beerdigt wurde. Ich finde, wir haben ein Recht darauf zu wissen, was mit ihm passiert ist. Der alte Meier sagte, er hätte einen Unfall gehabt. Aber warum machen sie so ein Geheimnis daraus?"

„Großmutter ist gerade mal vier Monate unter der Erde und du hast nichts Besseres zu tun, als in ihrem Leben herumzustochern. Das hat etwas von Leichenfledderei. Und Mutter braucht Zeit. Viel Zeit."

„Ich muss es herausfinden, ich schlafe keine Nacht mehr durch, ich habe ständig Alpträume, in denen ich ertrinke und Großvater treffe. Er sieht aus wie eine Wasserleiche und spricht mit mir. Ich kann bald nicht mehr", sagte Jo mit Nachdruck.

„Such dir jemanden, mit dem du therapeutisch arbeiten kannst. Du musst diese Sache mit dem Erlebnis in Finnland angehen. Kümmere dich darum und dann kannst du wieder schlafen."

„Das will ich ja, aber ich kriege das nicht mehr aus dem Kopf. Ich muss wissen, was war."

„Was hat Mutter denn gesagt?", fragte Rebekka und fuhr sich durch die Haare.

„Nichts, gar nichts, das ist ja das Schlimme. Sie ist nicht auf meine Fragen eingegangen, sie lässt mich im Regen stehen. Und Vater schützt sie."

„Weil er es allen recht machen will. Dabei bist du immer sein Liebling gewesen, mich hat er überhaupt nicht wahrgenommen."

„Du bist halt Mutters Tochter. Das war auch schon immer so", sagte Jo.

„Das mit Mutters und Vaters Liebling ist schon interessant. Ich fürchte, dass sich das wiederholt. Sara ist mein Mädchen. Das wollte ich nicht. Es ist einfach so gekommen. Und Lea steht Rolf viel näher als mir. Es ist ungerecht, ich weiß es, aber mit Lea habe ich mich von Anfang an schwerer getan. Stell dir vor, sie wollte, dass ihr Vater am ersten Schultag mit ihr in die Schule kommt."

„Das ist doch super. Hauptsache, es ist jemand da. Wahrscheinlich liegt es daran, dass Rolf sich um sie gekümmert hat, als sie noch klein war. Du warst nach ihrer Geburt schnell wieder arbeiten", sagte Jo.

„Willst du mir Vorwürfe machen?", fragte die Schwester und presste die Lippen aufeinander.

„Warum sollte ich? Deine Töchter sind prächtige Kinder. Ich meine nur, dass Rolf eine sehr enge Beziehung zu Lea hat, weil er sich die ersten Jahre um sie gekümmert hat. Mehr will ich damit nicht sagen."

„Leute, die keine Kinder haben, können da nicht mitreden."

Jo zuckte mit den Schultern.

Nach einer Weile hakte sich Rebekka bei ihr ein und fragte im Plauderton: „Gehen wir einen Kaffee trinken? Ich weiß ein nettes, kleine Café in der Altstadt."

Noch nie war die Ähnlichkeit zwischen Mutter und ihrer ältesten Tochter so deutlich gewesen. Auch Rebekka konnte den Schalter umlegen, wenn ihr etwas unangenehm war. Aus, vorbei, Themenwechsel.

Die Regensburger Fußgängerzone hatte sich Jo romantischer vorgestellt. Es gab dieselben Ladenketten wie überall. Erst nachdem sie den großen Platz mit der evangelischen Kirche überquert hatten, bogen sie in eine mittelalterliche Gasse ein. Hier war es so eng, dass sich die Häuserwände beinahe berührten. Die mächtigen Domglocken, die gerade läuteten, hätten Tote wecken können. Durch diese Gassen mussten die Großeltern auch gegangen sein.

„Wir sind da." Die Schwester zeigte auf ein altmodisches Schaufenster mit einem dunklen Holzrahmen. Auch innen war das kleine Café sehr charmant. Einladende rote Sitzbänke, dazu passende Stühle und schwarz glänzende Tische auf einem Holzfußboden. Jo stand vor dem großen Kuchenbuffet und sog den Duft von frisch gemahlenem Kaffee ein.

Rebekka wandte sich an die Frau hinter der Theke. „Zwei Cappuccino und den gedeckten Apfelkuchen für mich bitte. Und was möchtest du, Schwester?"

Jo prüfte das Angebot, wählte einen Muffin und kam sich vor wie ein kleines Mädchen, das sich zur Belohnung für eine gute Note ein Stück Kuchen aussuchen durfte.

Der kleine, freie Tisch in der Fensternische gefiel ihnen beiden. Am anderen Ende des Lokals unterhielten sich eine Frau und ein Mann. Die beiden waren ungefähr so alt wie ihre Eltern, saßen eng beieinander auf der Sitzbank, hielten sich an den Händen und sahen sich verliebt in die Augen. Jo wandte den Blick ab und überlegte, ob sie ihre Eltern jemals so zärtlich miteinander erlebt hatte.

„Wie geht es Alba?", fragte Rebekka, nachdem sie ihre Lederjacke ausgezogen und auf der Sitzbank abgelegt hatte.

Jo richtete sich auf der Bank ein und verschränkte die Arme. So leicht würde ihr die Schwester nicht davonkommen. In dem Augenblick brachte ihnen die Kellnerin Kaffee und Kuchen.

Jo schob den Teller mit dem Schokomuffin zur Seite, trank einen Schluck Cappuccino und wartete, bis die Schwester ebenfalls von ihrem Kaffee getrunken hatte. „Bitte, Rebekka, was weißt du über unsere Großeltern? Du bist die Einzige, die mir helfen kann. Es ist mir sehr wichtig."

Draußen schlenderte eine ältere Frau mit einem kleinen Jungen an der Hand vorbei. Die Frau lächelte, deutete nach oben und erklärte dem Buben etwas. Die zwei waren ein Herz und eine Seele. So wie sie den Jungen anhimmelte, musste er ihr Enkel sein. Jo beobachtete die beiden noch eine Weile und sagte dann: „Großmutter war nie zärtlich mit uns. Und ehrlich gesagt fehlt sie mir nicht. Ich hätte nie geglaubt, dass das so ist."

Die ältere Schwester schob ihren Stuhl näher zum Fenster, weil sich neue Gäste an den Nebentisch setzten, und sagte leise: „Bei mir ist es ähnlich. Die Mädchen haben auch nie einen guten Draht zu ihr gekriegt."

„Sie muss einsam und verzweifelt gewesen sein. Oder glaubst du, dass sie psychisch krank war?"

„Daran habe ich in letzter Zeit auch gedacht. Aber sie lebte schon immer sehr zurückgezogen."

„Ich kann mich noch erinnern, wie sie früher manchmal tagelang nicht aus ihrem Zimmer kam. Was hat sie bloß gegessen?", fragte Jo.

„Milch. Sie hat sich von Milch ernährt. Das war das Einzige, was sie immer im Kühlschrank hatte."

„Und wie war das mit ihren Kundinnen in der Schneiderei? War sie da wie zu Hause?"

„Als du noch klein warst, war ich ab und zu bei ihr in der Nähstube. Ich durfte mit Nähgarn spielen, Knöpfe sortieren und später hat sie mir sogar Nadel und Faden gegeben und mir gezeigt, wie man das macht. Mit ihren Kundinnen war sie umgänglicher als mit uns. Einmal erzählte sie einer Dame, dass sie schon in Regensburg eine Schneiderei gehabt hatten." Rebekka spielte mit ihrem Ehering.

„Das ist ja spannend. Vielleicht finden wir hier jemanden, der sich an die beiden erinnert. Wo wohnten sie? Wo war die Schneiderei?"

„Darf ich Ihnen noch einen Cappuccino bringen?", fragte die Kellnerin, die gerade die Bestellung am Nebentisch aufgenommen hatte.

Rebekka schien für jede Unterbrechung dankbar zu sein und nutzte die Gelegenheit, von ihrem Kuchen zu essen. Wahrscheinlich wusste sie mehr, als sie erzählte, und wahrscheinlich hatte sie Angst, etwas zu verraten, was Mutter ihr anvertraut hatte.

„Weißt du, wo es war? Ich würde mich gerne umsehen", sagte Jo.

„Irgendwo in der Altstadt. Aber wie stellst du dir das vor? Wir können unmöglich in der ganzen Stadt herumgehen und alle fragen, ob sie sich an einen Schneider erinnern, der hier in den fünfziger Jahren eine Schneiderei hatte."

„Könntest du mir einen Gefallen tun? Bitte sprich du mit Mutter. Ihr zwei versteht euch gut. Bitte, Rebekka. Oder fällt dir sonst noch jemand ein, der Bescheid wissen könnte?"

„Ich finde, wir sollten damit warten. Ich möchte Mutter nicht unnötig aufregen, es geht ihr wirklich nicht gut." Rebekka stach entschieden in ihren Apfelkuchen und schob sich ein Stück in den Mund.

Jo biss in ihren Muffin. Wenn sie nicht weiterkam, dann musste sie eben mit anderen Leuten sprechen. Ihrer Tante zum Beispiel. Aber die kannte sie nicht einmal. Wie sie es drehte und wendete, sie war auf Hilfe angewiesen. „Was ist mit Mutters Schwester? Ist sie noch in Amerika?", fragte sie.

„Ich glaube, da gibt es lange keinen Kontakt mehr."

„Ich schreibe ihr. Würdest du mir die Adresse besorgen?" Jo setzte sich aufrecht hin und streckte ihren Rücken durch. Bei all dem Durcheinander hatte sie erst jetzt an die Tante gedacht.

„Sie ging Anfang der siebziger Jahre weg. Viel mehr weiß ich nicht."

„Macht nichts. Ich nehme Kontakt zu ihr auf."

„Ich habe die Adresse nicht, Jo. Hör endlich auf damit, du kannst einem wirklich auf die Nerven gehen", sagte Rebekka ungehalten. „Jetzt weiß ich, woher Lea das hat."

„Ihr habt der Tante sicher eine Todesanzeige geschickt."

„Woher soll ich das wissen? Darüber habe ich mir keine Gedanken gemacht bei dem ganzen Beerdigungsstress. Du hast dich um nichts gekümmert, du hast dich aus allem rausgehalten."

„Ist es nicht verrückt, dass wir eine Tante haben, die wir noch nie zu Gesicht bekommen haben?", fragte Jo. „Nicht mal bei der Beerdigung ihrer eigenen Mutter. Oder habe ich sie übersehen?"

„Nein, da waren nur Großmutters Cousinen aus Viechtach, sonst niemand von ihrer Verwandtschaft."

„Wenn ich das alles zusammenzähle, wird es wirklich spannend. Um den Tod des Vaters machen alle ein Geheimnis, die älteste Tochter verschwand vor ewigen Zeiten und ward nie mehr gesehen. Und die Mutter benahm sich so seltsam, als hätte sie etwas zu verbergen. Ich werde das Gefühl nicht los, dass das alles miteinander zu tun hat."

„Du immer mit deinen Gefühlen. Du liest zu viele Krimis", sagte Rebekka.

„Bitte, hilf mir. Es ist wichtig. Ich muss wissen, was da war."

„Mir wird es zu voll hier." Die ältere Schwester winkte der Kellnerin, kramte die Geldbörse aus ihrer Handtasche und fragte: „Warst du schon mal auf der Steinernen Brücke?"

5

„Ich bin so glücklich, dass ich die Seminararbeit abgegeben habe und dass wir beide mal wieder etwas gemeinsam unternehmen", sagte Alba an diesem Samstagnachmittag und drückte Jo einen Kuss auf die Wange.

„Bei dem schönen Wetter im Museum abhängen! Ich fasse es nicht. Ich wäre viel lieber mit Jakob in die Berge gefahren. Er ist sicher schon oben auf dem Gipfel. Das ist eine traumhafte Fernsicht heute und vielleicht ist es der letzte warme Tag." Jo deutete nach Süden.

„Woher willst du denn wissen, dass du schon wieder bergsteigen kannst. Außerdem waren wir noch nie in dem neuen Museum, obwohl wir nur zehn Minuten zu Fuß haben. Es wird höchste Zeit, du Banausin."

„Ich hätte irgendwo mit der Bahn hochfahren und die Aussicht genießen können. Und das kommt öfter vor, dass die Menschen nicht schätzen, was sie direkt vor der Haustür haben. Die meisten Bergler laufen höchstens einmal im Jahr auf ihren Hausberg und das war es."

„Es gibt genug Städter wie dich und Jakob, die die Alpen jedes Wochenende wie eine Heuschreckenplage überfallen. Bitte sei so nett und hör auf zu schimpfen. Du weißt genau, wie gerne ich mit dir im Museum bin. Stell dir einfach vor, dass das heute unser Hausberg ist." Alba grinste.

„Du machst dich lustig über mich." Jo zog ihren Arm zurück. Diese auffallend gute Laune ging ihr heute ernsthaft auf die Nerven.

In den Grünanlagen hinter der Neuen Pinakothek zerrte ein Hundebesitzer seinen schwarzen Labrador aus den Büschen und schimpfte mit ihm. Hektisch versuchte er, die Leine kürzer zu machen und den Hund auf dem Weg zu halten.

„Da will auch jemand woanders hin, als er soll. Trösten Sie sich, bei uns ist es genauso. Schönen Tag noch“, sagte Alba und lachte.

Der Mann sah verständnislos hoch und der Hund nutzte die kurze Unaufmerksamkeit seines Herrchens, um sich sofort wieder in die Büsche zurückzuziehen.

„Gott sei Dank bin ich nicht dein Hund“, sagte Jo und drehte sich nach den beiden um. Der Kampf war noch nicht entschieden.

In der Barer Straße zeigte Alba auf die Pinakothek der Moderne. „Das ist schon toll, was sich der Braunfels da einfallen ließ. Das hat etwas von einem antiken Tempel. Findest du nicht auch?“

Jo kniff die Augen zusammen. Das Gebäude war ein Betonklotz mit viel Glas und fand nur deshalb so viel Anklang, weil der Architekt berühmt war.

Die beiden Frauen betraten das Museum durch den gläsernen Nordeingang. Die Freundin umkreiste das Foyer und winkte Jo zu, die am Eingang stehen geblieben war. Die Eingangshalle war fast leer. Die meisten Menschen nutzten das schöne Herbstwetter und tummelten sich draußen an der frischen Luft. Noch wäre es möglich, umzukehren und wenigstens in den Englischen Garten zu gehen.

Aber nach einer Weile konnte auch sie der Großzügigkeit und der Weite des Museums nicht mehr widerstehen. Das Gebäude war hell und klar. Die verschiedenen Ebenen und der Gegensatz aus runden und kantigen Formen verlockten dazu, den Blick schweifen zu lassen. Das Ding schien seinem Namen alle Ehre zu machen.

Alba hatte unterdessen Tickets besorgt und steckte Jo den Eintrittsbutton an. Nachdem sie ein Museumswärter am Treppenaufgang kontrolliert hatte, kicherte die Freundin und sagte: „Der sieht aus wie ein Tempeldiener, der den heiligsten Bezirk bewacht und nur die hereinlässt, die ihm würdig genug erscheinen."

„Da hat er aber bei mir nicht gut aufgepasst."

„Guck mal, diese Treppe ist mindestens fünfundzwanzig Meter breit. Und was ist das?" Schon stand die Freundin auf dem Treppenabsatz, auf dem sich eine große Skulptur befand, und umrundete die grünen, roten, gelben, orangefarbenen, schwarzen, grauen und weißen Kunststoffbahnen, in denen mannshoch Türme aus weißen Plastikstühlen aufgestapelt waren. Und wie ein Kind, das ein wunderbares, neues Spielzeug entdeckt hatte, zog sie Jo am Arm weiter. „Das ist übrigens *Die Reise nach Jerusalem*. Der Künstler hat alle Stühle im Haus eingesammelt und sie hier aufgestellt. So nach dem Motto: Leute, bewegt euch, seht euch um, das Leben ist ein Spiel und die Kunst ist ein Spiel, das man nur spielen kann, wenn man offen ist und in Bewegung."

„Ich wäre heute ganz sicher nicht auf dem Sofa sitzen geblieben." Jo zeigte auf das große Kunstwerk an der Wand, das einen überdimensionalen Turnschuh von Andy Warhol zeigte.

„Seit wann gehst du in Turnschuhen bergsteigen? Und was glaubst du eigentlich, was heute in den Alpen los ist. Da steigen sich alle auf den Füßen herum. Von dem Stau zurück in die Stadt mal ganz abgesehen."

„Man kann ja auch mit dem Zug fahren. Du verstehst einfach nicht, worum es geht. Bei dem Wetter kann man in Deutschland nicht in geschlossenen Räumen bleiben. So etwas könnt ihr in Italien machen, bei euch gibt es ja sogar im Winter viele warme Tage mit Sonne und blauem Himmel. Aber hier ist das rar. Kannst du das nachvollziehen?"

„Wir bleiben eineinhalb oder zwei Stunden und danach kannst du in die Sonne." Alba studierte ihren Übersichtsplan. „Fangen wir mit der zeitgenössischen Kunst an?"

„Ich sehe mich erst einmal hier um."

„Gut, wie du willst. Wir treffen uns in einer Stunde hier oben in der Rotunde“, sagte Alba und verschwand in einem der Säle.

Sollte sich die Freundin das zeitgenössische Zeug ruhig alleine ansehen. Jo steckte ihren Übersichtsplan ein, schlenderte an der weiß getünchten Balustrade entlang bis zur Galerie, legte die Hände auf das durchsichtige Geländer und sah nach oben.

Das große Oberlicht, eine leichte, helle Stahl- und Glaskonstruktion, ließ das Tageslicht beinahe ungefiltert in das Gebäude herein. Die Sonne zauberte Lichtspiele an die weißen Wände. Es war schön hier.

Jo musste an die Tierärztin denken. Ihr hätte das Museum wahrscheinlich auch gefallen. Hoffentlich hatte sie bei dem Wetter keinen Wochenenddienst.

Ein großer Kussmund aus Kunststoff zog Jos Aufmerksamkeit auf sich. Der knallrote Mund war zusammen mit Stühlen, Küchenmaschinen, Bildschirmen, einem Rennrad und einer Autokarosserie in einer überdimensionalen, beleuchteten Regalwand im Westteil des Museums ausgestellt. Dahinter blitzten die Oldtimer aus der Designabteilung im Tiefgeschoss hervor.

Jo zog den Plan aus ihrer Jeans, ging in die Abteilung für die Klassische Moderne und ließ die Bilder auf sich wirken, ohne sie genau zu betrachten. So manches Gemälde, das hier bei der *Brücke*, dem *Blauen Reiter* oder dem *Bauhaus* hing, kam ihr bekannt vor.

Auf einmal fiel ihr eine rothaarige Frau mit offenen Haaren auf, die zusammen mit einem grauhaarigen Mann vor einem Gemälde stand. Jo machte einen tiefen Atemzug. Das konnte nicht sein. In einer Millionenstadt wie München gab es viele rothaarige Frauen. Außerdem trug Elsa Beyer das Haar zu einem Zopf gebunden und der Mann an ihrer Seite war viel zu alt für sie. Das konnte sie nicht sein.

Die Rothaarige drehte sich um. Jo hätte sich am liebsten in Luft aufgelöst und blieb dennoch wie angewurzelt stehen. Das war sie. In Begleitung dieses Mannes.

Elsa Beyer sagte etwas zu ihm, kam zu Jo herüber und reichte ihr die Hand. „Was für ein Zufall, dass wir uns ausgerechnet hier wiedersehen. Ich bin heute das erste Mal da. Wir haben es endlich geschafft herzukommen."

Jo wurde es unerträglich heiß. Und dann musste sie husten. Schnell hielt sie sich die Hand vor den Mund und nahm einen Duft wahr, der sie noch mehr in Aufruhr versetzte. Es dauerte eine Ewigkeit, bis sie ein Wort herausbrachte. „Entschuldigung. Das Museum ist toll. Wirklich schön."

Die Tierärztin sagte nichts und sah Jo einfach nur an. Als der Mann zu ihnen kam, machte Elsa einen kleinen Schritt nach hinten und schob ihre Haare auf beiden Seiten hinter die Ohren. „Darf ich vorstellen. Das ist Jo. Es tut mir leid, Ihren Nachnamen habe ich mir leider nicht gemerkt. Jo ist mit unserer Nachbarin, mit Frau Müller, befreundet. Und mein Mann, Heiko Mering."

„Angenehm, Johanna Richter." Jo reichte ihm die Hand.

Der Gatte, der wirklich wesentlich älter war als seine Elsa und einen sehr wichtigen Eindruck machte, deutete eine knappe Verbeugung an und musterte die junge Frau von oben bis unten.

Jo ließ seine große, trockene Hand sehr schnell wieder los. „Ich halte Sie nicht länger auf und wünsche noch viel Vergnügen. Wir treffen uns sicher mal wieder in der Bauerstraße. Ein schönes Wochenende."

Mit klopfendem Herzen floh sie in einen der angrenzenden Räume. Der saure Hering. Es war nicht zu fassen, dass diese bildschöne, lebendige Frau mit so einem steifen Wichtigtuer zusammen war. Was sie bloß an dem fand.

Dann schlug sich Jo mit der Hand gegen die Stirn. Die Gelegenheit, die schöne Elsa zu fragen, ob sie demnächst mal zusammen einen Kaffee trinken würden, hatte sie verstreichen lassen. Wie konnte sie nur so dämlich dastehen und stottern wie ein Schulkind, das an die Tafel gerufen wurde und seine Hausaufgaben nicht gemacht hatte.

Ihr Blick fiel auf einen Haufen umgestürzter Stelen, die in diesem Saal lagen. Es war *Das Ende des 20. Jahrhunderts* von Joseph Beuys. Was für eine düstere Vision. Alles am Boden. Alles zerstört.

Jo betrachtete den Übersichtsplan. Zu gern würde sie wissen, was Elsa Beyer und der saure Hering betrachtet hatten. Aber zur Sicherheit wartete sie noch einige Minuten, bis sie den Raum mit der surrealistischen Kunst betrat. Die Luft war rein.

Die beiden waren hinten in der rechten Ecke gewesen, in der René Magrittes *Der Schlüssel der Träume* hing. Eine Tafel mit vier Teilen, auf denen Gegenstände dargestellt und benannt wurden. Aber die Handtasche war keine Handtasche, sondern wurde „Himmel" genannt. Und das rote Schweizer Taschenmesser mit ausgefahrener Klinge sollte ein „Vogel" sein, das grüne Blatt ein „Tisch". Rechts unten stimmten Bild und Begriff ausnahmsweise überein. Der Schwamm war tatsächlich ein Schwamm. *Der Schlüssel der Träume*.

Jo seufzte. Gäbe es nur einen Schlüssel für ihre Alpträume. Dann wäre alles leichter. Auch in ihren Träumen stimmten die Bilder überhaupt nicht mit dem überein, was sie in Worte fassen konnte.

Plötzlich schrillte die Alarmanlage. Ein Museumsangestellter eilte herbei und ermahnte einen jungen Mann, weil er einem Dalí-Bild zu nah gekommen war. Jo schmunzelte in sich hinein. In ihrem Kopf ginge es allmählich laut zu, wenn die Alarmglocken bei jedem Gedanken an Elsa Beyer klingelten. Und es waren nicht nur Gedanken, nein, hier in dieser Ecke hing sogar noch ein Hauch ihres Parfüms in der Luft. Zum zweiten Mal an diesem Nachmittag verließ Jo fluchtartig einen Museumssaal.

Draußen setzte sie sich auf eine der schwarzen Lederbänke und schlug den Katalog auf, aber es fiel ihr schwer, sich auf den Text zu konzentrieren. Bald kam Alba und setzte sich zu ihr.

„Die Gegenwartskunst ist interessant. Was hast du gesehen? Und gehen wir jetzt zusammen in die Designabteilung?"

„Lass mal, ich möchte noch ein bisschen hier oben bleiben. Ich warte draußen auf dich. Reicht dir eine Stunde?" Jo schloss den Katalog und fächelte sich mit dem Plan Luft zu.

„Ist dir nicht gut?"

„Nein, nein. Ich bin nur müde."

„Jetzt komm schon. Wir gehen nachher in den Englischen Garten. Einverstanden?", sagte Alba und stemmte unternehmungslustig ihre Arme in die Seiten.

„Ich warte lieber beim Nordeingang auf dich. Um drei."

„*Cara*, wenn du noch einmal zu mir sagst, dass ich launisch bin, sage ich Lügnerin zu dir." Die Freundin gab ihr einen Klaps und ging.

Jo streckte sich und kehrte zur Balustrade zurück. Im Erdgeschoss hatte sich eine Touristengruppe versammelt und Alba stieg leichtfüßig die Treppen zur Designsammlung hinunter. Auf der anderen Seite leuchtete eine rote Haarmähne auf. Jo wollte nicht hinsehen, aber ihre Augen gehorchten ihr nicht.

In ihrem moosgrünen, kurzen Rock und dem eng anliegenden Oberteil mit den großen goldenen Ornamenten durchquerte Elsa Beyer das Foyer und wiegte sich in den Hüften, als tanzte sie eine Salsa. Bei der Treppe, die zur Garderobe führte, blieb sie stehen und fuhr sich durch die Haare.

Jo hielt sich an der Brüstung fest und ärgerte sich, dass sie sich nicht einmal mehr an die Augenfarbe der Schönen erinnern konnte. Waren sie grün oder grau oder graugrün?

Unten holte Elsa einen Lippenstift aus der Handtasche, zog ihre Lippen nach und warf den Stift in die Tasche zurück. Einen Moment später hob sie den Kopf und sah nach oben. Mit einem Blick, der alles bedeuten konnte.

Jo winkte. Ihr Gesicht war heiß. Bestimmt war sie rot geworden. Aber es musste doch alltäglich sein für diese Frau, angesehen zu werden. Man konnte gar nicht anders. Sie war eine Augenweide. Kurze Zeit später kam Heiko Mering die Treppe hoch, half seiner Gattin in einen moosgrünen Blazer und legte den Arm um ihre Taille.

Sofort verließ Jo die Brüstung und ging nach hinten zu dem großen, modernen Tableau an der Wand. Als sie sich beruhigt hatte, verließ sie das Museum und setzte sich in der Nähe des Nordeingangs ins Gras. Es war erst zwanzig nach zwei. Und es war gut, dass sie noch ein wenig Zeit für sich hatte.

Mit den Händen stützte sie sich nach hinten ab und streckte ihr Gesicht der Sonne entgegen. Was war das Leben chaotisch. Zusehends entglitt es ihr wie ein zappelnder Fisch, den man mit bloßen Händen nicht halten konnte. Die Geschichte in Finnland, ihr schwächelnder Körper, die Alpträume, Mutters Geheimniskrämerei um den Tod ihres Vaters und die verschwundene Tante in Amerika. Das alles hatte sie aus dem Lot gebracht. Im Verlag war es zäh, mit Alba war es auch schon mal leichter gewesen und dann musste auch noch diese Frau auftauchen.

Schnell holte sie das Handy aus der Tasche und rief Jakob an. Der Freund meldete sich sofort. Sogar seine Stimme strahlte.

„Wie ist es da oben?", fragte sie und sah ihn vor sich. Verschwitzt und glücklich auf dem Gipfel, mit nacktem Oberkörper in der Sonne, das blaue Tuch auf dem Kopf.

„Großartig, Mädchen. Man sieht den Großglockner und den Großvenediger. Komm doch morgen früh raus. Ich suche mir ein Zimmer und dann können wir zusammen losziehen. Und nimm eine gute Sonnencreme mit, du bist diesen Sommer nicht gerade braun geworden."

„Das muss ich erst mit Alba besprechen."

„Ihr wart heute zusammen im Museum, oder? Dann soll sie morgen einfach mitkommen. Ein wenig Bewegung und frische Luft tun euch beiden gut", sagte der Freund.

„Ja, es ist ein Jammer, bei dem Wetter in der Stadt herumzuhängen."

„Sag mir Bescheid. Ich lass das Handy an und überlege mir eine kleine, feine Tour, die ihr gut schafft. Und wenn es tatsächlich nicht gehen sollte, kehren wir um oder fahren irgendwo hoch. Grüß Alba von mir. Sie soll ihrem Herzen einen Stoß geben und mitkommen."

Jo drückte auf den roten Knopf und packte das Handy weg. Jetzt ging es ihr schon viel besser. Jakobs Begeisterung war ansteckend. Und die Sonne war wirklich wunderbar warm für diese Jahreszeit. Morgen würde sie endlich ihre geliebten Berge wiedersehen. Erleichtert legte sie sich ins Gras und war gerade eingeschlafen, als jemand an ihrem Arm rüttelte.

„Du bist mir eine, ich warte schon eine Viertelstunde beim Eingang auf dich und du liegst hier und schläfst", sagte Alba vorwurfsvoll.

„Tut mir leid, ich muss eingenickt sein. Wie hat dir die Design-Sammlung gefallen?"

„Das ist witzig da unten. Die Stühle haben mir gefallen. Manche sind völlig zeitlos, manche wunderbar altmodisch. Und es gibt schöne Möbel und schöne Gebrauchsgegenstände. Das ist wirklich beeindruckend. Ich habe eine super Idee, wir zwei könnten uns auch mal etwas Neues leisten, ich hätte große Lust. Lass uns nächste Woche ein schönes Bücherregal und neue Küchenstühle kaufen. Was hältst du davon?" Die Freundin setzte sich zu Jo.

„Jakob hat angerufen. Viele Grüße."

„Ich dachte, er ist wandern. Wieso ruft er dich an?"

„Ich mache morgen eine kleine Tour mit ihm. Kommst du mit?" Jo zog ihr Sweatshirt aus und legte es sich um.

„Das ist unser gemeinsames Wochenende. Das haben wir ausgemacht."

„Ich muss raus aus der Stadt und ich muss ausprobieren, wie es mir geht, wenn ich mich anstrenge. Ich war seit mehr als zwei

Monaten nicht mehr in den Bergen. Ich habe schon Entzugserscheinungen."

„Was kann ich dafür", sagte Alba. „Außerdem denkst du immer nur daran, was du willst. Wie wäre es, wenn du dir zur Abwechslung mal darüber Gedanken machst, was uns beiden guttut?"

„Ich wette, du sitzt morgen wieder am Schreibtisch."

„Auf meine Arbeit kann ich mich immer verlassen, die läuft nicht weg."

„Komm mit, es wird sicher schön", bettelte Jo. „Und am Montag kannst du umso besser arbeiten. Und ich verspreche dir, wir machen nur eine ganz kleine Tour, die du locker schaffst. Jakob hat sich heute ausgetobt und ich bin so langsam wie eine Schnecke."

„Das ist ja was. Meine Liebste ist eine Bergschnecke geworden. Was haben diese Tiere denn für Eigenschaften? Können sie schwimmen? Sind sie gute Liebhaberinnen? Und kann man das irgendwo nachlesen?"

„Probier es aus. Du bist die Wissenschaftlerin."

„Also gut, ich komme mit. Aber wehe, ihr rennt mir davon", sagte Alba, warf sich auf Jo und kitzelte sie.

„Gnade, aufhören, hör auf, bitte." Jo hielt ihre Freundin an den Handgelenken fest und sagte: „Aber du musst gut auf dich aufpassen, denn wenn du erst einmal damit anfängst, mutierst du ganz schnell und wirst auch eine Bergschnecke wie ich."

6

Eine Woche später besuchte Jo noch einmal die Eltern und hoffte, dass ihre Mutter gesprächiger sein würde als beim letzten Mal. Das mit der Schwester in Amerika dürfte ja kein Problem sein. Jo wollte nur wissen, wo die Tante lebte, wie alt sie war, ob es Fotos von ihr gab, ob sie eine Familie hatte und so weiter.

Jo parkte und nahm das Alpenveilchen mit, das sie für ihre Mutter besorgt hatte. Der Garten war bereits winterfest aufgeräumt. Sogar die Gartenmöbel waren weggepackt, obwohl man an so einem warmen Tag noch gut draußen sitzen konnte. Sie klingelte.

„Dass du uns schon wieder die Ehre gibst", sagte ihre Mutter zur Begrüßung.

„Wie geht es dir?" Jo überreichte ihr die Pflanze und drückte ihr einen Kuss auf die Wange.

Walburgas dunkelblaue Bluse schlotterte um ihren Oberkörper und der Rock war ihr zwei Nummern zu groß. Mit einer wegwerfenden Handbewegung drehte sie sich um und ging in die Küche.

Als Jos Vater aus seinem Arbeitszimmer kam, umarmte er seine Tochter und erkundigte sich nach Alba.

„Jetzt sitzt sie an ihrer Magisterarbeit. Bin ich froh, wenn das nächstes Frühjahr vorbei ist", sagte Jo.

„Diese Examenszeiten haben es in sich. Ich weiß gar nicht mehr, wann ich sie das letzte Mal gesehen habe. Nächstes Mal bringst du sie wieder mit, sie muss auch mal Pause machen, sonst hält sie das nicht durch", sagte er in seinem Lehrerton, der keine Widerrede duldete.

„Ich werde es ihr ausrichten." Jo verkniff sich das Lachen.

Für sie war es am Anfang gewöhnungsbedürftig gewesen, dass sich ihr Vater und ihre Geliebte auf Anhieb so gut verstanden hatten. Alba stürzte sich sofort auf Rudolf und das war so geblieben, weil er der liebevolle Vater für sie war, den sie nie gehabt hatte. Sie genoss seine Aufmerksamkeit und sein Interesse. Es war ein Wunder, dass sie ihn noch nicht mit *babbo* ansprach. Die zwei hatten Spaß miteinander, sprachen italienisch, tauschten Bücher aus und erzählten sich Anekdoten aus dem Alltag an der Uni und in der Schule. Ihr Vater bewunderte Albas Charme und er mochte ihren Humor. Und durch ihre bloße Anwesenheit konnte er seine Sehnsucht nach Italien stillen.

Es war ein Jammer, dass er damals nicht nach Rom gegangen war. Dieses eine Jahr an der deutschen Schule hätte ihm gutgetan. Jo erinnerte sich noch genau daran, sie war in der elften Klasse gewesen und wäre sehr gerne mitgekommen. Rebekka war schon beim Studium in Landshut. Die Töchter wären kein Problem gewesen. Aber ohne seine Frau wollte er nicht gehen und verzichtete ihr zuliebe darauf, denn sie hätte die Großmutter nie alleine gelassen. Und ihre Großmutter wäre nie mit ihnen ins Ausland gegangen.

Umso schwieriger war es mit Mutter und Alba. Das Einzige, worüber die beiden miteinander sprachen, war ihre Liebe zu den Pflanzen. Aber da sich Alba nur mit normalen Zimmerpflanzen und nicht mit Exoten auskannte, war dieser Gesprächsstoff in der Regel bald erschöpft.

Beim Essen erkundigte sich ihre Mutter nach der Arbeit im Verlag.

„Hektisch wie jeden Herbst." Jo nahm den Brotkorb entgegen, den ihr Vater herumreichte.

„Fährst du zur Buchmesse?", fragte er.

„Nein, dieses Jahr ist meine Kollegin dran. Ich bin ganz froh, denn der Trubel ist anstrengend und hinterher haben wir gleich Vertreterkonferenz. Ich bin noch nicht ganz im Lot."

„Du hättest wirklich was aus deinem Betriebswirtschaftsstudium machen sollen, Johanna. Du hast es ganz umsonst gemacht. Für diesen Assistenzjob hättest du das nicht studieren müssen." Ihre Mutter teilte die Gulaschsuppe aus.

Jo schob sich einen Löffel Suppe in den Mund und zählte innerlich bis zwanzig. „Das haben wir schon oft besprochen, Mutter. Das mit dem Lehramt wäre wirklich nichts für mich. Ich wäre nie so ein passionierter Lehrer wie Vater geworden. Ich kann nicht gut mit Kindern und Jugendlichen umgehen."

„Mit deinen Nichten kommst du sehr gut klar. Ich soll dich übrigens von den Mädchen und von Rebekka grüßen."

„Danke. Aber Sara und Lea sind freiwillig mit mir zusammen und wir machen nur schöne Dinge miteinander. Ich möchte den beiden nicht etwas beibringen müssen, wenn sie keine Lust dazu hätten."

Ihr Vater beteiligte sich nicht am Gespräch. Er war schon immer der Ansicht gewesen, dass seine Töchter ihre eigenen Entscheidungen treffen sollten. Nach dem Essen ließ er die beiden Frauen alleine und zog sich zum Korrigieren in sein Arbeitszimmer zurück.

Beim Aufräumen in der Küche sagte ihre Mutter: „Deine Schwester hat mir erzählt, dass ihr über Helene gesprochen habt."

Das kam wie ein Blitz aus heiterem Himmel. Jo konnte gerade noch die große Servierschüssel auf dem Tisch abstellen, ohne sie fallen zu lassen. Ihre Mutter nahm die Schüssel und stellte sie in die Geschirrspülmaschine.

Jo räusperte sich. „Ich würde gerne wissen, wer sie ist. Warum habe ich sie nie kennengelernt?"

„Sie interessiert sich nicht für uns."

„Wo lebt sie?"

„In Amerika." Walburga füllte Pulver ein und schloss die Tür des Geschirrspülers.

„Das weiß ich. Aber wo genau? Und wann ging sie weg? Und warum? Bitte, Mama, lass dir nicht jedes Wort aus der Nase ziehen."

„Das ist alles vorbei, Johanna. Und seit Großmutter nicht mehr da ist, gibt es nichts mehr darüber zu sagen."

„Was hat das mit Großmutter zu tun? Wie alt war Helene, als sie wegging?", bohrte Jo weiter.

„Zwanzig."

„So jung. Und warum ist sie so weit weg? Man haut nicht einfach so auf einen anderen Kontinent ab und kommt nie mehr zurück."

„Sie brannte mit einem amerikanischen Soldaten durch, mit einem Schwarzen." Ihre Mutter spuckte jedes Wort so angewidert aus, als handelte es sich um giftige Substanzen.

Jo sah aus dem Fenster. Eine Beziehung mit einem Schwarzen in Straubing. Vor fünfunddreißig Jahren. Das war sicher ein Grund, weit weg zu gehen. Aber das erklärte nicht, warum Helene nie mehr wiedergekommen war.

„Warum besucht sie uns nie? Und warum ist sie nicht zu Großmutters Beerdigung gekommen?"

„Ich weiß es nicht. Vielleicht hat sie es nicht rechtzeitig erfahren."

„Wann hast du es ihr mitgeteilt?"

„Soll das ein Verhör sein, Johanna?" Ihre Mutter drückte auf den Startknopf an der Spülmaschine. „Helene hat nicht auf meinen Brief geantwortet."

„Auf welchen Brief?", fragte Jo.

„Ich habe ihr eine Todesanzeige geschickt."

„Die Beerdigung war längst vorbei, bis sie den Brief gekriegt hat. Es gibt so etwas wie eine internationale Telefonauskunft, Mutter. Das ist ein Anruf und man kriegt die Nummer."

„Nach dem Tod deiner Großmutter hatte ich Wichtigeres zu tun, als meiner Schwester nachzulaufen, die sich vor ewigen Zeiten auf und davon machte." Ihre Mutter setzte sich schwerfällig auf einen Stuhl.

„Wieso bist du wütend auf sie?"

„Wir wollten einfach nur in Ruhe leben. Es war schwer genug für Mutter, uns allein durchzubringen, und Helene nahm keine Rücksicht. Sie tat nur, worauf sie Lust hatte, und war ständig mit irgendwelchen Männern unterwegs. Mutters Kundinnen beschwerten sich, dass Helene ihren Söhnen den Kopf verdrehte und einen schlechten Einfluss auf sie ausübte."

„Mein Gott, sie war jung. Selbst wenn sie sich daneben benahm und Fehler machte, kannst du ihr doch nicht dein Lebtag lang böse sein." Jo schüttelte den Kopf.

„Ich war sechzehn. Ich wusste überhaupt nicht, warum sich die Leute das Maul über uns zerrissen und mit den Fingern auf uns zeigten."

„Und wie kam es, dass sie wegging?"

„Eines Morgens kam Helene nach Hause. Ich war gerade dabei, mich für die Schule fertigzumachen. In der Küche gab es Geschrei. Mutter und sie brüllten sich an. Türen knallten. Wieder Geschrei. Helene rannte mit einem Koffer aus dem Haus. Ich hing am Fenster und sah, wie der schwarze Soldat, der draußen auf sie wartete, sie küsste, den Koffer nahm und ihr die Autotür aufhielt. Sie stieg ein. Und weg war sie." Ihre Mutter legte sich die Hände auf die Augen.

„Und sie meldete sich nie mehr?"

„Irgendwann schrieb sie, dass sie einen Sohn auf die Welt gebracht hatte."

„Ich fasse es nicht, ich habe einen Cousin in Amerika. Warum hast du mir das nie erzählt?"

„Schluss damit, Johanna. Es hat keinen Sinn, in diesen alten Geschichten herumzustochern. Deine Großmutter wollte nie etwas davon wissen und ich will es auch nicht." Mit starrem Blick legte ihre Mutter die Hände auf den Tisch.

„Und du hast dich wie eine Sklavin daran gehalten."

„Was hast du gesagt?"

„Dass du dich wie eine Sklavin an Großmutters Tabus gehalten hast. Hat es dich denn gar nicht interessiert, was aus deiner Schwester und deinem Neffen wurde?" Jo versuchte vergeblich, Blickkontakt zu ihrer Mutter aufzunehmen.

„Helene hat sich nie für mich interessiert."

„Und Großmutter sprach nie über sie?"

„Nein, niemals. Und ich bin mir sicher, Helene hat uns vergessen. Ich will nichts mehr davon hören. Ich habe schon viel zu viel gesagt, das regt mich alles furchtbar auf." Ihre Mutter stand auf und begann, Töpfe abzuwaschen.

„Glaubst du wirklich, dass sie ihre Familie vergessen hat?" Jo ging zu ihr und lehnte sich an das Küchenbord. Warum verstand ihre Mutter nicht, wie wichtig es war, das alles herauszufinden?

„Danke für die schöne Zyklame." Walburga trocknete sich die Hände ab, zupfte an dem Grün der Alpenveilchen herum und holte einen passenden Übertopf aus dem Schrank.

„Und du? Hast du Helene vergessen?"

„Johanna, hör auf. Ich will damit nichts zu tun haben, ich will meine Ruhe. Haben wir uns verstanden?"

„Womit soll ich dich in Ruhe lassen? Und womit willst du nichts zu tun haben?", fragte Jo weiter.

„Mit früher. Du bist jung. Schau nach vorne. Was willst du mit diesen alten Geschichten? In deinem Alter musste ich mich um euch kümmern, da hatte ich keine Zeit für solche Flausen."

„Bitte gib mir Helenes Adresse. Wenn sie nicht mehr stimmt, kann ich nachforschen, wo sie lebt. Es gibt Suchdienste, die helfen, verlorene Verwandte wiederzufinden."

„Was um Himmels willen willst du denn von ihr?" Ihre Mutter stellte das Alpenveilchen aufs Fensterbrett und sah in den Garten hinaus.

„Ich will sie kennenlernen, sie ist schließlich meine Tante."

„Und dazu willst du nach Amerika fahren?"

„Warum nicht? Ich war noch nie da. Und das wäre ein guter Anlass." Jo stieß sich vom Küchenbord ab.

„Ich begreife nicht, was in dich gefahren ist, Johanna. Du bist unausstehlich in letzter Zeit."

„Ich will nur wissen, wer meine Familie ist. Ich bin diese Geheimniskrämerei leid. Und ich hab es satt, nach Großmutters Pfeife zu tanzen."

„Du bist taktlos. Und ich lasse es dir nicht durchgehen, dass du deine Großmutter schlechtmachst."

Ihre Mutter drehte sich wieder um. Ihr Mund hatte sich zu einem schmalen Strich zusammengezogen.

„Ich mache sie nicht schlecht, ich will nur die Wahrheit wissen. Und ich frage mich, warum wir so wenig miteinander reden."

„Damit sind wir bisher sehr gut gefahren."

„Da kann man auch anderer Ansicht sein. Ich weiß nicht, wie mein Großvater starb, ich soll meine Tante nicht treffen, du verschweigst mir, dass ich einen Cousin habe. Und meine Großmutter sperrte sich in ihrem Zimmer ein, als wäre sie in einer Zelle gefangen. Kannst du mir erklären, was das alles bedeutet?" Jo verschränkte die Arme.

„Zelle? Wie kommst du denn darauf? Was für ein Unsinn." Ihr Gesicht war noch fahler geworden.

„Warum hat sie sich dermaßen eingeigelt?"

„Sie war nicht gut bei Fuß."

„Das ist nicht wahr. In die Kirche hat sie es immer geschafft. Außerdem muss man ja unbeweglich werden, wenn man immer nur zu Hause herumsitzt. Bitte gib mir Helenes Adresse."

Ihre Mutter ging ohne ein weiteres Wort aus der Küche. Zuerst wollte Jo ihr nachlaufen, aber dann hielt sie inne und rief ihr hinterher: „Ich lasse Helene suchen. Darauf kannst du dich gefasst machen. So schnell gebe ich nicht auf."

Kurze Zeit später holte sie ihre Jacke und verließ das Haus, ohne sich von den Eltern zu verabschieden. Den Nachbarn, die sich auf der anderen Straßenseite miteinander unterhielten, winkte sie nur kurz zu und lief auf den Donaudamm hinauf.

Von dort oben warf sie einen Stein in den Fluss und starrte ins Wasser. Dieses Gespräch war wie ein Dialog in einem absurden Theaterstück, aber kein vernünftiges Gespräch zwischen Mutter und Tochter.

Sie ging weiter und musste zahllosen Spaziergängern ausweichen, die den schönen Herbstnachmittag draußen verbrachten. Die Berge im Bayerischen Wald lagen gestochen scharf am Horizont. Aber Jo konnte sich weder an der funkelnden Donau noch an den bunten Farbtupfen in den Hügeln freuen.

Zügig lief sie am Schöpfwerk vorbei flussabwärts und wäre am liebsten über alle Berge bis zur Grenze weitergelaufen oder mit dem bulgarischen Frachtschiff, das gerade an ihr vorbeizog, zum Schwarzen Meer gefahren. Auf jeden Fall weit weg von dieser Familie.

Die Sonne brannte ihr auf den Rücken, sie zog die Jacke aus und band sie sich um den Bauch. Es musste möglich sein herauszufinden, was da geheimgehalten wurde. Irgendetwas musste es in dieser Familie geben, das nicht ans Tageslicht kommen sollte. Aber bei ihrer Mutter biss sie auf Granit. So ging das nicht. So würde sie nie verstehen, was ihr diese Alpträume sagen wollten. Hoffentlich würde Helene ihr weiterhelfen.

Auf dem Rückweg zeichneten sich die Silhouetten der Straubinger Türme wie ein Scherenschnitt gegen den klaren Herbsthimmel ab. Jo rieb sich die Augen. Diese Idylle war eine Scheinidylle. Das war das Einzige, was sie an diesem Tag mit Sicherheit sagen konnte.

7

Jakob kam zwar hin und wieder zu spät, aber eine Dreiviertelstunde hatte er sie noch nie warten lassen. Sein Handy war ausgeschaltet. Jo trommelte ungeduldig mit den Fingern auf der Tischplatte. Nachdem sie den zweiten Espresso getrunken hatte, schrieb sie ihm eine SMS. Am Telefon hatte er nichts verraten und sie hielt es keine Minute länger aus.

Die Kellnerin kam noch einmal zu ihr an den Tisch und sah sie an wie ein Arzt, der eine Diagnose stellen musste. „Geht es dir gut, *ma chère*? Kann es sein, dass du zu viel Kaffee trinkst? Kann ich etwas für dich tun?"

„Danke, Elvire, ich weiß gerade nicht, was ich möchte. Ich warte auf Jakob."

„Ein Wasser, ich bringe dir ein Wasser, das hält die Zellen geschmeidig." Die Kellnerin eilte zur Theke, hinter der sich die winzige Küchenzeile des kleinen Cafés befand, und gab die Bestellungen an ihren Kollegen weiter.

Im Fenster standen frische Kräuter, auf der Theke wurden Teller mit Kuchen und vegetarischen Quiches angeboten. Und geraucht wurde draußen vor der Tür.

Elvire brachte ihr ein großes Glas Leitungswasser und tippte auf die Speisekarte. Seit sie die Heilpraktikerschule besuchte, war sie nicht mehr zu bremsen mit ihren Ratschlägen zur gesunden Ernährung. „Wir haben wunderbare Kräutertees. Probier doch mal den mit Zitronengras und Rosenblättern, der schmeckt sehr interessant."

Jo warf einen Blick auf die Karte, studierte die Kräutertees, bestellte aber keinen. Es duftete nach frisch gemahlenem Espresso und auf der Karte gab es viele verschiedene Kaffeevariationen. Hier Kräutertee zu trinken, wäre fast so eigenartig, wie an einem heißen Sommertag Glühwein zu bestellen.

Draußen kämpften die Fußgänger mit ihren Regenschirmen gegen den Oktobersturm an. Jo warf die Speisekarte zurück auf den Tisch und blätterte im *Spiegel*. Am Nebentisch unterhielten sich zwei Frauen so laut über ihre neuesten Liebschaften, dass Jo sich Mühe geben musste, ihnen nicht zuzuhören.

Dann kam Jakob und stürzte an ihren Tisch. „Es tut mir leid, ich bin zu spät. Ich musste überziehen, es war ziemlich dramatisch."

„Eine dramatische Yoga-Stunde?" Jo stand auf und küsste ihn auf beide Wangen.

„Ich hatte eine Einzelstunde mit einem Klienten, der schon ganz lange bei mir ist. Der Arme hat so schlimme Rückenschmerzen, dass er nicht arbeiten gehen kann. Ich musste mir einfach Zeit für ihn nehmen." Jakob zog seine nasse Regenjacke aus und ließ sich auf die Bank fallen.

„Was darf ich dir bringen, Jakob? Einen Schoko-Yogi-Tee, wie immer?", fragte Elvire.

„Sehr gerne. Und ein Stück Kuchen bitte."

„Es gibt heute Apfel, Kirsch oder Schokolade. Ich würde dir den Apfelkuchen empfehlen, der ist mit Honig gesüßt."

„Ein Stück Apfelkuchen, bitte."

Elvire wartete und sah Jo auffordernd an.

„Danke, ich mag nichts mehr." Jo legte eine Hand auf ihren Magen.

„Glaub mir, wenn du weniger Kaffee trinken würdest, ginge es dir besser. Da bin ich mir sicher. Du bist übersäuert." Die Kellnerin drehte sich um und zog ab, als hätte sie einen Sieg errungen.

„Bist du krank? Was ist mit dir?", fragte Jakob.

„Nichts, ich bin nur nervös." Jetzt legte Jo die Hände auf den Tisch. Wenn er sie noch lange auf die Folter spannte, konnte sie für nichts garantieren.

„Wie geht es Alba?", fragte er und holte sein Handy aus der Jackentasche.

„Gut, nehme ich an. Sie ist bei ihrer Mutter in Rom und kommt erst nächsten Dienstag wieder." Jo rutschte auf ihrem Sitzkissen herum. Leider würden sie noch so lange warten, bis die Bestellung da war. Das machte er immer so. Damit man ungestört miteinander reden konnte.

„Da ist ja eine SMS von dir. Es tut mir leid, ich habe mich wirklich beeilt", sagte er schuldbewusst und schaltete sein Handy aus.

„*Voilà*, der Yogi-Tee und der Apfelkuchen, *bon appetit.*" Elvire servierte Tee und Kuchen, als reichte sie Champagner und Kaviar.

„Erzähl schon. Was hast du herausgefunden?", fragte Jo, als sie endlich allein waren.

Jakob zog an seinem Teesieb und hängte es wieder in die Tasse zurück. „Meine Großtante Tilda weiß angeblich nur, dass deine Großmutter im Sommer 1956 mit ihren zwei kleinen Mädchen von Regensburg nach Straubing zog. Alle bedauerten die junge Witwe, die ihren Mann verloren hatte. Und später bewunderten sie alle, weil sie ihre Töchter allein großzog und die Schneiderei aufbaute."

„Was? Ist das alles? Ich habe mir mehr von deinen Nachforschungen erwartet."

„Mach mal langsam. Ich habe die gute Tilda hereingelegt und sie nach unserer Regensburger Verwandtschaft gefragt. Und da hat sie mir von einem Cousin erzählt und dieser Cousin wohnte in derselben Straße wie deine Großeltern. Zur Schönen Gelegenheit, so heißt die Gasse. Meine Großtante kicherte wie ein junges Mädchen, deshalb konnte ich mir den Straßennamen auch so gut merken."

„Regensburg ist nicht groß. Das müsste leicht zu finden sein." Jo trank einen Schluck Wasser.

„Und dann ist ihr noch herausgerutscht, dass es Gerüchte gegeben haben soll, als dein Großvater starb."

„Was für Gerüchte?"

„Das wollte ich auch wissen, aber auf einmal behauptete sie, sie könnte sich beim besten Willen nicht mehr erinnern. Sie hätte sich wohl getäuscht.“ Er holte das Teesieb aus der Tasse, gab Milch dazu und nahm einen Schluck.

„Wie alt ist sie?“

„Achtzig. Und ziemlich schlau.“

„Glaubst du ihr?“, fragte Jo.

„Ich weiß nicht so recht.“

„Lebt der Cousin noch?“

„Nein, er ist vor ein paar Jahren gestorben. Du wirst es mir nicht glauben, aber ich habe trotzdem einen Coup gelandet.“ Jakob stellte die Tasse ab und grinste breit. „Ich habe sie gefragt, ob dein Großvater ertrunken ist.“

„Was hast du sie gefragt? Bist du von allen guten Geistern verlassen?“

„Das war doch nur ein Versuch. Deine Träume, das viele Wasser, die Geschichte in Finnland. Ich weiß nicht mal, wie ich darauf gekommen bin. Ich glaube, ich wollte sie einfach provozieren. Ich hatte nichts zu verlieren, sie wollte sowieso nichts mehr sagen.“

„Du bist verrückt“, sagte sie. Ihre Hände zitterten, als sie das Wasserglas nahm und noch einen Schluck trank.

„Das kann man nie ganz ausschließen. Aber du hättest Tante Tilda sehen sollen. Sie wurde nervös und beteuerte ständig, dass sie wirklich nichts wüsste. Und dass dir der alte Meier vielleicht mehr sagen könnte. Und sie wechselte schnell das Thema. Es ging dann nur noch um meine Schwester und das Baby und wie schön es war, dass sie Urgroßtante geworden ist, und wie dankbar sie war, dass sie das noch erleben darf.“

„Den fiesen Meier. Den habe ich doch im August in Straubing getroffen, er sagte, dass es ein Unfall war. Und dass ich meine Mutter fragen soll. Und dass ich meine Nase nicht in Angelegenheiten stecken soll, die mich nichts angehen. Er war genauso unangenehm wie früher." Jo stützte sich mit beiden Händen auf der Sitzbank ab. „Meine Mutter fragen! Der Mann hat Nerven. Ich bin mir sicher, dass sie etwas weiß. Dabei gibt sie mir nicht einmal die Adresse meiner Tante. Ich glaube ihr langsam kein Wort mehr."

„Möchtest du?" Jakob streckte ihr die Gabel mit einem Stück Apfelkuchen entgegen.

„Nein, danke. Ich habe wirklich gehofft, dass du mehr herausfindest."

„Glaub mir, ich habe getan, was ich konnte."

„Heute Nacht habe ich wieder geträumt", sagte sie leise.

Jakob legte die Gabel auf den Teller und lehnte sich zurück.

„Dieses Mal bin ich in einen Bach gefallen. Ich wollte über einen Graben springen und stolperte. Ich fiel mit dem Gesicht nach vorne hinein. Das Wasser war glasklar. Ich sah alles ganz genau. Die Kiesel auf dem Grund, die Algen, die in der Strömung tanzten, kleine Forellen, die in der Sonne schimmerten. Ich wollte aufstehen, mich mit den Ellbogen abstützen, den Hintern nach oben schieben und meinen Oberkörper aufrichten. Es war ja nur ein flacher Graben. Aber es ging nicht. Ich kam nicht hoch. Ich hustete, röchelte und zappelte wie ein Fisch am Haken, kriegte keine Luft mehr. Ich wachte von meinem eigenen Schrei auf. Gut, dass Alba nicht da ist. Ich werde noch wahnsinnig."

„Du solltest dir wirklich einen Therapeuten suchen."

„Hallo, Jo", sagte eine Bekannte, die mit ihrer Begleitung gerade an ihnen vorbeiging und einen Platz suchte. „Wie geht es dir? Alles okay bei euch? Was macht Alba?"

„Danke, ich kann nicht klagen. Alba ist in Italien. Und du?"

„Alles in Butter. Morgen fahren wir nach Lanzarote", sagte die junge Frau und legte den Arm um ihre neue Eroberung.

„Schönen Urlaub." Jo hob die Hand und verzog das Gesicht zu einem Lächeln.

Als die beiden weg waren, machte Jakob das Zeichen für Küssen in der Gebärdensprache und malte ein Herz in die Luft. „Die Turteltäubchen sollten lieber zu Hause im Bett bleiben, statt zu verreisen."

„Was soll das mit der Therapie? Worauf willst du hinaus?"

„Auf ruhige Nächte. Tu etwas. Geh in Therapie, erpresse deine Mutter, damit sie dir die Wahrheit sagt. Unternimm irgendetwas. Das geht seit Monaten so. Du siehst wirklich elend aus."

„Verschone mich mit deinem Psychokram. Damit werde ich meine Alpträume auch nicht los", sagte sie.

„Wie du meinst. Aber jetzt möchte ich etwas von dir wissen. Wie alt war dein Großvater, als er starb?" Für einen kurzen Moment leuchteten Jakobs Augen wie ein Signalfeuer auf.

„Warte, ich muss nachrechnen. Großmutter kam 1930 auf die Welt. Vielleicht war Großvater älter als sie. Früher war es üblich, dass der Ehemann ein paar Jahre älter war als die Frau."

„Fällt dir etwas auf?"

Da kam ein auffallend gut aussehender Mann zu ihnen an den Tisch und legte Jakob die Hand auf die Schulter. „Das muss wirklich ein interessantes Gespräch sein, das du mit deiner Freundin führst. Du kriegst rein gar nichts von deiner Umgebung mit. Ich sitze schon die ganze Zeit da hinten und versuche, mit dir Kontakt aufzunehmen. Wir haben uns lange nicht gesehen. Gut siehst du aus."

Jakob richtete sich auf und verschränkte die Arme. „Das sagst du mir seit Jahren, Ludger. Deine Ausdauer kann ich nur bewundern."

„Ist schon gut, ich halte euch nicht länger auf. Ich ruf dich an. Entschuldigt die Störung." Der Mann zog seine Hand zurück, winkte Jo zu und verließ das Lokal.

„Der ist aber flott. Warum warst du so zickig?"

„Das erzähl ich dir ein andermal." Jakob starrte in seine Teetasse und rührte mit dem Löffel um.

Jo fragte leise: „Was war denn?“ Auf einmal wurde es kühler am Tisch. Wahrscheinlich war Jakob einsam und wollte nicht darüber sprechen. Vor einiger Zeit hatte er beschlossen, allein zu bleiben. Man wird älter und vorsichtiger, hatte er nur gesagt.

Jakob legte den Löffel auf die Untertasse und sah sie abwartend an.

„Gut, Jakob, wenn du nicht darüber sprechen willst. Ich denke, Großvater muss um die dreißig gewesen sein, als er starb.“

„Und jetzt musst du das Ganze nur noch kombinieren.“

„Ich weiß schon, die Quersumme von dreißig ist drei. Aber was bedeutet das? Und was zum Teufel soll mir auffallen?“, fragte sie und rückte ein Stück von ihm ab. Seine Theorien waren verwegen. Sicher kam er ihr gleich mit der Kabbala und der Bedeutung der Anzahl der Lebensjahre in der Numerologie.

„Du wirst dreißig und du träumst ständig vom Ertrinken.“ Der Freund tippte ihr auf die Stirn. Seine Augen leuchteten noch einmal auf.

„Das weiß ich auch. Aber was soll das heißen?“

„Warum beschäftigt dich der Tod deines Großvaters ausgerechnet jetzt, wo du in dem Alter bist, in dem er gestorben ist?“

„Jakob, bitte, worauf willst du hinaus?“, fragte sie ungeduldig.

„Irgendetwas an der Geschichte ist faul.“

„Das ist eine großartige Erkenntnis. Das sage ich schon die ganze Zeit. Wieso sitzen wir denn hier zusammen?“

Jakob klopfte mit der Kuchengabel auf den Tisch. „Ich weiß, was wir machen. Wir fahren nach Regensburg und fragen uns durch. Und wenn du an Allerheiligen nach Straubing fährst, dann rede doch du mit Tante Tilda. Vielleicht erzählt sie dir etwas, was sie mir nicht gesagt hat. Und ihr müsst irgendwo Familienfotos haben. Du brauchst Fotos. Sieh dir alles genau an.“

„Fotos? Aus der Generation habe ich noch nie eins zu Gesicht bekommen.“ Jo presste die Luft zwischen den Lippen durch. Der nächste Krach mit ihrer Mutter war abzusehen. Warum konnte sie nicht den toten Großvater tot sein lassen.

„Sei nicht feige. Das kriegen wir hin. Und zur Abwechslung könnten wir jetzt über etwas Angenehmes sprechen. Was ist zum Beispiel aus deiner schönen Tierärztin geworden? Du erzählst gar nichts mehr von ihr. Wann stellst du sie mir vor?"

„Hör auf, mich auf den Arm zu nehmen." Jo verschränkte die Finger ineinander. Von ihrer Begegnung im Museum hatte sie niemandem etwas erzählt, damit diese kostbaren Augenblicke nur ihr gehörten.

„Für das Familiendrama bin ich dir gut genug, doch bei den interessanten Sachen lässt du mich außen vor. Nennst du das Freundschaft?", maulte Jakob und schob sich ein Stück Apfelkuchen in den Mund.

„Von dem tollen Ludger wusste ich auch nichts. Außerdem muss man nicht ständig über alles sprechen. Männer tun das auch nicht. Du solltest das wissen."

„Was du nicht sagst. Dann bestellen wir auf der Stelle zwei Bier und trinken es aus, ohne ein vernünftiges Wort miteinander zu reden. Möchtest du dich lieber über Fußball oder über Autos unterhalten? Zwei Bier, bitte, Elvire", rief Jakob.

„Du bist heute sehr witzig, mein Lieber."

„Und du bist ein richtiges Weib, launisch und unberechenbar."

„Danke. Das hat Alba kürzlich auch gesagt und deswegen konzentriert sie sich jetzt nur noch auf ihr Studium." Jo holte ihre Geldbörse aus der Hosentasche.

„Wird auch langsam Zeit, dass sie fertig wird. Sie muss sich langweilen, nach so vielen Jahren an der Uni."

„Dass es Menschen Spaß macht, wissenschaftlich zu arbeiten, das konntest du noch nie nachvollziehen. Immerhin habe ich einen kleinen Trost für dich: Du bist eingeladen."

„Was für eine großzügige Geste, Madame. Ich bin Ihnen auf ewig zu Dank verpflichtet." Jakob deutete eine Verbeugung an.

Als er wieder aufrecht dasaß, drückte sie ihm einen Kuss auf den Mund und sagte: „Mensch, Jakob, ich lieb dich so, wie du bist. Damit du es nur weißt."

8

Es war Allerheiligen. Seit geraumer Zeit wartete Jo am Haupteingang des Alten Nordfriedhofs auf Elsa Beyer und fröstelte. Obwohl sie den Kragen ihrer Jacke hochgeschlagen hatte und die Zehen bewegte, wurde ihr nicht wärmer. Bei diesem nasskalten Wetter wären Wintermantel und Winterschuhe angemessen gewesen. Eigentlich hätte sie jetzt an Großmutters Grab stehen und am Friedhofsritus teilnehmen müssen. Aber sie hatte keine Lust, so zu tun, als ob bei ihrem letzten Besuch in Straubing alles harmonisch verlaufen wäre, und deshalb war sie in München geblieben.

Vor zwei Wochen hatte sie es endlich geschafft, eine Postkarte zu schreiben und die schöne Tierärztin auf einen Spaziergang einzuladen. Um zwanzig nach zwei kam sie sicher nicht mehr. Wahrscheinlich hatte sie es sich anders überlegt. Aber sie hätte wenigstens Bescheid sagen können. Vermutlich war sie einfach nur schön und ansonsten furchtbar eingebildet. Vor einer Woche zusagen und dann nicht kommen. Noch fünf Minuten und dann war Schluss.

Um halb drei bog Elsa Beyer um die Ecke der Friedhofsmauer und winkte. In der eng geschnittenen moosgrünen Winterjacke, dem hellen Schal und den samtig braunen Kordhosen strahlte sie sogar an diesem kalten, grauen Tag wie die Sonne an einem Junimorgen. Atemlos streckte sie ihre Hand aus. „Es tut mir furchtbar leid. Meine Mutter war am Telefon. Ich verstehe zwar auch nicht, warum man an Allerheiligen immer traurig und depressiv sein muss, aber sie ist es halt."

„Man kann sich der allgemeinen Stimmung nicht so leicht entziehen", murmelte Jo und bemühte sich, ihre Hand zum richtigen Zeitpunkt zurückzuziehen. Am liebsten hätte sie nie mehr losgelassen.

„Aber der Treffpunkt passt auf jeden Fall gut zu diesem Tag. War das Absicht? Wollen wir?“

Jo ließ die Frau zuerst durch das Tor gehen und sagte dann: „Ist es nicht schön hier um diese Jahreszeit? Kahle Äste und verwitterte Grabsteine. Das ist ehrlich. Mir gefällt es.“

„So habe ich das noch nie gesehen. Ich mag den Friedhof, weil er so ruhig und friedlich ist. Mitten in Schwabing. Und die Laubbäume sind die schönsten weit und breit.“ Elsa sah nach oben in die leeren Baumkronen und strich dann ihre Haare zurück.

Eine Weile schlenderten sie nebeneinander her, ohne ein Wort zu sagen. Jo hatte sich zwar Gesprächsstoff zurechtgelegt, aber im Moment war er nicht greifbar. Deshalb putzte sie sich die Nase und ließ sich viel Zeit dabei.

Da fragte die Schöne wie aus heiterem Himmel: „Wieso haben Sie mich um ein Treffen gebeten?“

„Ich würde Sie gerne kennenlernen“, stammelte Jo.

„Nachdem wir uns eine halbe Stunde bei Frau Müller gesehen haben?“ Die Tierärztin blieb stehen.

„Und warum sind Sie gekommen, wenn das so außergewöhnlich ist?“

Elsa lachte. „Weil ich neugierig bin.“

„Das finde ich sympathisch, Frau Doktor.“ Jetzt lachte auch Jo. Der Bann war gebrochen.

„Normalerweise kriege ich solche Einladungen von Männern. Frauen halten sich da sehr zurück.“

„Wahrscheinlich sind viele neidisch.“

„Ich glaube, sie haben Angst, dass ihre Männer mit mir flirten, wenn sie mich kennenlernen. Aber es ist nicht schön, als wandelnde Projektionsfläche für betrogene Ehefrauen herhalten zu müssen“, sagte die Tierärztin und rieb sich die Hände.

Jo wich einem Jogger aus. Ihr Herz klopfte. Betrogene Ehefrauen waren kein gutes Thema. Alba war zwar nicht ihre Ehefrau, aber immerhin waren sie ein Paar.

„Frau Müller geht es wieder viel besser. Sie hat nur noch eine Krücke“, sagte Elsa und deutete auf ihr Hüftgelenk.

„Gott sei Dank. Es wurde auch Zeit. Frieda musste sehr geduldig sein. Viel geduldiger als Mimi. Aber was ich Sie schon im August fragen wollte: Wieso sind Sie eigentlich Tierärztin geworden? Sie hatten keine Zeit mehr, das zu erzählen. Erinnern Sie sich?“

„Ja, ich erinnere mich. Wollen Sie das wirklich wissen? So spannend ist das gar nicht. Ich würde sagen, es war ein Autoritätskonflikt zwischen Vater und Tochter. Und ich hab gewonnen.“

„Das klingt interessant. Familiengeschichten interessieren mich immer“, sagte Jo.

Elsa band sich den Schal neu und steckte die Enden in den Ausschnitt ihrer Jacke. „Mein Vater war ein bekannter Chirurg. Ich bin die einzige Tochter und ich kümmerte mich schon im Kindergartenalter um verletzte Vögel und um die blutigen Knie oder die verdreckten Schürfwunden meiner Freunde. Selbstverständlich hatte ich einen kleinen, roten Arztkoffer mit echtem Pflaster und Desinfektionsmittel. Und ich trug immer weiße T-Shirts, weil ich ja nie wusste, wann der nächste Einsatz war. Als Vater einmal einen tiefen Schnitt an Mutters Finger nähte, war ich acht. Ich sah ihm zu und er erklärte mir, wie man das ordentlich macht. Arme Mama, es muss ewig gedauert haben. Und ab da nannte er mich nur noch Fräulein Doktor.“

„Das klingt süß. Darf ich das auch sagen?“ Dankbar warf Jo einen Blick in den grauen Novemberhimmel. Es war doch nicht so schwer, mit der Schönen ins Gespräch zu kommen.

„Vater und ich waren unzertrennlich, wenn er zu Hause war. Was nicht oft vorkam. Ich aß nur die Gerichte, die er mochte, und lange wollte ich genauso werden wie er. So wichtig, so interessant, so aufregend. Bloß nicht so langweilig und berechenbar wie Mutter, die sich nur um mich, das Haus und den ganzen Alltagskram kümmerte. Ich wollte Ärztin werden.“

„Und wieso klappte das dann nicht?"

„Mein Vater war sehr ehrgeizig und für ihn war klar, dass ich Chirurgin werden würde. In der dreizehnten Klasse dämmerte es mir. Als Chirurgin hätte ich immer in seinem Schatten gestanden und das wollte ich nicht. Aber weil mich Medizin interessierte und weil ich Tiere liebte, schrieb ich mich heimlich für Tiermedizin ein. Das war ein medizinischer Beruf, ich hatte mit lebendigen Wesen zu tun und Vater konnte mir nicht in die Quere kommen, weil Tiermedizin unter seiner Würde gewesen wäre." Elsa lachte verschmitzt, wie ein kleiner rothaariger Kobold, dem es wieder einmal gelungen war, einen Menschen zu überlisten.

„Und was sagten Ihre Eltern zu diesem Entschluss?"

„Vater tobte, als er es erfuhr. Von wegen vergeudetem Talent und Tiermedizin wäre nichts für eine Frau. Ich sollte mich sofort für Humanmedizin bewerben. Er drohte mir damit, die finanzielle Unterstützung einzustellen. Mutter half mir zwar nicht direkt, weil sie ihn nicht noch mehr aufregen wollte, aber insgeheim war sie stolz auf mich. Weil ich das machte, was ich für richtig hielt, und nicht das, was er wollte. Im Grunde war er ein Despot, zu Hause und in der Klinik. Wir haben uns wieder versöhnt, er konnte mir nicht lange böse sein."

„Das kann ich mir vorstellen. Haben Sie die Entscheidung bereut?", sagte Jo und vergrub zur Sicherheit ihre Hände in den Hosentaschen. In dem Moment hätte sie alles dafür geben, die schöne Frau berühren zu dürfen.

„Wir mussten sechs Wochen Praktikum am Münchner Schlachthof machen. Da wollte ich alles hinschmeißen. Diese schweren Tierkörper, die zusammenbrachen, nachdem sie der Bolzen getötet hat. Und das viele Blut. Da fließt Blut in Strömen. Das kann man sich nicht vorstellen, wenn man es nicht mit eigenen Augen gesehen hat. Die Metzger sind voll Blut, es riecht überall danach und dieser Geruch haftete an meinen

Händen, egal, wie oft ich sie schrubbte. Kannst du dir das vorstellen?"

„Die Leute, die da arbeiten, sind sicher ziemlich harte Burschen." Jo bewegte die Hände in den Taschen. Ihr war kalt geworden, seit die Rede vom Schlachthof war.

„Genau wie die Chirurgen. Die meisten Arbeiter am Schlachthof machen ihre Sache ganz gut. Wir sind scheinheilig. Wir verachten sie für die schwere Arbeit, die sie für uns tun. Wer von uns tötet denn selbst ein Tier, damit wir einen Sonntagsbraten haben?"

„Ich war einmal bei einer Hausschlachterei auf dem Land dabei. Das hat mir gereicht, obwohl da nur ein einziges Schwein geschlachtet wurde. Danach aß ich lange kein Fleisch und keine Wurst mehr."

„Ja, ich weiß. Das ging mir auch so. Es gab da natürlich schon auch derbe Witze und Sprüche, aber da durfte man sich nicht provozieren lassen. Außerdem habe ich mir sagen lassen, dass es in der Humanmedizin nicht wesentlich besser sein soll. Und ich war sehr froh, dass alle Helme tragen mussten. So konnte ich meine Haare verstecken. Beinahe hätte ich sie mir abschneiden lassen", sagte Elsa und strich ihre Haare nach hinten.

„Nein, bloß nicht. Das wäre jammerschade gewesen."

„Ich trug immer weite Kittel, schminkte mich nicht und sagte mir jeden Tag hundertmal, dass es bald vorbei wäre. Und es ging tatsächlich vorbei, obwohl das die längsten sechs Wochen meines Lebens waren. Zu Hause durfte ich nichts sagen. Diese Genugtuung hätte ich meinem Vater nicht gegönnt. Ich hätte mir lieber die Zunge abgebissen."

„Das kommt mir bekannt vor. Wer seinen eigenen Kopf durchsetzt, darf zu Hause nicht jammern. Niemals", sagte Jo.

Unvermittelt berührte Elsa Beyer Jo am Arm und sagte: „Hab ich vorhin du gesagt? Wir könnten uns eigentlich duzen. Wenn es genehm ist."

Jo nickte. Die Berührung schwang wie ein hohes C durch ihren Körper. In ihrem Bauch zog es so verräterisch, dass sie die Hände, die noch in den Hosentaschen steckten, gegen ihren Unterleib presste. Wenn sie sich nicht sofort normal weiter unterhielten, würde sie einen großen Fehler machen. Deshalb sagte sie schnell: „Gern. Gibt es heutzutage eigentlich viele Tierärztinnen?"

„Ich habe viele Kolleginnen, vor allem in Kleintierpraxen. Frauen können gut mit Lebewesen umgehen. Und ich glaube, dass es auch deswegen so viele Frauen gibt, weil sie in beruflicher Hinsicht nicht so eitel sind wie Männer. Die Tiermedizin ist bei weitem nicht so prestigeträchtig wie die Humanmedizin. Und wenn man heutzutage kleine Mädchen nach ihrem Berufswunsch fragt, dann wollen alle Tierärztin werden."

„Da muss ich meine Nichten fragen. Und wie sind die Kunden?"

„Da sind auch viele Frauen. Die kümmern sich um die Kinder und die Haustiere. Und sie gehen auch gerne zu einer Frau in die Praxis", sagte Elsa.

„Und die Ausbildung? Wie war es da?"

„Ich hatte großes Glück mit einem Kollegen, einem Jagdfreund meines Vaters. Georg praktizierte in Erding und er fand meinen Entschluss gut. Ihm gefiel es, dass ich mich gegen die Koryphäe durchsetzte, und er nahm mich unter seine Fittiche. Er wollte es meinem Vater zeigen und eine gute Tierärztin aus mir machen. Ich war in jeder freien Minute bei ihm und lernte viel. Er ist leider vor fünf Jahren gestorben, er war ein wunderbarer Kollege und ein guter Freund."

„Das tut mir leid. Und die Praxis? Macht es Spaß?" Jo sprach bewusst im Plauderton weiter, weil das Vibrato in ihrem Körper noch immer nicht nachgelassen hatte.

„Es ist wunderbar, mein eigener Herr zu sein. Darüber freue ich mich jeden Tag. Als Angestellte war es mit den meisten Chefs schwierig. Die vom alten Schlag trauten einer Frau wie mir nichts zu und die Jungen wollten viel lieber mit mir flirten, als mir etwas beizubringen. Mit meiner Praxis läuft es gut. Manchmal wächst mir die Arbeit schon über den Kopf und ich habe den Verdacht, dass meine Patienten am liebsten am Wochenende krank werden."

„Hast du jedes Wochenende Dienst?"

„Nein, aber ich bringe es auch nicht immer übers Herz, sie alle zum Notdienst zu schicken. Wenn ich einen Hund oder eine Katze seit vielen Jahren betreue, kann ich meistens nicht nein sagen. Gott sei Dank nimmt mir meine Kollegin viel ab", erwiderte Elsa.

Jo musste husten. Dann schob sie ihre Hände noch tiefer in die Taschen.

„Und du? Warst du schon beim Arzt?"

„Sag bloß, du hast dein Stethoskop dabei."

Elsa schüttelte den Kopf. „Ich hoffe, es geht dir besser. Ich finde, du bist eine mutige junge Frau. So wie du mich zu diesem Treffen aufgefordert hast."

„Das war keine Aufforderung, das war eine Einladung." Jo verfluchte die Röte, die in ihrem Gesicht aufstieg.

Die Tierärztin lachte. „Deine Karte hätte auch die Ankündigung zu einem Duell sein können. Ich war mir da nicht ganz sicher. Da hätte auch stehen können: Finden Sie sich am ersten November bei freier Waffenwahl um zwei Uhr am Nordfriedhof ein."

„Und wieso hast du dann keinen Adjutanten mitgebracht?"

„Der hat frei. Ich komme auch alleine klar."

„Wer weiß, wer da lauert." Jo zeigte auf einen hohen, verwitterten Grabstein.

„Ein Spaziergang auf dem Friedhof kann so gefährlich nicht sein."

Jo ging mit großen Schritten weiter. Es war sehr wohl gefährlich, jede Zelle ihres Körpers reagierte auf die körperliche Nähe zu der schönen Frau.

„Warum hast du es denn auf einmal so eilig?“

Jo blieb stehen und sah ihre Begleiterin an. Elsa hielt dem Blick so lange stand, bis ihr ein Hund vor die Füße lief. Das Tier jagte einem kleinen roten Ball nach und bellte auffordernd.

Die Tierärztin kickte den Ball weiter. „Du willst mit mir spielen.“

Als es hinter ihnen pfiff, schnappte sich der kleine Mischling den Ball und lief zu seinem Herrn, der gerade um die Ecke bog.

„Darf der hier überhaupt rein?“, fragte Elsa.

„Ich glaube nicht, aber solange es keinen stört, ist das kein Problem.“

„Was für eine offenherzige Auslegung für deutsche Verhältnisse. Manchmal habe ich den Eindruck, hier ist alles verboten.“

Deutsche Verhältnisse. Alles verboten. Das hätte auch von Alba kommen können. Jo ballte die Hände zusammen. Was hatte sie sich dabei gedacht, die Frau ausgerechnet hier zu treffen. Der Nordfriedhof war auch Albas Revier.

„Komm, gehen wir weiter“, sagte Jo und kam sich wie eine Verräterin vor.

„Wo waren wir stehen geblieben?“ Jetzt steckte Elsa ihre Hände in die Jackentaschen und sah dabei so ungelenk aus, als machte sie das zum ersten Mal in ihrem Leben.

„Bei den Eltern. Ich glaube, es kommt öfter vor, dass Kinder die Berufswünsche, die die Eltern für sie haben, nicht erfüllen. Meine Mutter glaubt, dass das nur bei uns der Fall ist. Wäre es nach ihr gegangen, hätten meine Schwester und ich Lehrer werden müssen. Wie mein Vater. Weil das ein ordentlicher und angesehener Beruf ist. Dass Rebekka Sozialpädagogin geworden ist, passt Mutter nicht. Und die Verlagswelt kann sie auch nicht leiden.“

„Ich würde mein Kind nie dazu drängen, etwas zu tun, was ihm zuwider ist“, sagte Elsa entschieden.

„Und was ist, wenn es nicht lernen will? Oder nicht die Wahrheit sagt?“

„Ich glaube, wir müssen das nicht weiter diskutieren, weil ich keine Zeit mehr habe zum Kinderkriegen. Leider. Ich werde bald vierzig."

„Alba will unbedingt Kinder." Jo zuckte zusammen, nachdem sie den Satz ausgesprochen hatte.

„Wer ist Alba?"

„Die Freundin, mit der ich zusammenwohne. Ich möchte keine, ich kann nicht so gut mit Kindern. Ich meine, ich habe entzückende Nichten, aber die kann ich jederzeit wieder abgeben. Das ist etwas ganz anderes, als Tag und Nacht für ein Kind da sein zu müssen." Jo hustete und hätte sich am liebsten hinter ihrer Hand versteckt.

„Und der Verlag? Macht dir deine Arbeit Spaß? Ich könnte nie so lange vor dem Computer sitzen. Ich bin froh, dass ich mich nicht um den Bürokram kümmern muss. Ich schreibe die Patientenkarteikarten mehr oder weniger ordentlich mit der Hand und den Rest machen meine Assistentinnen."

„Mir gefällt es. Wir suchen neue Themen, passende Autoren und wir begleiten ein Buch von der ersten Idee bis zur Herstellung. Es würde mir noch mehr Spaß machen, wenn der Zeitdruck nicht so groß wäre." Jo gab sich Mühe, ihre Stimme so fest und normal wie möglich klingen zu lassen.

Da warf Elsa einen Blick auf ihre Armbanduhr und sagte: „Du liebe Güte. Es war so interessant, dass ich die Zeit ganz vergessen habe. Ich habe Heiko versprochen, ihn vom Flughafen abzuholen."

„Kann ich dich was fragen?", sagte Jo und nahm Elsas Hand. „Darf ich dich zum Abschied küssen?"

„Ich muss wirklich los." Die Tierärztin drehte sich auf der Stelle um und lief mit viel zu großen Schritten zum Nordausgang.

9

Im Donautal war es neblig. Es ging nur langsam vorwärts. Straubing musste am Ende der Welt liegen. Es war noch nie so weit gewesen wie an diesem Novemberabend.

Vor ein paar Tagen hatte ihr Vater angerufen, weil er auf dem Speicher ein altes Fotoalbum entdeckt hatte. Jo war sofort Feuer und Flamme gewesen und hatte sich mit ihm verabredet.

In Straubing war der Nebel so dicht, dass die Straßenbeleuchtung nur ein dumpfes, milchiges Licht zuwege brachte. Sogar die Verkehrsgeräusche waren gedämpft. Es war unheimlich. Gott sei Dank kam ihr Vater sofort an die Tür.

„Wir haben zweieinhalb Stunden Zeit. Deine Mutter hütet die Kinder, um halb zehn ist sie wieder da", sagte er leise und umarmte sie.

„Sie hat keine Ahnung, dass ich da bin?"

„Um Himmels willen, sie wäre misstrauisch geworden. Die Fotos sind in meinem Arbeitszimmer. Geh schon vor, ich komme gleich."

„Danke, Vater, ich weiß es zu schätzen, was du für mich tust."

„Ich will, dass es dir wieder besser geht, Mädchen. Ich sehe doch, wie sehr dich das alles quält. Ich mach uns Tee und wir legen los." Er verschwand in der Küche.

Wie in geheimer Mission schlich Jo nach hinten. Als Kinder hatten sie und Rebekka das Arbeitszimmer ihres Vaters nie allein betreten bedürfen. Außerdem war es streng verboten, ihn bei den Korrekturen und den Unterrichtsvorbereitungen zu stören. Genau wie früher lagen dort stapelweise Klassenarbeiten und Hefte auf dem Fußboden. Auf dem Schreibtisch hatte ein Laptop die elektrische Schreibmaschine abgelöst. Gabriele hieß das orangefarbene, laut summende Gerät, mit dem sie als Mädchen gerne gespielt hätte. Das Gehirn erinnerte sich anscheinend häufig an Nebensächlichkeiten.

Sie setzte sich auf das abgewetzte Sofa, auf dem er jeden Tag seinen Mittagsschlaf hielt, und rieb sich die Augen. Ihre Nächte waren nach wie vor kurz und voller Unterbrechungen, sie brauchte dringend mehr Schlaf.

Ihr Vater kam. Vorsichtig schloss er die Tür, goss Tee ein und reichte ihr eine Tasse. Aus dem Schrank, in dem er wichtige Ordner und Unterlagen aufbewahrte, holte er ein Album heraus, legte es mit fahrigen Händen auf den Couchtisch und setzte sich zu ihr.

„Hoffentlich lohnt es sich für dich, Johanna. Früher fotografierte man nicht so viel wie heute. Nur die Taufe, den ersten Schultag, die Kommunion, bei den Männern gab es ein Porträt vom Militärdienst, dann kam die Hochzeit und wieder die Taufen der Kinder. Und irgendwann ein Familienporträt. Mit dem Herrn des Hauses in der Mitte und mit der Ehefrau und Mutter, die nach hinten versetzt dasteht und dem jüngsten Kind die Hand auf die Schultern legt. Vielleicht noch eine Fronleichnamsprozession oder ein anderes großes Fest im Dorf. Und am Schluss die aufgebahrten Toten zwischen den brennenden Kerzen in der guten Stube. Nur die wichtigsten Lebensstationen."

„Oder das, was offiziell wichtig war", erwiderte Jo nachdenklich. Mittlerweile las sie fast nur noch zwischen den Zeilen, wenn es um ihre Familie ging.

„Deine Schwester hat meterweise Videofilme und unzählige Fotos von den Mädchen gemacht. Saras erstes Lächeln oder wie Lea zum ersten Mal ihr Fläschchen hält, wie sie malen und im Sandkasten spielen, mit dem Dreirad fahren oder die ersten Versuche auf dem Fahrrad machen. Ich stelle mir vor, dass die Kinder bei so viel Aufmerksamkeit einen Verfolgungswahn bekommen. Haben sie denn überhaupt noch die Freiheit, einfach Kind zu sein und eigene Abenteuer zu erleben? Weißt du noch, wie viel Zeit du im Garten verbracht hast? Ohne uns. War das nicht schön?“

„Ja, das war schön. Und ich bin mir sicher, den Mädchen geht es gut, um die brauchst du dir keine Sorgen zu machen.“ Jo war überrascht. So viele zusammenhängende Sätze hatte er schon lange nicht mehr mit ihr gesprochen. Wenn ihre Mutter dabei war, hielt er sich immer zurück.

„Fang an“, sagte er und zeigte auf das graugrüne Album mit den abgewetzten Ecken. Dem muffigen Geruch nach musste es viele Jahre auf dem Speicher gelegen haben.

Jo schlug die erste Seite auf. Das milchig weiße Trennpapier war mit einem Muster durchzogen, das sie an ein Spinnennetz erinnerte. Es wirkte so brüchig, dass sie sehr vorsichtig umblätterte, um es nicht zu zerreißen.

„Da sind Fotos von deinem Großvater als Schulbub und als Hitlerjunge. Das war ungefähr 1940, da war er fünfzehn oder sechzehn Jahre alt, denke ich. Und hier ist er Soldat.“ Rudolf tippte auf eine Lücke in der Fotografie. „Bei Kriegsende haben sie das Hitlerbild aus den Fotos herausgeschnitten. Das hing früher in jeder Stube. Sie hatten Angst vor den Amerikanern.“

„Und wo war Großvater im Krieg?“

„Ich weiß es nicht“, sagte er.

Jo betrachtete die nächsten Schwarz-Weiß-Aufnahmen mit den gewellten, weißen Rändern. „Ist das Großmutter? War das in Viechtach?“

Ihr Vater setzte seine Brille auf. „Das muss bei der Kapitulation gewesen sein. Siehst du das weiße Tuch, das im Nachbarhaus aus dem Fenster hängt?“

„Findest du, dass da irgendeine Ähnlichkeit zwischen dem Mädchen da und der Frau besteht, die meine Großmutter war?“

„Diese dunklen, großen Augen und die hohen Wangenknochen, das ist unverkennbar deine Großmutter. Auf dem Foto ist sie jung, sehr mager und durchsichtig. Damals hatten sie selbst auf dem Land nicht genug zu essen. In ihren besten Jahren war sie eine attraktive Frau."

„Wann bist du ihr zum ersten Mal begegnet?", fragte Jo.

„Rechne nach, deine Schwester ist zweiunddreißig. Vor gut zweiunddreißig Jahren."

„Fiel dir da etwas an ihr auf?"

„Ich fürchtete mich. Deine Mutter war blutjung und sie war schwanger von mir. Ich war sehr aufgeregt", sagte er ungewohnt schnell.

„Und wie war Großmutter?"

„Streng, sehr streng. Sie sagte mir klipp und klar, dass ich ab sofort die Verantwortung für ihre Tochter und das Kind hätte. Und dass ich mir dessen bewusst sein müsste. Ich kam mir vor wie ein Huhn, das zerlegt wird. Wie ich das finanzieren würde, wo wir wohnen würden und so weiter. Ich war mitten im Referendariat, ich hatte nur wenig Geld und keine genauen Vorstellungen. Sie ließ mich keine Sekunde aus den Augen."

„Das kann ich mir denken. Aber du durftest Mutter heiraten." Jo lachte.

„Dürfen? Von dürfen kann keine Rede sein. Ich musste sie heiraten. Deine Großmutter hätte mir sonst wer weiß was angetan."

„Von den Großeltern wird es wohl auch ein Hochzeitsfoto geben. Hast du es schon entdeckt? Wann haben die beiden geheiratet?", fragte Jo und blätterte weiter.

„Das war 1949. Auf der nächsten Seite ist das Foto. Meine Schwiegermutter war keine zwanzig Jahre alt. Genau wie deine Mutter."

„Und ebenfalls schwanger."

„Ja. Ihr Kleid hat zwar einen weiten Schnitt, aber sie ist eindeutig schwanger. Ich würde sagen, vierter oder fünfter Monat. Was meinst du?" Er legte den Kopf ein wenig zur Seite.

Jo beugte sich über das Album. Die blasse Frau, die Großmutter war, saß auf einem Stuhl. Sie trug ein schwarzes, knielanges

Kleid und schwarze Schnürschuhe. Um die Wölbung zu verdecken, hielt sie den Blumenstrauß schräg vor ihre Mitte. Aber das lenkte den Blick des Betrachters genau auf ihren Bauch. Mit traurigen Augen sah dieses Mädchen in die Kamera. Und der frisch gebackene Ehemann stand im schwarzen Anzug und mit einem Zylinder in der Hand an ihrer Seite und blickte von oben auf sie herab. Keine Freude, kein Glück in seinem Blick. Die Frau war sein Eigentum. Mehr nicht.

„Damals war es wohl nicht üblich, aus Liebe zu heiraten", sagte Jo, rieb sich die Arme und versuchte, die Gänsehaut abzuschütteln, die sich darauf ausgebreitet hatte. Es war schwer, sich vorzustellen, dass das der Beginn einer einigermaßen zufriedenen Ehe gewesen sein konnte.

„Helene ist bald darauf auf die Welt gekommen." Ihr Vater sah auf die Uhr.

„Ist ihre Adresse in der Zwischenzeit aufgetaucht?"

„Da ist Helenes Taufe. Es war Winter. Schau, die Leute tragen Wintermäntel und die Frauen haben dicke Strümpfe an. Das arme Baby, ich hoffe, dass das Taufwasser nicht so kalt war."

Der Säugling lag in einem weißen Taufkleid auf dem Arm einer Frau, die Großmutter sehr ähnlich sah.

„Ist das Großmutters Schwester?", fragte Jo.

Ihr Vater nickte. „Ja, die beiden sind sich wie aus dem Gesicht geschnitten. Was man von euch nicht behaupten kann."

„Vater, was ist mit Tante Helenes Adresse?"

„Ich weiß es nicht. Ich suche weiter. Mutter darf nichts davon erfahren. Und erzähle ihr bloß nichts von den Fotos, sonst hängt der Haussegen tagelang schief."

„Ehrenwort", sagte Jo und hob die Hand wie zum Schwur. Außerdem würde sie Tante Helene auch ohne seine Hilfe finden. Sie deutete auf die Beschriftung, die in einer sehr engen, für sie unleserlichen Schrift unter Helenes Tauffoto stand.

„Helenes Taufe in Sankt Emmeram, März 1950", las ihr Vater laut vor und zeigte auf die nächste Seite. „Da sind noch ein paar Fotos von ihr als Kleinkind. Und das ist deine Mutter im Kinderwagen. Großmutter und Helene schieben Walburga durch die Stadt."

„Das ist Regensburg."

„Ja, und da ist der Dom. Auf dem nächsten Foto, da sind sie auf der Steinernen Brücke."

Jo lehnte sich zurück. Das flaue Gefühl im Magen war dasselbe wie damals im September, als sie mit Rebekka auf der Brücke gewesen war.

„Alles klar bei dir? Wo bist du gerade?", fragte ihr Vater mit seiner Lehrerstimme.

Jo fuhr sich mit der Hand über die Augen. „Und Großvater? Gibt es von ihm nicht noch ein paar Fotos? Oder von der Schneiderei?"

„Da ist noch eines. Er hält ein Baby im Arm. Das dürfte Helene sein. Sonst habe ich nichts mehr gefunden. Das war's."

Dann nahm er ihr das Album aus der Hand und klappte es zu. Dabei flatterte etwas auf den Fußboden. Der Klebstoff der Fotoecken war längst vertrocknet. Jo bückte sich und hob das Foto auf. Aber es war gar kein Foto, sondern ein Sterbebild.

Vorne eine Kreuzigungsdarstellung, auf der Rückseite ein Foto von einem Mann mit eckigen, markanten Gesichtszügen. Das war Großvater. Erich Mayr. 1925 bis 1955.

„Sieh mal, was da ist." Jo reichte ihr Vater das Sterbebild. „Da steht nichts über die Todesursache. Glaubst du wirklich, dass es ein Unfall war, Papa?"

„Er war erst dreißig, mein Gott. Das ist viel zu jung zum Sterben. Da hat er den Krieg überstanden und zehn Jahre später war es vorbei."

Dreißig. Jo erstarrte. Großvater war bei seinem Tod tatsächlich dreißig Jahre alt gewesen. So alt, wie sie jetzt war. Jakob hatte recht.

„Wieso glaubst du, dass es ein Unfall war?", fragte sie.

„Warum sollte deine Großmutter lügen?"

„Wo wurde er beerdigt?"

„Ich nehme an, in Regensburg", sagte ihr Vater ungeduldig. „Aber ich weiß es nicht sicher."

„Gibt es das Grab noch?"

„Nicht, dass ich wüsste." Sein zusammengepresster Mund signalisierte ihr, dass seine Geduld am Ende war.

„Ich mache mich besser auf den Weg", sagte sie.

„Du fährst gleich wieder nach München zurück? Bei dem Nebel?"

„Ich kann nicht bei euch übernachten, wenn ich gar nicht da gewesen bin. Und zu Rebekka will ich auch nicht. Außerdem ist es hier bei euch am schlimmsten mit dem Nebel. Sobald man das Donautal hinter sich hat, wird es besser."

Ihr Vater legte das Album auf den Tisch und stand auf.

„Vielen Dank für alles." Jo steckte das Sterbebild zwischen die Seiten des Albums und streckte sich. In ihrem Kopf ratterte es. Und sie versuchte, alles zu speichern, wie ein Rechner, der mit großen Dateien gefüttert worden war.

„Hat es dir etwas gebracht? Willst du die Fotos mitnehmen?", fragte er.

„Und was machst du, wenn Mutter sie vermisst?"

„Das wird sie nicht. Nimm alles mit. Wir sehen uns spätestens an Weihnachten, oder?", sagte er und legte ihr das Album in den Schoß.

Nach dem Frühstück herrschte an diesem Novembermorgen dicke Luft bei ihnen. Jo hatte es gewagt, Alba zu fragen, ob sie dieses Jahr Weihnachten zusammen verbringen würden.

„Wieso setzt du mich auch noch unter Druck? Du bist genau wie meine Mutter, die verlangt auch von mir, dass ich Weihnachten bei ihr bin. Wenn ich das nicht aus freiem Herzen entscheiden kann, ist das für keinen gut. Am liebsten würde ich allein sein und an diesen bescheuerten Feiertagen einfach in Ruhe weiterarbeiten. Die Zeit wird sowieso knapp." Alba war laut geworden und danach in ihrem Zimmer verschwunden.

Als Jo auf dem Weg zu Frieda war, besiegte die Enttäuschung ihr Verständnis für Albas Situation. Was war das nur für ein Morgen. Es fehlte nur noch, dass sie der Tierärztin über den Weg lief. Der Abschied auf dem Friedhof war peinlich genug gewesen. Wie gut, dass Elsa sofort aufgebrochen war. Jo ging so schnell, dass sich der verstauchte Fuß, der fast schon verheilt war, zurückmeldete. Immerhin war der Hausflur in der Bauerstraße leer.

Frieda strahlte und zog Jo an sich. „Was für eine Freude, Mädchen. Wieso warst du so lange nicht bei uns? Unsere Nachbarin hat auch schon nach dir gefragt."

Jo zog ihren Mantel und die Schuhe aus. Anscheinend war nichts von dem Fiasko an Allerheiligen durchgesickert. Mimi strich ihr zur Begrüßung um die Füße und miaute.

„Geht es dir wieder gut? Sind die Träume vorbei? Und deine Bronchien? Alles wieder in Ordnung?", fragte Frieda und setzte Kaffee auf.

„Die Bronchien ja, aber die Nächte sind immer noch schlecht. Und bei dir?"

„Keine Krücken mehr", sagte Frieda freudestrahlend. „Aber ich muss aufpassen, dass ich nicht stolpere. Und hast du in der Zwischenzeit etwas über deinen Großvater herausgefunden?"

„Einen Haufen komischer Sachen. Leider nichts, was wirklich zusammenpasst." Jo streichelte die Katze, die sich auf den Rücken warf, alle viere von sich streckte und sich für jede Streicheleinheit mit lautem Schnurren bedankte.

Als die beiden Frauen zehn Minuten später im Wohnzimmer vor den altmodisch gemusterten Kaffeetassen saßen, sagte Frieda: „Ich soll dich von Elsa grüßen. Sie war kürzlich auf ein Glas Wein bei mir."

Jo hüstelte. „Ich muss dir was beichten, ich habe Mist gebaut."

„Bitte bedien dich, sonst wird der Kaffee kalt. Hast du dich mit deiner Mutter gestritten? Warst du überhaupt an Allerheiligen in Straubing?"

„Nein, war ich nicht. Allerdings wäre es besser gewesen, wenn ich gefahren wäre."

„Was ist denn passiert?"

„Ich habe Elsa getroffen." Jo rührte ihren Kaffee um und legte den Löffel auf die Untertasse zurück. Das konnte sie nicht erklären. Sie hatte sich daneben benommen. Und Elsa wollte sicher nie mehr etwas mit ihr zu tun haben. Grüße hin oder her.

„Sag schon, was du auf dem Herzen hast."

„Ich wollte sie unbedingt näher kennenlernen, sie gefällt mir, und ich, ich weiß auch nicht. Ich habe sie vor den Kopf gestoßen."

„Das kann ich mir nicht vorstellen, sie ist einiges gewöhnt von ihren Patienten, von Mensch und Tier. Glaub mir, da habe ich die unglaublichsten Geschichten gehört. Da muss man sich schon etwas Außergewöhnliches einfallen lassen, um sie aus dem Gleichgewicht zu bringen. Da ist ja meine Mimi. Komm, setz dich zu uns." Frieda lockte die Katze zu sich auf die Knie. „Mimi könnte zum Beispiel beichten, dass sie Elsa in den Finger gebissen hat, weil sie ihr einen Abszess aufschneiden musste. Das wollte sich mein stolzes Katzentier nicht bieten lassen. Die Frau Doktor ist Gott sei Dank nicht nachtragend."

„So ähnlich war das bei mir auch."

„Du hast Elsa in den Finger gebissen? Ich bin zwar bald siebzig, aber ich bin nicht dumm." Frieda streichelte ihre Katze, die es sich bequem gemacht hatte und wieder schnurrte.

„Das habe ich auch nicht gesagt."

„Du hast sie also nicht in den Finger gebissen. Gut. Sonst müsste man untersuchen, ob du Tollwut hast."

Jo sank immer tiefer in ihren Sessel hinein. „Mir ist nicht zum Lachen zumute."

„Ich kann dich nicht zwingen zu reden. Du musst es mir schon sagen, wenn du es loswerden willst."

„Ich habe sie gefragt, ob ich sie küssen darf."

„Das hätte ich mir denken können, dass sie dir gefällt. Aber dass du solche Dummheiten machst, das hätte ich nie vermutet. Was ist denn in dich gefahren? Und was hat sie gesagt?"

„Sie ist gegangen", sagte Jo kleinlaut.

„Mimi, was machen wir mit dieser verrückten Göre? Sollen wir ihr den Hintern versohlen? Die Frau ist verheiratet. Und du bist mit Alba zusammen. Was ist eigentlich mit euch beiden los?", fragte Frieda ungehalten. Mimi hörte auf zu schnurren.

„Es ist ja nichts passiert."

„Was ist bloß los mit dir? Bist du verliebt?"

Jo zog den Kopf ein. Bisher hatte sie es vermieden, auch nur an dieses Wort zu denken.

„Soll ich dir mal eine Geschichte erzählen, damit du siehst, wozu so etwas führen kann?" Als Frieda nach vorne rutschte, sprang die Katze von ihrem Schoß.

Jo nahm einen Schluck Kaffee, der so bitter schmeckte wie die Strafpredigt, die sicher gleich folgen würde.

„Ich war Anfang zwanzig und verliebt. Zuerst war alles rosarot mit Johann. Wie an einem wolkenlosen Frühlingstag. Mir war immer, als läge ich mit ihm unter einem blühenden Kirschbaum, in dem die Bienen summten. Ich war glücklich. Die Welt war wie verzaubert. Und das blieb sie auch, bis er mir die Wahrheit sagte."

Jo sah überrascht auf, Frieda hatte nie viel über ihre jungen Jahre erzählt.

„Er war verheiratet und hatte zwei Kinder."

„Das tut mir leid. Das war bestimmt schrecklich für dich."

„Das braucht dir nicht leidzutun. Er sagte mir, dass er seine Familie niemals verlassen würde. Und ich wusste genau, worauf ich mich eingelassen hatte. Ich war dreizehn Jahre lang mit ihm zusammen. Keiner durfte etwas von uns wissen. Ich durfte es nicht einmal meiner besten Freundin erzählen."

„Wie hält man das aus? Und wieso habt ihr euch getrennt?"

„Wir haben uns nicht getrennt. Er ist tödlich verunglückt. Er war leidenschaftlicher Bergsteiger. Ich weiß bis heute nicht genau, wie es passiert ist. Er meldete sich lange nicht mehr; ich war krank vor Sorge. Und bald darauf las ich die Todesanzeige in der Zeitung. Das war schrecklich. Ich konnte nicht einmal zu seiner Beerdigung gehen."

Jo legte ihre Hand auf Friedas.

„Jeden Morgen, gleich nachdem der Friedhof geöffnet wurde, ging ich zu ihm und brachte ihm eine rote Rose. Und irgendwann fiel mir ein, dass sich seine Frau sicher fragte, wer ihrem Mann jeden Tag eine rote Rose aufs Grab legte. Ich hatte ihm hoch und heilig versprechen müssen, dass sie nie etwas erfahren würde. Deswegen blieb ich weg. Irgendwann hätten wir uns getroffen. Dann kam eine Phase, da war ich wütend auf ihn. Er war immer nur für ein paar Stunden oder einen Tag bei mir, ständig diese Lügen, diese Vorsicht, diese Heimlichkeiten. Wir waren nie unbeschwert miteinander. Und am Ende ließ er mich allein."

„Und du hast das dein Leben lang für dich behalten?", fragte Jo leise.

„Nein. Natürlich erzählte ich es später meinem Mann. Und ein paar Monate nach Johanns Tod habe ich mit meiner engsten Freundin, mit Elisabeth, darüber geredet. Ich wäre beinahe verrückt geworden, ich hätte es keinen Tag länger ausgehalten. Zu trauern und nicht zeigen zu dürfen, dass man trauert, das ist ein unerträglicher Zustand."

„Du hast ihn sehr geliebt." Jo sah an Frieda vorbei. Was für eine große Liebe. Und wie viel Entsagung. Nur dieses altmodische, kaum mehr gebräuchliche Wort schien das zu treffen, was die alte Dame geschafft hatte.

„Sonst hätte ich das nicht so lange mitgemacht. Ich war einundzwanzig, als wir uns kennenlernten. Das war meine ganze Jugend."

Nach einer langen Pause fragte Jo vorsichtig: „Und was möchtest du mir damit sagen?"

„Du bist dabei, dich in eine verheiratete Frau zu verlieben. Komm mir nicht damit, dass Elsa schön, interessant und klug ist. Das weiß ich selbst. Wieso lässt du dich auf sie ein? Was soll aus Alba und dir werden? Hast du darüber schon nachgedacht? Und wenn Elsa dich wollen würde, willst du wirklich ihre Geliebte sein? Weißt du, was es heißt, immer an zweiter Stelle zu stehen? Immer mit dem Wissen zu leben, dass sie danach zu ihrem Mann geht? Du wirst nie eine ganze Nacht mit ihr verbringen oder mit ihr in Urlaub fahren können. Du glaubst doch nicht im Ernst, dass sie ihren Mann für dich verlassen würde. Und dass dir das reichen würde."

„Warum hat sie sich mit mir getroffen?"

„Wie hätte sie wissen sollen, was du von ihr willst."

„Das sieht man doch. Elsa ist kein Unschuldslamm", sagte Jo.

„Was soll sie dir ansehen? Dass du Frauen liebst? Ich wäre nicht darauf gekommen, als wir uns kennenlernten. Und sag nicht, dass das an meinem Alter liegt." Frieda hob den Zeigefinger.

„Ja ... ich meine nein. Aber etwas muss sie gespürt haben, ich habe sie die ganze Zeit angestarrt und normalerweise merkt man, wenn jemand etwas von einem will."

„Bei ihrem Aussehen ist das wahrscheinlich normal. Alle himmeln sie an."

„Die Männer auf jeden Fall." Jo seufzte laut.

„Lass sie in Ruhe, du machst dich und Alba unglücklich. Und Elsa vielleicht auch. Das hat keine Perspektive." Frieda klopfte mit der Hand auf die Sessellehne.

„Ich denke darüber nach. Außerdem traue ich mich sowieso nicht mehr, mich bei ihr zu melden. Aber Elsa ist nicht so unschuldig, wie du glaubst."

„Du bist mir eine. Hätte ich sie an dem Abend im August bloß nicht hereingelassen. Mimi, das ist alles nur wegen deiner Pfote passiert. Und wir beide müssen dafür sorgen, dass die Kleine hier Vernunft annimmt und sich die Frau aus dem Kopf schlägt. Lass dir was einfallen, du musst mir dabei helfen."

Von ihrem Platz auf dem Sofa antwortete die Katze mit einem gedehnten „Miau". Und Jo wollte ausnahmsweise nicht wissen, was es bedeutete.

10

„Schönen guten Morgen, Johanna. Kommst du bitte kurz zu mir?“, flötete Suse Morschitz aus ihrem Vorzimmer auf den Flur hinaus.

„Was gibt es denn?“, fragte Jo und knöpfte ihren Mantel auf. In diesem überheizten Büro würde sie ersticken.

„Frau Kreise möchte dich heute Nachmittag sprechen.“ Suse zupfte am Kragen ihrer groß gemusterten Bluse herum und klickte mit der Maus auf den Terminkalender. „Um fünfzehn Uhr in ihrem Büro, bitte.“

„Und worum geht es?“ Jo zog die Stirn in Falten. Die Chefin bestellte sie selten allein zu sich. Wenn es etwas zu besprechen gab, kam sie immer sofort an den Schreibtisch.

„Das hat sie mir leider nicht verraten.“ Die Assistentin klickte weiter und starrte auf den Bildschirm.

Der Morschitz konnte man nicht vertrauen. Als rechte Hand der Chefin wusste sie bestimmt, was los war.

„Ich werde selbstverständlich da sein. Und Suse, deine Bluse ist interessant“, sagte Jo und machte, dass sie hinauskam.

Schnell hängte sie ihren Mantel in den Schrank, holte sich eine Tasse Kaffee und begrüßte die drei Kollegen, die mit ihr im selben Raum arbeiteten, mit einem Nicken. Dann schaltete sie den Rechner ein und verschaffte sich mithilfe ihres Terminkalenders einen Überblick. Ein paar Tage hinkte sie mit dem Qi-Gong-Manuskript hinterher, aber das konnte sie wieder aufholen. Das konnte nicht der Grund für dieses außerordentliche Gespräch sein.

Das Telefon klingelte und der Vormittag verging mit der Organisation von Bildrechten, Abgabeterminen und Fotos, die ganz dringend besorgt werden mussten. Der nette Grafiker aus dem zweiten Stock wollte wissen, ob der Untertitel für die neue Wellness-Reihe bereits feststünde, weil er ein Konzept für die Umschläge entwerfen sollte. Ihm versprach sie gerne, sich so schnell wie möglich darum zu kümmern, und erkundigte sich, bis wann er die Information bräuchte.

„Am besten sofort, Frau Richter. Das ist doch immer so bei uns“, sagte der Mann freundlich lachend und wünschte ihr einen schönen Tag.

In ihrem Büro ging es zu wie in einem Bienenstock. Wie sollte man sich da konzentrieren? Die Morschitz würde ihr sicher mit dem Untertitel helfen. Die Tür zu Suses Zimmer war nur angelehnt. Einzelne Wortfetzen drangen in den Flur hinaus. Es war Kreises dunkle Stimme. Jo hörte ihren Namen und machte kehrt. Da hatte sie sich sicher getäuscht. Und selbst wenn hinter ihrem Rücken geredet wurde, dann musste es ihr auch egal sein.

Was man ihr nicht ins Gesicht sagte, das ignorierte sie. Das hatte sie von Jakob gelernt, damals in der Schule. Weil sie nicht so zickig sein wollte wie ihre Mitschülerinnen, fragte sie ihn eines Tages, wie die Jungs das machten. „Die sind direkter“, hatte Jakob gesagt. „Entweder sind sie großzügig oder sie hauen dir eine in die Fresse. Danach ist es vorbei.“

Das änderte nichts daran, dass er mit den Jungs nicht klarkam, weil er anders war. Sonst wären sie beide wahrscheinlich nie Freunde geworden. In der Oberstufe galten sie lange als Paar. Das war ihnen beiden recht, denn so konnte jeder seine eigenen Fantasien ausleben. Jo träumte von der tollen Volleyballspielerin aus der Dreizehnten und er von dem jungen Referendar.

Zurück am Schreibtisch fiel es ihr schwer, einen klaren Gedanken zu fassen. Immer wieder dachte sie an das bevorstehende Gespräch. In der Mittagspause verließ sie die Kantine, nachdem sie ein halbes Sandwich gegessen hatte. In diesem Zustand legte sie keinen Wert auf Small Talk mit den Kollegen und ging lieber ein paar Schritte um den Block.

Das tat ihr gut, obwohl es grau und kalt war. Die kahlen Platanen spießten den bleiernen Himmel auf ihre Äste und die Passanten gingen mit hochgezogenen Schultern ihrer Wege.

Auf dem Rückweg ins Büro fragte sie Suse nach dem Untertitel, damit der Grafiker nicht so lange warten musste.

„Meine Liebe, hast du auf dem letzten Meeting geschlafen? Schau ins Protokoll", antwortete Suse und holte einen dicken Ordner mit der Aufschrift „Personal" aus dem Regal.

Jo murmelte eine Entschuldigung und verließ das stickige Zimmer. Das hätte ihr nicht passieren dürfen. Immerhin fand sie die gesuchte Information sofort in ihren Unterlagen und gab sie weiter.

Um sie herum summten Rechner, Telefone klingelten, eine Kollegin versuchte, die Dame von der Fotoagentur mit Engelszungen dazu zu bringen, die Buddha-Abbildung für das neue Meditationsbuch sofort an sie zu schicken. Einen Moment lang starrte Jo durch die Glaswand auf den Flur hinaus. Die Kreise eilte mit Suse Morschitz im Schlepptau in das große Besprechungszimmer.

Mit einer Tasse Kaffee machte sich Jo an ihren Stapel, schrieb einen Brief und beantwortete die wichtigsten E-Mails. Noch ein Telefonat und es war fünf vor drei. Auf dem Weg zur Chefin ging Jo auf die Toilette und erschrak, weil sie so blass aussah. Hätte sie geahnt, was auf sie zukam, hätte sie sich heute Morgen geschminkt.

„Frau Kreise ist gleich so weit", sagte Suse müde.

So frisch wie heute Morgen war sie auch nicht mehr. Jo empfand beinahe Mitleid für sie. Die Kreise konnte enorm fordernd sein und das Vorzimmer war manchmal das Tor zur Hölle. War ihr eine Laus über die Leber gelaufen, musste man ihr aus dem Weg gehen. Aber als persönliche Assistentin konnte die Morschitz das nur selten und musste so manches ertragen für die Macht, die ihr im Dunstkreis der Chefin zustand.

Die Tür ging schwungvoll auf und Frau Kreise bat Jo herein. „Nehmen Sie bitte Platz. Ich habe etwas mit Ihnen zu besprechen."

„Worum geht es? Frau Morschitz wollte es mir nicht verraten." Jo räusperte sich.

„Verzeihen Sie, wenn ich direkt bin, aber haben Sie Kummer, Frau Richter?"

„Nein. Wieso fragen Sie?" Nie im Leben würde sich Jo ihr anvertrauen und deshalb zwang sie sich, der Chefin fest in die Augen zu sehen.

„Haben Sie gesundheitliche Probleme?"

„Nein. Bitte sagen Sie mir, was los ist."

„Frau Richter, Sie haben bei der Abgabe des Yoga-Titels um zehn Tage überzogen. Wie stellen Sie sich das vor? So können wir hier nicht arbeiten. Der Herstellungsleiter hat mir in der Abteilungsleiterkonferenz die Hölle heiß gemacht. Was glauben Sie, wie ich dastehe. So etwas darf nicht passieren. Was ist los mit Ihnen?"

„Das tut mir wirklich leid. Frau Schmid hat sich einfach nicht an die Termine gehalten, die Korrekturen kamen nie pünktlich zurück."

„Wieso sind Sie damit nicht zu mir gekommen?" Frau Kreise klopfte mit ihrem silbernen Stift auf den Tisch. „Außerdem hat sich Frau Schmid bei mir beschwert. Sie seien launisch und frech."

„Sie wissen selbst, wie schwierig die Dame ist, jede Yoga-Position muss aufs i-Tüpfelchen so sein, wie sie sich das vorstellt. Sonst müssen alle Fotos noch einmal gemacht werden. Es kann schon sein, dass ich ab und zu die Geduld verloren habe."

„Da geht es nicht um Geduld, es geht um Professionalität, um Genauigkeit und um Konzentration. Sie scheinen sich zurzeit nicht so gut konzentrieren zu können."

„Wer sagt das?"

Die Chefin legte den Stift auf den Tisch und schwieg.

„Wer hat etwas an mir auszusetzen?"

„Das ist unwichtig. Ich will keinen Unfrieden in der Abteilung. Sollte es noch einmal vorkommen, dass Sie Termine dermaßen überziehen oder sich ein Autor über Sie beschwert, haben Sie ein ernstes Problem. Haben wir uns verstanden?"

„Selbstverständlich." Jo nickte und ging hinaus. Gott sei Dank war die Morschitz nicht an ihrem Platz. Jeder machte Fehler. Natürlich hätte sie sofort mit der Kreise sprechen müssen. Die Schmid war ihr mit dieser pingeligen Art über den Kopf gewachsen. Und dass die Herstellung schimpfte, war auch verständlich. Die waren immer die Letzten in der Kette.

Aber dass ihre Kollegen von der Redaktion nicht mit ihr sprachen, sondern sofort zur Chefin liefen, das war nicht fair. Jo rieb ihre Schläfen. Auf der rechten Seite pochte es kräftig. Um den restlichen Arbeitstag zu überstehen, brauchte sie dringend eine Tablette. Cecile hatte immer etwas dabei.

„Wie war es?", fragte die Kollegin, kramte in der Handtasche und reichte ihr eine Aspirin.

Jo strich ihre rechte Kopfhälfte nach hinten aus. „Woher weißt du, dass ich bei der Kreise war?"

„Es tut mir leid, Jo."

„Die Chefin war deutlich, aber das macht nichts."

„Nein, es tut mir leid. Ich wollte dich nicht bei ihr anschwärzen, aber sie hat mich so geschickt ausgequetscht, sie hat mich hereingelegt. Mensch, was ist bloß mit dir los in letzter Zeit? Ständig müssen wir dein Chaos ausbaden", sagte Cecile leise, damit es die anderen nicht hören konnten.

„Warum habt ihr nicht mit mir geredet? Warum erzählst du zuerst der Chefin, dass es Probleme gibt?"

„Ich wusste nicht, wie ich es dir sagen soll, und dann kam die Kreise zu mir."

„Darüber müssen wir in Ruhe reden." Jo verließ das Büro. Auf der Toilette nahm sie die Tablette, spülte mit einem Schluck Wasser nach und wusch sich das Gesicht. Gleich würde es besser werden. Und bald könnte sie nach Hause gehen.

Im Büro starrten die Kollegen auf ihre Bildschirme und der Anrufbeantworter blinkte so aufdringlich wie das Signallicht auf einem Streifenwagen.

An Weihnachten war sie allein. Alba war nach Rom geflogen, weil sie es auch dieses Jahr nicht fertiggebracht hatte, ihrer Mutter abzusagen.

Am ersten Advent hatte Jo noch einmal versucht, über die Feiertage zu sprechen. Es hätte ihnen gutgetan, zusammen auszuspannen, ein paar Tage in den Bergen zu verbringen, in der Sauna zu schwitzen, spazieren zu gehen, Zeit füreinander zu haben. Eben all das, was Paare an den Feiertagen und in den Ferien zusammen tun.

Aber Alba hatte sie gar nicht zu Wort kommen lassen. „In Italien gibt es ein Sprichwort. *Natale con i tuoi, pasqua con chi vuoi.*"

Immer wenn die Freundin italienisch sprach, klang ihre Stimme dunkler und rauer. Und normalerweise wäre Jo sofort dahingeschmolzen, doch an diesem Sonntagmorgen verschränkte sie nur die Arme vor der Brust.

„Weihnachten feierst du mit den deinen. Ostern kannst du verbringen, mit wem du willst", übersetzte Alba.

„Ich habe es verstanden. Aber du hast mir gesagt, dass du es dir überlegst, ob du in diesem Jahr dableibst und mit mir feierst."

„Mutter würde aus allen Wolken fallen. Soll ich ihr sagen: ‚Mama, dieses Jahr komme ich nicht, ich bleibe bei meiner Freundin'?"

„Bin ich nicht die deine?", fragte Jo und zerkrümelte die Oblate eines Schokolebkuchens.

„Ich wünschte, ich wäre mir da sicher."

„Du hast versprochen, dass du dableibst."

„Versprochen? Du drehst mir jedes Wort im Mund um. Ich habe letztes Jahr gesagt, dass ich es mir wünschen würde, nächstes Mal mit dir zu feiern. Das ist ein gewaltiger Unterschied." Mit den Fingernägeln kratzte die Freundin das Wachs ab, das von der Kerze auf den Tisch getropft war.

„Bist du mit deiner Mutter zusammen oder mit mir?"

„Ausgerechnet du stellst mir diese Frage. Dass ich nicht lache. Bist du denn überhaupt noch mit mir zusammen? Lass uns lieber darüber sprechen."

„Es hat keinen Sinn. Fahr zu deiner Mama und sei das liebe Töchterchen."

„Du denkst nur an dich." Alba warf ein Stückchen durchgeknetetes Wachs auf den Fußboden.

„Das Flugticket hast du sicher schon in der Tasche", hatte Jo noch erwidert und war aus dem Zimmer gegangen.

In den letzten drei Wochen vor Weihnachten hatten sie beide viel zu tun und verloren kein Wort mehr über ihren Streit.

Jetzt war er da, der sogenannte Heilige Abend. Am Nachmittag lag Jo in der Badewanne, hörte Musik und las die Weihnachtsbeilage der *Süddeutschen*. Am frühen Abend machte sie sich in der Küche zu schaffen, setzte Nudelwasser auf und holte die Zutaten für ihr einsames Abendessen aus dem Kühlschrank. Auch im Radio drehte sich alles um Weihnachten. Es gab kein Entkommen.

Jakob hatte ihr den Vorschlag gemacht, mit zum Yoga zu kommen. Yoga am Heiligen Abend. Das bot er seit einigen Jahren für all die bedauernswerten Großstadtherzen an, die nicht wussten, wohin mit sich an diesem schrecklichsten Abend im Jahr.

„Ich bin lieber allein als bei den verlorenen Singles und den frisch Getrennten, denen man von Weitem ansieht, wie sehr sie sich nach romantischer Zweisamkeit sehnen", hatte Jo gesagt.

„Und wo bleibt dein Mitgefühl?" Jakob hatte den Kopf geschüttelt und aufgegeben.

Jo wusch den Salat. Vielleicht hatte er recht. Aber was zu viel war, war zu viel. Zur Abwechslung könnte er auch mal mit ihr feiern, statt sich um fremde Menschen zu kümmern. An den Feiertagen war normalerweise auch nichts mit ihm anzufangen; er war völlig erledigt von all den Emotionen, mit denen er am Heiligen Abend fertigwerden musste.

Jo schleuderte den letzten Tropfen Wasser aus den Salatblättern und warf sie in eine Schüssel.

Frieda war bei ihrem Sohn. Die Eltern feierten mit Rebekka, Rolf und den Kindern. Alba mit ihrer Mama. Und Elsa saß an diesem Abend sicher mit ihrem Mann unter einer schicken Tanne mit roten Kugeln, Lametta und echten Bienenwachskerzen und packte teure Geschenke aus. Selbstverständlich erst, nachdem sie am Klavier Weihnachtslieder für ihn gespielt hatte. Für den sauren Hering. Die fröhliche Kette, die sie im August bei Frieda getragen hatte, die konnte nicht von ihm sein. Das passte nicht zu ihm. Außerdem ging das Jo alles nichts an; die Frau musste sie sich endlich aus dem Kopf schlagen. Im neuen Jahr würde alles besser werden.

Endlich hatte sie einen Sender gefunden, der normale Popmusik spielte. Mit dem Fuß klopfte sie den Takt mit, schnitt Gorgonzola in kleine Stücke, gab ihn in einen Topf und mischte alles mit Sahne, Pfeffer und Salz. Als das Nudelwasser kochte, warf sie die Spaghetti hinein.

Am nächsten Morgen würde sie nach Straubing fahren, dabei hätte sie es sich ausgerechnet dieses Jahr gerne erspart. Mutter und Tochter waren in die Eiszeit zurückgekehrt. Es war wie vor ungefähr siebzehn Jahren, als Jo mitten in der Pubertät gewesen war. Damals hatten sie sich oft gestritten und dann lange nicht mehr miteinander gesprochen. Meistens war es darum gegangen, dass Jo sich wie ein Mädchen, so wie Rebekka zum Beispiel, anziehen und benehmen sollte. Sie hatte diese Auseinandersetzungen gehasst und sich noch mehr zurückgezogen.

Das Telefon läutete. Sie wollte auf keinen Fall mit Alba sprechen, aber dann schaltete sie den Herd doch aus, nahm die Soße von der Platte und ging zum Telefon. Auf dem Anrufbeantworter wünschte ihr Vater frohe Weihnachten und fragte, wann sie am nächsten Tag käme. Jo nahm den Hörer ab.

„Hallo, meine Große, frohe Weihnachten. Ich habe eine Überraschung für dich. Stell dir vor, ich habe Helenes Adresse gefunden. Sie war in der Schublade im Nähzimmer. Ich wollte einen Knopf annähen und da habe ich den Zettel gefunden. Mutter ist gerade unter der Dusche. Ich dachte mir, du würdest dich freuen. Hast du was zum Schreiben?“, sagte er verschwörerisch.

Zitternd notierte sie eine Adresse in Eugene, Oregon. „Danke, Papa, du bist der Beste. Wir sehen uns morgen. Ich komme zum Mittagessen. Ist das recht?“

„Selbstverständlich. Ich sage Mutter Bescheid. Wir freuen uns. Einen schönen Abend und liebe Grüße an Alba.“

„Sie ist in Rom.“

„Wie schade, ich habe so ein tolles Geschenk für sie. Ich habe einen neuen Roman gefunden, den kriegt sie halt später. Unsere Alba ist ein anständiges Mädchen. Deine Mutter würde sagen, Weihnachten verbringt man mit den Eltern, solange man keine eigene Familie hat. Ich sag dir eins, ich hätte nichts dagegen, heute Abend meine Ruhe zu haben. Ich bin neidisch auf dich und deinen freien Abend. Genieß ihn. Ich muss Schluss machen.“

In der Küche drehte sie den Zettel hin und her. Da sie heute Abend sowieso nichts Besseres vorhatte, konnte sie Helene einen Brief schreiben und ihr sagen, dass sie sie gerne kennenlernen würde. Und sie fragen, was damals passiert war und wieso die Tante bis an die Westküste ausgewandert war und warum sie sich nie mehr bei ihrer Familie gemeldet hatte.

Helene hatte einen amerikanischen Soldaten geheiratet und war mit ihrem Mann in die Staaten gegangen. Und wieso sollte die Tante wissen, was vor fünfzig Jahren mit ihrem Vater geschehen war? Da war sie ein kleines Mädchen gewesen. Höchstens vier oder fünf Jahre alt.

Es kam trotzdem auf einen Versuch an. Kneifen galt nicht mehr, nachdem die Adresse endlich aufgetaucht war. Vielleicht hatte Helene das entscheidende Teilchen, das dieses verwirrende Familienpuzzle komplett machte.

Jo schaltete den Herd wieder an, kochte die Nudeln fertig und gab Soße dazu. Lustlos stocherte sie in der Pasta herum und spießte Salat auf die Gabel, den sie gar nicht angemacht hatte. Einige Blätter aß sie einfach so. Am liebsten wäre es ihr gewesen, Helene anzurufen. Auf Papier klang alles noch viel dramatischer, als es sowieso schon war. An der Westküste musste es Morgen sein. Wahrscheinlich war Helene in einer Shopping Mall einkaufen. Oder vielleicht briet sie einen Truthahn. Wenn die Auslandsauskunft ihre Telefonnummer hatte, würde Jo einen Versuch wagen.

Dann schob sie den Teller zur Seite und fixierte den Zettel mit der Adresse. Und da rufst du an, höhnte eine Stimme in ihrem Kopf, und sagst: „Tante Helene, ich bin es, deine Nichte Johanna Richter aus München. Ich wünsche dir frohe Weihnachten und ich möchte von dir wissen, was damals los war." Die Stimme wurde immer lauter. Aber Jo wollte nicht aufgeben, seit Monaten hatte sie um die Adresse gebettelt. Schnell blätterte sie im Telefonbuch und suchte die Nummer der Auslandsauskunft heraus.

„Wir sind gleich für Sie da. Bitte haben Sie einen Augenblick Geduld", sagte eine Computerstimme, aber kurz darauf schnurrte eine professionelle Frauenstimme in den Hörer.

„Ich suche eine Nummer in Eugene, Oregon, 1398 Franklin Boulevard. Der Name ist Helene Smith." Jo wechselte den Hörer auf die andere Seite. Es dauerte lange. Es klappte nicht. Gut, dann eben doch ein Brief. Obwohl Helene bisher auf keinen Brief geantwortet hatte. Wenn es wahr war, was Mutter sagte. Und wenn die Adresse nicht mehr stimmte, konnte man immer noch einen Suchdienst beauftragen.

„Das muss sie sein. Ich lasse Ihnen die Nummer ansagen. Frohe Weihnachten. Möchten Sie verbunden werden?“, fragte die Dame von der Auskunft.

„Nein, danke.“ Jo schrieb die Telefonnummer mit und wartete die Wiederholung ab, um sicherzugehen, dass sie in der Aufregung keine Ziffer verdreht oder ausgelassen hatte.

Im Internet recherchierte sie, wie groß der Zeitunterschied war. Es wäre fatal, die Tante aus dem Bett zu klingeln. Neun Stunden Unterschied. Das hieß, es war gleich neun Uhr morgens in Eugene. Ein halbe Stunde würde sie noch warten. Halb zehn war eine gute Zeit.

Erst räumte sie die Küche auf, dann holte sie das Telefon herein und legte den Zettel mit der Adresse und der Telefonnummer auf dem Küchentisch bereit. Ständig drehte sie den Bleistift hin und her und versuchte, einen Artikel in der Zeitung zu lesen. Um halb sieben nahm sie den Hörer ab und wählte die Nummer in Eugene.

In der Leitung knackte und rauschte es dermaßen, als versuchte sie, mit einem anderen Planeten Kontakt aufzunehmen. Viel zu lange klingelte es schon. Da war keiner zu Hause. Ihre Hände zitterten. Gerade wollte sie auflegen, als jemand den Hörer abnahm und eine Männerstimme etwas sagte, das sie nicht verstand.

Noch einen kleinen Moment zögerte sie, ehe sie auf Englisch antwortete und fragte, ob sie Helene Smith sprechen könnte. Der Mann wollte wissen, wer sie war.

„Johanna Richter aus München“, antwortete sie.

„Germany? Sie rufen aus Germany an?“, fragte er aufgeregt und legte den Hörer mit einem lauten Klack ab.

Jo fing an zu schwitzen und hätte fast aufgelegt, weil es so lange dauerte, bis jemand an den Apparat kam.

„Helene Smith“, sagte eine Frau mit belegter Stimme.

„Hallo, hier ist Johanna Richter aus München.“ Jo umklammerte den Hörer, damit er ihr nicht aus der verschwitzten Hand rutschte.

„Wer ist da bitte?“, fragte die Frau auf Deutsch. Das musste sie sein, sie sprach deutsch, sie war es.

„Ich bin Walburgas Tochter, ich bin Johanna“, sagte Jo so langsam wie möglich.

Zwischen ihnen lag Westeuropa, der Atlantische Ozean und der ganze amerikanische Kontinent.

„Meine Nichte“, erwiderte die Frau nach einer langen Pause. „Dein Anruf kommt sehr überraschend.“

Jo hatte sich auf Feindseligkeit oder Wut eingestellt, doch die Frau hörte sich gar nicht böse an, nur sehr vorsichtig.

„Ich würde gerne Kontakt mit dir aufnehmen. Ich habe eine Tante und kenne sie nicht. Ist das nicht schade?“

„Ja, das ist es.“

„Du hast dich nie bei uns gemeldet.“

„Das ist eine lange Geschichte“, sagte die Frau und ihre Stimme klang auf einmal traurig.

„Ich würde gerne mit dir über meine Großeltern sprechen.“

Helene schwieg lange, aber dann räusperte sie sich und sagte zögernd: „Vielleicht können wir uns treffen. Ich fahre im März zu meinem Sohn nach Deutschland.“

„Dein Sohn ist in Deutschland?“

„Er ist Ethnologe und unterrichtet ein Jahr an der Universität in Freiburg.“

Jo schluckte. Der schwarze Cousin war in Freiburg. So nah. Das war nicht zu fassen. „Und du kommst wirklich erst im März?“

Helene lachte leise. „Dan ist genauso ungeduldig wie du. Aber am Telefon können wir nicht darüber reden. Du kannst mich gerne in Freiburg besuchen."

„Sag mir, wann du da bist. Ich komme."

„Bist du sicher, dass du wissen möchtest, was damals passierte, Johanna?", fragte die Tante.

„Ich habe keine andere Wahl."

„Aber sag deiner Mutter nichts davon."

„Warum? Warum soll ich es ihr nicht sagen?", fragte Jo.

„Ich glaube, es würde ihr nicht gefallen."

„Wieso bist du nicht zu Großmutters Beerdigung gekommen?"

„Das gehört zu der langen Geschichte. Ich muss aufhören, ich habe viel zu tun. *Merry Christmas*", sagte Helene.

„Danke. Und bitte schreib dir meine Adresse und meine Telefonnummer auf." Jo sprach so langsam wie möglich und gab ihre Anschrift durch.

Helene wiederholte alles. Zum Schluss wünschten sie sich noch einmal frohe Weihnachten und legten auf.

11

Am ersten Weihnachtsfeiertag hatte sie die Geschenke für ihre Familie zusammengepackt und wollte nur noch schnell die Küche aufräumen, ehe sie losfuhr. Vorhin hatte sie mit Alba telefoniert und ihr frohe Weihnachten gewünscht.

Wenn sie an das Gespräch mit Helene dachte, wurde es Jo flau. Weil sie ihre Mutter hintergangen hatte und es weiterhin tun würde. Ihr Vater kam anscheinend damit klar, dass er hinter dem Rücken seiner Frau die Adresse weitergegeben hatte. Diese Geheimniskrämerei war ein Teufelskreis. Ein Geheimnis zog das nächste nach sich.

Es klingelte an der Haustür. Um zehn Uhr morgens konnte das nur ihr Nachbar sein. Ab und zu borgte er sich von ihnen eine Tüte Milch oder zwei Frühstückseier.

Jo öffnete die Tür. „Frohe Weihnachten, ich bin gerade …“, sagte sie und brach mitten im Satz ab.

Elsa Beyer stand vor der Tür und schob sich die Haare aus dem Gesicht. „Hallo. Darf ich reinkommen?“

Jo brachte keinen Ton heraus und bat die Frau mit einer Geste herein. In dem engen Flur standen sie sich direkt gegenüber. Elsas Wangen waren gerötet, ihre Augen funkelten, obwohl sie nicht geschminkt war, und sie roch eindeutig nach frischer, kalter Luft.

Jo trat einen Schritt zurück. Ihr Herz klopfte so laut, dass ihr Gegenüber es hören musste.

Die Tierärztin steckte die moosgrünen Lederhandschuhe in die Manteltasche und knöpfte ihren Mantel auf. Sie war schöner denn je.

„Was machst du denn hier? Ich meine, woher weißt du, wo ich wohne? Und wie bist du hereingekommen?“, stotterte Jo.

„Ich wusste, dass du in Schwabing bist, und es war nicht schwer, dich im Telefonbuch zu finden.“

Jo nahm ihr den Mantel ab, hängte ihn auf einen Bügel und schloss die Tür zu Albas Zimmer. Was für ein Glück, dass die Freundin in Rom war. Das hätte ein Durcheinander gegeben. Was dachte sich die Tierärztin dabei, einfach hier hereinzuschneien?

Mit beiden Händen glättete Elsa ihren langen, grünen Rock und fragte nach dem Badezimmer.

Jo deutete auf die Tür hinter sich und sagte: „Ich bin da vorne, in der Küche."

Dort packte sie schnell die Weihnachtsausgabe der *Süddeutschen* zusammen, wischte mit der Hand über den Tisch und setzte Kaffee auf. Warum Elsa gekommen war, konnte sie sich nicht erklären. Seit dem Spaziergang Anfang November auf dem Nordfriedhof hatten sie nicht mehr miteinander gesprochen.

Jo fuhr noch einmal über die Tischplatte; sie hatte Kaffeepulver verschüttet. Deshalb gab sie noch einen extra Löffel dazu und drückte das Pulver fest in das Sieb. Dann schraubte sie die Espressomaschine zusammen und stellte sie auf den Herd. Als die Dose mit den Weihnachtsplätzchen und zwei Tassen auf dem Tisch standen, kam Elsa herein und fragte: „Ist deine Mitbewohnerin gar nicht da?"

„Nein, sie ist bei ihrer Mutter." Jo holte Milch aus dem Kühlschrank und füllte ein Kännchen auf. Entweder war Elsa naiv oder sie hatte einen feinen Instinkt. Die dritte Möglichkeit wäre, dass Frieda ihr von Alba erzählt hatte. Sozusagen als vorbeugende Maßnahme.

Die Tierärztin blieb am Heizkörper stehen, rückte ihren breiten Wollschal zurecht und rieb sich die Arme. Richtig durchgefroren sah sie aus. Aber in diesem dünnen, eng anliegenden Pulli musste man auch frieren.

„Möchtest du etwas zum Überziehen?", fragte Jo.

„Ich war lange spazieren. Es wird gleich besser."

„Ich stelle die Heizung hoch, es wird sofort warm." Jo drehte das Ventil auf die höchste Stufe und streifte Elsa versehentlich.

Jo verfluchte ihre Ungeschicklichkeit. Es sah wahrscheinlich so aus, als ob es Absicht gewesen wäre. Zur Sicherheit stellte sie sich hinter den nächstbesten Stuhl und hielt sich mit beiden Händen an der Lehne fest. „Ich muss dir etwas sagen, Elsa, ich hätte es schon längst tun sollen, ich weiß, aber ich habe ... ach egal. Ich wollte dir sagen, dass es mir leidtut. Ich habe mich bei unserem Spaziergang daneben benommen. Ich weiß nicht, was in mich gefahren ist, ich wollte dich nicht, ich meine, ich wollte dir nicht zu nahe treten. Ich bin manchmal furchtbar spontan und unberechenbar, wie mein Freund Jakob sagen würde."

„Wieso hast du dich nicht mehr bei mir gemeldet?" Elsa zupfte ein Haar von ihrem Pulli.

„Ich habe mich nicht getraut. Wundert dich das?"

„Hat dir Frau Müller meine Grüße bestellt? Ich habe mich immer wieder nach dir erkundigt."

„Ja, so etwas würde sie nie vergessen. Sie schätzt dich sehr. Willst du nicht Platz nehmen?" Jo umklammerte die Stuhllehne wie ein Matrose, der bei hohem Seegang den Mast hinaufklettern musste, um ein Segel einzuholen.

„Nein, danke, so ist es gut." Elsa rieb sich die Hände.

Jo setzte sich auf den Stuhl und nahm einen herzförmigen Keks mit Erdbeermarmelade und Puderzucker aus der Dose. Wenn nur der Kaffee bald fertig wäre. Tatsächlich schwiegen sie so lange, bis die Espressomaschine röchelte. Erleichtert sprang Jo auf und holte die Kanne vom Herd.

„Möchtest du einen Kaffee? Nimmst du Milch? Oder Zucker?"

„Gerne. Ich trinke ihn schwarz."

„Bitte bediene dich. Die köstlichen Plätzchen kommen von Frieda. Ohne Krücken ist sie wieder ganz in ihrem Element." Jo setzte sich wieder und rührte Zucker in ihren Espresso. Dann gab sie noch einen Löffel dazu. Elsa war ihr zwar keine Erklärung schuldig, dennoch hätte Jo gerne erfahren, was sie hier wollte.

„Du wunderst dich sicher, warum ich gekommen bin", sagte die Tierärztin endlich, nippte an ihrem Espresso und umklammerte die Tasse.

Jo nickte und trank ihren Kaffee. War der stark geworden. Umrühren, trinken, bloß nichts anmerken lassen. Heute würde sie sich nicht zu weit aus dem Fenster lehnen. Das durfte ihr nicht noch einmal passieren.

„Ich musste raus, ich habe es zu Hause nicht mehr ausgehalten. Kennst du das? Das ist der Weihnachtskoller. Ich kriege sehr schlechte Laune und weiß gar nicht, warum, weil alles so wie immer ist. Verbringst du die Feiertage allein?", fragte Elsa.

„Nein, ich fahre heute noch zu meinen Eltern."

„Ich geh gleich wieder, ich will dich nicht aufhalten."

„Möchtest du noch einen?" Jo hielt die Espressokanne hoch.

„Danke, nein. Ich habe mich gerade gefragt, ob du immer so starken Kaffee trinkst und deshalb so spontan und unberechenbar bist."

„Nein, das war keine Absicht." Jo trank noch einen Schluck von dem bitteren Getränk und schob ihre Tasse weg.

„Du musst mir glauben, es ist nicht meine Art. Normalerweise platze ich nicht unangemeldet herein. Ich war im Englischen Garten spazieren und wollte noch nicht nach Hause und bin die Schellingstraße entlanggelaufen und war plötzlich in der Heßstraße. Und frag mich nicht warum, deine Hausnummer habe ich mir gemerkt und da kam gerade jemand aus der Tür und hielt sie mir auf. Ich bin die Treppen hoch und habe bei dir geklingelt. Ich habe nicht damit gerechnet, dass du da bist. Ich weiß, das klingt bestimmt völlig daneben, aber ich habe keine Ahnung, was mit mir los ist."

Elsa war so verlegen, dass sie Jo leidtat. Schnell fragte sie: „Möchtest du auch ein Glas Wasser? Diesen Espresso müssen wir verdünnen, sonst hast du nicht nur einen Weihnachtskoller, sondern auch noch einen Herzkasper."

Die Tierärztin nahm das Wasserglas lächelnd entgegen. „Ja, und jetzt sitze ich da und weiß nicht mehr, was ich sagen soll."

Jo leerte ihr Glas in einem Zug und stellte es auf den Tisch zurück. Im Grunde bräuchte sie nur die Hand auszustrecken. Aber das war verboten. Deshalb stand sie auf und sagte: „Ich glaube, du hast recht, der starke Kaffee macht mich auch nervös. Entschuldige mich bitte, ich bin gleich wieder da."

Im Badezimmer öffnete sie das Fenster und ließ kaltes Wasser über die Handgelenke laufen. Vielleicht konnte sie so wieder klarer denken. Wenn die Frau sie absichtlich quälte, sollte sie sich zum Teufel scheren und nie mehr wiederkommen. Wenn es keine Absicht war, wenn es wirklich keine Absicht war, dann bedeutete das, dass sie Elsa nicht gleichgültig war. Aber warum sagte sie dann nicht endlich, was sie wollte?

Jo spritzte sich kaltes Wasser ins Gesicht, trocknete sich ab und schloss nach einigen tiefen Atemzügen das Fenster. Entweder schickte sie die Tierärztin sofort weg oder sie wartete so lange, bis die andere mit offenen Karten spielte.

Elsa schob auf dem Küchentisch zwei Vanillekipferl aufeinander zu und wieder voneinander weg, sah auf und sagte leise: „Ich habe oft an dich gedacht."

„Aber an Allerheiligen warst du ziemlich wütend, oder?"

„Stimmt. Ich kam mir überrumpelt vor. Immerhin hast du mich gefragt und es nicht getan."

Jo setzte sich auf ihren Stuhl. Warum nicht ein tiefer, klarer Schnitt, Frau Doktor. Das blutete zwar heftiger, heilte aber auch schneller als diese fiesen, flachen Schürfwunden.

„Im Grunde war ich wütend auf mich selbst, weil ich so durcheinander war und weil du mir nicht mehr aus dem Kopf gegangen bist."

„Und deswegen bist du hier?"

„Ich fühle mich zu dir hingezogen und ich habe keine Ahnung, was das bedeutet."

„Und jetzt bist du gekommen, um das herauszufinden?"

Elsa nickte und steckte sich ein Vanillekipferl in den Mund.

„Bist du so naiv oder tust du nur so?", fragte Jo aufgebracht. Sie war dieses Spiel endgültig leid.

Elsa kaute, schluckte und wartete ab.

Jo rückte ihren Stuhl vom Tisch weg und sagte: „Du weißt genau, was ich meine. Ich kann mir nicht vorstellen, dass du nicht gesehen hast, wie sehr du mich interessierst. Von Anfang an. Ich habe mich mit dir verabredet und bin zu weit gegangen, deshalb habe ich mich nicht mehr bei dir gemeldet. Und das war auch gut so. Du bist eine verheiratete Frau. Und ich habe auch jemanden. Und jetzt stehst du vor meiner Tür und fragst, ob du hereinkommen kannst. Was soll das werden?"

„Was heißt hier interessiert? Das kommt öfter vor, dass sich jemand für mich interessiert. Aber von diesen Spielen habe ich genug. Da tut es auch nichts zur Sache, dass du eine Frau bist. Das kenne ich und das will ich nicht mehr. Ich weiß nie, ob jemand wirklich mich meint oder nur meine Fassade. Kannst du dir vorstellen, was das für ein Lebensgefühl ist, nie wirklich zu wissen, warum dein Gegenüber mit dir zu tun haben will?"

Jo hielt dem wütenden Blick stand. Darüber hatte sie noch nie nachgedacht; das konnte sie nur stehen lassen. Elsas Schmerz dürfte nicht von ungefähr kommen. Und dass die Menschen selten ehrlich waren und in der Regel nicht sagten, worum es ihnen wirklich ging, das deckte sich mit ihrer eigenen Erfahrung. Die meisten wussten ja nicht einmal, worum es ihnen ging.

Die Schöne schloss für einen Augenblick die Augen. „Hör mir zu. Ich will offen sein. Wenn du nur mit mir ins Bett gehen willst, können wir es gleich lassen. Das interessiert mich nicht, ich brauche keine Affäre."

„Das habe ich mittlerweile verstanden. Und was brauchst du?"

Elsa sagte leise: „Ich weiß es nicht."

Jo legte die Hände in den Schoß. „Das ist erstaunlich. Du wirkst sehr selbstbewusst und selbstsicher. Ich glaube, die Menschen gehen davon aus, dass dich nichts und niemand aus der Fassung bringen kann."

„So ist das. Deshalb hast du dir gedacht, sie wird sich schon zu wehren wissen, da kann man durchaus einen Versuch wagen."

„Stopp, ich habe mich bei dir entschuldigt. Nimmst du die Entschuldigung an oder nimmst du sie nicht an? Und wo wir schon dabei sind, ich habe nicht gedacht, sondern gefühlt. Und einen Fehler gemacht. Hör auf, mich zu quälen. Warum lässt du mich nicht in Ruhe, wenn ich dir auf die Nerven falle? Warum bist du gekommen?" Jo schlug mit der Hand auf den Tisch, sie wollte endlich ihre Ruhe. Es war besser so. Für alle Beteiligten.

Elsa nahm das zweite Vanillekipferl und aß es ebenfalls auf.

„Es ist besser, wir lassen es. Das hat keinen Sinn. Wir reden nur aneinander vorbei", sagte Jo.

„Stimmt, so kommen wir wirklich nicht weiter. Wir könnten an die frische Luft gehen."

„Wieso weiterkommen? Was heißt hier weiterkommen? Ich dachte, du willst genau das Gegenteil."

„Bitte, tu mir den Gefallen. Lass uns rausgehen." Elsa legte ihre Hand auf Jos Hand.

„Du machst mich ganz kirre, weißt du das?" Jo zog ihre Hand zurück und stand auf.

Draußen liefen sie durch die stillen, kalten Feiertagsstraßen und sprachen nicht miteinander. In der Augustenstraße schlug Elsa ihren Mantelkragen hoch. „Gehst du mit mir auf den Nordfriedhof?"

„Ich dachte, du frierst."

„Komm", sagte Elsa, hakte sich bei Jo unter und lief zügig weiter.

Jo wurde langsam wütend. Das ging so nicht. Mit ihr flirten und sie wieder wegstoßen. Einmal hin und einmal her. Wie Katz und Maus. Und die Maus war nur interessant, solange sie zappelte. Das ließ sie nicht mit sich machen. Vielleicht wusste die Frau nicht, was sie wollte. Vielleicht hatte sie auch einfach nur Angst. Dann sollte sie es lassen und zu ihrem Mann nach Hause gehen.

Beim Weitergehen zählte Jo bis dreißig. In der Görresstraße zog sie ihren Arm zurück und blieb stehen. „Es tut mir leid, Elsa. So geht das nicht. Du schiebst mich hin und her wie ein Spielzeug, das macht mich wahnsinnig, das halte ich nicht aus. Ich will dich, seit wir uns das erste Mal gesehen haben. Ich kann nicht mehr. Ich kann dich nicht mehr treffen, jedenfalls nicht in nächster Zeit." Jo starrte auf einen roten Ziegelstein in der Friedhofsmauer.

Jetzt war es endlich vorbei. Ihre Sehnsucht nach Elsa hatte so lange mit dem Nein gekämpft, das ihr Verstand gefordert hatte. Das alles war sehr kräftezehrend gewesen.

Elsa lächelte und wirkte erleichtert. Wahrscheinlich war sie froh, dass Klarheit zwischen ihnen herrschte.

Jo schluckte das Brennen in der Kehle hinunter und hob die Hand, um sich zu verabschieden.

Aber die Schöne lächelte noch immer, zog Jo an sich und flüsterte: „Darf ich dich küssen?"

„Wie schön, dass du da bist. Ich habe Lasagne für uns gemacht, die wird dir schmecken." Jo umarmte Jakob und klopfte ihm auf den Rücken.

„Die echte, mit richtiger Béchamelsoße? Es riecht wunderbar. Ich hab auch was gut bei dir; du warst ganz schön ekelhaft in letzter Zeit. Ist das ein Friedensangebot?" Jakob schob sie auf Armeslänge von sich weg und musterte sie. „Sag mal, was ist denn mit dir los? Du siehst ganz verändert aus. Du leuchtest wie ein Weihnachtsbaum mit brennenden Kerzen. Hast du die Tierärztin getroffen?"

„Du brauchst gar nicht so zu grinsen." Jo reichte ihm einen Kleiderbügel. Er hatte sowieso den siebten Sinn. Ihm konnte sie in diesem Stadium nichts mehr verheimlichen.

In der Küche gab sie das Dressing zum Salat, mischte alles durch und stellte die Schüssel auf den Tisch. Seit Elsa vor vier Tagen am Nachmittag von ihr weggegangen war, rasten ihre Gefühle auf und ab wie die Waggons einer Achterbahn. Wenn sie sich vorstellte, wie sich Elsa angefühlt hatte, war sie aufgeregt und glücklich. Aber wenn sie daran dachte, dass sie sich seitdem nicht mehr gemeldet hatte, wurde es eng in der Brust.

Jakob überreichte ihr einen kleinen Panettone. „Raus mit den Neuigkeiten. Und ich will nur was Schönes hören. Erst die Fakten. Ich will alles wissen."

„Die Lasagne ist fertig."

„Sag schon. Deine Augen verraten dich sowieso."

„Sie war am ersten Weihnachtsfeiertag bei mir", sagte Jo.

„Und ihr habt euch gepflegt unterhalten. Oder seid ihr euch näher gekommen?"

„Sie ist wunderbar."

„Dich hat es erwischt. Was sagt Alba dazu?"

„Sie kommt erst an Neujahr wieder. Am Telefon werde ich es ihr garantiert nicht auf die Nase binden." Jo ging zum Herd und nahm zwei Topflappen.

„Zwei verheiratete Frauen. Das wird spannend." Der Freund pfiff durch die Zähne.

„Hör auf. Ich bin nicht verheiratet. Und was Elsa angeht, die muss selbst wissen, was sie tut." Jo schlug mit einem Topflappen nach ihm, holte die Lasagne aus dem Ofen und hievte die schwere Form auf den Tisch.

„Du bist verliebt. Und sie? Was ist mit ihr?"

„Sie hat versprochen, dass sie mich anruft. Und meldet sich nicht. Ich halte es fast nicht aus vor lauter Sehnsucht."

„Sehnsucht nach was?", fragte Jakob ungerührt.

Jo legte sich eine Serviette in den Schoß. Es half auch nicht, darüber zu sprechen. „Jetzt wird gegessen", sagte sie und verteilte die Lasagne.

Jakob aß mit großem Appetit und hielt eine Weile den Mund.

„Vielleicht war es nur ein Seitensprung", sagte sie und stocherte auf ihrem Teller herum.

„Bei dir fühlt es sich aber nicht so an."

„Woher willst du das denn wissen?"

„Wir trinken auf dich und auf diese Elsa. Selbst wenn es nur eine schöne Nacht war", sagt er und hob sein Glas.

„Es war ein Nachmittag und keine Nacht. Und ich komme mir vor wie mit sechzehn. Als wäre ich zum ersten Mal verliebt."

„Du warst mit sechzehn verliebt? Die Jungfrau von Orleans verliebt? Weißt du eigentlich, dass dich die anderen immer so genannt haben? In wen warst du denn verliebt?"

„In die schöne Eva, die Volleyballspielerin aus der Oberstufe, die ganz Große mit den Locken. Ich war bei jedem Spiel dabei und hab ihr die Daumen gehalten."

„Und mir hast du es verschwiegen." Jakob spießte ein Blatt Salat auf und schob es in den Mund.

„Du hast es vergessen. Wem hätte ich es denn sonst erzählen sollen? Du warst damals auch unglücklich verliebt. In den jungen Mathelehrer, diesen Schnösel. Wie hieß er noch? Der war so was von arrogant und du hast ihn angehimmelt. Da war mein Liebeskummer nicht so wichtig."

„Du übertreibst, mein Engel. Er hieß Fischer und er war wirklich nicht so berauschend. Beim Abi hat er mich ganz schön reinsausen lassen. Sag schon. Wie ist diese Elsa? Sie muss ja eine Pracht sein."

„Hör auf, Jakob. Mir ist es ernst. Und sie meldet sich nicht. Warum meldet sie sich nicht? Vielleicht bereut sie es. Oder vielleicht hat sie es sich in der Zwischenzeit anders überlegt. Oder sie macht das öfter und es kümmert sie nicht weiter, dass jemand wartet." Jo zerrupfte ein Stück Baguette in viele kleine Teile. Elsa hatte zwar gesagt, dass sie Affären nicht interessierte, aber wer wusste das schon.

„Was soll sie öfter machen? Fremdgehen? Frag sie."

„Du verdirbst mir den Appetit. Kannst du mir bitte was Beruhigendes sagen?"

„Es kann genauso gut sein, dass sie Angst bekommen hat. Wenn sie so verliebt ist wie du, sitzt ihr beide in der Klemme. Warte nur, bis du dich mit Alba auseinandersetzen musst", sagte er.

„Schluss damit. Iss noch was."

Jakob nahm sich eine zweite Portion und zwinkerte ihr zu. „Wirklich köstlich. Nur ein bisschen zu viel Salz."

Jo nahm einen Bissen, um zu prüfen, ob das Essen tatsächlich versalzen war. Es war genau richtig. „Und wie war es bei dir? Wie war das Weihnachtsyoga?"

„Ganz gut. Dieses Jahr waren die einsamen Herzen sehr tapfer, keine Heulkrämpfe, keine Dramen. Danach sind die meisten zusammen in den Englischen Garten gegangen, das war noch nie da. Und ich war gar nicht so erschöpft wie sonst, ich habe danach noch meine Eltern angerufen und mit ihnen geplaudert."

Jo schlug sich gegen die Stirn. „Das Wichtigste hätte ich beinah vergessen. Du wirst es mir nicht glauben, was am Heiligen Abend passiert ist. Ich habe mit Tante Helene gesprochen."

„Und das erzählst du mir erst jetzt?" Jakob legte das Besteck ab.

„Vater hat angerufen, er hat ihre Adresse im Nähzimmer gefunden. Mutter behauptete ja die ganze Zeit, dass sie sie nicht findet. Über die Auskunft bin ich an Helenes Nummer gekommen, sie lebt in Oregon. Ende März treffen wir uns, wenn sie ihren Sohn in Freiburg besucht."

„Das ist eine Überraschung. Und was hat sie gesagt?"

„Nicht viel. Das alles wäre eine sehr lange Geschichte, die sie mir nicht am Telefon erzählen könnte", sagte Jo.

„Das kann ich mir denken. So eine Familiengeschichte am Telefon zu besprechen, auf die Idee kannst auch nur du kommen."

„Wie soll ich das aushalten? Das sind noch drei Monate!" Jo schob die Brotkrümel auf einen Haufen.

„Hör erst mal, was sie zu sagen hat. Wer weiß, was deine Tante für Geheimnisse hütet."

„Sie ist anders als Mutter." Jo zerknüllte ihre Serviette. Sicher war sie sich natürlich nicht, sie kannte Helene gar nicht. Vielleicht ließ die Tante sie genauso zappeln.

„Wie geht es mit deiner Träumerei?"

„Ein bisschen besser. Nicht mehr ganz so regelmäßig. Aber weg ist es nicht", sagte sie leise.

Dann läutete das Telefon.

„Los, geh schon. Ich esse allein weiter." Jakob nahm sich noch eine dritte Portion.

„Wir sind noch nicht fertig mit dem Essen."

„Vielleicht ist es Elsa."

Jo stand auf und war mit wenigen Schritten beim Telefon.

„Hallo, hier spricht Dan Smith", sagte eine Männerstimme mit amerikanischem Akzent.

„Was kann ich für Sie tun?"

„Sind Sie Johanna Richter?"

„Ja, die bin ich. Und mit wem spreche ich?", fragte Jo und starrte auf den Bügel, auf dem Elsas Mantel gehangen hatte.

„Ich hoffe, ich störe nicht. Ich bin Dan, Helenes Sohn. Meine Mutter erzählte mir, dass Sie sie angerufen haben."

Jo schluckte und schwieg.

„Ich werde an Silvester in München sein. Und vielleicht wäre es möglich, sich bei der Gelegenheit zu treffen. Ich meine, das soll kein Überfall sein. Ich fände es schön, meine Cousine kennenzulernen."

„Wie lange sind Sie in München?"

„Bis zum ersten Januar. Und ich würde mich wirklich sehr freuen“, sagte der Mann und klang auf einmal nicht mehr so sicher wie zu Beginn des Gesprächs.

„Das ist wirklich eine sehr große Überraschung, Dan. Damit habe ich überhaupt nicht gerechnet. Wann würde es denn gehen?“

„Freitagnachmittag würde mir gut passen. Wie wäre das?“

„Und wo?“, fragte sie.

„Ich bin bei Freunden in Haidhausen.“

„Wir könnten uns in Schwabing treffen und irgendwo einen Kaffee trinken oder im Englischen Garten spazieren gehen, je nach Wetter.“

„Fein, Schwabing wäre gut“, sagte Dan und gab ihr seine Telefonnummer. „Bis übermorgen. Ich freue mich.“

„Ja, bis Freitag.“ Jo legte auf und stützte sich mit den Armen an der Wand ab. Was für eine Woche. Erst passierte lange gar nichts und dann überschlug sich alles. Wirklich alles.

In der Küche schob Jakob ein Stück Lasagne in den Mund und sah sie neugierig an.

„Das war mein Cousin. Tante Helenes Sohn.“

„Wieso ruft er dich an?“

„Sie hat ihm von mir erzählt. Er verbringt den Jahreswechsel in München und will mich sehen. Wir treffen uns am Freitag.“ Jo ließ sich auf ihren Stuhl fallen.

„Das ist klasse, du lernst deine Verwandtschaft aus Amerika kennen.“

„Das geht mir zu schnell. Alles ganz schön viel, findest du nicht?“

„Hast du Angst?“, fragte er.

„Ich glaube schon.“

„Wovor fürchtest du dich?“

„Vor dieser ganzen Geschichte. Das kommt mir vor wie ein Strudel. Einmal drin und du kommst nicht mehr raus. Ich hintergehe meine Mutter. Mein Vater hintergeht seine Frau. Ich weiß gar nichts mehr. Und was soll ich meinem Cousin erzählen?“

„Lass ihn reden. Er kann dir alles über deine Tante erzählen. Und außerdem hast du dir gewünscht, dass es vorangeht“, sagte Jakob.

„Ich weiß, ich fürchte mich trotzdem vor dem, was da auf mich zukommt.“

„Zu spät. Du hast den Stein ins Rollen gebracht. Möchtest du noch etwas essen? Ich habe die Lasagne in den Ofen gestellt.“

„Nein danke“, sagte sie und legte sich die Hand auf die enge Stelle an ihren Bronchien.

Draußen im Flur gab es ein Geräusch, als wäre jemand an der Haustür. Vielleicht wollte die neue Nachbarin von oben wieder bei ihnen aufsperren, statt ihre eigene Tür im dritten Stock zu öffnen. Beim ersten Mal wäre Jo beinahe das Herz stehen geblieben. „Ich sag der Dame von oben Bescheid, dass sie auf der falschen Etage ist. Bin gleich wieder da.“

Draußen im Flur waren die Geräusche eindeutig. Die Tür ging auf. Alba schob sich mit ihrem Koffer und zwei Plastiktüten am Arm herein und fiel Jo um den Hals. „Ciao, *cara*. Ich bin wieder da. Da staunst du. Ist das nicht eine tolle Überraschung? Hat es dir die Sprache verschlagen? Ich wollte dieses Jahr früher zurückkommen, damit wir zusammen noch etwas von der Zeit zwischen den Jahren haben. Ist das nicht eine gute Idee?“

„Ja. Wie war es in Rom?“

„Gut. Stell dir vor, was ich getan habe. Ich habe meiner Mutter von uns erzählt“, sagte Alba und warf Jo ihre Winterjacke zu.

„Du hast was? Komm erst einmal herein. Jakob ist da. Es gibt Lasagne. Hast du Hunger?“

„Stör ich euch?“, fragte Alba.

„Ich bitte dich. Seit wann bist du unterwegs? Du hast sicher Hunger. Es ist dein Rezept, es schmeckt toll.“ Jo hängte die Jacke auf den Kleiderbügel, auf dem Elsas Mantel gehangen hatte.

Jakob kam zu ihnen in den Flur und reichte Alba die Hand. „Was für eine Überraschung, Jo hat gesagt, dass du erst an Neujahr kommst."

„Ich wollte ihr eine Freude machen. Und ihr zwei? Was macht ihr gerade? Alte Geschichten aufwärmen?" Alba lächelte wie eine hinterhältige Diva.

„Du hättest auch Bescheid sagen können", sagte Jo und hörte selbst, dass das fast wie ein Vorwurf klang.

„Ich habe mich so gefreut, dass ich dich überraschen kann", erwiderte Alba.

Jakob sah von einer zur anderen und ging ins Badezimmer.

„Ich bin davon ausgegangen, dass du am Sonntag kommst, Alba. Warum hast du nicht angerufen? Ich hätte dich vom Flughafen abgeholt."

„Man könnte meinen, du hättest etwas zu verbergen. Ich bin da und du freust dich nicht."

„Natürlich freue ich mich. Willkommen zu Hause." Endlich küsste Jo die Freundin und nahm sie in den Arm.

„Ich habe dir etwas Schönes mitgebracht." Alba löste sich, griff nach einer der Plastiktüten und überreichte sie Jo.

In der Tüte lag ein bunt eingewickeltes Päckchen. „Danke, ich mach es gleich auf. Komm mit in die Küche, sonst wird das Essen kalt."

Während sie ein drittes Gedeck auflegte und ihrer Freundin eine Portion Lasagne servierte, kam Jakob aus dem Bad und blieb in der Tür stehen. „Ich glaube, es ist besser, wenn ich jetzt gehe."

Alba fing an zu essen und gab keinen Ton von sich. Jo wartete noch einen Augenblick, ehe sie mit dem Freund in den Flur hinausging, und sagte: „Es tut mir leid. Ich glaube, wir müssen allein sein. Das hat nichts mit dir zu tun, das weißt du."

„Ja, halt die Ohren steif und ruf mich an."

„Wie machen wir das mit Silvester? Ich glaube, ich möchte gerne mit Alba feiern."

„Mir fällt schon was ein, mach dir keine Sorgen um mich", sagte er und holte sich seine Jacke.

„Ich wäre sehr gerne mit dir herumgezogen."

„Das holen wir im neuen Jahr nach. Pass auf dich auf." Jakob umarmte sie.

Jo sah ihm nach, wie er auf der Treppe verschwand. Was hatte er es gut, er war frei und konnte tun und lassen, was er wollte. Dann ging sie zu Alba in die Küche zurück.

„Und du hast dich tatsächlich bei deiner Mutter geoutet?"

„Das war ein Ding, das kann ich dir sagen. Mein Besuch ging los wie erwartet, gleich am ersten Tag hat Mutter mir von Giulio erzählt, dem Sohn einer Freundin, der angeblich ganz versessen darauf wäre, mich kennenzulernen. Sie hat in den höchsten Tönen von ihm geschwärmt. Ich habe ihn mehr als zehn Jahre nicht mehr getroffen. Als Kind spielte ich gerne mit ihm, er war immer so gutmütig. Also dachte ich mir, es ist das Fest des Friedens, streite dich nicht mit deiner Mama, tu es ihr zuliebe. Und vielleicht ist es ganz amüsant, Giulio nach so vielen Jahren wiederzusehen. Wir sind am ersten Weihnachtsfeiertag zu ihnen. Rosanna, Mamas Freundin, hatte ein großes, wunderbares Essen für die ganze Familie vorbereitet. Viele Gänge mit Pasta und verschiedenen Fleischgerichten, mit Prosecco, gutem Wein und viel Trara. Beim Essen saß Giulio neben mir. Er war nett und definitiv nicht an mir interessiert. Nach dem Dessert ist er aufgestanden und ich bin ihm nach, den Stier bei den Hörnern packen. Ich wollte wissen, was Sache ist. Seine Mutter zwinkerte mir zu."

„Er hat dir gesagt, dass er eine andere liebt." Jo verdrehte die Augen.

„Nein, wir schlenderten durch den Garten und er schwieg. Ich fragte ihn, ob das seine Idee gewesen war. Er sah mich mit schreckgeweiteten Augen an und sein Nein kam so tief aus dem Bauch, dass ich ihm sofort glaubte. Ich erzählte ihm, dass mich meine Mutter unbedingt an den Mann bringen wolle und dass ich das sehr lästig fände. Und da fing er an, mir sein Herz auszuschütten. Dass er keine Freundin hätte und seine Eltern immer mehr Druck machten, weil er schon Mitte zwanzig wäre und so weiter. Und mir kam der Gedanke, dass dieser Mann gar nicht auf Frauen steht. Ich musste lachen bei der Vorstellung, dass unsere Mütter eine Lesbe und einen Schwulen miteinander verkuppeln wollten. Ich war mir nicht sicher. Ich zog ihn am Arm hinter mir her und als wir draußen auf der Straße waren, fragte ich ihn, ob er mit Männern zusammen wäre. Der arme Kerl wurde leichenblass, er wäre fast in Ohnmacht gefallen. Und dann redete er ununterbrochen auf mich ein. Woher ich das wüsste und wie ich darauf käme und dass seine Familie das unter keinen Umständen erfahren dürfte. Ich würde ihn unglücklich machen, wenn ich etwas sagen würde und so weiter."

„Und was hast du gemacht?"

„Ich wollte einfach wieder ins Haus gehen, einen Kaffee trinken und so tun, als wäre nichts gewesen. Und er tat mir so leid, dass ich ihm von mir und von uns erzählt habe. Ich weiß ehrlich gesagt nicht, was er davon mitgekriegt hat. Er hat eine Höllenangst, dass sein Vater ihn nicht mehr finanziell unterstützt, sobald er erfährt, dass sein Sohn auf Männer steht. Er ist noch nicht mit dem Studium fertig. Er will Jurist werden."

„Seid ihr wieder hineingegangen?", fragte Jo.

„Moment, das Beste kommt erst noch. Er fragte mich tatsächlich, ob wir nicht so tun könnten, als ob. Dieser Blödmann." Alba knallte die Gabel auf den Tisch.

„Der Arme muss sehr verzweifelt sein, der tut mir leid. Und du? Ich meine, immerhin hättest du dann eine Weile Ruhe vor deiner Mutter."

„Ich bitte dich. Das Liebespaar spielen? Das geht zu weit. Das ist mir zu doof. Das muss er schon selbst mit seinen Eltern auf die Reihe kriegen. Für mich war es gut so. Giulio hat mir so ein jämmerliches Bild von mir selbst gespiegelt, dass ich noch am selben Tag mit Mutter geredet habe."

„Und? Wie hat sie reagiert?", fragte Jo. Es war nicht zu fassen. Alba machte Nägel mit Köpfen. Und sie war währenddessen mit einer anderen zusammen. Das durfte nicht wahr sein.

„Als wir wieder zu Hause waren, habe ich ihr erzählt, dass ich schon immer in Frauen verliebt war und dass ich seit zwei Jahren mit dir zusammen bin. Und dann habe ich ihr einen Grappa geholt."

„Und wie ging es weiter?"

„Sie hat das erste Glas hinuntergekippt, hat einen zweiten getrunken und gefragt, ob sie damit rechnen kann, jemals Großmutter zu werden." Alba dehnte den Hals, bis es knackste.

„Ich wusste, so schlimm kann es gar nicht werden."

„Ich hab Mama gesagt, dass ich erst mal Arbeit finden muss. Und das fand sie ganz vernünftig."

„Und wollte sie etwas über mich wissen?", fragte Jo und konnte ihrer Freundin nicht in die Augen sehen.

„Das dauert. Sie braucht Zeit, um das alles zu verdauen. Und sie wird sich schon langsam daran gewöhnen, immerhin lebt sie in Rom und nicht in irgendeinem Provinznest."

„Es gibt Schlimmeres im Leben als eine lesbische Tochter. Das wird schon werden. Aber ich brauche jetzt mal frische Luft."

Alba sah sie fassungslos an. „Weißt du, was ich nicht verstehe? Ich habe so viel geschafft und du sitzt unbeteiligt herum, anstatt dich mit mir zu freuen. Das ist ein Grund zum Feiern, oder? Was ist los? Und wieso packst du dein Geschenk nicht aus, *cara*?" Alba reichte Jo die Plastiktüte, die auf einem Stuhl lag.

Jo wickelte ein schwarzes T-Shirt mit dem Aufdruck *Gay pride, Roma* aus und hielt es sich vor die Brust.

„Probier es an, ich war mir nicht sicher bei der Größe."

Brav zog Jo ihren Pullover aus und schlüpfte in das T-Shirt hinein. Es war viel zu eng. Wie eine Zwangsjacke.

Die Freundin kam zu ihr und zog es mit einem Ruck nach unten. „Wie angegossen. Es steht dir. Gut, dass ich das Kleinere genommen habe. Du siehst sexy aus." Alba umfasste die Freundin an der Taille und zog sie an sich. „Wir zwei könnten nächsten Sommer zur Parade nach Rom fahren. Das muss toll sein, mit dem ganzen bunten Haufen zwischen den Ruinen und den alten Mauern durchzulaufen. Ich habe tolle Fotos gesehen. Das würde dir auch gefallen."

„Bestimmt." Jo schälte sich aus dem Shirt heraus.

„Und ich hab uns einen Film mitgebracht, der spielt auch in Rom. *Le fate ignoranti*."

„Und was soll das heißen?"

„*Le fate ignoranti*, das sind die unbekannten Feen. Auf Deutsch lautet der Titel *Die Ahnungslosen*. Es ist eine Dreiecksgeschichte, zwei Männer und eine Frau. Hast du Lust, ihn heute Abend mit mir anzusehen?"

„Wenn du ihn bis dahin synchronisiert hast." Jo hängte das T-Shirt über die Stuhllehne.

„Warum machst du eigentlich die ganze Zeit so ein mürrisches Gesicht? Was ist mit dir?"

„Nichts, ich muss nur an die frische Luft, ich bin in einer halben Stunde wieder da." Jo wollte zur Tür gehen, aber Alba stellte sich ihr blitzschnell in den Weg und hielt sie fest.

„Das kann nicht sein. Dir fällt nichts Besseres ein als spazieren zu gehen? Und müde zu lächeln, wenn ich von meinem Coming-out erzähle? Sag mal, nimmst du mich auf den Arm? Oder ist irgendetwas?"

Jo schüttelte den Kopf. Sie brachte es nicht fertig, etwas zu sagen, sie konnte der Freundin nicht erzählen, was passiert war. Es würde ihr das Herz brechen. Ausgerechnet jetzt, nachdem Alba so tapfer gewesen war.

„Ich kapiere nicht, was das soll. Rede mit mir. Sag was. Sag mir, was du hast."

„Lass mich, du tust mir weh.“ Jo versuchte loszukommen.

„Du tust mir weh, aber das kapierst du anscheinend nicht. Du bist eine jämmerliche Egoistin“, sagte Alba. Dann ließ sie los, packte das T-Shirt und warf es nach Jo.

Jo fing es auf und sagte: „Es ist nichts, ich fühle mich nur nicht so gut. Ich habe zu viel gegessen. Es wird bestimmt gleich besser, wenn ich eine Runde draußen war.“

Albas Gesicht bekam rote Flecken. „Du entziehst dich mir. Warum? Warum entziehst du dich mir? Was ist passiert, als ich nicht da war? Wieso bist du so komisch? Wieso war es schwierig für dich, dass ich unangemeldet gekommen bin? Sag mir die Wahrheit, Jo. Du stehst doch so darauf, dass man sich die Wahrheit sagt. Zumindest, was deine Familie angeht. Sag mir die Wahrheit!“ Die Freundin riss ihr das T-Shirt aus der Hand und warf es auf den Boden. „Dieses ganze scheinheilige Getue, dass ich dich meiner Mutter vorstellen soll. Wozu soll das gut gewesen sein. Was ist los? *Parlami.*“

„Beruhige dich, hör auf zu schreien. So können wir nicht miteinander reden. Ich gehe raus an die frische Luft, du beruhigst dich und dann sehen wir weiter.“

Im Flur warf Jo ihre Jacke über und zog ihre Schuhe an. In Windeseile verließ sie die Wohnung und lief die Heßstraße entlang. Ihr Atem beruhigte sich erst, als sie die roten Ziegelmauern des Alten Nordfriedhofs erreicht hatte. Und sie wusste, dass sie es auch später nicht schaffen würde, die Wahrheit zu sagen.

12

Die letzten Tage des Jahres verliefen ruhiger, weil die beiden vorsichtig miteinander umgingen. Jede schien froh darüber zu sein, dass der Streit nicht eskaliert war. Als Jo am Mittwochabend von ihrem Spaziergang zurückgekommen war, hatte Alba in der Badewanne gelegen und die Freundin gebeten, ihr den Rücken zu schrubben. Am nächsten Tag blieben sie lange im Bett, frühstückten gemütlich miteinander und fuhren an die Osterseen. Und dort hätte Jo die Zeit am liebsten angehalten, weil es beinahe so schön war wie früher, mit Alba draußen im Moor und am Wasser unterwegs zu sein.

Freitagmittag war sie mit Dan verabredet. Ganze fünfzehn Minuten war sie zu früh am Eingang der Tierklinik beim Englischen Garten. Natürlich musste sie an Elsa denken, als sie dort vor dem großen alten Gebäude wartete. Wenn sie sich nicht bald meldete, würde Jo sie anrufen.

Die Passanten schlenderten in Festtagslaune an ihr vorbei. Siedendheiß fiel ihr ein, dass sie ihren Cousin nicht einmal danach gefragt hatte, wie er aussah. Aber an seiner dunklen Hautfarbe würde sie ihn schon erkennen. Nach einer Weile holte sie ihr Handy aus der Jackentasche, vielleicht sollte sie ihm eine Nachricht schicken. Doch bevor sie seine Nummer gefunden hatte, kam ein junger Mann auf sie zu, blieb stehen und fragte: „Sind Sie Johanna Richter?"

Sein Akzent war amerikanisch, seine Haut weiß und die Haare dunkelblond. Nicht die geringste Spur von dunkler Hautfarbe oder dunklen Haaren. Sie nickte und sah ihn an.

„Ich bin Dan Smith. Es ist mir eine Freude, dich kennenzulernen, Cousine."

„Ja, ich freue mich auch sehr", sagte sie und gab ihm endlich die Hand. „Sorry, dass ich dich so anstarre, aber ich bin davon ausgegangen, dass du eine dunklere Haut hast."

Dan Smith lachte gutmütig. „Wie kommst du darauf?“

„Weil deine Mutter mit einem schwarzen Soldaten wegging.“

„Richtig, ihr erster Mann war Afroamerikaner, der Soldat, mit dem sie aus Deutschland gekommen war.“

„Und wer ist dann dein Vater?“, fragte sie.

„Mit den beiden ging es nicht lange gut. Sie ließen sich bald scheiden. Ihr zweiter Mann, mein Vater, der ist ein typischer Nordstaatler. Und ich bin froh, dass ich zur Hälfte deutscher Abstammung bin, sonst wäre ich so amerikanisch wie er.“

„Nicht zu fassen, dass es so schnell geklappt hat mit uns beiden. Nachdem unsere Familien jahrzehntelang keinen Kontakt miteinander hatten.“ Jo deutete auf den Weg, der in den Park hineinführte.

„Uns dürfte es leichter fallen als unseren Müttern“, sagte Dan nach einer Weile und blieb stehen.

„Wie meinst du das?“

„Ich glaube, dass der Faschismus in Deutschland das Vertrauen zerstörte. Keiner konnte dem anderen mehr trauen. Nicht nur in der Öffentlichkeit, sondern auch in den Familien. Unsere Mütter wurden zwar nach dem Krieg geboren, aber ich bin mir sicher, dass sich dieses Misstrauen massiv auf die nächste Generation auswirkte.“

„Schade, dass so wenig über die Vergangenheit gesprochen wird. Bei uns zumindest ist das so“, sagte Jo.

Dan setzte sich in Bewegung. „Ja. Aber ich glaube, dass die beiden keine leichte Kindheit hatten. Auf jeden Fall erzählte meine Mutter nie etwas davon, obwohl es mich brennend interessiert hätte. Das ging sogar so weit, dass sie kein Wort deutsch mit mir sprach. Ich lernte es erst im College. Und ich hätte so gerne ein paar Worte bairisch gelernt. Kannst du mir etwas beibringen?“

„Ich verstehe zwar das meiste, aber ich kann es nicht wirklich gut.“

„Ich würde gerne eine Ahnung davon haben, wie meine Mutter als Kind sprach."

„Meine Mutter hat mir erst vor Kurzem erzählt, wie Tante Helene wegging. Bis dahin hat überhaupt niemand über sie geredet. Meine Mutter behauptet, dass sich ihre Schwester nie mehr bei ihrer Familie gemeldet hat. Glaubst du das?"

„Im März wirst du Gelegenheit haben, sie selbst zu fragen. Ich weiß es nicht." Der Cousin blieb stehen und berührte Jo am Arm. „Ohne meinen Vater wäre ich nicht an ihre Adresse gekommen."

„Ich frage mich schon die ganze Zeit, warum du diese Nachforschungen anstellst. Ich meine, du lebtest doch bisher auch, ohne diesen Teil eurer Verwandtschaft zu kennen. Warum tust du das?"

Langsam setzten sie sich wieder in Bewegung und wichen einem Paar aus, das in ein Gespräch vertieft war. Nach einer Weile sagte Jo nur: „Das ist ein weites Feld."

„Ein weites Feld? Was bedeutet das?"

„Das ist ein Thema, zu dem man so viel sagen müsste, dass man es lieber lässt. Es ist ein Zitat aus einem bekannten deutschen Roman."

„Und worum geht es in dem Buch?"

„Mit diesem Spruch wird das Schicksal der Heldin kommentiert, die nach einem Seitensprung ihr Kind verlor. Alba musste das Buch kürzlich lesen", sagte Jo.

„Hoffentlich ist dein weites Feld nicht so tragisch wie bei dieser Heldin."

„Ja, das hoffe ich auch. Wir sind schließlich nicht mehr im neunzehnten Jahrhundert." Jo bog vom Hauptweg nach links ab. Hier hinten wurde es endlich ruhiger.

„Wie lebst du? Was machst du? Und wer ist Alba", fragte Dan.

Jo erzählte ihm von ihrer Freundin, vom Verlag, von ihrer Schwester und den Kindern. Die Dramen aus jüngster Zeit ließ sie außen vor. Eigentlich wollte sie ja etwas von ihm erfahren.

Nach einer kleinen Pause sagte er: „Ich war gestern in Regensburg. Ich wollte mir unbedingt die Stadt ansehen, in der meine Mutter ihrer ersten Lebensjahre verbrachte. Die Altstadt ist hübsch. Irgendwie geheimnisvoll, zumindest bei diesem Wetter. Es war neblig."

„Ja, das hört man oft. Was hältst du davon, am Wochenende zusammen nach Straubing zu fahren? Du könntest meine Eltern kennenlernen."

„Dieses Mal klappt das leider nicht mehr. Ich muss übermorgen nach Freiburg zurück. Aber ich werde gerne wiederkommen. Jetzt gibt es gute Gründe."

„Bist du eigentlich mit jemandem zusammen?", fragte Jo.

„Nein. Ich ziehe mindestens einmal im Jahr um. Entweder habe ich einen Lehrauftrag, so wie jetzt in Freiburg. Oder ich mache Feldforschungen. Ich arbeitete die letzten Jahre viel in Lateinamerika. Abgesehen davon liebe ich meine Freiheit."

„Wie gefällt das deiner Mutter?"

„Sie akzeptiert es. Und sie genießt es, dass sie immer wieder reisen kann, wenn sie mich besucht."

„Was für ein Glück. Ich bin gespannt, was sie mir erzählen wird." Jo rieb sich die Hände.

„Bitte versprich mir, dass du vorsichtig sein wirst. Dein Anruf hat sie aufgewühlt." Dan sah auf einmal aus wie ein kleiner Junge, der versehentlich in einem erwachsenen Körper gelandet war und sich fürchtete.

„Mach ich. Keine Angst. Wie verbringst du Silvester?"

„Bei meinen Freunden. Es wird eine Party geben. Und ich bin neugierig, wie das werden wird. Die Deutschen sind oft so ernst, sogar beim Feiern. Es wird sich zeigen, wie ich in das neue Jahr hineinrutschen werde. So sagt man doch, oder? Und wie wirst du Silvester verbringen?"

„Ich feiere mit Alba. Wir machen ein schönes Essen, hören eine italienische Oper und gucken uns das Feuerwerk an. Aber nur bei geschlossenem Fenster, sonst erstickt man spätestens nach fünf Minuten", sagte Jo.

„Wieso ersticken?"

„Von dem ganzen Qualm, den diese Raketen und Böller machen. Letztes Jahr hatte ich das Gefühl, ich wäre mitten im Krieg, als wir auf der Leopoldstraße waren. Das war lebensgefährlich."

„Das scheint eine archaische Sache zu sein. Früher machte man Lärm, um die bösen Geister zu vertreiben. In der Schweiz gibt es diese Tradition immer noch. Da ziehen die Männer mit großen Glocken von Hof zu Hof, läuten und singen ihre Gesänge. Ich nehme an, dass wir zum Jahreswechsel ein Feuerwerk abbrennen und Lärm machen, damit wir das alte Jahr definitiv abschließen können."

„Danke für den Vortrag, Herr Ethnologe. Wenn das so ist, dann muss ich jetzt unbedingt noch Raketen besorgen. Dieses Jahr war nicht leicht für mich", sagte Jo.

„*Take it easy*, Cousine. Das nächste bringt viele neue Möglichkeiten mit sich. Und sicher auch neue Erkenntnisse."

Nie hätte sie geglaubt, dass es ihr eines Tages davor bangen würde, Frieda zu besuchen. Dabei feierten sie an diesem Januarabend ihren siebzigsten Geburtstag. Vor einem Jahr hatte die alte Dame starke Schmerzen gehabt und die Operation hatte noch vor ihr gelegen. Mittlerweile ging es ihr wieder gut, aber Jo fühlte sich nicht wohl bei dem Gedanken, Elsa auf der Feier zu begegnen.

Prompt war der erste Strich mit dem Kajalstift zu breit geraten, sie sah wie ein Ungeheuer aus. Nur mit Mühe gelang es ihr, die schwarzen Bahnen abzuwischen und zwei halbwegs vernünftige Linien um ihre Augenlider zu ziehen.

Alba war mit einer Studienkollegin im Theater. Im neuen Jahr war es bislang einigermaßen friedlich bei ihnen, weil sie sich kaum sahen. Jo wäre immer noch am liebsten vor Scham im Erdboden versunken, wenn sie daran dachte, dass sich die Freundin bei ihr an Silvester entschuldigt hatte. Für den Streit nach ihrer Rückkehr aus Rom. Während Jo es nicht fertiggebracht hatte, die Wahrheit zu sagen. Sofort hätte sie es ihr sagen müssen, auf der Stelle, gleich nachdem Jakob gegangen war. Jetzt rückten die Prüfungen näher und näher. Es wäre rücksichtslos, Alba zu diesem Zeitpunkt derart aus der Fassung zu bringen.

Manche Menschen verbargen ihre Affäre jahrelang, wie Friedas Geliebter zum Beispiel. Oder wie der Held in dem Film, den Alba aus Rom mitgebracht hatte. Die Ehefrau erfuhr erst nach dem Unfalltod ihres Mannes von seinem jahrelangen Verhältnis.

Jo warf den Kajalstift zurück in die Schublade und machte die Knöpfe ihrer dunkelblauen Bluse zu. Am liebsten hätte sie sich im Bett verkrochen und an die schönen Stunden mit Elsa gedacht.

Einmal waren sie miteinander ausgegangen und fünf Mal hatten sie sich in einem Hotel in der Nähe vom Nymphenburger Park getroffen. Waren in ihre Zweisamkeit eingetaucht und hatten trunken vor Nähe alles vergessen, was um sie herum geschah. Aber hinterher lastete das Schnelle, Heimliche und Verstohlene ihrer Begegnungen auf Jo. Sie war eine Betrügerin und genauso fühlte sie sich. Aufgeregt, glücklich, wie im Rausch, weil es wieder einmal geklappt hatte, sich für zwei oder drei Stunden zu treffen, dann aber nagte das schlechte Gewissen an ihr.

Sogar ihre Haare waren widerspenstig. Mit einer großen Portion Haargel bändigte sie die Frisur, zog die Lippen mit dem mauvefarbenen Lippenstift nach und überprüfte ihr Spiegelbild. Es gefiel ihr ganz und gar nicht. Schnell wickelte sie das Buch für Frieda in Geschenkpapier ein und verpackte den Gugelhupf, den sie gebacken hatte.

Draußen auf der Straße knirschte der Schnee unter ihren Füßen. Der Januarabend war klar und kalt. Wie traumhaft wäre es gewesen, mit Elsa für ein paar Tage in die Alpen zu fahren. Skilaufen, Schneemänner bauen, Sonne tanken, barfuß im Schnee laufen und so lange Arm in Arm in den Sternenhimmel sehen, bis sie zu Eiszapfen gefroren wären. Und im Bett würde Jo jede Stelle, jeden Millimeter an Elsas wunderbarem Körper küssen. Abends zusammen einschlafen. Morgens liegen bleiben und sich das Frühstück aufs Zimmer bringen lassen. Champagner trinken. Tag und Nacht miteinander verbringen. Dabei wussten sie nicht einmal, wann sie sich wieder verabreden würden.

In der Bauerstraße summte der Türöffner und Jo eilte mit einem kurzen Seitenblick auf Elsas Namensschild zu Friedas Wohnungstür.

„Schön, dass du da bist. Meine Mutter ist so aufgeregt. Es sind alle gekommen." Gerd, der Sohn, begrüßte sie. Aus dem Wohnzimmer drang fröhliches Stimmengewirr zu ihnen.

„Ich wusste gar nicht, dass es so viele Gäste werden. Das ist ja eine richtige Party!" Jo lächelte den Mann an. Friedas Sohn war normalerweise ein stiller, zurückhaltender Mensch, aber an diesem Abend war er richtig aufgetaut.

„Party wäre übertrieben, es ist nur ein kleines Fest. Von dir weiß ich ja sowieso, dass du jedes Jahr kommst. Man wird nicht alle Tage siebzig, da muss schon etwas Besonderes passieren." Gerd winkte seine Frau zu sich, die gerade aus der Küche kam. „Augusta, das ist Johanna, sie hilft Mutter, wenn wir nicht da sind. Du erinnerst dich?"

Die Frau nickte und reichte ihr eine verschwitzte Hand.

„Ich habe einen Gugelhupf gebacken, nach dem alten Rezept von Friedas Mutter", sagte Jo und wunderte sich über Gerds „wir". Die Schwiegertochter hatte Frieda noch nie geholfen, wenn er nicht da war.

„Gib mir deinen Mantel", sagte Gerd und streckte ihr den Arm entgegen.

„Und wo ist Mimi bei all dem Trubel?"

„Sie liegt im Schlafzimmer auf dem Kopfkissen. Ich glaube nicht, dass wir sie heute noch zu Gesicht bekommen werden. Sie ist beleidigt, weil hier so viele Menschen herumlaufen und Lärm machen. Und weil sie nicht auf Mutters Schoß liegen kann, so wie jeden Abend."

„Sind wir nicht alle Gewohnheitstiere?", fragte Jo und holte ihre Sachen aus der Tasche.

Die Jubilarin thronte auf ihrem Lieblingssessel und sprach mit ihrer besten Freundin Elisabeth. Die beiden Frauen, die ungefähr im gleichen Alter waren, strahlten etwas sehr Jugendliches aus, beinahe wie zwei Mädchen, die ihre Liebesgeschichten miteinander teilten und sich schworen, keinem Menschen davon zu erzählen.

„Herzlichen Glückwunsch zum Geburtstag!" Jo umarmte Frieda und überreichte das Geschenk, das die alte Dame sofort auspackte.

„Danke. Vielen Dank für den Amoz Oz und für den Gugelhupf. Der duftet genauso wie der, den meine Mutter machte. Dass du an einen Geburtstagskuchen gedacht hast. Gerd bringt dir gleich ein Glas Sekt."

„Es gibt leider keine Kerzen. Ansonsten habe ich mich genau an dein Rezept gehalten."

„Siebzig Kerzen wären auch zu viel. Du willst mich doch nicht an meinem Geburtstag aus der Puste bringen. Jo, du kennst Elisabeth. Elisabeth, erinnerst du dich? Ihr habt euch einmal bei mir gesehen. Sie ist das Küken hier und wir nennen sie alle Jo."

Jo begrüßte Elisabeth und machte ihr ein Kompliment. Das eng anliegende, dunkelblaue Samtkleid stand ihr hervorragend. Und ihre blauen Augen waren auffallend fröhlich. Elisabeth war die Einzige, die von Friedas Liebesbeziehung mit dem verheirateten Mann gewusst hatte.

„Gerd, sind wir schon vollzählig? Unsere Gäste sind sicher hungrig." Die Gastgeberin blickte majestätisch in die Runde.

„Nur deine Nachbarn fehlen noch, sonst sind wir komplett. Wir könnten langsam anfangen, denke ich", sagte der Sohn und überreichte Jo ein Glas Sekt.

Sie musste sich konzentrieren, damit sie das Glas entgegennehmen konnte, ohne etwas zu verschütten. Das hieß, Elsa würde kommen. Hätte sie sich nicht eine charmante Ausrede einfallen lassen können? Aber es war nur eine Frage der Zeit gewesen, bis so etwas passieren musste.

Jo räusperte sich und hob das Glas. „Auf das Geburtstagskind! Herzlichen Glückwunsch und danke für deine großartige Freundschaft. Du bist die tollste Siebzigjährige, die ich kenne. Ich wünsche dir Gesundheit und Glück und ein wunderschönes Fest, an das du noch lange denkst."

Frieda strahlte vor Freude. Alle stießen miteinander an. Es waren zehn Gäste, die meisten mindestens zwanzig Jahre älter als Jo. Mit ihren vierzig Jahren würde sogar Elsa den Altersdurchschnitt senken.

Frieda klopfte mit einem Löffel gegen ihr Glas. „Lieber Gerd, liebe Augusta, meine lieben Freunde, ich danke euch sehr, dass ihr alle gekommen seid. Die Überraschung ist euch gelungen, ich habe nichts von euren Vorbereitungen mitgekriegt. Außer Mimi, die im Schlafzimmer schmollt, sind heute Abend alle glücklich und zufrieden. Und ich bin glücklich, dass ich alleine hier wohnen kann, dass meine Hüfte hält, dass ich einen Sohn und Freunde habe, die mir helfen, wenn es nötig ist, und dass ich mich jeden Tag am Leben freuen und heute mit euch feiern kann. Das ist nicht selbstverständlich. Und schon gar nicht in meinem Alter. Ich wünsche uns allen viel Spaß. Danke für alles."

Nach dem Applaus setzte die Unterhaltung wieder ein. Jo blieb mit ihrem Sektglas neben Friedas Sessel stehen. Von dort hatte sie den besten Blick in die Runde. Als es klingelte, sagte sie schnell: „Ich geh schon."

Das dürfte Elsa sein. Es wäre besser, einen Moment lang ungestört zu sein, bevor sie so tun müssten, als wäre nie etwas zwischen ihnen passiert. Frieda wusste bisher nur die halbe Wahrheit. Jo öffnete die Wohnungstür.

„Hallo, wie geht es dir? Ich habe mir gedacht, dass wir uns treffen." Die Tierärztin nahm den großen Blumenstrauß in die linke Hand und drückte Jo ein Küsschen auf die Wange.

„Geht so."

„Sei so gut, reiß dich zusammen", flüsterte Elsa.

Jo ließ die Arme sinken. „Die Gäste sind im Wohnzimmer", sagte sie laut und ging in die Küche, um eine Vase zu holen.

Als sie mit einer großen Glasvase zurück ins Wohnzimmer kam, überreichte Elsa gerade ihren Rosenstrauß und gratulierte Frieda. „Mein Mann lässt sich entschuldigen, er hat einen wichtigen Termin und kommt gerne später nach."

Allein bei der Vorstellung wurde Jo schlecht. Mit Elsa und Heiko zusammen auf diesem Fest. Hoffentlich käme er so spät, dass sie schon vorher unauffällig verschwinden könnte.

„Darf ich dir die wunderschönen Rosen geben?", fragte Frieda und reichte den Strauß an Jo weiter, die die Blumen in der Vase arrangierte, sie auf den Tisch stellte und sich auf den freien Platz neben Elisabeth setzte. Elsa nahm am anderen Ende der Tafel Platz.

„Wir fangen an. Guten Appetit, meine Lieben. Bitte bedient euch, wir haben von allem reichlich", sagte das Geburtstagskind.

Gerd und Augusta hatten alle Hände voll damit zu tun, den Kalbsbraten mit den Beilagen zu servieren. Jo reichte die Salatschüssel herum und warf einen Blick zu ihrer Schönen. Müde sah sie aus, aber sie unterhielt sich tapfer mit ihrem Tischnachbarn, einem ehemaligen Kollegen der Gastgeberin, und schaffte es im Handumdrehen, ein Lächeln auf sein mürrisches Gesicht zu zaubern.

„Geht es dir gut, Jo?", fragte Frieda zwischen zwei Bissen.

„Es ist sehr schön bei dir. Und es schmeckt großartig. Wer hat den Braten gemacht?", beeilte sich Jo zu fragen.

„Augusta ist die Chefköchin und Gerd der Assistent." Das Geburtstagskind prostete den beiden zu. Damit war alles gesagt, was die Beziehung ihres Sohnes charakterisieren konnte. Die alte Dame war ein Schlitzohr.

Jo holte sich noch eine Scheibe Braten, aber beim Essen rutschte ihr ein Stückchen Fleisch von der Gabel und fiel auf den Teller zurück. Die Soße landete natürlich auf ihrer Bluse.

Elisabeth half ihr, den Schaden mithilfe einer Serviette zu begrenzen, und sagte: „Das macht nichts, einer ist immer der Erste. Und dann können alle ganz entspannt essen."

Nach dem Hauptgang ging es in der Küche drunter und drüber. Jo räumte die Teller in die Spülmaschine, als es noch einmal klingelte. Es war so weit. Heiko Mering war der letzte Gast. Wie gut, dass sie in der Küche beschäftigt war.

„Könntest du bitte aufmachen, Jo?", fragte Gerd, der gerade den restlichen Kalbsbraten im Kühlschrank verstaute.

Augusta und Elisabeth unterhielten sich so angeregt miteinander, dass sie nicht einmal aufsahen. Jo stellte den Teller ab und machte sich auf den Weg.

„Guten Abend, ich bin der Nachbar und ich möchte Frau Müller alles Gute wünschen", sagte Heiko Mering und kam näher.

„Guten Abend. Die Geburtstagsgesellschaft ist im Wohnzimmer." Jo ließ ihm den Vortritt und schloss die Tür.

„Sind Sie nicht die junge Frau aus dem Museum? Wie war Ihr Name noch mal?", fragte er und streckte ihr die Hand entgegen.

„Johanna Richter." Mit einer kurzen Verzögerung reichte sie ihm die Hand. Dass er sich an sie erinnerte, war erstaunlich.

Einen Augenblick lang standen sie sich wie zwei Boxer im Ring gegenüber. Dann wandte Jo den Blick ab, deutete in Richtung Wohnzimmer und ging in die Küche zurück. Ab sofort gab es keinen Tropfen Alkohol mehr, sie durfte keinen Fehler machen, sich nichts anmerken lassen.

„Geh rüber zu den anderen. Ich bin gleich fertig", sagte Gerd und wischte sich die Hände an der alten Küchenschürze seiner Mutter ab.

Die Geburtstagsrunde amüsierte sich prächtig bei Likör und Birnenschnaps. Von ihrem Platz aus beobachtete Jo das Paar so unauffällig wie möglich. Heiko saß neben einer angespannten Elsa. Friedas alter Kollege sah auch nicht mehr so glücklich aus wie vorhin. Etwas braute sich zusammen, allerdings hätte Jo nicht sagen können, was da heraufzog. Wahrscheinlich hatte sie einfach den Sekt und den Rotwein zu schnell getrunken und zu viel gegessen.

Frieda unterhielt sich mit ihrer Schwiegertochter und Jo wandte sich an Elisabeth. „Wie war Frieda als junge Frau?"

„Sehr temperamentvoll, sehr eigenwillig. Wenn die sich etwas in den Kopf gesetzt hatte, konnte man sie nicht davon abbringen."

„Wie fanden die Männer das?", fragte Jo leise.

Elisabeth hob die Augenbrauen, die zu zwei schmalen Linien gezupft waren, und beugte sich zu ihr herüber. „Es gab einige, die hätte sie fast um den Verstand gebracht. Und sie wollte nur den einen."

„Den Bergsteiger?", fragte Jo und bedauerte es sofort. Vielleicht hätte sie das nicht sagen dürfen.

Elisabeth seufzte. „Das war schon eine unglaubliche Geschichte damals. Unsere Frieda war ein verrücktes Frauenzimmer."

„Das ist sie immer noch. Und Sie kennen sich schon seit fünfzig Jahren?", fragte Jo und wagte einen kurzen Blick zu Elsa und Heiko. Die Spannung hatte zugenommen und war beinahe mit den Händen greifbar. Wenn das mal gut ging.

„Wir haben uns 1956 im Büro bei Zimmermann kennengelernt, Frieda war in der Buchhaltung, ich im Einkauf. Seitdem gehen wir zusammen durch dick und dünn."

„Es muss schön sein, wenn man jemanden so lange kennt."

„Ja, da ist viel gewachsen. So eine Freundschaft ist durch nichts zu ersetzen.“ Elisabeth hob das Glas. „Auf die Freundschaft.“

Jo prostete der Frau zu und nahm einen Schluck aus dem Wasserglas. „Ja, das ist wahr. Und heutzutage halten die Beziehungen ja auch nicht mehr so lange. Man findet sich, ist eine Weile zusammen und trennt sich wieder. Und dann bleiben einem nur die guten Freunde.“

„Wer wird denn hier traurig sein, Mädchen. Man darf sich das Leben nicht unnötig schwer machen. Es ist kurz und kostbar. Höre ich da etwa Liebeskummer heraus?“

„Nein, nein. Das war nur eine altkluge Lebensphilosophie“, beeilte sich Jo zu sagen. An diesem Tisch auch nur an Liebeskummer zu denken, war bereits viel zu riskant.

„Dann muss ich mich getäuscht haben. Auf jeden Fall darf man so etwas nicht übermäßig tragisch nehmen. Das Leben geht weiter. Irgendwie geht es weiter, auch wenn man jemanden verliert.“

Gerd kam zu ihnen und tippte auf Jos Schulter. „Entschuldigt bitte, dass ich euer Gespräch unterbreche. Würdest du deinen Gugelhupf aufschneiden? Wir könnten ihn zu der Bayerischen Creme reichen. Frisch schmeckt er am besten und morgen ist er kein richtiger Geburtstagskuchen mehr.“

Erleichtert stand Jo auf. Dabei hatte sie gar keinen Liebeskummer. Elsa und sie waren zusammen und demnächst würden sie sich wiedersehen. Im Vorbeigehen nahm sie das Parfüm ihrer Geliebten wahr und ihr Körper reagierte sofort. Heiko legte gerade den Arm um seine Frau, während er mit dem mürrischen Tischnachbarn über das Älterwerden sprach.

In der Küche schnitt sie den Kuchen in gleichmäßige Stücke und streute Puderzucker darüber. Lange hielt sie das nicht mehr durch. Nach dem Nachtisch würde sie sich verabschieden.

Im Wohnzimmer nahm sich Frieda das erste Stück vom Geburtstagskuchen und zog Jo zu sich herunter. „Arbeite nicht so viel, das schaffen die beiden schon. Du bist mein Gast. Ist alles in Ordnung bei dir? Du bist so still."

„Ich habe mich sehr gut mit Elisabeth unterhalten." Jo reichte die Kuchenplatte weiter. Heiko hatte noch immer den Arm um seine Frau gelegt. Elsa presste den Mund zusammen und starrte auf den Tisch. Es war genug. Nichts wie raus. Im Bad massierte Jo ihren Kopf. Elsa und Heiko. Heiko und Elsa. Dieser Kerl benahm sich, als wäre sie sein Eigentum.

Aber sie konnte nicht den restlichen Abend im Bad verbringen, also brachte sie mit ein paar Handgriffen ihre Frisur in Form und wusch sich die Hände.

Draußen im Flur erschrak sie. Heiko stand vor der Garderobe und ließ sie nicht vorbei. „Könnten wir beide kurz miteinander sprechen? Ich wollte Sie schon den ganzen Abend etwas fragen."

Jo nickte, obwohl ihr die Situation nicht geheuer war. Ihr Puls raste und ihr Magen rumorte. Flucht oder Kampf. Es blieb nur Kampf, sie kam nicht an ihm vorbei.

„Wissen Sie, was mit meiner Frau los ist?", sagte er leise.

„Wieso sollte ich das wissen? Wie kommen Sie auf die Idee?"

„Weil sie Sie ständig anruft. Da dachte ich mir, Sie wissen bestimmt, was mit ihr ist."

Jo lief es eiskalt den Rücken hinunter. Vielleicht ahnte er etwas. Und Elsa wusste nicht, dass er etwas wusste, denn sie würde Jo nicht ins offene Messer rennen lassen. Das würde sie nie tun. Niemals.

„Ich liebe meine Frau."

„Und ich bin mit ihr befreundet. Lassen Sie uns hineingehen, die anderen werden sich schon wundern, wo wir bleiben." Jo biss sich auf die Lippen. Der Mann war Psychiater. Der wusste, wie man jemanden ausfragte. Deshalb musste sie vorsichtig sein und durfte sich nicht in ein Gespräch verwickeln lassen.

Der saure Hering wollte nach ihrer Hand greifen. „Sagen Sie mir die Wahrheit. Bitte."

„Sprechen Sie mit Ihrer Frau." Jo ging einen Schritt zurück.

„Ich habe gesehen, wie Sie sie ansehen. Und Elsa ist ständig unterwegs und telefoniert viel. Und zwar mit Ihnen. Ich weiß, was das heißt. Lassen Sie sie in Ruhe. Meine Frau ist nicht so."

Jo drehte sich um und ging schnell zurück ins Badezimmer. Mit klopfendem Herzen setzte sie sich auf den Rand der Badewanne. Der saure Hering wusste es nicht, er ahnte nur etwas. Damit seine Frau unschuldig blieb, wollte er die Wahrheit von ihr erfahren. Wenn er es aus ihrem Mund hören würde, wäre seine Gattin das Opfer. Das Opfer einer bösen, hinterhältigen Verführerin.

Als sie zurück ins Wohnzimmer kam, aßen alle Nachtisch. Heiko Mering war nicht mehr da. Jo sah Elsa an, aber die wandte den Blick sofort ab und gab sich kühl und unnahbar.

„Du musst deinen Kuchen probieren, er ist köstlich, so locker wie bei meiner Großmutter", sagte Gerd und legte Jo ein Stück Gugelhupf auf den Teller.

Aus Höflichkeit aß sie einige Bissen, aber ihr war in der Zwischenzeit wirklich schlecht. Nachdem sie einen Schluck Wasser getrunken hatte, ging sie zu Frieda. „Es tut mir leid, aber ich muss gehen, ich habe solche Kopfschmerzen und möchte nur noch ins Bett. Vielen Dank für alles und feiert noch schön."

„Das ist aber schade. Herr Mering musste auch schon gehen. Ihr jungen Leute macht aber früh schlapp heute. Und pass auf dich auf." Frieda drohte ihr neckisch mit dem Finger.

Persönlich verabschiedete sich Jo nur von Gerd, Augusta und Elisabeth, den anderen Gästen sagte sie in der großen Runde auf Wiedersehen. Elsa winkte sie nur kurz zu. Dann ging sie schnell hinaus und hätte Mantel, Schal und Handschuhe vergessen, wenn Gerd ihr nicht nachgekommen wäre.

13

Die Kälte half ihr, ruhiger zu werden. Nichts war passiert. Der Mann konnte ihr gar nichts. Wenn ihm jemand reinen Wein einschenken sollte, dann Elsa. Jo ging zügig in Richtung Heßstraße davon. Vielleicht würde sie es noch schaffen, vor Alba da zu sein, das Licht auszumachen und so zu tun, als schliefe sie.

Andererseits war in ihrem Zustand an Schlafen nicht zu denken. Jakobs letzter Kurs war um zehn zu Ende. Bis sie mit der U-Bahn in die Isarvorstadt käme, wäre auch er zu Hause.

Zwanzig Minuten später stand sie vor seiner Tür. Hoffentlich war er da. Nach einer Minute ging die Haustür auf und sie nahm zwei Stufen auf einmal. „Jakob, du kannst dir nicht vorstellen, was passiert ist."

„Komm erst mal rein. Was machst du um diese Uhrzeit hier? Es ist halb elf."

„Kann ich mit dir reden?"

„Willst du nicht deinen Mantel ausziehen?"

„Nein, mir ist kalt." In der Küche ließ sie sich auf einen seiner alten Holzstühle fallen und machte die obersten Knöpfe ihres Mantels auf.

„Lass mich raten. Du hast Elsa gefragt, ob sie dich heiraten will." Jakob reichte ihr eine Tasse Yogi-Tee und musterte sie.

„Ich war doch heute bei Frieda zum Geburtstag eingeladen."

„Also, wann läuten die Hochzeitsglocken? Oder hat sie dir einen Korb gegeben?"

„Hör auf mit dem Quatsch. Ihr Mann war auch da", sagte sie.

„Die sind schließlich Nachbarn. War Alba auch dabei?"

Jo schüttelte den Kopf. „Die war im Theater."

„Und wie war der Abend?"

„Der Kerl wollte mich ausfragen."

„Männer sind sensibler, als du glaubst." Der Freund setzte sich mit seiner Tasse zu ihr.

„Er hat mir gesagt, dass seine Frau keine Lesbe ist."

„Man weiß es ja auch nicht, oder? Aber stell dir mal vor, was er einem anderen Mann sagen würde, der ihm seine Frau wegnimmt."

„Ich bin kein Mann. Und ich nehme ihm seine Frau nicht weg", sagte sie trotzig.

„Dass du kein Mann bist, das weiß ich. Dass du Elsa nicht willst, das ist gelogen."

„Der ist homophob."

„Soll er dabei zusehen, wie du ihm seine Elsa ausspannst? Er muss irgendwie reagieren. Er ist Psychiater, oder? Er hat dich an deiner Schwachstelle gepackt. Weil du es persönlich nimmst, wenn er dir sagt, dass seine Frau keine Lesbe ist. Treffer. Schiff versenkt."

„Ich möchte dich hören, wenn einer dreckige Schwuchtel zu dir sagt", erwiderte sie.

„Er hat dreckige Lesbe zu dir gesagt?"

Jo zog ihren Mantel aus. Wenn sie sich richtig erinnerte, hatte der saure Hering nicht einmal das Wort in den Mund genommen. Dazu war er sich sicher zu fein. „Bitte, Jakob, mir geht es schlecht. Mit Alba ist es auch zum Weinen. Wir gehen uns aus dem Weg. Wir reden nicht mehr miteinander."

„Ich weiß. Aber wie lange willst du sie noch anlügen? Mensch, ihr seid schließlich kein Heteropaar, das glaubt, sich wegen äußerer Zwänge nicht trennen zu können. Ihr seid weder verheiratet noch habt ihr Kinder, nicht mal ein Haustier, um das ihr euch streiten müsstet. Es gibt keinen gemeinsamen Besitz, kein gemeinsames Geschäft. Ihr seid gerade zwei Jahre zusammen und tut so, als wärt ihr in Zement gegossen. Wenn du für Elsa frei sein willst, musst du dich von Alba trennen. Wenn du das wirklich willst."

„Du hast leicht reden. Soll ich sie etwa mitten in der Prüfungszeit wie eine heiße Kartoffel fallen lassen?"

„Wenn mich nicht alles täuscht, hast du das bereits getan. Und wegen Elsas Mann brauchst du dich nicht schlecht zu fühlen. Du fühlst dich schlecht, weil du Angst hast, dass sie sich von ihm unter Druck setzen lässt und dich wie eine heiße Kartoffel fallen lässt. Wenn Elsa ihn genauso schmoren lässt wie du Alba, dann ist es kein Wunder, dass er nervös wird. Und Mädchen, eins sage ich dir: Wenn das noch lange so weitergeht, fällst du ganz vom Fleisch. Du bist richtig knochig geworden." Er rüttelte sie sanft an der Schulter.

„Er fing mich im Flur ab und ließ mich nicht vorbei. Das war hinterhältig."

„Ja, das glaub ich dir. Trotzdem wirst du dich damit auseinandersetzen müssen, was es bedeutet, wenn ein Mensch Angst hat, seine Liebste zu verlieren. Alba wird es da ähnlich gehen."

„Was bist du nur für ein Freund! Jetzt weiß ich, warum du diese ganzen Holzklötze und Haken in deinem Yoga-Studio hast. Du bist ein Sadist, der sich als Yogalehrer tarnt." Jo verschränkte die Arme. Das Wasser stand ihr bis zum Hals und ihr bester Freund fiel ihr in den Rücken. Anstatt ihr einen Rettungsring zuzuwerfen, tauchte er ihren Kopf unter Wasser. Da konnte sie sich gleich freiwillig in die Isar stürzen.

„Sprich mit Alba. So könnt ihr nicht weitermachen. Ihr macht alles kaputt. Alba und dieser Heiko sind keine Unmenschen, bloß weil sie mit einer von euch zusammen sind und eurem neuen Glück im Weg stehen. So geht man nicht miteinander um, Jo. Man kann sich auch vernünftig trennen."

„Vernünftig trennen, dass ich nicht lache! Du glaubst wohl, dass wir das hinter uns bringen können, ohne schmutzige Wäsche zu waschen? Man trennt sich ordentlich und hat eine weiße Weste. Ein Kochwaschgang und die Sache ist erledigt?"

„Es kommt darauf an, wie lange die schmutzige Wäsche im Wäschekorb liegt. Irgendwann fängt sie an zu stinken. Aber von mir aus, mach so weiter. Belüg dich selbst, belüg Alba, belügt Heiko. Und das ausgerechnet du. Von deiner Mutter erwartest du, dass sie dir die Wahrheit sagt. Du wirfst ihr vor, dass sie nicht ehrlich ist, dass sie nicht mit dir spricht. Und was machst du, Johanna?" Jakobs Wangen verfärbten sich.

Mit geschlossenen Augen legte sie den Kopf auf den Tisch und versuchte, die aufsteigenden Tränen zu unterdrücken. „Ich kann nicht mehr. Das ist mir alles zu viel, komplett zu viel. Ich weiß wirklich nicht mehr, wo mir der Kopf steht."

Jakob legte ihr die Hand in den Nacken. „Du musst das auch nicht sofort auf die Reihe kriegen, aber hör auf, den anderen die Schuld zu geben."

„Tu ich das?", fragte sie und fuhr sich mit dem Handrücken über die Augen.

„Ja. Und ich kenne das gut. Wenn man sich so an die Wand fährt, wie du das zurzeit tust, schlägt man um sich. Das ist normal. Aber man muss auch wieder damit aufhören."

„Und wie soll ich das anstellen?"

„Trink erst einmal einen Schluck Tee. Heute Abend musst du gar nichts mehr tun." Der Freund goss ihr Tee nach.

„Danke. Ich habe in letzter Zeit einfach keinen Durchblick mehr", schniefte sie.

„Ja, es gibt Zeiten im Leben, da schwimmt man nur an der Oberfläche, damit man nicht untergeht. Aber man weiß überhaupt nicht, wo es langgeht."

Am nächsten Morgen saß sie schon früh in der Küche und trank Pfefferminztee. Ihr Kopf war schwer, ihr Magen rebellierte. Ein Glas Sekt und ein Glas Rotwein wirkten bei Stress doppelt so intensiv wie sonst.

Alles schwamm ihr davon. Das mit Alba. Das mit Elsa. Und diese Wasserträume waren ekelhaft. Es musste etwas passieren. Dabei dauerte es noch sechs Wochen, bis sie ihre Tante Helene treffen würde. Und ob ihr die Tante weiterhelfen konnte, würde sich erst noch herausstellen. Anfang März würde sie mit Jakob nach Regensburg fahren und vielleicht jemanden finden, der etwas wusste. Jo rieb sich die Augen und sah aus dem Fenster. Dieser graue Morgen kämpfte genauso vergeblich um Fassung wie sie.

Kurz vor sieben kam Alba herein und schaltete das Licht an. „Guten Morgen. Wieso sitzt du im Dunkeln? Hast du Kaffee gemacht?" Ihre Locken waren noch feucht, sie duftete nach Rosenlotion und versprühte dabei so viel Frische, dass Jo wegsehen musste.

Heute hatte sie keinen Kaffee gekocht, sie hatte es sowieso noch nie geschafft, den Cappuccino so zuzubereiten, dass er die Gnade ihrer Italienerin fand. Die Milch musste genau richtig geschäumt sein, sonst gab es einen Vortrag darüber, wie man guten Cappuccino zubereitete.

„*Madonna*, wie siehst du denn aus?" Alba drückte ihr einen Kuss auf die Stirn. „Hast du zu viel getrunken? Oder was habt ihr gestern Abend bei Frieda angestellt?"

„Wie war es im Theater?" Jo gab einen Löffel Honig in den Tee. Irgendetwas musste sie zu sich nehmen, damit sie den Tag überstand.

Die Freundin hatte sie nicht gehört. Mit ohrenbetäubendem Lärm mahlte sie Kaffeebohnen, füllte Pulver und Wasser in ihre auf Hochglanz polierte Espressokanne und stellte sie auf den Herd. Dann fragte sie: „War Friedas Fest schön?"

Jo brummte zustimmend. „Und wie war es im Theater?"

Alba holte Milch aus dem Kühlschrank, goss etwas davon in einen schmalen, hohen Topf und stellte Butter und Knäckebrot auf den Tisch. „Als ich nach Hause gekommen bin, war kein Licht bei dir. Wurde es spät bei euch?"

„Ziemlich." Jo strich ein Honigbrot für die Freundin. Ein wenig Butter und viel Honig. Nicht auszudenken, wenn sie sich nachts begegnet wären.

Als der Espresso fertig war, holte Alba die Kanne vom Herd und schäumte die Milch auf. Erst dann setzte sie sich mit ihrem Kaffee an den Tisch. „Das Stück war gut. Ein sechzigjähriger Mann, ein Verhaltensforscher, ist im Krankenhaus. Er hat Krebs und denkt über sein Leben nach. Während er auf seinem Bett sitzt, geht eine Art Fenster auf. Von da an kann er bis in seine Kindheit zurückgehen und alles, was er erlebte, noch einmal genau ansehen und sich anders entscheiden, wenn er das möchte. Aber interessiert dich das überhaupt?"

„Und wie soll das gehen?", fragte Jo.

„Es ist ein Experiment. Frisch macht mit seinem Helden ein Experiment auf der Bühne."

„Und was soll dabei herauskommen?"

„Ich glaube, er will herausfinden, ob der Mensch einen freien Willen hat oder ob er seinem Schicksal ausgeliefert ist. Und wie man mit der eigenen Vergangenheit umgeht, wenn es richtig ernst wird."

„Und wie bringt er das auf die Bühne?"

„Es gibt zwei Schauspieler, die diesen Professor spielen. Sie gehen beide zurück in seine Kindheit und durchstreifen Lebensabschnitt für Lebensabschnitt. Einer spielt den Professor in der Vergangenheit und der andere, sein Alter Ego sozusagen, kommentiert und hinterfragt das, was passierte."

Jo schob Alba den Teller mit dem Honigbrot zu und trank einen Schluck Tee.

Die Freundin nahm einen Bissen, kaute und schluckte. „Danke. Wieso isst du nichts?"

Jo deutete auf ihren Magen.

„Ich glaube, Frisch behauptet, dass wir einen freien Willen haben. Dass wir uns entscheiden können zwischen den verschiedenen Möglichkeiten, die das Leben mit sich bringt. Dass wir uns nicht auf das Schicksal berufen können. Ganz am Anfang, da erzählt der Professor, dass er ständig von seinen Mitschülern gehänselt wurde, weil er ein Träumer war und weil er schon als kleiner Junge lautstark verkündete, dass er Professor werden würde. Das Gespött hält er auch im Rückblick durch, obwohl er die Möglichkeit gehabt hätte, die Situation nachträglich zu ändern. Damit wurde er als Kind fertig und diese Zähigkeit gehört zu ihm, sie gab ihm die Kraft, seinen eigenen Weg zu verfolgen, gegen alle Widerstände."

„Kinder können verdammt gemein sein." Jo rührte mit dem Löffel in ihrer Tasse.

„Ja, er rächte sich auch. Er verletzte einen dieser Jungen so schwer mit einem Schneeball, dass der auf einem Auge erblindete."

Mit ihrem Knäckebrot machte die Freundin viel zu laute Kaugeräusche. Jo drückte die Hände gegen die Schläfen. „Und wie geht der sechzigjährige Mann damit um?"

„Der Professor weiß, dass das nicht richtig war, aber er steht zu seinen Fehlern. Natürlich geht es in jedem Leben auch um die Frage von Schuld oder Unschuld und darum, wo wir Täter oder wo wir Opfer sind. Glaubst du etwa, dass du leben kannst, ohne etwas falsch zu machen und ohne jemandem weh zu tun?"

„Natürlich nicht. *Nobody's perfect.*" Jo war plötzlich hellwach. Die Freundin hatte etwas mitgekriegt. Was sollte sie tun? Jetzt drehte sich ihr Magen beinahe um.

„In dem Stück kriegt der Mann eine zweite Chance. Ich finde es beeindruckend, wie dieser Professor zu seinen Fehlern steht. Und das mit dem Mitschüler, das war beileibe nicht sein einziger. Als junger Mann ließ er seine schwangere Geliebte sitzen."

„Was heißt hier Fehler? Das war nicht gerade edel von ihm, aber wer weiß, was sie sich erspart hat mit dem Kerl. Wahrscheinlich wäre sie nie glücklich geworden mit ihm."

„Die Frau erhängte sich." Die Freundin trank ihren Cappuccino aus und biss krachend auf dem Rest des Knäckebrots herum. „Und hat er sich da im Nachhinein anders verhalten? Hat er sie geheiratet? Das Kind mit ihr aufgezogen?"

„Das nicht. Aber das Kind, das nicht geboren wurde, das lässt er im Nachhinein überleben. Im Krankenhaus malt er sich aus, dass er einen erwachsenen Sohn hat, der in Amerika lebt und seinem kranken Vater einen Blumenstrauß schickt."

„Wie egoistisch. Nur weil er einsam ist, lässt er seinen Sohn überleben."

Alba sah zum Fenster hinaus. „Vielleicht ist er egoistisch. Vielleicht ist es menschlich. Ich weiß es nicht. Jahre später bekommt er im echten Leben, das parallel zu dieser Rückschau gezeigt wird, seine Professur und lernt bei der Ernennungsfeier eine wesentlich jüngere Frau kennen."

„Ich weiß, was jetzt kommt." Jo stand auf und holte sich die Thermoskanne.

„Ja klar. Er verbringt die Nacht mit ihr und sie leben einige Jahre zusammen. Interessant ist, dass der Held an dem Punkt plötzlich aufwacht. Da will er das erste Mal eingreifen und sein Leben verändern. Am allerliebsten wäre es ihm, wenn er sie gar nie kennengelernt hätte."

„Das ist nicht logisch. Ein blindes Auge, eine verlassene schwangere Geliebte, die sich selbst tötet. Das macht ihm alles nichts aus. Aber diese Frau. Was ist denn mit der?"

„Sie betrügt ihn. Von Anfang an. Sie ist die ganze Zeit über mit ihm und mit ihrem jungen Liebhaber zusammen. Und sie hält es geheim." Alba holte sich eine zweite Tasse Kaffee.

„Wie geht es aus, das Stück?", fragte Jo. Natürlich war die Frau die Böse. Die Untreue in Person. Wie konnte es anders sein. Und weil die Schuldfrage geklärt war, kam der Held endlich ins Handeln.

„Es gibt mehrere Szenarios, wie er sie aus seinem Leben werfen könnte. Einmal tritt er der kommunistischen Partei bei und wird deshalb erst gar nicht zum Professor ernannt. Frisch schrieb das Stück in den sechziger Jahren. Ohne Professur keine Party, ohne Party wären sie sich nie über den Weg gelaufen."

Jo goss frischen Tee nach, trank einen Schluck und verbrannte sich die Zunge. Alles reiner Zufall. Wie ihre erste Begegnung mit Elsa. Wenn sie nicht so lange gearbeitet hätte, wären sie sich an diesem Abend nicht über den Weg gelaufen.

„Es gibt einige Szenen, in denen der Professor die junge Frau nachts um zwei aus dem Haus schicken will und es nicht kann. Antoinette bleibt und sie kommen zusammen. Noch mit sechzig sitzt er in seinem Krankenzimmer und schafft es nicht, die Frau rückwirkend aus seinem Leben zu werfen."

„Und das ist das Ende? Das ist nicht gerade erheiternd, dieses Stück."

„Am Schluss tritt Antoinette auf. Sie spielen zum wiederholten Male die Nacht durch, in der sie sich kennenlernten. Sie sagt, ich rauche nur noch eine Zigarette. Er, wollen Sie noch etwas trinken. Sie, nein, nein, ich muss morgen arbeiten. Nimmt ihre Handtasche, steht auf und geht. Sie geht. Er hat es nicht fertiggebracht, sie aus seinem Haus und aus seinem Leben zu schicken. Weder in der Vergangenheit noch in der Gegenwart. Sie geht."

Jo tastete den vorderen Teil ihrer Zunge mit den Zähnen ab und fragte: „Wieso ist er so schwach?"

„Würde es dir leichtfallen, den Menschen, den du liebst, aus deinem Leben zu werfen, selbst wenn er dir weh tut?"

„Was war das denn für eine Frau?"

„Bestimmt zwanzig Jahre jünger als er, Übersetzerin, sehr elegant, sehr schön, aber irgendwie auch leblos."

„Es war schließlich seine Geschichte und nicht ihre."

„Ich glaube, dass man eine gemeinsame Geschichte hat, wenn man zusammenlebt", erwiderte Alba.

„Da müsstest du schon den Autor fragen, wie er sich das gedacht hat." Jo spielte mit dem gebogenen Honiglöffel und steckte ihn am Glasrand fest. Der Honig tropfte langsam vom Löffel in das Glas zurück.

„Was würdest du ändern wollen, wenn du es könntest?"

„Ich würde mir eine andere Familie aussuchen."

„Eine komplett andere Familie?"

„Eine andere Mutter, eine, die nicht so abwesend ist wie meine", sagte Jo.

„Und deine Schwester? Dürfte die bleiben?"

„Sie ist halt so, wie große Schwestern sind. Weiß alles besser und ist die Tolle. Ich mag sie trotzdem."

„Ich habe mir immer eine Schwester gewünscht. Es muss schön sein, nicht allein aufzuwachsen. Und dein Beruf, der bleibt, oder?"

„Ja, ja, das ist schon okay. Vielleicht würde ich mir einen anderen Chef bestellen."

„Und mit uns beiden? Wenn du an unsere erste Begegnung zurückdenkst, was würdest du ändern?" Alba ließ ihre Freundin nicht aus den Augen.

„Nichts. Ich würde dich genauso lange ansehen wie damals und mich fragen, wer diese Frau ist, die so bezaubernd lächelt."

„Und nach unserem ersten Mal?"

„Bitte, lass das. Ich bin nicht der Held in deinem Stück." Jo holte den Honiglöffel aus dem Glas, leckte ihn ab und schraubte den Deckel fest.

„Und nachdem wir zusammengezogen sind?"

„Ich muss los. Ich bin spät dran." Jo räumte die Teetasse in die Spülmaschine ein. Das war kein guter Zeitpunkt für ein solches Gespräch.

„Es wäre wirklich gut, wenn du bald über meine Fragen nachdenken würdest. Und nicht nur über deinen Großvater", sagte die Freundin hinter ihrem Rücken.

Jo ging Zähne putzen. Der Tag musste besser werden als der Morgen. Schnell legte sie ein dezentes Make-up auf, malte sich die Lippen an und holte den neuen, blauen Blazer aus dem Schrank. In der Besprechung durfte sie der Kreise keinerlei Angriffsfläche bieten; die Chefin beobachtete sie die ganze Zeit argwöhnisch.

Draußen roch es nach Schnee. Auf dem Weg zum Auto war ein schmaler Streifen Himmel zu sehen. Auch da oben war dieser Morgen grau und müde.

14

Dichter Nebel lag über der Stadt. Am späten Vormittag waren nur wenige Menschen unterwegs. Die Luft war feucht und schwer. Sogar die Domtürme verhüllten sich im Nebel. Jo hatte den Eindruck, dass sich Regensburg vor ihnen versteckte.

Auf dem Weg vom Bahnhof in die Innenstadt war die Stimmung gedrückt. Jakob war still und in sich gekehrt. Und sie hatte sich gestern zum ersten Mal mit Elsa gestritten, weil sie sich erst in zwei Wochen wiedersehen würden. Wahrscheinlich hatte Heiko seine Frau unter Druck gesetzt und sie hatte nichts Besseres zu tun, als klein beizugeben. Schon nach Friedas Geburtstag war es nicht einfach zwischen ihnen gewesen. Elsa wollte nichts von Heikos Überfall wissen und Jo war sauer, dass sie ihr nicht zuhörte.

Auch in den engen, romantischen Altstadtgassen war es unwirtlich. Die Feuchtigkeit kroch in die Knochen. Von der Donau zog ein nasskalter Luftzug herauf. Jo wickelte den Schal noch einmal um den Hals und machte einen Knoten.

Dieser Ausflug war sinnlos. Eine dämliche Idee, hier bei diesem Wetter umherzustreunen und nach Informationen zu suchen, die wie die berühmte Stecknadel im Heuhaufen vergraben waren. Telefonisch hatte sie bereits herausgefunden, dass Großvaters Grab schon lange nicht mehr existierte. Fast hätte die Kreise sie bei diesem Telefongespräch erwischt. Es war gerade noch mal gut gegangen. Aber wie sollte man zu normalen Geschäftszeiten von zu Hause aus telefonieren, wenn sie alle in Arbeit erstickten. Die Chefin wollte ihr gestern sogar noch den freien Tag streichen, den sie vor vier Wochen eingereicht hatte.

„Dan war im Dezember in Regensburg", sagte sie in den Nebel hinein.

Jakob sah sie an, als hätte sie chinesisch gesprochen.

„Mein Cousin, er hat sich die Stadt angesehen."

„Und wieso denkst du jetzt an ihn?"

„Weil er erzählt hat, dass es neblig war. Und dass es seltsam war, den Geburtsort seiner Mutter zu besuchen und nichts über die Zeit zu wissen, in der sie hier lebte."

„Da habt ihr ja eine Gemeinsamkeit."

„Sonst ist er eher zurückhaltend, was diese Sache angeht. Vielleicht grübeln Amerikaner nicht so viel wie wir", sagte sie nachdenklich.

„Du meinst, er ist oberflächlich."

„Nein, ich kenne ihn ja gar nicht."

„Hat er verstanden, worum es dir geht?"

„Immerhin hat er nicht versucht, mich davon abzubringen. Ich soll vorsichtig sein. Mensch, Jakob, ich bin so aufgeregt. Dabei sind es noch drei Wochen, bis ich Helene treffe." Sie klopfte die behandschuhten Hände zusammen.

„Was versprichst du dir eigentlich von dem Treffen?"

„Hoffentlich weiß sie mehr als meine Mutter. Oder lass es mich anders sagen: Hoffentlich ist sie bereit, mir mehr zu erzählen als Mutter."

„Sie ist seit fünfunddreißig Jahren in Amerika. Warum soll ausgerechnet sie mehr wissen als deine Mutter, die ihr Leben lang mit deiner Großmutter zusammengelebt hat?", fragte er.

„Helene war fünf oder sechs, als ihr Vater starb. Vielleicht kann sie sich an irgendetwas erinnern."

„Hast du das Treffen mit Dan bereut?"

„Nein, es war sehr nett mit ihm. Am Anfang war ich völlig platt, weil er weiß ist. Ich bin ja davon ausgegangen, dass sein Vater der Mann ist, mit dem Helene nach Amerika gegangen war."

„Was hat er von seiner Mutter erzählt?"

„Nicht viel. Er sagte, das sei Helenes Angelegenheit. Stimmt ja auch. Wir sind ungefähr gleich alt. Er ist Ethnologe und geht bald nach Kanada", sagte Jo.

„Da müsste er ein Profi sein im Umgang mit Familien und Sippen. Zumindest stelle ich mir das so vor. Kein Wunder, dass ihn das kaltlässt, was du hier treibst."

„Er wusste lange nicht, dass seine Mutter aus Deutschland kommt. Und von seinen deutschen Großeltern weiß er gar nichts. Für ihn ist das alles weit weg."

Eine Weile liefen sie schweigend nebeneinander weiter, bis Jo vor dem Schaufenster eines Souvenirladens stehen blieb. „Weißt du überhaupt noch, warum wir zwei in dieser trüben Regensburger Nebelsuppe fischen?"

„Wir wollen mehr über deine Großeltern herausfinden."

„Wo haben sie gewohnt? Was hat deine Großtante gesagt?"

Der Freund zog seine Handschuhe aus, holte sein Notizbuch aus der Anoraktasche und blätterte hin und her. „Ich habe es mir aufgeschrieben, da bin ich mir sicher. Tante Tilda wollte nämlich wissen, warum ich mir das alles notiere."

„Spann mich nicht auf die Folter." Jo steckte die behandschuhten Hände in ihre Manteltaschen. Dieser Nebel machte alles eng. Außerdem hatte sie wieder schlecht geschlafen und von meterhohen Wassermassen geträumt. Das hatte sicher mit dem Bericht über einen Tsunami zu tun, den sie gestern Abend im Fernsehen gesehen hatte. Das hätte sie sich auch sparen können, sie hätte sowieso noch einmal für die Flutopfer gespendet.

„Tante Tilda sagte, es wäre mitten in der Altstadt. Schon blöd, dass dir das erst jetzt eingefallen ist mit diesen Nachforschungen. Mein Großonkel lebt nicht mehr, den können wir nicht mehr fragen, er hat deine Großeltern auch gekannt. Du hättest dich eher auf die Suche machen sollen."

„Danke für den Vorschlag. Das ist genau das, was mir fehlt. Noch ein Toter, den ich etwas fragen könnte, wenn er noch leben würde."

Jakob befeuchtete seinen Zeigefinger und suchte sein Notizbuch genauer durch. „Da ist es. Zur schönen Gelegenheit. Genau, da haben sie gewohnt und da war auch ihre Nähstube."

„Und wo ist diese Straße mit dem vielversprechenden Namen?"

„Schau auf den Stadtplan. Und noch eins. Wenn du so drauf bist, dann können wir gleich nach Hause fahren. Wie sollen wir mit den Leuten ins Gespräch kommen, wenn du dermaßen schlechte Laune hast? Manchmal kann ich nachvollziehen, was deine Chefin an dir auszusetzen hat", sagte er, steckte sein Notizbuch ein und zog seine Handschuhe wieder an.

Genervt presste sie die Lippen aufeinander. Erst kürzlich hatte sie sich wieder mit Frau Kreise angelegt und sich dummerweise bei Jakob ausgeweint. Dass er das jetzt gegen sie benutzte, war unfair.

„Los, wir gehen da hin und fragen, ob jemand was weiß. Es ist nur ein Versuch. Wo wir schon da sind. Und so ein Versuch, der kostet nichts." Er hakte sich bei ihr unter.

Jo zog ihren Arm nicht zurück, schwieg aber beharrlich weiter. Wer sollte denn noch wissen, wie ihr Großvater, der Schneider, vor einem halben Jahrhundert gestorben war. Auf einmal kam es ihr lächerlich vor, in diese Gasse zu gehen und an jeder Tür zu klingeln und zu fragen, ob sich jemand erinnerte.

„Manchmal passieren die unglaublichsten Dinge, wenn man sie nur für möglich hält. Ich glaube, dass wir jemanden finden, der deine Großeltern kannte."

„Ich weiß nicht. Lass uns zuerst auf die Steinerne Brücke gehen." Sie verlangsamte ihren Schritt.

„Ist das eine Verzögerungstaktik?"

„Ich glaube, dass wir nichts herausfinden werden. Und ehrlich gesagt macht mir die Vorstellung zu erfahren, was damals geschah, Angst."

„Ich glaube, wir alle fürchten uns vor dem Leben und vor dem Sterben. Die einen mehr, die anderen weniger. Du hast wieder geträumt, oder? Also gut. Zuerst die Brücke. Und das restliche Touristenprogramm verschieben wir auf einen warmen Sommertag. Da soll die Stadt richtig italienisch sein", sagte er.

„Das kann man sich schwer vorstellen, an so einem Tag wie heute."

Auf der großen, alten Brücke war der Nebel noch zäher. Man sah keine fünf Meter weit. Der Verkehrslärm wirkte gedämpft. Ein paar Fußgänger machten einen Bogen um sie herum, während sie sich auf das gemauerte Brückengeländer stützten. Unten schoss das Wasser an den mächtigen Brückenpfeilern vorbei. Jo war wieder schlecht, genau wie letzten Herbst, und sie kam sich vor wie ein Stück Treibholz, das der Fluss vor sich herschob und den Strudeln unter der Brücke auslieferte. Dem Treibholz blieb nichts anderes übrig, als sich über Wasser zu halten, wenn es nicht untergehen wollte.

„An was denkst du?", fragte er.

„An das, was alles passiert ist, seit ich mit Rebekka hier war." Ihr war schwindlig; sie richtete sich auf.

„Was sagt sie zu deiner Familienforschung?" Jakob zog den Reißverschluss seines Anoraks bis unter das Kinn hoch.

„Dass ich Mutter schonen soll."

„Aber sie hat nicht gesagt: ‚Wenn du eigene Kinder hättest, wüsstest du, wie das ist'? Meine Schwester kommt mir manchmal damit. Als müssten alle Leute Kinder kriegen, um zu verstehen, wie das Leben mit uns umspringt."

„Wahrscheinlich wird man mit den eigenen Eltern nachsichtiger, wenn man selber Kinder hat. Rebekka ist leider keine Hilfe für mich, sie war immer schon auf Mutters Seite", sagte sie.

„Kein Grund, neidisch zu sein. Ich habe mich früher oft gefragt, was in deiner Schwester vorgeht. Sie hat immer nur gelächelt. Das war nicht echt, ich habe es ihr nie abgenommen. Ist sie denn heutzutage auch noch so perfekt nach außen?"

„Das war ihre Strategie, um Mutters Liebe und Aufmerksamkeit zu bekommen. Ich hatte eine andere. Ich habe dichtgemacht und mir gesagt, ich brauche niemanden."

„Hat sich das in der Zwischenzeit geändert?", fragte er.

„Was glaubst du, warum ich so viel Angst davor habe, Elsa zu verlieren?“

„Weil du dich zum ersten Mal wirklich auf jemanden eingelassen hast? Mit Haut und Haar?“

„Vor allem hier.“ Jo legte die Hand auf ihr Herz.

„Ich warne dich. Wenn du sie zum Überleben brauchst, wirst du sie verlieren. So funktioniert das nicht. Ich weiß, wovon ich rede.“

„Seit wann bist du ein Fachmann für Beziehungen?“

Jakob hob die Hände. „Ist ja gut, ich hör schon auf. Lass uns einen Kaffee trinken und dann gehen wir in die Gasse mit dem tollen Namen. Hier wird man ganz trübsinnig, auf dieser Brücke im Nebel.“

Unter dem Brückenturm wurde es sofort ein bis zwei Grad wärmer. Auf der anderen Straßenseite flüchteten sie in einen kleinen Teesalon, der sie mit einer heimeligen, leicht abgestandenen Wärme empfing. Zwei ältere Damen saßen vor ihren Teetassen und unterhielten sich über ihre Enkelkinder und den zähen Nebel. Die Frau an der Bar warf ab und zu einen bestätigenden Satz ein und brachte ihnen die bestellten Getränke.

Der Freund kostete von seiner heißen Schokolade. „Die ist köstlich. Und, hast du mit Alba geredet?“

„Ich bring es einfach nicht übers Herz.“

„Es wird nicht besser, wenn sie es selbst herausfindet.“

„Ich weiß, aber ich schaffe es nicht.“ Die Übelkeit war noch nicht ganz weg. Und eigentlich hatte sie gar keine Lust mehr auf Cappuccino.

„Und Elsa? Hat sie mit ihrem Mann geredet?“

„Bei denen ist die Hölle los. Endlose Streitereien und Auseinandersetzungen. Und dann versöhnen sie sich wieder. Ich bin mir sicher, sie schläft wieder mit ihm. Und es dauert von Mal zu Mal länger, bis wir uns wiedersehen.“

„Das heißt, eure Flitterwochen sind schon vorbei?“, fragte er.

Jo zuckte mit den Schultern.

„Wie lange sind die beiden zusammen?"

„Dreizehn Jahre."

„Ich kann mir gar nicht vorstellen, wie sich das anfühlt. Was empfindet man nach so vielen Jahren noch füreinander? Ist man wie ein Geschwisterpaar? So wie wir zwei? Hat man überhaupt noch Lust aufeinander? Was bedeutet es, einem Menschen so lange Zeit so nah zu sein?" Jakob setzte sich gerade hin.

„Bei mir bist du da an der falschen Adresse. Mehr als die zwei Jahre mit Alba habe ich bisher nicht geschafft. Außerdem bedeutet Verheiratet-Sein nicht automatisch, sich nah zu sein. Bist du fertig mit deiner Schokolade? Können wir gehen? Oder möchtest du noch etwas?"

„Erst die Arbeit, dann das Vergnügen." Nachdem er an der Theke gezahlt hatte, holte er ihre Jacken und half ihr in den Mantel.

Zehn Minuten später liefen sie mit dem Stadtplan in der Hand am Alten Rathaus vorbei. Die mittelalterlichen Fassaden sahen im Nebel aus wie Filmkulissen. Und die viereckigen, hohen Türme, die zwischen den alten Stadthäusern aufragten, konnte man an diesem Tag nur erahnen. Um die Mittagszeit waren zwar mehr Menschen auf der Straße, aber sie wirkten alle unbeteiligt, als stünde eine Wand zwischen ihnen und dem Rest der Welt. Bald hatten sie die besagte Gasse gefunden.

Jo sah sich um. „Und wen willst du fragen?"

„Den nächstbesten Passanten. Irgendwie müssen wir anfangen." Der Freund ging weiter.

Auf der anderen Straßenseite kam ihnen ein alter Mann mit zwei Einkaufstüten entgegen. Mühsam setzte er einen Fuß vor den anderen und blieb nach einigen Metern wieder stehen, um zu verschnaufen. Um Himmels willen, den würde Jakob doch nicht behelligen. Aber schon wechselte der Freund auf die andere Seite und sprach den Mann an. „Grüß Gott. Darf ich Sie etwas fragen? Gab es hier in den fünfziger Jahren eine Schneiderei?"

„Ich weiß es nicht. Da vorne, die im Lebensmittelladen, vielleicht wissen die was", antwortete der Passant und setzte seinen Weg grußlos fort.

Jakob kam zu ihr zurück. „Wir fragen in dem Laden, ein paar Häuser weiter da hinten. Mal sehen, wie lange es den schon gibt. Und wie alt die Leute sind, die das Geschäft führen. Vielleicht haben wir Glück."

„Wären wir bloß in die Sauna gegangen, statt hier herumzulaufen. Da wäre mir wenigstens warm. Vielleicht sind die hier wegen des Nebels alle schlecht gelaunt. Der muss einem ja auf die Seele drücken", jammerte sie.

„Man könnte meinen, du hättest dein ganzes Leben im Nebel verbracht, griesgrämig, wie du bist."

„Habe ich auch. Hast du vergessen, dass es in Straubing auch neblig ist? Und in meiner Familie, da herrscht der dichteste Nebel, den man sich nur vorstellen kann." Dennoch folgte sie dem Freund. Aber dieser Familienkram konnte ihr gestohlen bleiben. Was gingen sie die alten Geschichten an; sie wollte einfach nur glücklich sein.

Jakob blieb vor der Ladentür stehen und studierte das Schild mit den Öffnungszeiten. „Los, beeil dich, die machen mittwochnachmittags zu. Wir haben noch eine Viertelstunde Zeit."

„Vergiss es. Wir fahren nach Hause."

„Das kannst du nicht machen. Erst setzt du alle Hebel in Bewegung, ziehst mich in die Sache mit hinein und dann lässt du mich im Nebel stehen. Das geht nicht. Du ziehst schon die Notbremse, bevor du überhaupt in Gefahr bist. Merkst du das?"

„Die werden sagen, dass sie nichts wissen, weil das alles schon so lange her ist. Da wette ich mit dir."

„Ich gehe rein und frage. So schnell gebe ich nicht auf." Er zog seinen Anorak zurecht, fuhr sich durch die Haare und öffnete die Tür.

Jo lehnte sich an die Hausmauer,. Sie würde nicht mit ansehen, wie sie ihn abservierten. Spätestens in zwei Minuten wäre er wieder bei ihr. Für sie war es höchste Zeit, ihr Leben auf die Reihe zu kriegen, sich auf sich selbst zu konzentrieren, ihre Beziehungen in Ordnung zu bringen, eine neue Perspektive im Verlag zu finden oder vielleicht sogar den Job zu wechseln. Aber Jakob kam nicht. Alleinlassen konnte sie ihn auch nicht. Deshalb schob sie sich von der kalten Wand weg, warf einen Blick auf die Ladentür und ging hinein.

Die Ladenglocke ertönte. Es roch nach frischem Brot. Die Einrichtung war altmodisch. Es gab Regale mit Dosen, Nudelpackungen und Keksen, eine kleine Kühltheke mit Milch, Butter, Joghurt und verpacktem Käse, eine Glastheke, hinter der Kuchen und Süßteile angeboten wurden. Dahinter befand sich ein hohes Regal mit Brot. In der Ecke bullerte ein alter Ölofen und am Ausgang stand eine Registrierkasse aus den siebziger Jahren.

Jakob sprach mit einer Frau und einem Mann, beide waren mindestens um die siebzig. Die Frau signalisierte Jo mit den Augen, dass sie sie gleich bedienen würde. Der Mann mit dem blauen Arbeitskittel nahm keine Notiz von ihr und sagte laut: „Da war ein Schneider mit seiner Frau drei Häuser weiter. Das war in den fünfziger Jahren. Die waren nicht lange da. Wie hießen deine Großeltern?"

„Mayr, Theresia und Erich Mayr", antwortete Jo und ging auf die drei zu.

„Sind das deine Großeltern oder nicht, junger Mann?", fragte der Lebensmittelhändler unwirsch und nahm seine Brille ab.

„Es sind ihre Großeltern. Meine Freundin hatte Bedenken, Sie zu fragen. Deshalb habe ich mein Glück versucht."

„Theresia und Erich Mayr. Und du bist die Enkeltochter?"

„Ja. Meine Großmutter ist diesen Sommer gestorben. Und ich möchte wissen, wo sie früher gelebt hat. Und was mit meinem Großvater passiert ist."

„Ein paar Häuser weiter vorne. Links, wenn du aus dem Laden kommst. Auf der rechten Seite. Und was willst du noch wissen?“, fragte der Mann misstrauisch.

„Was mit meinem Großvater war. Er ist Mitte der fünfziger Jahre gestorben.“

„Mein Bruder und ich haben den Laden Anfang der fünfziger Jahre von unserem Onkel übernommen“, sagte die Frau und legte das Brot, das sie in den Händen gehalten hatte, auf der Theke ab.

Der Mann lächelte. „Das waren Zeiten. Endlich ging es aufwärts. Die Leute hatten wieder ein bisschen Geld zum Einkaufen. Die ganze Zeit vorher hamsterten ja nur alle. Man konnte nicht viel verkaufen. Direkt nach dem Krieg war es unglaublich schwer, auf die Füße zu kommen. Das könnt ihr jungen Leute euch gar nicht mehr vorstellen.“

Jakob warf Jo einen Blick zu und legte den Finger auf den Mund.

„Mitte der fünfziger Jahre wurde es besser. Es ging wirklich aufwärts. Es muss auch in der Schneiderei besser gegangen sein. Deine Großmutter hat mitgearbeitet. Sie hat mir ein sehr schönes Pepitakostüm genäht, das hatte ich noch lange. Manchmal war ein kleines Mädchen mit in der Nähstube, das Knöpfe sortierte“, sagte die Frau.

„Das muss meine Tante gewesen sein. Und ein Jahr vor dem Unfall wurde meine Mutter geboren“, sagte Jo.

„Welcher Unfall?“, fragte der Lebensmittelhändler.

„Der, bei dem mein Großvater gestorben ist. Wissen Sie denn nichts davon?“

„Wenn ich mich richtig erinnere, ist er ertrunken. Aber es gab Gerüchte“, sagte die Frau und kam hinter der Theke hervor.

„Was für Gerüchte?“ Jo runzelte die Stirn.

Der Mann stieß seine Schwester mit dem Ellbogen an. Daraufhin sagte sie schnell: „Ich weiß nichts Genaues. Außerdem ist es schon so lange her.“

„Glauben Sie, dass es Selbstmord war?", fragte Jakob.

„Es hieß, da hätte jemand seine Finger mit im Spiel gehabt", sagte die Frau so leise, dass Jo Mühe hatte, sie zu verstehen.

„Erna, halt endlich deinen Mund. Das ist nur dummes Geschwätz. Das hilft doch niemandem weiter", schimpfte der Mann laut.

„Ich glaube, ich verstehe Sie nicht. Sie meinen, es war gar kein Unfall?"

Die Frau schob Jo einen Hocker unter und drückte sie mit beiden Armen auf den Stuhl. „Setz dich, Kind, du bist ganz blass. Ich wollte dich nicht erschrecken."

„Und weiß man, wer das gewesen sein soll?", fragte Jakob leise.

„Ihr wisst ja, wie die Leute reden, wenn so etwas passiert. Wir schließen gleich. Wir haben Mittwochnachmittag zu", sagte der Mann, ging zur Ladentür und hielt sie auf.

„Alles Gute und auf Wiedersehen", sagte die Frau kleinlaut und blieb stehen, wo sie war.

Draußen auf der Gasse war Jo immer noch schlecht. Die Leute wussten nicht, was sie mit ihrem Gerede anrichteten. Alles nur Gerüchte, Gerüchte, Gerüchte. Was für ein Unsinn! Nach einigen Metern blieb sie stehen. Wenn ihr nur nicht so schlecht wäre. Wenn sie sich nicht auf der Stelle hinsetzte, würde sie umfallen. Aber ehe sie etwas sagen oder tun konnte, drehte sich alles vor ihren Augen und die Zeit blieb stehen.

Als sie wieder zu sich kam, lag sie der Länge nach auf dem Bürgersteig. Es war hart und kalt. Zwei fremde Gesichter sahen sie an. „Sie kommt wieder zu sich", sagte eine Frauenstimme viel zu laut.

Jakob kniete neben ihr und tätschelte ihre Wangen. „Ich wollte gerade den Notarzt rufen lassen. Du warst ohnmächtig."

„Ich wollte noch Bescheid sagen, aber es war schon zu spät."

„Sollen wir einen Arzt holen?"

„Nein, nein, geht schon wieder", sagte sie und wollte sich aufsetzen.

„Bleib liegen, bis du dich besser fühlst." Jakob dankte den Passanten und schickte sie weiter.

Jo stützte sich mit der rechten Hand auf und knickte sofort ein, weil das Handgelenk wehtat.

„Was ist?"

„Meine Hand." Vorsichtig bewegte sie ihre Rechte. Es war Gott sei Dank nichts gebrochen.

„Wahrscheinlich hast du dich damit abgestützt. Meine Güte, du bist richtig zusammengeklappt, ich konnte dich gerade noch an Ärmel festhalten, sonst wärst du der Länge nach auf das Pflaster geknallt. Sollen wir nicht doch den Notarzt holen?"

„Nein, nein. Ich hab ja einen starken Mann dabei."

„Wenn du so redest, bist du über dem Berg." Der Freund half ihr beim Aufstehen und ließ sie nicht mehr los, bis sie in der Pizzeria am Ende der Straße auf einem Stuhl saß.

„Du trinkst nie Espresso", sagte Jo, als der Kellner ihm einen doppelten Espresso brachte.

„Heute bräuchte ich eigentlich etwas anderes. Aber weil dann die Gefahr besteht, dass ich auch noch zusammenklappe, lasse ich es lieber sein und trinke dieses bittere Zeug da." Er verzog das Gesicht, als er an seiner Tasse nippte, und gab noch ein Tütchen Zucker dazu.

Jo trank schluckweise ihren Tee und schloss immer wieder die Augen. Zerknautscht und leer war ihr Inneres, wie eine Plastiktüte, die der Sturm durch die Luft gejagt hatte. Wenn das tatsächlich stimmte, was die zwei Alten angedeutet hatten, dann war es kein Unfall gewesen.

Allerdings reimten sich die Leute alles Mögliche zusammen, wenn der Tag lang war. Und wer wusste schon, was die alte Frau alles verdreht und miteinander vermischt hatte im Laufe der Jahrzehnte. Die glaubten beide nicht im Ernst daran, dass Großvater ermordet worden war. Wahrscheinlich wollte sich die Gute nur wichtig machen.

„Fällst du öfter um?", fragte Jakob nach einer Weile.

„Wie bitte?" Jo öffnete die Augen.

„Ob du öfter in Ohnmacht fällst?"

„Das letzte Mal mit achtzehn in Italien. Da war es ein Sonnenstich. Wir sind in der Mittagshitze gewandert. Alba hat nur den Kopf geschüttelt, als ich ihr das erzählte."

„Bin ich froh, dass alles gut ging. Du ruhst dich jetzt aus und dann bringe ich dich nach Hause." Er tätschelte ihre Hand.

„Gut ging? Das ist nicht dein Ernst. Gar nichts ist gut. Wenn es stimmt, was die beiden erzählt haben, dann wurde mein Großvater umgebracht."

Der Freund starrte an ihr vorbei aus dem Fenster und winkte dem Kellner. „Ich bestelle mir doch einen Cognac. Willst du auch einen?"

15

An einem Freitagnachmittag im April wartete Jo am Münchner Hauptbahnhof auf den Intercityexpress, mit dem ihre Tante aus Freiburg kam. Jo hatte sich freigenommen, die Wohnung auf Hochglanz poliert und gekocht. Helene würde bei ihnen übernachten und erst am Sonntag weiterfahren. Vor zwei Wochen hatte sie angerufen und gesagt, dass sie nach München kommen und im Anschluss daran nach Straubing fahren würde.

„Willst du meine Mutter treffen?", hatte Jo gefragt.

„Ich will auf den Friedhof gehen. Ob ich meine Schwester sehen werde, weiß ich noch nicht. Ich sage dir auf jeden Fall Bescheid, wann ich ankomme. Holst du mich vom Bahnhof ab?" Damit war das Gespräch beendet. Nach dem Telefonat war Jo nicht mehr in der Lage gewesen, einen vernünftigen Gedanken zu fassen. Noch vor einem halben Jahr hieß es, dass Mutters Schwester in Amerika verschollen war.

Als Erkennungszeichen trug Jo ihre rote Regenjacke. Zum wiederholten Male sah sie auf den ausgedruckten Fahrplan mit den Zugverbindungen aus Freiburg. Die ganze Zeit versuchte sie, sich Helene vorzustellen, und war gespannt, ob sie sich auf Anhieb erkennen würden. Auf dem Bahnsteig herrschte großes Kommen und Gehen. Jo musste ständig Reisenden ausweichen, um nicht mit ihnen oder ihren Taschen und Koffern zusammenzustoßen. Seit sie hier wartete, füllte und leerte sich ein Zug nach dem anderen. Die Fahrgäste waren ungeduldig, alle wollten so schnell wie möglich an ihr Wochenendziel. Hoffentlich hatte Helene eine angenehme Fahrt.

Als die Stimme im Lautsprecher die Einfahrt des Zuges ankündigte, wickelte Jo die weiße Rose, die sie zur Begrüßung überreichen wollte, aus dem Papier und warf einen Blick auf die Uhr. Die Tante war sicher müde von ihrer stundenlangen Reise quer durch Süddeutschland. Vielleicht wäre es besser gewesen, sich bei Dan zu treffen. Gleich würde hier alles voll sein. Jo suchte sich einen Platz an einem Informationsstand.

Der Intercityexpress fuhr mit beängstigend hohem Tempo in den Bahnhof ein und spuckte innerhalb kürzester Zeit unzählige Reisende aus, die alle geschäftig an ihr vorbeiströmten. Als sich der Bahnsteig geleert hatte, wurde sie noch nervöser.

Dann fiel ihr eine Frau auf, die in Stöckelschuhen den Bahnsteig entlangschritt und einen kleinen roten Rollkoffer hinter sich herzog. Aber die Dame, die um die fünfzig sein musste, machte nicht den Eindruck, als hielte sie nach jemandem Ausschau. Einen dunkelblauen Mantel trug sie, anthrazitfarbene Strümpfe und einen roten Schal. Als sie näher kam, erschrak Jo. Das waren Großmutters blaue Augen. Ganz eindeutig.

Die Fremde mit den kurzen, grauen Haaren blieb stehen. „Johanna? Bist du es? Bist du es wirklich? Dass das so leicht geht."

„Herzlich willkommen." Jo gab ihr die Hand und überreichte die Rose.

„Du siehst aus wie ich als junge Frau", sagte die Tante und musterte ihre Nichte.

„Ich weiß gar nicht, was ich jetzt sagen soll."

„Ich war natürlich nie so groß wie du, aber vom Typ her. Wenn du ein Foto von mir sehen würdest, als ich in deinem Alter war, dann wüsstest du, was ich meine. Ich soll dir viele Grüße von Dan bestellen."

„Geht es ihm gut?", fragte die junge Frau.

„Ja, stell dir vor. Sein Kanada-Projekt klappt. Das ist wunderbar. Im Herbst ist er dann wieder näher bei uns zu Hause."

Jo übernahm den Rollkoffer und steuerte auf die U-Bahn zu. Helene hakte sich unter. Ihre Bewegungen waren energisch, aber nicht mit der Härte ihrer Mutter zu vergleichen. Die Tante wirkte sogar wesentlich jünger als Walburga, obwohl sie die Ältere war.

Wie ein eingespieltes Team, das sich regelmäßig trifft, schlängelten sie sich durch die Menschentrauben am Münchner Hauptbahnhof. Es war wie ein normaler Besuch. Die Mutter besuchte die Tochter am Wochenende in der Großstadt. Die beiden würden zusammen einkaufen, sich ein Theaterstück ansehen und es sich gut gehen lassen.

Am Eingang zur U-Bahn entwertete Jo das Streifenticket und ließ der Tante den Vortritt. Auf der Rolltreppe fiel der jungen Frau ein, dass Walburga noch nie bei ihr in München gewesen war. Von Albas Mutter ganz zu schweigen. Straubing und Rom waren unter Umständen weiter weg als Eugene in Oregon.

„Ich bin sehr froh, dass du gekommen bist", sagte Jo, während sie im Untergeschoss auf die U-Bahn warteten.

„Ich auch, Johanna, aber heute Morgen wäre ich am liebsten im Bett geblieben. Dan musste mich zweimal wecken." Die Tante schob den Riemen ihrer Handtasche nach oben.

„Hast du Angst?"

„Auf dich freue ich mich und ich bin dir sogar dankbar, dass du mich angerufen hast", sagte Helene und machte einen großen Schritt nach hinten, als die U-Bahn kam.

„Wieso dankbar?", fragte Jo, aber der einfahrende Zug verschluckte ihre Frage.

In dem vollen Wagen eroberte sie gleich beim Eingang einen Stehplatz und schob den Koffer zwischen die Beine. „Wir steigen gleich aus. Es sind nur zwei Stationen."

Helene fand einen Sitzplatz. Jo lehnte sich an die Plexiglaswand und schloss die Augen. In der Nacht hatte sie geträumt, dass eine Flutwelle auf sie zukam und es keine Chance gab, sich in Sicherheit zu bringen. Am Königsplatz trat ihr ein Mann beim Aussteigen auf die Füße und holte sie auf der Stelle in die Gegenwart zurück. Als der Zug in die Haltestelle Theresienstraße einfuhr, winkte sie Helene zu, und sie schoben sich beide aus dem vollen Waggon hinaus auf den Bahnsteig.

In der Heßstraße fragte Jo: „Wieso bist du mir dankbar, dass ich dich angerufen habe? Das war sicher ein Schock, nach so langer Zeit was von uns zu hören."

„Ich bin vierundfünfzig, Johanna. Ich kann das nicht ewig aufschieben. Es hätte mich sowieso wieder eingeholt. Deswegen bin ich froh, dass du mir einen Schrecken versetzt hast", sagte die Tante.

„Ich verstehe nicht genau, was du meinst." Jo blieb stehen.

„Dein Anruf an Weihnachten hat mich ganz schön durcheinandergebracht. Aber ich muss mich mit meiner Geschichte versöhnen. Ich will meine Mutter verabschieden und sie in Frieden gehen lassen. Und ich hoffe, dass meine Schwester und ich eines Tages wieder miteinander reden können."

„Ist es schwer für dich, dass du Großmutter nie mehr getroffen hast?"

„Das war so. Das kann man nicht mehr ändern. Lebst du mit jemandem zusammen?", fragte die Tante dann.

Jo horchte auf. Diese Art, das Thema zu wechseln, kam ihr bekannt vor. Von einer Sekunde auf die andere schrumpfte die Hoffnung, die Wahrheit zu erfahren, auf die Größe eines Stecknadelkopfs zusammen. Wenn Helene so war wie ihre Schwester Walburga, dann würde nichts dabei herauskommen. Bestenfalls ein freundliches Beisammensein mit der netten Verwandten aus Amerika.

„Johanna, lebst du mit jemandem zusammen?"

„Ja, seit zwei Jahren."

„Mit einer Frau?"

„Ja, mit Alba", sagte Jo, stellte den Koffer ab und holte die Schlüssel aus ihrer Jackentasche. „Da sind wir. Ich habe was für uns gekocht. Ich dachte mir, zu Hause ist es angenehmer, weil wir uns besser unterhalten können als im Restaurant. Morgen zeige ich dir die Stadt. Ist dir das recht?"

„Wunderbar. Und Alba sehe ich sicher auch gleich."

Die Tante brauchte ein wenig länger, bis sie oben ankam. Wahrscheinlich war sie erschöpft. Dann führte Jo sie durch die Wohnung.

„Schön habt ihr es hier mit den vielen Pflanzen", sagte Helene und bat um eine Vase für ihre Rose.

„Das macht Alba. Sie hat einen grünen Daumen. Eigentlich sollte sie auf dem Land leben, am besten in einer Villa mit einem großen Garten. Das würde besser zu ihr passen als diese kleine Stadtwohnung."

„Und was tut sie sonst, wenn sie sich nicht um ihre Pflanzen kümmert?"

„Studieren. Im Moment tut sie nichts anderes. Sie macht gerade ihren Abschluss in Germanistik und Romanistik", antwortete Jo.

„Und wo ist sie jetzt?"

„In der Bibliothek. Sie verbringt da ihre ganze Zeit, seit sie für die Prüfungen lernt. Sie kommt erst heute Abend zurück."

Während sich Helene frisch machte, stellte Jo Wasser auf den Herd, wärmte die Pastasoße auf und deckte den Tisch.

Nach dem Essen wurde Helene sehr ernst. „Johanna, ich erzähle dir jetzt, warum ich damals wegging und warum ich mich nie mehr bei euch gemeldet habe."

„Ich kenne nur das, was meine Mutter erzählt hat", sagte Jo leise. Wenn sie die Tante ansah, ahnte sie, wie schwer es sein musste, darüber zu sprechen.

„Ich stritt mich sehr viel mit meiner Mutter. Deine Großmutter ließ kein gutes Haar an mir und ich war ein aufsässiges – so heißt das doch auf Deutsch? –, ein aufsässiges Mädchen. Zu Hause war es so eng und so tot, dass ich es nicht aushielt. Als ich sechzehn war, zog ich los, amüsierte mich, traf mich mit Jungen, ich wollte etwas erleben. Vor allem wollte ich leben und nicht ersticken. Aber das war alles völlig harmlos. Meine Mutter glaubte bald, ich wäre mit allen ins Bett gegangen, mit denen ich aus war. Und die Nachbarn, die Bekannten, Mutters Kundinnen, alle zerrissen sich das Maul und behaupteten, ich hätte ihre Söhne verführt. Dabei musste ich mir sie vom Leib halten, die braven Straubinger Buben."

„Und der ganze Ort redete über dich?"

„Diese engstirnigen Leute konnten einem das Leben zur Hölle machen. Dabei wollte ich mich nur lebendig fühlen, nach all dem, was ich erlebt hatte."

„Waren es die Streitereien mit deiner Mutter, die dich vertrieben haben?", fragte Jo.

„Meinst du den Streit, als ich Türen schlagend auf und davon bin? Ist das die Familienlegende?"

„Für meine Mutter ja. Das hat sie mir zumindest letzten Herbst gesagt, als ich gefragt habe, was mit dir war und wo du lebst."

„Hat sie dir meine Adresse gegeben?"

„Nein. Vater hat sie mir heimlich gegeben", antwortete Jo.

„Der Streit war nur ein Vorwand. Genau wie meine harmlosen Flirts. Auf diese Weise rebellierte ich gegen Mutter, gegen ihre Unnahbarkeit und ihre Kälte. Da war immer so ein Gefühl, als wäre ich gar nicht ihre Tochter. Walburga war ihr Ein und Alles. Sie hatte ja auch nichts damit zu tun. Sie war ja noch ein Baby, als das alles passierte. Ich glaube, meine bloße Existenz hat sie ständig an das erinnert, was damals passiert ist. Deswegen war sie so abweisend zu mir."

„An was hast du sie erinnert? Und was war passiert?"

„Dein Großvater war gewalttätig", sagte Helene und rieb sich die Schläfen.

„Hat er euch geschlagen?"

„Ich spreche von sexueller Gewalt."

„Das heißt, er hat Großmutter vergewaltigt?"

„Das weiß ich nicht. Ich weiß nur, dass er mich missbraucht hat."

Jo legte ihre Hand auf Helenes und drückte sie. Dann sagte sie leise: „O Gott. Das ist ja schrecklich. Du warst doch noch so klein. Das tut mir leid. Das tut mir so leid."

„Ich habe erst viel später gelernt, darüber zu sprechen. Ich war ja erst fünf."

„Es ist entsetzlich. Kann ich etwas für dich tun?"

„Bitte gib mir ein Glas Wasser", sagte die Tante.

Jo stand auf, füllte frisches Wasser in den Krug und schenkte ein. Dann ging sie zum Fenster und öffnete es. Lange starrten die beiden Frauen auf die weiße Rose, die in der Vase auf dem Tisch stand, und schwiegen.

„Ich kann mich nicht genau daran erinnern. Ich weiß auch nicht mehr, wie lange das ging. Aber irgendwann war es vorbei, weil Mutter ihn erwischt hat. Und die Schmerzen hörten dann auch auf", sagte Helene.

„Hat Großmutter dir geholfen? Hat sie mit dir darüber gesprochen?"

„Geholfen hat sie mir, es hörte ja dann auf. Und bald darauf war er tot. Aber wir haben nie darüber gesprochen. Auch nicht, als ich schon erwachsen war. Und in Straubing haben wir so getan, als hätte Vater nie existiert."

„Wie bist du damit fertig geworden?"

„Als Kind habe ich es weggeschoben. Und als junge Frau bin ich geflohen. Ich bin nicht mit Tom gegangen, weil ich ihn liebte. Ich hielt es zu Hause einfach nicht mehr aus. Ich habe ihn geheiratet, weil ich weg musste. Weit weg. Und das ging mit einem schwarzen, amerikanischen Soldaten besser als mit jedem anderen Mann."

„Und wie war es dann in Amerika?"

„Ein Jahr lang habe ich mit ihm in einer kleinen Stadt in Ohio gelebt. Da war alles neu, ich habe Englisch gelernt und bin putzen gegangen. Aber wir haben uns überhaupt nicht verstanden. Nach eineinhalb Jahren bin ich weggegangen. An die Westküste.

Es musste die Westküste sein. Die war noch weiter weg von meiner Vergangenheit. Sozusagen am anderen Ende der Welt. Ich war dreiundzwanzig, hatte eine Ausbildung als Verkäuferin in Deutschland gemacht und konnte einigermaßen Englisch. Ich bin nach Portland gegangen, weil es hieß, dass man dort leicht einen Job findet."

„Und wo bist du deinem jetzigen Mann begegnet?", fragte Jo.

„Peter war mein Chef. Ich habe in einer Firma gearbeitet, die mit Obst handelte. Erst als Packerin, und nach einem Jahr haben sie jemanden fürs Büro gebraucht. Peter hat mir sehr geholfen, er mochte mich von Anfang an. Und dann wurden wir ein Paar, haben geheiratet und bald kam Dan."

„Und du hast nie mehr mit deiner Mutter Kontakt aufgenommen?"

„Als Dan ein halbes Jahr alt war, habe ich ihr den ersten Brief geschrieben. Aber sie hat mir nie geantwortet, genau wie Walburga. So eine Familie brauchte ich nicht. Es war schwer genug, mit all dem fertig zu werden. Dann gab ich auf, schließlich hatte ich mein Baby, meinen Mann, meine eigene Familie, mein eigenes Leben. Und ich wollte nichts mehr davon wissen, was in Deutschland gewesen war. Das hat gut geklappt, bis mein Sohn aus dem Haus ging. Da fiel ich in ein Loch. Ich hatte auf einmal zu viel Zeit zum Nachdenken. Ich habe mir einen Therapeuten gesucht und mir fest vorgenommen, Mutter noch einmal zu besuchen. Aber dann ging es mir wieder besser und ich habe gedacht, das hat noch Zeit. Jetzt ist es zu spät."

„Ich glaube nicht, dass du in den letzten Jahren noch an sie herangekommen wärst. Rebekka und ich haben uns gefragt, ob sie psychisch krank war."

„Rebekka ist deine Schwester?", fragte die Tante.

„Ja, sie ist die Ältere. Und Großmutter war wirklich sehr abweisend zu allen. Sie hat zwar bei meinen Eltern gelebt, aber wir hatten keine richtige Beziehung zu ihr."

„Und Walburga und Mutter? Wie kamen die beiden miteinander zurecht?“

„Schwierig, sie haben sich arrangiert, aber ich glaube nicht, dass sie sich gut verstanden haben. Aber jetzt verstehe ich, warum du dich nie bei uns gemeldet hast. Ich wusste lange nicht, dass es dich überhaupt gibt.“

„Dan hab ich auch erst von seiner deutschen Verwandtschaft erzählt, als er achtzehn war und das erste Mal nach Europa fuhr. Peter war der Meinung, dass er ein Recht darauf hat zu wissen, wo die andere Hälfte seiner Wurzeln herkommt. Das Interessante war, dass mein Sohn schon als Kind Deutsch lernen wollte, dabei habe ich zu Hause kein Wort Deutsch gesprochen. Obwohl ich mich noch nie so deutsch gefühlt habe wie in Amerika.“

„Hattest du Heimweh?“

„Immer wieder. Aber das hätte ich nie zugegeben. Ich habe es mir verboten und mich strikt daran gehalten.“

„Das tut weh, wenn man sich Gefühle verbietet, oder?“

„Der Seele bekommt das nicht. Aber wenn man jung ist, schafft man das, oder man glaubt, dass man es so am besten schafft.“ Helene schnäuzte sich.

„Das liegt anscheinend in unserer Familie. Alle tun so, als wäre nichts gewesen. Meine Mutter macht das auch so.“

„Ich weiß nicht, wie deine Kindheit und Jugend waren, aber irgendwie muss man damit fertig werden. Und da gibt es verschiedene Strategien“, sagte Helene und rieb ihre roten Augen.

„Ich meine es nicht böse, aber meiner Mutter tut das nicht gut.“

„Was meinst du damit?“

„Mutter ist Großmutter sehr ähnlich. Man kommt nicht an sie heran“, sagte Jo.

„Ob mir Walburga jemals eine Chance gibt?“

„Das musst du sie selbst fragen. Aber ich hätte noch eine Frage an dich.“

Helene nickte und richtete sich auf.

„Was weißt du über Großvaters Tod?“

„Mutter erklärte mir damals, dass er einen Unfall hatte und in der Donau ertrunken war. Das war natürlich ein Schock, aber andererseits war ich einfach nur froh, dass ich in Sicherheit war.“

„Ja, das glaube ich dir gern“, sagte Jo leise.

„Und warum willst du von mir wissen, wie er gestorben ist? Weiß denn Walburga nicht mehr? Was sagt sie dazu?“

„Nichts. Sie sagt, sie weiß nur, dass es ein Unfall war. Bitte, Tante, wenn du dich an irgendetwas erinnern kannst, es ist sehr wichtig für mich. Bitte denk nach.“

„Ich habe keine Ahnung, Johanna, ich weiß wirklich nicht mehr. Ich meine, ich war fünf Jahre alt und ziemlich traumatisiert. Und Mutter hat niemals mit mir darüber gesprochen. Wir haben wirklich so getan, als hätte es meinen Vater nie gegeben“, sagte Helene.

16

Auf der Fahrt nach Wien regnete es in Strömen. Das Wasser lief in Sturzbächen an den Fenstern des Intercityexpress herunter. In Rosenheim veränderte Jo ihre Sitzposition. Es glich einem Wunder, dass sie beide im Zug saßen und zusammen verreisten. Vorhin war Elsa in letzter Minute zum Bahnhof gekommen. Es hatte einen Notfall in der Praxis gegeben und sie musste noch einen Unfallhund versorgen, damit er in die Tierklinik weitertransportiert werden konnte. Aber sie waren tatsächlich losgefahren. Auf ihre erste kleine gemeinsame Reise.

Der Regen ließ nach. Die Berge lagen noch hinter Wolken, doch es wurde allmählich heller. Jo holte die Zeitung aus der Tasche und überflog die Schlagzeilen. Beim Umblättern streifte sie Elsas Arm, klappte die Armlehne zwischen den beiden Sitzen hoch und schmiegte sich an die Freundin. „Bist du auch froh, dass wir fahren?“

„Ja, und wir machen es uns richtig schön. Wir feiern schließlich unsere Geburtstage nach.“

„Ich hätte fast aufgegeben.“

„Du darfst nicht immer so schnell das Handtuch werfen. Manchmal braucht man Geduld und Ausdauer, um etwas zu erreichen. Manchmal kommt es auch von allein. Vor einem halben Jahr war mir noch langweilig und ich habe mich öfter gefragt, ob das schon alles gewesen sein soll. Und dann kamst du. Und seitdem hab ich das Gefühl, als säße ich in einer Achterbahn mit Loopings und steilen Kurven. Ich kann mich nicht mehr daran erinnern, was Langeweile sein soll. Ich weiß nur noch, was Müdigkeit ist.“ Elsa hielt sich die Hand vor den Mund und gähnte.

„Du bist schwindelfrei, oder? Was hältst du davon, wenn wir in den Prater gehen?“, fragte Jo.

„Klar bin ich schwindelfrei. Als Kind hab ich es geliebt, mit der Achterbahn zu fahren. Außerdem bin ich in guter Verfassung, wie es sich für eine Frau in den besten Jahren gehört."

„Vor deinem Vierzigsten klang das nicht so zuversichtlich."

„Manchmal fürchte ich mich davor, dass mir die Zeit davonläuft. Aber bis jetzt habe ich nichts verpasst. Außerdem hat mir eine Freundin zum Geburtstag eine schöne Geschichte aus Afrika mitgebracht."

„Was hat Afrika mit deinem Geburtstag zu tun?"

„In Schwarzafrika erzählt man sich, dass die Stammesoberhäupter immer eine Frau über sechzig auswählen, wenn eine Botschaft besonders schnell einen anderen Clan erreichen muss."

„Wieso das denn?"

„Weil die Frauen über sechzig am schnellsten laufen und die größte Ausdauer haben." Elsa gähnte noch einmal und legte die Hände auf die Oberschenkel.

„Wenn du jetzt mit dem Training anfängst, bist du mit sechzig topfit. Wir machen übrigens ein Buch zu dem Thema, Laufen für Frauen in der Lebensmitte. Nächstes Frühjahr ist es auf dem Markt. Ich kann dir das Manuskript aber schon früher besorgen, wenn du es nicht mehr aushältst."

„Du bist eine freche Göre, mit deinen dreißig Jährchen."

„Im Ernst, wir könnten zusammen laufen gehen. Ich möchte diesen Sommer gerne wieder anfangen", sagte Jo und legte ihre Hand auf Elsas.

„Das schaff ich nie. Ausgerechnet mit dir und deinen langen Beinen. Du bist einen Viertelmeter größer als ich, vergiss das nicht."

„Entspann dich. Ich war seit einem Dreivierteljahr nicht mehr joggen, ich fange garantiert von vorne an, und außerdem kann ich langsam laufen, ob du es glaubst oder nicht."

„Ich warte bis zu meinem Fünfzigsten damit, vielleicht habe ich dann mehr Zeit." Die Geliebte schob sich die Haare hinter die Ohren, presste den Mund zusammen und legte die Stirn in Falten, als hätte sie in diesem Augenblick die wichtigste Entscheidung ihres Lebens getroffen.

Jo lachte, drehte sich zu ihr und küsste sie. Als der Zugführer den Salzburger Bahnhof ankündigte, schob Elsa die Freundin auf ihren Sitz zurück. „Vielleicht überlege ich es mir noch einmal, wenn du mir versprichst, dass du mich nach jedem gelaufenen Kilometer so küsst wie gerade eben."

„Nichts lieber als das. Das werden die besten Laufpausen, die ich je hatte. Und wenn du richtig verschwitzt bist, meine Königin, dann bist du besonders sexy."

„Das schaff ich auch anders. Dazu muss ich mir nicht die Lunge aus dem Leib rennen. Außerdem habe ich Hunger."

Nachdem die neuen Fahrgäste ihre Plätze gefunden hatten, holte Jo zwei belegte Sandwiches aus dem Rucksack und reichte eines davon an ihre Freundin weiter.

„Du bist ein Engel, ich habe heute seit dem Frühstück nichts mehr gegessen." Elsa wickelte ihr Sandwich aus und aß es schnell auf. Dann gab es noch einen Apfel und einen großen Schluck aus der Wasserflasche. „Danke, das war wunderbar. Bitte verzeih, dass ich im Moment eine müde Reisegefährtin bin. Es ist besser, wenn ich jetzt noch ein wenig schlafe, damit ich in Wien fit bin", sagte sie, zog das Schultertuch, das ihr beim Essen nach hinten gerutscht war, nach oben und räkelte sich in ihren Sitz.

Jo aß ihr Sandwich auf, lehnte sich zurück und schloss die Augen. Wie turbulent ihr Leben in letzter Zeit gewesen war. Einerseits war da diese verfluchte Familiengeschichte. Andererseits gab es die wunderbare Frau an ihrer Seite. Aber das Doppelleben hatte es in sich.

Am liebsten wäre Jo in der Spalte zwischen dem Kühlschrank und der Wand verschwunden, als sie Alba vor einigen Wochen erzählt hatte, dass sie an diesem Maiwochenende einen Yoga-

Kurs bei Jakob machte. Und die Frotzeleien des Freundes klangen ihr auch noch in den Ohren. In ihrem Lieblingscafé hatten sie auf die Rechnung gewartet und sie hatte es im letzten Moment geschafft, ihn um ein Alibi zu bitten.

„Ein Alibi? Das ist ja schon wieder wie in einem Krimi. Hast du nicht genug von der Sache mit deinem Großvater? Was habt ihr Schlimmes vor?"

„Unsere Geburtstage nachfeiern. In Wien. Und du bist sowieso mit deinem Kurs auf dem Land. Es besteht nicht die geringste Gefahr, dass du Alba am Wochenende über den Weg läufst."

„Das wäre ja noch schöner, wenn ich deine Lügen ausbaden müsste. Wenn es irgendwie herauskommt, steh ich da wie Jakob der Lügner", sagte er.

In dem Augenblick kam Elvire mit dem Geldbeutel zu ihnen und fragte mit einem Augenzwinkern: „Wer ist Jakob der Lügner?"

„Das ist nur ein Buchtitel." Jakob zahlte für sie beide.

„Und worum geht es in diesem Buch?"

„Wir reden über Familienangelegenheiten." Jo spielte mit dem Kaffeelöffel.

„Wie wäre es mit einer Familienaufstellung für eure Familienangelegenheiten? Ich kenne jemanden, der macht das sehr gut. Da muss man nicht ständig darüber reden, das kann man auflösen", sagte Elvire, bedankte sich für das großzügige Trinkgeld und flog weiter zum nächsten Tisch.

„Jetzt fängt sie auch noch damit an." Jo warf den Kaffeelöffel auf die Untertasse, dass es klirrte.

„Wäre auch höchste Zeit für dich, mehr Klarheit zu kriegen."

„Bitte, Jakob. Nicht einmal Heiko hat sich quergestellt", bettelte Jo.

„Wie? Heißt das, dass du ihn in der Zwischenzeit leiden kannst?"

„Nein, aber ich freue mich so auf die Reise."

„Eins muss man euch lassen. Ihr habt eine gute Wahl getroffen. Im Frühling ist es in Wien besonders schön", sagte Jakob nachdenklich.

„Was ist denn mit dir los? Bist du einsam?"

„Frag mich lieber, wann wir zusammen in die Berge gehen."

„Sobald der Schnee geschmolzen ist, du Held. Wenn ihr am Wochenende fleißig das Sonnengebet übt, geht es schneller." Jo hatte ihn umarmt und sich vorgenommen, bald mit ihm loszuziehen, ob mit oder ohne Schnee in den Bergen.

„In wenigen Minuten erreichen wir Sankt Pölten." Sie schlug die Augen auf. Die Zeitung lag auf dem Boden. Noch eine gute Stunde bis Wien. Neben ihr atmete Elsa tief und gleichmäßig. Die Geliebte hatte ein Hotel in Hietzing gebucht, in der Nähe von Schloss Schönbrunn. Aber es war nicht wichtig, wo sie wohnten und was sie unternahmen. Am wichtigsten war es, einfach nur die ganze Zeit zusammen zu sein.

Vorsichtig holte Jo den Reiseführer aus dem Rucksack und blätterte darin herum. In ein Kaffeehaus wollte sie gehen und das Freud-Museum würde sie gerne sehen. Abgesehen davon war sie für alles offen. Zweimal vierundzwanzig Stunden. Ohne auf der Hut zu sein, ohne einen Blick auf die Uhr zu werfen, ohne sich an irgendwelche Absprachen zu halten, ohne sich genau daran erinnern zu müssen, was sie Alba erzählt hatte. Manchmal kam sie sich vor wie ein Teenager, der den Eltern seine Liebschaft mit einer Frau verheimlichte und sich nachts aus dem Haus schlich, um sie zu treffen. So war es eben. Und wenn sie dieses Wochenende nicht genießen konnte, dann war ihr auch nicht mehr zu helfen. Wild entschlossen, sich zu amüsieren, las sie das Kapitel über Hietzing und Schönbrunn.

Einen Sitz weiter vorne telefonierte eine Frau seit geraumer Zeit mit ihrem Handy. Österreichisch gefärbte Wortfetzen drangen nach hinten. „Wie geht es meiner Tochter? Was sagt der Doktor? Wie hoch ist das Fieber? Ist mein Mann bei ihr im Spital?" Dann beendete sie das Gespräch und schnäuzte sich. Der Mann neben ihr beugte sich zu ihr herüber und redete mit leiser Stimme auf sie ein. Die beiden waren wahrscheinlich auch ein heimliches Liebespaar und verreisten. Und ausgerechnet dann wurde ihr Kind krank. Die Ärmste.

Jo klappte das Buch zu, schob sich den Schal in den Nacken und richtete sich so angenehm wie möglich auf dem Sitz ein. Erst als der Lautsprecher anging, öffnete sie die Augen wieder.

„Sehr verehrte Fahrgäste, in wenigen Minuten erreichen wir Wien Westbahnhof. Der Ausstieg befindet sich in Fahrtrichtung links. Danke, dass Sie mit der Deutschen Bahn gereist sind. Wir wünschen Ihnen einen angenehmen Aufenthalt."

„Aufwachen, wir sind gleich da." Jo küsste ihre Liebste auf den Mund und packte ihre Reiseutensilien zusammen.

„Was? Sind wir schon da? Hab ich gut geschlafen. Ich muss noch schnell zur Toilette." Elsa streckte den Rücken durch, nahm ihre Handtasche und stand auf.

Freitagabend. Wien Westbahnhof. Seite an Seite tauchten sie in die Menschenmenge ein, die sie wie ein breiter Fluss mit in die U-Bahn-Station hinunterschwemmte. Ihre Freundin ließ die Jüngere nicht aus den Augen, als sie die Tickets am Fahrkartenautomaten löste und entwertete.

„Wieso übernachten wir so weit draußen", fragte sie, nachdem das Gedränge im Wagen stadtauswärts weniger geworden war.

„Da war ich früher oft in Ferien. Bei Tante Elsbeth, einer Cousine meiner Mutter. Ich war lange nicht mehr da. Ich mag dieses Viertel, das Vorstädtische und die Ruhe. Sobald du die Hauptstraße verlässt, hat Hietzing was von einem dieser Orte, in die man früher zur Sommerfrische gefahren ist. Und mit den Öffentlichen sind wir schnell im Zentrum." Elsa kramte in ihrer Handtasche.

„Warst du Sisi-Fan?"

„Klar. Kennst du ein Mädchen, das Sisi nicht toll findet?"

„Sieh mich an und du kennst eine. Ich hab Piratengeschichten gelesen und Ronja Räubertochter. Meine Schwester fand Prinzessinnen toll, ich nicht", sagte Jo.

Ihnen gegenüber saß ein Mann mittleren Alters. Teurer Anzug, gepflegter Haarschnitt, eine edle, schmale Ledertasche unter den Arm geklemmt. Seit Wien Westbahnhof sah er Elsa unaufhörlich an, doch die schien es nicht weiter zu kümmern.

„Ich musste mein romantisches Bild von Sisi korrigieren, als ich ihre Biografie gelesen habe", sagte sie und machte ihre Tasche wieder zu.

„Wieso? War sie nicht eine der erfolgreichsten, schönsten Frauen ihrer Zeit, die alle liebten und bewunderten?"

„Die meiste Zeit ihres Lebens war sie unglücklich und auf der Flucht vor dem Wiener Hof. Sie war magersüchtig und ernährte sich hauptsächlich von Milch. Auf dem Schiff, mit dem sie am Ende ihres Lebens auf dem Mittelmeer herumfuhr, hatten sie sogar Kühe dabei, damit die Kaiserin frische Milch hatte."

„Wie meine Großmutter, die ernährte sich auch wochenlang nur von Milch."

„Hat sich denn irgendetwas Neues ergeben, was deinen Großvater angeht?", fragte Elsa.

„Bitte lass uns dieses Wochenende nicht davon sprechen." Jo sah aus dem Fenster. Diese zweieinhalb Tage gehörten nur ihnen. Alles, was diese Sache betraf, hatte sie in einen Koffer gepackt und in den Keller gestellt.

Die U-Bahn hielt an und der Mann stieg aus. Jo konnte endlich ihre Beine ausstrecken und ihre Freundin zeigte auf eine der alten, gusseisernen Säulen, die es an dieser Haltestelle gab. „Das ist Schönbrunn. Sieh dir diese verschlissene Pracht an. Sogar hier unten in der U-Bahn. Das ist es, was ich an Wien am meisten mag. Die Stadt ist großartig, gar nicht so perfekt, wie wir glauben. In Wien fängt der Balkan an, heißt es. Das hat einen unglaublichen Charme."

„Genau wie du", sagte Jo.

„Wie kannst du es wagen und mich mit einer Stadt vergleichen. Aber damit das klar ist, das Schloss will ich auf gar keinen Fall sehen, da war ich schon zu oft mit Tante Elsbeth drin."

„Das hatte ich auch nicht vor. Ich steh nicht auf schöne Schlösser, sondern auf schöne Frauen."

Die Geliebte drohte ihr mit dem Finger. „Höre ich da richtig? Du sprichst in der Mehrzahl?"

„Du hast es da leichter, du brauchst nur in der Einzahl zu reden. Er oder sie." Damit war das zweite Tabuthema an diesem Wochenende auf dem Tisch. Die Jüngere war gespannt, wie es weitergehen würde.

„Das ist Hietzing. Wir müssen aussteigen", sagte Elsa nur und strich ihren Mantel glatt.

Draußen liefen sie durch die einsetzende Dämmerung und kamen am hell erleuchteten Schönbrunner Parkhotel vorbei. Nach der großen Kurve begann Elsa in der Hietzinger Hauptstraße nach dem Hotel Ausschau zu halten.

„Wie? Da drin in der Einkaufspassage soll es sein?", fragte sie fassungslos, während sie das Hinweisschild mit ihren Unterlagen verglich.

„Hast du denn keine Fotos im Internet gesehen?" Jo betrachtete die Fassade des nüchternen Baus aus den siebziger Jahren. Das war keine Augenweide, aber auch kein Problem, zumindest nicht für sie.

„Wieso Internet? Ich habe in den Reiseführer geschaut und ein Hotel in Hietzing gebucht, das in der Nähe der U-Bahn-Station liegt und das nicht so teuer ist wie das Parkhotel. Ich habe telefonisch reserviert."

„Komm schon, gehen wir rein. Zu viel Glanz und Pracht würden mich sowieso einschüchtern."

„Herzlich willkommen bei uns. Wir haben Zimmer 24 für Sie reserviert. Ich hoffe, Sie fühlen sich wohl bei uns, gnädige Frau", sagte der Portier, schob Elsa das Aufnahmeformular über die Theke und reichte ihr seinen Stift.

„Danke." Sie lächelte ihr charmantestes Lächeln und füllte das Formular aus.

„Lassen Sie es mich wissen, wenn ich etwas für Sie tun kann. Angenehmen Aufenthalt und gute Nacht, gnädige Frau." Der Mann deutet eine Verbeugung an und überreichte Elsa den Zimmerschlüssel, als handle es sich um den Schlüssel von Schloss Schönbrunn. Eigentlich fehlte nur noch die Livree und das rote Samtkissen, dachte Jo. Sie bedachte er zum Abschied mit einem freundlichen, kurzen „Gute Nacht."

In dem großzügigen, hellen Doppelzimmer setzte sich Elsa aufs Bett und prüfte die Matratze. „Das ist ein nettes Zimmer und ein gutes Bett. Wir werden uns wohlfühlen. Was meinst du?", fragte sie, stand auf und zog die Gardine zur Seite. „Da vorne ist der Park, diese große dunkle Fläche. Morgen früh werden wir zwei da flanieren."

Jo folgte ihr ans Fenster, umarmte die Geliebte von hinten und küsste ihren Nacken. „Würdest du es unverschämt finden, wenn ich dir sofort die Kleider vom Leib reißen würde?"

„Und würdest du es unverschämt finden, zuerst mit mir unter die Dusche zu gehen?", fragte die Geliebte und zog sie mit sich ins Bad.

Nach nassen Zärtlichkeiten unter laufendem Wasser landeten sie auf dem Bett. Jo zog die Freundin auf sich, umarmte sie und flüsterte Koseworte in das feuchte, offene Haar. Ihre Münder fanden sich schnell wieder. Zuerst lockten sich die Zungen gegenseitig, dann eroberten sie jeden Zentimeter ihrer Körper. Feuchte, weiche Haut rieb sich an feuchter, weicher Haut. Brust an Brust. Bauch an Bauch. Geschlecht an Geschlecht. Zwei Frauen, die so miteinander verschmolzen, dass keine mehr wusste, wo sie selbst aufhörte und wo die andere begann. Pochende Herzen und fordernde, immer schneller werdende

Bewegungen. Es war so schön, dass es wehtat. Jo tropfte der Schweiß aus allen Poren, als Elsa sie auf eine Reise mitnahm, die alle Grenzen auflöste. Bald kam auch die Geliebte zum Höhepunkt und schrie so laut, dass Jo ihr die freie Hand auf den Mund presste.

Lange lagen sie ineinander verschlungen auf dem Bett, bis Jo ein Haar aus ihrem Mund holen musste. Dann flüsterte sie: „Auch wenn wir nicht viel an diesem Wochenende unternehmen, das mit dir, das ist umwerfend. Danke."

„Das war erst der Anfang, Liebste." Elsa hob den Kopf und küsste die Augenlider ihrer Freundin.

Am nächsten Morgen standen sie spät auf. Im Frühstücksraum, der unter dem Dach lag, freute sich Elsa wie ein Kind über den Ausblick. Von da oben sah man bis weit über den Schönbrunner Park hinaus und in die bewaldeten Hügel im Wiener Westen hinein.

Jo dagegen konnte sich nicht an ihrer Geliebten sattsehen. Um diese Uhrzeit bekam sie sie sonst nie zu Gesicht. Verschlafen und ungeschminkt sah sie weich und schutzlos aus. Ihre rote Haarmähne leuchtete und als sie sich auf den Weg zum Buffet machte, starrten ihr einige der Frühstücksgäste mehr oder weniger ungeniert nach.

Elsa kam zurück und stellte ihren Teller ab, auf dem sie Äpfel, Kiwis und Frischkäse arrangiert hatte. Außerdem brachte sie einen Becher Joghurt und ein großes Glas Orangensaft mit.

„Sag mal, geht dir das nicht auf die Nerven, wenn dich die Leute anstarren?", fragte Jo hinter ihrer Kaffeetasse.

„Man gewöhnt sich daran. Schon mal was vom Fluch der Schönheit gehört? Wen meinst du denn?" Elsa schälte einen Apfel und schob der Freundin ein Stück in den Mund.

„Den älteren Herrn da rechts hinten zum Beispiel oder den jungen Mann mit seiner blonden Freundin am Fenster", sagte Jo, als sie mit dem Apfel fertig war.

„Wenn ich sie ansprechen würde, wären sie die schüchternsten Männer auf der ganzen Welt."

„Schon öfter ausprobiert?"

„Willst du nicht auch was essen?" Jetzt fing Elsa an, eine Kiwi zu schälen.

„Soll ich dir was mitbringen? Ein Croissant zum Beispiel?"

Die Freundin deutete auf das Obst. Jo bediente sich am Buffet und kam mit einem voll beladenen Teller zurück. Nach einem halben Brötchen fragte sie: „Und was machen wir heute?"

„Wir gehen in den Schönbrunner Park. Das Wetter sieht gut aus. Wir könnten spazieren gehen, in der Gloriette einen Kaffee trinken und uns die Palmenhäuser ansehen. Das wird dir sicher gefallen." Die Tierärztin schälte geschickt die zweite Kiwi. Ganz sicher wäre eine gute Chirurgin aus ihr geworden.

„Wie Madame wünschen."

„Wie kannst du nur so viel essen und so schlank bleiben?" Elsa starrte auf den vollen Teller und schob sich eine halbe Kiwischeibe in den Mund.

„Erstens haben wir gestern Abend nichts mehr gegessen. Und zweitens geht das mental. Ich sage mir, ich bleibe schlank, und es funktioniert. Probier es aus, vielleicht klappt es auch bei dir. Dann musst du dich nicht immer so beherrschen." Jo biss in ihr Brötchen, das sie mit zwei Scheiben Käse belegt hatte.

„Du bist zehn Jahre jünger als ich, das ist des Rätsels Lösung. Und woher stammt diese Theorie, wenn man fragen darf?"

„Von Jakob. Ich habe ihm natürlich nicht geglaubt und irgendwann dachte ich mir, warum nicht. Probieren geht über Studieren. Und es klappt." Die junge Frau zog ihren Hosenbund vom Bauch weg.

„Du bist noch dünner geworden, seit wir zusammen sind. Das ist der ganze Stress."

„Denk dran: keine Tabuthemen an diesem Wochenende. Das gilt auch für dich."

„Ich weiß, so etwas dürfen nur Mütter sagen. Hast du diese Technik auch schon auf anderen Gebieten ausprobiert?"

„Noch nicht, aber du wirst dich noch wundern. Ich möchte wirklich mehr Zeit mit dir verbringen, richtig mit dir zusammen sein. Nicht nur diese kurzen, hektischen Treffen." Jo schmierte Butter und Marillenmarmelade auf das zweite Brötchen und sah hoch.

„Ich weiß. Aber was nützen dir Versprechen, wenn ich sie vielleicht gar nicht halten kann. Außerdem haben wir dieses Wochenende zusammen und wir sollten jede Sekunde auskosten." Elsa beugte sich über den Tisch und gab ihr einen Kuss auf den Mund. „So, und jetzt haben wir auch noch dafür gesorgt, dass ihnen der Gesprächsstoff beim Frühstück nicht ausgeht."

Am späten Vormittag verließen sie das Hotel, passierten das Hietzinger Schlosstor und liefen die große Lindenallee entlang, die sich über mehrere Kilometer bis zum Schloss erstreckte.

Jo fühlte sich großartig. Ihr Körper schwang noch im Rhythmus ihrer gemeinsamen Lust; sie war mit ihrer Geliebten unterwegs und der Himmel war blau. „So gut ging es mir schon lange nicht mehr", sagte sie und gab Elsa einen Handkuss.

„Das liegt am Frühling, nicht an mir."

Am liebsten wäre die Jüngere mit den Joggern, die die trockene Witterung an diesem Samstagvormittag nutzten und in Scharen durch den Park liefen, um die Wette gerannt. Stattdessen deutete sie auf einen Einspänner, der auf dem Hauptweg vorbeifuhr. „Möchtest du damit fahren? Das macht man doch in Wien, oder?"

„Gott bewahre. Ich bin noch keine achtzig. Außerdem ist das nur was für Touristen."

„Und was sind wir?"

„Gäste", sagte die Freundin und ging schnell weiter.

Als sie die weite, offene Fläche erreichten, die mit ihren großen, barocken Blumenanlagen und den antiken Statuen auf das Schloss zulief, zeigte Jo auf den gelben Palast mit den zahllosen hohen Flügelfenstern und den üppigen Stuckverzierungen. „Das muss ungemütlich gewesen sein, vor allem im Winter. Die arme Kaiserin."

„Sisi hat nicht viel Zeit hier verbracht. Sie hatte kleinere Schlösser außerhalb von Wien und war viel in Ungarn und beim Reiten in England. Und am Ende ihres Lebens war sie meistens auf der kaiserlichen Jacht. Mit der fuhr sie herum wie der Fliegende Holländer."

„Mit dem Unterschied, dass es für sie keine treue Frau gab, die sie erlöste. Sie fiel einem Attentat zum Opfer, oder? Was für ein Schicksal. Außerdem stelle ich es mir todlangweilig vor mit dem ganzen Hofstaat, der Etikette, den Ritualen, dem Repräsentieren. Und ihr Mann war sicher nicht besonders interessant. Da wäre ich auch lieber nach England zum Reiten gegangen oder mit dem Schiff herumgefahren."

„Das kann ich mir denken. Sisi war genauso ein Wildfang wie du. Zeit ihres Lebens. Wahrscheinlich hat sie dem Kaiser deshalb so gut gefallen. Er sollte ursprünglich ihre Schwester heiraten." Elsa lächelte.

„Gefalle ich dir auch, weil ich ein Wildfang bin?" Jo lief wie ein junger Hund um die Freundin herum.

„Natürlich gefällst du mir, sonst wäre ich nicht mit dir hier. Da oben ist die Gloriette, da hat schon Maria-Theresia ihren Kaffee getrunken und den Ausblick auf das Schloss genossen. Damals war das noch mitten im Wald."

Beim Neptun-Brunnen mit seinen riesigen Skulpturen blieben sie stehen und Jo sagte leise: „Wenn ich eine Sirene wäre, würde ich dafür sorgen, dass wir nie mehr nach München zurückfahren müssten. Aber ich bin leider keine, dazu sind meine Haare nicht lang genug und verführerisch singen kann ich leider auch nicht."

„Das macht nichts. Wir könnten heute Abend in die Oper oder in ein Konzert gehen. Ich kann ja nachher im Hotel fragen, ob sie uns Karten reservieren können. Komm weiter."

Hand in Hand liefen sie den Hügel hinauf und freuten sich am Ausblick über die Stadt. Auf den Treppen, die zum Sommerpalast, zur sogenannten Gloriette, hinaufführten, begegneten sie einem jungen Mann, der auf einem Bein stand und das andere auf dem Säulengeländer abgelegt hatte. Selbstvergessen sah er auf die Stadt hinunter und dehnte seine Beinmuskeln.

Elsa beobachtete ihn eine Weile, ehe sie ihn ansprach. „Sie haben die hübscheste Turnhalle der Welt."

Der junge Mann zögerte einen Moment, sah die Frau an und lachte. „Da haben Sie recht, gnädige Frau."

„Gibt es irgendjemanden, der dir nicht zu Füßen liegt?", fragte Jo im Café.

„Ja, du. Und zwar, wenn du dich mit mir zankst. Also sei schön brav." Die Freundin kostete von ihrer Melange, als wäre es ein königliches Getränk, und deutete zum Fenster. „Sieh mal, ist das nicht schön, das Schloss da unten? Und ist dir diese prachtvolle Kuppeldecke aufgefallen? Und der Stuck an den Säulen? Da hinten sind sogar Adler mit Kronen auf den Köpfen. Die haben mir früher besonders gut gefallen. Ich war oft mit meiner Tante hier oben. Und bei meinem ersten Ausflug nach Schloss Schönbrunn haben wir uns im Gewühl vor dem Schloss verloren. Ich habe geduldig gewartet, aber als Elsbeth nach einer halben Stunde noch nicht da war, bin ich alleine zurück nach Hause gegangen. Sie verhandelte gerade völlig aufgelöst mit der Gendarmerie und fiel beinahe in Ohnmacht, als ich vor ihr stand."

„Du musst ein entzückendes Mädchen gewesen sein. Dir konnte bestimmt keiner lange böse sein."

„Das ist hoffentlich immer noch so. Und sieh mal, da unten, in der Richtung, in der unser Hotel liegt, da ist das Palmenhaus. Da habe ich bei schlechtem Wetter ganze Nachmittage verbracht und die exotischen Pflanzen studiert. Ich hätte auch Botanikerin werden können. Hast du Lust, dass wir es uns ansehen?"

Nachdem sie ihre Melange getrunken hatten, spazierten sie den Hügel hinunter. Den Tiergarten ließen sie links liegen, weil die Tierärztin in ihrer Freizeit keine Tiere sehen wollte. Bald kamen sie zum japanischen Garten.

„Diese Kühle und diese Strenge, das beeindruckt mich. In dieser Klarheit kann man sich nicht so leicht verrennen", sagte Jo.

„Das mag schon sein. Aber für mich ist das zu karg. Keine Blüten, keine Blumen, nur Blattpflanzen, Felsen und Wasser. Da ist nichts Überflüssiges, kein Luxus. Und wie findest du die barocken Parkanlagen?"

„Für meinen Geschmack sind sie zu üppig."

Vor dem Palmenhaus waren große Beete mit unzählig vielen bunt blühenden Frühlingsblumen bepflanzt. Alba würde es gefallen. Aber sie saß zu Hause, arbeitete und hatte keine Ahnung. Abwesend stierte Jo auf das Blumenmeer. Das schlechte Gewissen quälte sie.

„Komm. Das Glashaus ist toll. Es soll das größte sein in ganz Europa. Es wurde im neunzehnten Jahrhundert gebaut. In der Zeit holte man die Welt zu sich, mit den Zoologischen und den Botanischen Gärten." Elsa lief leichtfüßig voran, als wäre sie das kleine Mädchen von damals, das seiner Tante immer einige Meter voraus war, und kaufte Eintrittskarten.

Schon im Eingangsbereich wurde es um einige Grad wärmer und im Glashaus selbst schlug ihnen eine feuchte, stickige Wärme entgegen. Die Palmen und meterhohen Farne, die Bananenstauden und die vielen exotischen Pflanzen reichten zum Teil bis unter die hohen weiß gestrichenen Metallträger, die die Glasflächen trugen.

Als sie auf einer Bank saßen, sagte Jo: „Meiner Mutter würde das auch gefallen. So viele exotische Pflanzen, in so großzügigen, hellen Räumen. Ihr Wintergarten platzt aus allen Nähten, sie züchtet exotische Pflanzen, deren Namen ich mir nicht einmal merken kann."

Die Freundin fächelte sich Luft zu. „Fahr mit ihr nach Wien, zeig ihr das Palmenhaus, das ist ein Zaubergarten."

„Und du bist meine Zauberin." Jo legte ihren Kopf auf Elsas Schulter und seufzte.

17

Anfang Mai machte sie eine Umfrage bei den wichtigsten Buchhandlungen, damit der Verlag die geplanten Ratgeber für Frauen besser einschätzen konnte. Mit diesem aufwendigen Projekt, das Jo viele Überstunden kostete, würde sie der Chefin beweisen, dass sie gute Arbeit leistete. Die Kreise sollte keinen Grund mehr finden, sich zu beschweren. Nach zahllosen Telefonaten und Gesprächen wollte Jo unbedingt mit ihrer Lieblingsbuchhändlerin sprechen.

In der kleinen Stadtteilbuchhandlung führte Frau Schwarz eine gute Auswahl an Romanen, Kinderbüchern und Ratgebern. Ein Schaufenster, das mit Pflanzen- und Wanderführern dekoriert war, fiel schon von Weitem ins Auge. Die Bücher und Wanderkarten hatte die Buchhändlerin zusammen mit einem Paar Wanderstiefel, einer roten Trinkflasche, einem alten blauen Stoffrucksack mit weißen Lederriemen und einer gelben Tube Sonnencreme ausgestellt. Vor dem Fenster konnte Jo die würzige Landluft beinahe riechen. Am liebsten hätte sie auf der Stelle Jakob angerufen und mit ihm eine Wanderung ausgesucht, aber dann entschied sie sich, ihre Pflicht zu tun. Die Ladentür klingelte leise, aber niemand war da.

„Einen Moment bitte, ich komme gleich." Frau Schwarz eilte mit einem Bücherstapel aus dem Büro nach vorne in den Laden und begrüßte Jo: „Schön, dass Sie vorbeikommen, Frau Richter. Was kann ich für Sie tun?"

„Ich wollte Sie gerne etwas fragen, was uns im Verlag interessiert. Hätten Sie einen Moment Zeit für mich?"

„Solange es so ruhig ist, sehr gerne. Ich bin zurzeit allein, meine Auszubildende ist in der Berufsschule", sagte die Buchhändlerin und legte die Bücher ab.

„Wir planen eine neue Ratgeberreihe für Frauen ab vierzig zum Thema Gesundheit, Ernährung, Wellness. Welche Chancen geben Sie uns?"

Die Buchhändlerin zog ihre Augenbrauen hoch. „Ich weiß nicht, es gibt sehr viel in diesem Bereich. Worin sollen sich denn die neuen Ratgeber von denen unterscheiden, die auf dem Markt schon eingeführt sind? Und von denen, die es bei Ihnen gibt?"

Jo wollte gerade ausholen, als eine ältere Dame den Verkaufsraum betrat und quer durch den Laden rief: „Frau Schwarz, Sie müssen mir helfen. Ich brauche dringend was für meine Enkeltochter zum Vorlesen. Sie ist erst drei, wie Sie wissen, und dermaßen intelligent. Es muss etwas Besonderes sein. Wir haben heute Mittag *Pumuckl* zu Ende gelesen und da hat Viktoria zu mir gesagt: ‚Omi, ich schlafe heute Abend nur ein, wenn du mir ein neues Buch mitbringst, das wir zusammen lesen können.' Ich bin gerade viel im Einsatz, wissen Sie, meine Schwiegertochter muss sich schonen, Viktoria bekommt ein Brüderchen."

„Sie entschuldigen mich, Frau Richter." Frau Schwarz begrüßte die Kundin per Handschlag und begleitete sie in die Kinderbuchecke. Bald zog die Buchhändlerin das vierte Buch aus dem Regal und berichtete über den Inhalt.

Jo beobachte die beiden eine Weile und beschloss dann, sich die Ratgeberecke anzusehen. Im hinteren Teil des Ladens befand sich neben den Kochbüchern das Regal mit den Bereichen Wellness, Gesundheit, Lebenshilfe, Partnerschaft und Erziehung. Da war unter anderem ein gelbes, dickes Yoga-Buch mit vielen Fotos, das nicht aus ihrem Verlag kam. Die Yoga-Positionen sahen gar nicht schlimm aus, eigentlich wirkte das sogar entspannt. Die meisten Bücher, die sie kannte, zeigten Übungen, für die man akrobatisches Geschick brauchte. Vielleicht würde sie es mit dieser Yogarichtung einmal versuchen.

Die Ladentür klingelte wieder. Ein Mann in ihrem Alter kam zielstrebig nach hinten, stöberte im Fach mit Partnerschaftsratgebern und zog einige Bücher heraus.

Jo stellte das Yoga-Buch ins Regal zurück und überflog das Lebenshilfefach. Für sie war es schwer nachvollziehbar, wer das alles las. Aber dann blieb sie an einem Buch hängen und nahm es heraus.

Es hieß *Die Macht des Schweigens* und im Inhaltsverzeichnis gab es ein Kapitel *Es ist nie zu spät. Langjährige Geheimnisse zwischen Eltern, erwachsenen Kindern und erwachsenen Geschwistern*.

Bei dieser Überschrift verkrampfte sich ihr Magen. Dass sie nicht schon früher darauf gekommen war, etwas dazu zu lesen. Ausgerechnet jetzt fiel ihr dieses Buch in die Hand. Sofort fühlte sie sich unwohl, klappte das Buch zu und stellte es hastig ins Regal zurück.

Der junge Mann sah auf und fragte: „Alles klar bei Ihnen?"

„Danke. Ich geh nur mal schnell an die frische Luft."

Frau Schwarz sah sie fragend an, als sie an ihr vorbei zum Ausgang ging. Draußen lehnte sie sich an einen der Büchertische, auf denen die Sonderangebote lagen. Ihr war schlecht. Ihre Hände zitterten. Aber niemand zwang sie, dieses Buch zu lesen, wenn sie es nicht wollte. Es war überhaupt nicht klar, ob diese Gerüchte, von denen die alte Frau in dem Regensburger Laden gesprochen hatte, nicht einfach aus der Luft gegriffen waren. Und es war Zeit, wieder hineinzugehen und weiterzuarbeiten.

Nach einigen Minuten kehrte sie in den Laden zurück. Die Buchhändlerin sprach mittlerweile mit dem jungen Mann und legte ihm ein Buch ans Herz, das sich mit Kommunikationsmustern in der Partnerschaft beschäftigte. Das klang interessant und Jo notierte sich den Titel. Vielleicht würde dieses Buch Alba und ihr helfen, wieder miteinander zu sprechen.

Die ältere Dame hatte es sich auf einem bunten Kinderstuhl bequem gemacht und las sich durch einen Stapel von Kinder-

und Bilderbüchern. Jo ging wieder nach hinten und versuchte, sich auf die Ratgeber zu konzentrieren, um die es in ihrem Projekt ging. Aber das Buch mit den Geheimnissen blinkte ihr zu wie ein Leuchtturm in der Dunkelheit. Mit fahrigen Händen zog sie es noch einmal heraus und schlug schnell eine beliebige Seite auf.

Warum sollte jemand ein Geheimnis nicht für sich behalten, das beinahe das Leben dreier Menschen zerstört hätte?

Jo las den Satz noch einmal. Bei ihnen ging es um mehr als drei Leben. Das ihrer Tante und das ihrer Mutter, ihr eigenes und Rebekkas. Ihren Vater ging es auch etwas an und Dan natürlich.

Frau Schwarz kam nach hinten und stellte einen Beziehungsratgeber an seinen Platz zurück. „Ich bin wieder für Sie da, Frau Richter. Sie haben mir vorhin noch nicht gesagt, was das Neue bei diesen geplanten Ratgebern sein soll."

„Entschuldigen Sie bitte, ich war gerade völlig in Gedanken. Einen Moment. Ich bin gleich so weit." Schnell legte Jo das Buch mit den Geheimnissen ab und schlug ihr Notizbuch auf. Gott sei Dank hatte sie alles aufgeschrieben, obwohl sie es längst auswendig wusste. „Neues Layout, günstiger Preis, es sollen in erster Linie praktische, kurze Dinge für den Alltag sein. Also nicht jeden Tag eine Stunde Yoga, sondern kleine, feine Übungen für zwei bis drei Minuten am Schreibtisch oder nach dem Bügeln, wenn der Rücken schmerzt. Schnelle, kleine, leckere Gerichte statt komplizierter Diätpläne mit Kalorientabellen und ausgefallenen Zutaten, die man in normalen Läden nicht kriegt. Praktische, leicht anwendbare Tipps zu Kräuterbädern, Tees und richtiger Ernährung in den Wechseljahren zum Beispiel. Und einen Titel zum Thema Laufen in der Lebensmitte."

„Das klingt nicht schlecht. Wir gehören ja auch bald zu dieser Zielgruppe. Ich würde sagen, das wäre einen Versuch wert. Aber der Ratgebermarkt platzt aus allen Nähten, es ist oft schwer, sich beim Einkauf zu entscheiden."

„Das kann ich mir gut vorstellen. Wir müssen trotzdem von Zeit zu Zeit etwas Neues bringen, die Konkurrenz schläft nicht." Jo klappte ihr Notizbuch zu.

„Sie haben sicher Marktforschung gemacht. Das ist wahrscheinlich aussagekräftiger als die Meinung von uns Buchhändlern. Wenn Sie zehn fragen, bekommen Sie zwanzig Meinungen. Hab ich recht?" Frau Schwarz lachte.

„Richtig. Aber Sie sind unser Geschäftspartner, deswegen ist es wichtig, was Sie davon halten." Jo bewunderte den Humor der Buchhändlerin. Es war sicher nicht leicht, sich mit einem kleinen Laden zu behaupten. „Vielen, vielen Dank. Sie haben mir sehr geholfen. Ich sehe mich noch ein wenig um. Wie lange haben Sie auf?"

„Bis um sieben. Da ist noch ausreichend Zeit, ganze Bücher zu lesen", erwiderte die Frau und ging zur Kasse.

Dort wartete die Kinderbuchkundin und sagte laut: „Das hat jetzt aber lange gedauert."

„*Lotte will Prinzessin sein*. Wie schön. Da freut sich Ihre Enkelin bestimmt. Das ist eine wunderbare, pfiffige Geschichte. Und die Krone gefällt allen Mädchen, das dürfen Sie mir glauben, Frau Miere. Darf ich es Ihnen als Geschenk einpacken?" Die Buchhändlerin zeigte der Dame verschiedene Bögen mit Geschenkpapier für Kinder und legte ein hübsches Lesezeichen dazu.

Jo ging noch einmal nach hinten zur Lebenshilfe. *Die Macht des Schweigens* lag noch an derselben Stelle. Und neben der Lücke, die das Buch im Regal hinterlassen hatte, gab es einen weiteren Titel zu diesem Thema.

Lebenslügen und Familiengeheimnisse. Auf der Suche nach der Wahrheit.

Auf dem Cover war ein Mann abgebildet, der in einen verschwommenen Spiegel blickte. Jo schlug das Buch auf und las das Inhaltsverzeichnis. *Familiengeheimnisse und Familientabus* hieß es da. Sofort fühlte sie sich wieder so unwohl wie vorhin. Aber jetzt würde sie die Oberhand behalten und sich informieren. Es sprach nichts dagegen, die Bücher zu kaufen und in Ruhe zu lesen.

Frau Schwarz verabschiedete gerade die alte Dame an der Tür und kam mit einem verschmitzten Gesichtsausdruck zum Kassentisch zurück.

„Ich bewundere Ihre Gelassenheit", sagte Jo, legte die Bücher und ihre Geldkarte auf die Theke.

„Die braucht man im Verlag sicher auch."

„Hin und wieder."

Die Buchhändlerin kassierte, packte die Bücher in eine Stofftasche und reichte das Päckchen über die Theke.

„Die sind aber schwer. Das muss der Inhalt sein", sagte Jo und drückte die Tasche an ihren Körper.

„Alles Gute, Frau Richter. Und wenn Sie noch Fragen haben, melden Sie sich." Der Händedruck der Buchhändlerin war besonders herzlich, als wollte sie die Kundin trösten, die sich mit so schwerwiegenden Themen beschäftigen musste.

Bis ihre Mutter sich bereit erklärt hatte, noch einmal mit ihr über das Familienthema zu sprechen, waren Monate vergangen. Seit Weihnachten herrschte Funkstille zwischen ihnen, aber nachdem Jo die beiden Bücher gelesen hatte, musste sie es unbedingt noch einmal versuchen und bat um ein Treffen.

Auf der Fahrt nach Straubing hielt sie in der Nähe von Landau an, stieg aus dem Auto und streckte sich. Überall wurde geradelt, gelaufen und gejoggt. Ganze Familien machten die Wirtschaftswege mit ihren Inlineskates unsicher. Die Kinder, die mit ihren Helmen, Knie-, Ellbogen- und Handgelenkschützern an Marsmenschen erinnerten, flitzten den vorsichtig fahrenden Eltern davon und man konnte von Weitem sehen, wie viel Spaß es ihnen machte, die Großen abzuhängen. Die Bauern arbeiteten auf den Feldern und Jo staunte nicht zum ersten Mal über die Größe der Traktoren und der dazugehörigen Maschinen. An diesem strahlenden Frühlingstag wäre sie wesentlich lieber mit Elsa unterwegs gewesen, aber die Tierärztin hatte sowieso Wochenenddienst.

Nach einer kleinen Pause ging es weiter und bald tauchten die Straubinger Kirchtürme auf. Ihre Mutter war im Garten und jätete ein großes Beet, das lila und weiß blühte. „Da am Zaun sind Präriekerzen, in der Mitte ist Tausendschön, dann kommt der Steppensalbei und weiter hinten die Zwergiris", sagte sie stolz, entsorgte das Unkraut und ging ins Haus, um sich umzuziehen.

Am Telefon hatten sie vereinbart, bei gutem Wetter einen Spaziergang an der Donau zu machen, aber auf keinen Fall durch das Dorf zu laufen. Auf der kurzen Fahrt zum Schöpfwerk, das östlich von Hornstorf lag, baute sich zwischen dem Fahrer- und dem Beifahrersitz eine undurchdringliche Wand auf. Als sich Jo nach dem Befinden der Mutter erkundigte, hieß es, nicht gut.

Oben auf dem Donaudamm ließen sie erst einmal eine Gruppe von Joggern an sich vorbei und gingen dann nebeneinander weiter. Die Tochter war dankbar für den Aufschub. Aber dann räusperte sie sich und sagte: „Ich muss dir etwas gestehen, ich habe Tante Helene getroffen."

„Das habe ich mir schon gedacht."

„Seit wann bist du hellsichtig?"

„Der alte Meier hat sie gesehen", sagte ihre Mutter und blieb stehen.

„Wo? Und wie hat er sie erkannt?"

„Er war auf dem Friedhof und hat beobachtet, dass eine fremde Frau lange an Mutters Grab stand. Und du kennst ihn doch. Wenn er etwas wissen will, kriegt er es heraus und sorgt dafür, dass es unter die Leute kommt. Er hat mich angerufen. Und da dachte ihr mir, dass ihr zwei euch getroffen habt."

„Das ist schade, dass ihr euch nicht getroffen habt." Jo zog den Reißverschluss ihres Kapuzenshirts nach unten.

„Wieso hast du mir nicht gesagt, dass du sie triffst?“

„Helene wollte nicht, dass du es erfährst.“

„Wie bist du an ihre Telefonnummer gekommen?“, fragte ihre Mutter.

„Über die Auskunft.“

„Das ist ein ziemlich weiter Weg von Oregon bis München.“

„Sie hat ihren Sohn in Freiburg besucht. Und danach ist sie bei uns vorbeigekommen.“ Jo riss einen Löwenzahn aus und zupfte an den gelben Blütenblättern herum. Der Saft aus dem Stängel hinterließ dunkle, klebrige Flecken auf ihrer Hand. In der Zwischenzeit hatte sie verstanden, wie schwer es war, ein Familiengeheimnis zu lüften. Deshalb durfte sie nichts überstürzen. Es musste alles so normal wie möglich klingen, damit es ihrer Mutter leichtfiel.

Dann gingen sie weiter und holten eine junge Frau ein, die ihr Kind im Buggy auf dem Dammweg schob. Der Kleine schaffte es immer wieder, auszusteigen und ein paar Schritte in die entgegengesetzte Richtung zu laufen. Dann fiel er hin und heulte. Aber sobald ihn seine Mutter hochnahm, weigerte er sich mit Händen und Füßen dagegen, getragen zu werden. Wahrscheinlich war er müde und wollte nicht einschlafen. Ein kleiner Pekinese begleitete die beiden und kläffte, so laut er konnte, als die beiden Frauen an ihnen vorbeigingen.

„Er wird groß, glauben Sie mir. Wir haben es auch geschafft“, sagte Jos Mutter und deutete auf ihre Tochter.

„Wird es wirklich leichter mit den Kindern, wenn sie größer sind?“, fragte die Frau und setzte den Kleinen trotz seines Protestgeschreis in den Wagen hinein.

„Das kommt darauf an“, sagte Walburga.

Jo hätte gerne gewusst, worauf es ankam, aber sie hielt sich zurück. Immerhin redeten sie wieder miteinander. Letzten Herbst waren sie sogar einmal auseinandergegangen, ohne sich voneinander zu verabschieden.

Dann sagte die Tochter leise: „Wie mächtig die Donau ist. So breit und Respekt einflößend. Wenn wir sie verstehen könnten, würde sie wahrscheinlich sagen: ‚Hört zu, ihr Menschenkinder. Ich bin schon lange da und ich werde immer noch da sein, wenn von euch nichts mehr übrig ist. Euer kleines Leben vergeht wie im Flug, deshalb nutzt die Zeit, die ihr habt.'"

Ihre Mutter sah sie erstaunt an. „Ich muss dir auch etwas sagen, Johanna. Seit du mir von dem Unwetter in Finnland erzählt hast, wollte ich es dir sagen, aber ich habe es nicht geschafft."

Jo zuckte zusammen. Es war so weit. Jetzt würde die Wahrheit auf den Tisch kommen.

„Als kleines Kind wärst du beinah in die Donau gefallen."

„Wie? Beinah in die Donau gefallen? Was meinst du damit?"

„Rebekka, du und ich, wir waren zusammen an der Donau unterwegs, drüben bei Kagers. Du wolltest nicht im Kinderwagen bleiben, genau wie der Kleine vorhin. Wir hatten dich in unsere Mitte genommen und gingen ein Stück spazieren. Die Donau hatte ziemlich viel Wasser, es war Schneeschmelze. Ich musste dringend auf die Toilette und sagte deiner Schwester, dass sie dich unter keinen Umständen loslassen durfte und dass ihr auf mich warten müsst. Ich beeilte mich, aber bis ich wieder oben auf dem Damm war, war Rebekka mit dir weitergegangen. Plötzlich ließ sie dich los, du bist gestolpert und den Damm hinuntergerutscht. Du warst schon ganz nah am Wasser und ich erwischte dich gerade noch an deiner Jacke."

„Wie alt war ich da?" Jo rieb sich die Stirn. Das war der Traum mit den beiden Mädchen, an den sie sich so gut erinnern konnte, weil sie ihn Alba noch in der Nacht erzählt hatte.

„Drei. Deine Schwester lief einem herrenlosen Hund hinterher und ließ dich los, weil du zu langsam warst. Wenn du hineingefallen wärst ... Ich darf gar nicht daran denken. Ich habe mir solche Vorwürfe gemacht."

„Warum hast du mir das nie erzählt?"

„Ich habe es niemandem erzählt. Weil ich eine schlechte Mutter bin. Ich kann nicht einmal meine eigenen Kinder beschützen", sagte sie leise.

„Aber es ist doch nichts passiert. Du hast genau richtig reagiert. Es ist alles gut gegangen. Du brauchst dir keine Vorwürfe zu machen."

Ihre Mutter fuhr sich über das Gesicht.

„Hast du deswegen so heftig reagiert, als ich letzten Sommer mit den Mädchen ans Wasser wollte?"

„Ich hatte plötzlich so viel Angst um die Kinder."

„Jetzt weiß ich wenigstens, warum. Ich habe im Herbst davon geträumt. Es war beängstigend. Aber wenn ich jetzt weiß, was dahintersteckt, dann wird es leichter. Und ich glaube, dass es mit diesen Großvater-Träumen auch so wäre. Es wäre viel einfacher, wenn ich wüsste, was dahintersteckt", sagte Jo.

„Was hat meine Schwester gesagt? Ich nehme an, du hast sie danach gefragt."

Jo hatte sich fest vorgenommen, Helenes Geschichte zu erzählen, aber plötzlich wurde ihr klar, dass sie das nicht tun dürfte. Es war höchste Zeit, dass die beiden Schwestern miteinander sprachen.

„Ich habe dich etwas gefragt, Johanna."

„Bitte sprich mit Helene, sie hat eine Menge zu erzählen."

„Wie stellst du dir das vor?", fragte ihre Mutter.

„Wann redet ihr beide endlich miteinander? Wie lange willst du noch auf sie wütend sein? Das ist nicht gut für dich und deine Gesundheit."

„Ich habe keine Wut auf sie."

„Du hast mir erzählt, wie wütend du warst, weil sie sich mit allen möglichen Männern traf und nur das machte, was sie wollte." Jo riss einen Grashalm aus, wickelte ihn um den Finger und musste an den Spiegel auf dem Buchumschlag denken. Eine kleine Ecke war klarer geworden, der Traum mit den beiden

Mädchen. Aber der größte Teil des Spiegels war noch immer verschwommen. „Ihr könntet euch treffen und versuchen, miteinander zu sprechen. Bitte."

„Und einfach so tun, als hätten wir immer das beste Verhältnis zueinander gehabt? Das kann man nicht aus dem Ärmel schütteln", sagte ihre Mutter.

„Du brauchst dich nicht zu fürchten, Helene ist weder auf dich noch auf Großmutter wütend. Sie lebt ihr eigenes Leben und sie ist glücklich mit ihrem Mann und sehr stolz auf Dan. Er unterrichtet für ein Jahr an der Freiburger Uni."

„Und wieso hat sie mich nicht angerufen, als sie in Straubing war?"

„Weil sie Angst hat, genau wie du. Da ist etwas Schlimmes passiert damals." Jo brach an der Stelle ab. Das konnte und durfte sie nicht sagen. Erstens würde es Mutter nicht glauben. Und zweitens müsste Helene es selbst aussprechen.

„Das ist mir klar. Die große Schwester weiß alles besser, ich war immer die dämliche Kleine, die nichts verstanden hat."

„Bitte, hör auf damit", sagte Jo, sah über die Donau nach Süden und fühlte sich auf einmal sehr einsam. Dort drüben lebte Rebekka mit ihrer perfekten Familie in ihrem schönen Haus und ließ ihre kleine Schwester mit dieser ganzen Geschichte allein.

„Walburga, seid ihr das?", rief eine Männerstimme plötzlich von hinten.

Jo drehte sich um. Ihr Vater fuhr mit dem Fahrrad auf dem Damm entlang und konnte gerade noch einer Frau ausweichen, die mit ihren Walking-Stöcken unterwegs war und ihn lautstark auf Bairisch beschimpfte, weil er oben auf dem schmalen Pfad mit dem Fahrrad fuhr.

Als er die beiden Frauen erreicht hatte, sprang er ab und sagte atemlos: „Gott sei Dank. Als ich nach Hause kam, war niemand da. Ich habe mir Sorgen gemacht. Was macht ihr zwei? Wieso seid ihr hier draußen?"

„Wir gehen spazieren." Jo hätte ihn am liebsten mitsamt seinem Fahrrad umgedreht und weggeschickt. Ihre Mutter und sie mussten allein sein. Genau deswegen waren sie an die Donau gegangen. Vielleicht hatte er immer nur vermittelt, um die Kontrolle über sie alle zu haben. Zum ersten Mal fragte sich Jo, was für eine Rolle ihr Vater in diesem komplizierten System spielte.

„Wir schaffen das schon, Rudolf. Wir schlagen uns nicht die Köpfe ein. Fahr nach Hause. Wir kommen bald", sagte ihre Mutter.

„Wann?", fragte er.

„Sobald wir fertig sind", antwortete sie.

Daraufhin wendete er sein Rad, stieg auf und fuhr zurück. Jo rieb sich den Nacken. Früher prügelten sie sich tatsächlich mit Worten, sie und Mutter. Richtige Nahkämpfe waren das in der Pubertät gewesen. Sonntags musste Jo immer in die Kirche gehen und durfte keine Jeans anziehen. Natürlich schaffte sie es, ungesehen aus dem Haus zu kommen, und zwar mit der besonders verwaschenen, die an den Hosenbeinen ausfranste. Mit der Jeans ging sie zur Messe, traf sich danach mit Jakob in der Eisdiele und kam zu spät zum Mittagessen. Bis dahin glühte Mutter vor Zorn. Auch sie war in der Kirche gewesen und ihr war nicht entgangen, was die Tochter anhatte. Vater und Rebekka zogen sich zurück, während Walburga und ihre jüngste Tochter mindestens eine halbe Stunde lang miteinander stritten.

„Was war das denn?", fragte ihre Mutter und sah ihrem Mann hinterher.

„Er hat Angst."

„Wovor? Er hat nichts damit zu tun."

„Vielleicht möchte er alles unter Kontrolle haben." Jo warf den Grashalm auf den Boden.

„Er war es. Er hat dir Helenes Adresse gegeben. Er hat dir hinter meinem Rücken Helenes Adresse gegeben."

„Bitte versetz dich in meine Lage. Seit einem Jahr bitte ich dich, mir zu sagen, was bei uns los war." Jo dämpfte ihre Stimme, weil ein Spaziergänger auf sie zukam.

Ihre Mutter grüßte den Mann und wartete, bis der Abstand zwischen ihnen groß genug war. „Und wieso hintergehst du mich?"

„Weil du nie einen Ton gesagt hast. Einem Kind würde ich ja auch nichts davon erzählen, aber wenn meine erwachsene Tochter nach Hause käme und fragen würde, dann würde ich ihr die Wahrheit sagen. Wieso hast du mir nie erzählt, was an der Donau passiert ist. Und was mit Großvater war. Und wieso redest du nicht endlich mit deiner Schwester und klärst das alles?"

„Bist du dir sicher, dass du wissen willst, was da passiert ist?", erwiderte ihre Mutter.

18

Mit ihren Bergstiefeln stapften Jakob und sie eine Woche später durch das oberbayerische Lenggries. Es war noch ruhig, weil sie sehr früh aufgebrochen waren, um nicht im Wochenendstau auf der Salzburger Autobahn stecken zu bleiben. Als Jo um halb fünf Uhr aus dem Bett gesprungen war und Jakob telefonisch geweckt hatte, trällerten die Vögel.

„Wenn es ums Wandern geht, stehst du zu jeder Tages- und Nachtzeit auf. Wie eine Wandermaschine“, hatte Alba am Abend vorher festgestellt. Nach der gemeinsamen Tour im Herbst hatte sie beschlossen, nie wieder in die Berge zu gehen.

Jo bedauerte, dass sie sich nicht die Zeit für einen zweiten Cappuccino genommen hatte. Ihre Beine waren schwer. Außerdem sah der Geierstein an diesem Morgen viel höher aus als sonst. Oben waren die Lärchen noch kahl; unten im Tal hatte sich der Bergfrühling mit frischem Laub und bunten Wiesenblumen durchgesetzt. Der Morgenhimmel war klar. Es roch nach frischem Gras.

„Wir könnten zusammen aufs Land ziehen, wenn wir alt sind“, sagte Jo.

„Wieso du und ich?“, fragte Jakob und biss in seinen Müsliriegel.

„Weil wir zwei einander immer treu sein werden.“ Sie winkte einem Bauern zu, der auf seinem Traktor an ihnen vorbeifuhr.

„Wieso bist du dir da so sicher?“

„Wir haben es schon achtzehn Jahre miteinander ausgehalten. Das ist eine lange Zeit.“

„Und deine Frauen?“, fragte er und kaute weiter.

„Du hättest zur Abwechslung einfach mal zustimmen können. Es dauert ja noch eine Weile, bis wir alt sind.“ Sie sah noch einmal zum Geierstein hinauf. Über das Beziehungsthema würde sie heute bestimmt nicht reden, sonst verdarb sie sich selbst und ihm den Tag. Alba sagte dies, Elsa machte das. Das musste ihn langweilen. Im Alter gehörten solche Dramen hoffentlich der Vergangenheit an. „Meine Liebsten können mir heute gestohlen bleiben. Mensch, Jakob, wieso ist das alles so kompliziert?“

Er steckte die leere Verpackung in die Hosentasche. „Weil das Leben so ist. Es ist immer dasselbe Spiel. Eine Mischung aus Anziehung und Reibung, Glück und Unglück, Freude und Schmerz. Bist du denn nicht mehr glücklich mit deiner Elsa?“

„Doch, klar“, sagte Jo und schob ihren Rucksack nach hinten. Es war wunderschön. Aber immer, wenn sie auseinandergingen, nistete sich der Zweifel ein. Die Tierärztin würde ihren Mann nie verlassen. Neuerdings redete sie sogar davon, dass sie ein Kind wollte. „Sie braucht Zeit.“ Jo hielt sich an den Gurten ihres Rucksacks fest.

„Zeit für was?“

„Um sich zu entscheiden.“

„Für wen oder was will sie sich entscheiden?“, fragte er.

„Du Witzbold. Er oder ich.“

„Und bis wann weiß sie, was sie will?“

„Im Sommer“, sagte Jo.

„Und wie ist das für dich?“

„Lass gut sein. Heute will ich wirklich nicht darüber reden. Letzte Woche war ich bei Mutter. Ich hoffe, sie ruft ihre Schwester bald an. Aber ich habe es nicht geschafft, ihr Helenes Geschichte zu erzählen.“

Jakob brummte und steckte die Hände hinter die Riemen seines Rucksacks.

„Gut, ich verstehe, du willst heute nichts davon hören. Ich auch nicht. Aber ich wollte dir unbedingt von dem Jugendbuch erzählen, das ich gestern ausgelesen habe.“

„Erzähl“, sagte er gähnend.

„Seit ich diese Bücher mit den Familiengeheimnissen gelesen habe, begegnen mir dauernd Geschichten, in denen es um so etwas geht. Dieses Mal ist die Heldin ein vierzehnjähriges Mädchen, das ihren Vater sucht."

Jakob putzte sich die Nase und schwieg.

„Ihre Mutter starb, als sie noch klein war. Und dann kam sie zu ihrer Tante, die die Zwillingsschwester der verstorbenen Mutter ist. Die hat schon drei Kinder. Und die tragen alle Namen von Farben, weil die Mutter Künstlerin ist. Nur das adoptierte Mädchen, Safran, die tanzt mit ihrem Namen aus der Reihe. Als sie älter wird, will sie unbedingt wissen, warum sie nicht wie die anderen heißt. Nach einigem Hin und Her findet sie heraus, dass ihr Onkel gar nicht ihr Onkel ist, sondern ihr Vater. Er hat das die ganzen Jahre über verheimlicht. Sogar vor seiner Frau."

Jakob sagte immer noch nichts. Es interessierte ihn wohl nicht, was sie da erzählte. Wahrscheinlich war es zu früh am Tag für ihn. Sie beschloss, den Mund zu halten, aber am Ortsende fiel ihr auf, dass der Schuh gegen ihre rechte kleine Zehe drückte. Es war Tradition, dass er das Verbandszeug und sie eine zusätzliche Flasche Wasser trug. Deshalb fragte sie: „Hast du ein Pflaster für mich? Ich kriege eine Blase. Irgendwas passt nicht mehr mit meinem Schuh."

Jakob reagierte nicht und lief weiter.

„Hallo, Erde an Jakob. Hörst du mich? Ich brauche ein Pflaster. Du hast doch welche, oder?" Jo blieb stehen, zog den Schuh und die Socke aus.

Endlich machte Jakob halt, holte seinen Rucksack herunter und öffnete die Seitentasche. Dann reichte er ihr das Päckchen mit Verbandsmaterial.

Jo balancierte auf einem Bein. „Kannst du mir bitte eines herausholen. Das ist ja schon fast aufgescheuert. Ich verstehe das nicht. Ich hatte noch nie Probleme mit den Schuhen."

Jakob reichte ihr einen Pflasterstreifen, packte seine Sachen zusammen und ging weiter, ohne auf sie zu warten.

Schnell versorgte sie ihren Fuß, zog Socke und Schuh an und lief ihm nach.

„Du wolltest von dem Buch erzählen", sagte er.

„Was ist denn mit dir los?"

„Mir ist komisch."

„Ist es der Kreislauf? Du bist zu früh aufgestanden und du hast nicht gefrühstückt. Wir machen eine Pause", sagte sie.

Weil der schmale Feldweg rechts und links von Weidezäunen eingegrenzt und das Gras noch feucht vom Tau war, zeigte Jo zum Waldrand hinauf. „Da gibt es eine Bank. Schaffst du es bis dahin? Da machen wir Pause."

„Ich mache schon mein ganzes Leben Pause", sagte Jakob und starrte vor sich auf den Weg.

So hatte sie ihn lange nicht mehr erlebt. Plötzlich versetzte es ihr einen Stich. Hoffentlich war nichts Ernstes mit ihm. Hoffentlich war er gesund.

Er ging weiter, ließ sich auf die Bank fallen und schloss die Augen.

„Ich hab leider keine Notfalltropfen dabei. Die hat Alba. Am Montag ist die letzte Mündliche. Möchtest du einen Schluck Wasser?"

„Nein, ein Schluck Cognac wäre mir lieber", sagte Jakob. Sein Gesicht war weiß wie eine frisch getünchte Wand. „Ich ... ich schleppe es schon seit einem Monat mit mir herum. Ich muss dir was sagen."

„Leg los, Jakob, heute haben wir alle Zeit der Welt. Hast du dich verliebt? Du bist irgendwie anders seit ein paar Wochen. Ich wollte dich schon fragen, was los ist."

„Und deine Dramen haben dich davon abgehalten", erwiderte er.

„Es tut mir leid. Ich weiß, alles dreht sich nur um mich in letzter Zeit, das wird wieder besser. Ich verspreche es dir."

„Ich wusste … ich wusste es bis vor ein paar Wochen nicht, dass ich …", sagte er und nahm noch einmal Anlauf, „… dass ich einen Sohn habe."

Jo sah ihn fassungslos an. „Du hast was?"

„Du hast mich richtig verstanden."

„Nimm mich nicht auf den Arm, das ist nicht komisch."

„Als ich neu in München war, hatte ich eine Affäre mit einer Frau."

„Wieso hast du das nie erzählt?", fragte sie.

„Das mit Amanda? Wir waren drei Monate zusammen und hatten Spaß miteinander, wir mochten uns. Ich habe das verdrängt. Ich war damals kurz vor meinem Coming-out und die Männer haben mich rasend interessiert. Als sie das mitkriegte, hat sie mir eine Ohrfeige verpasst und wir haben uns nicht mehr getroffen."

„Das kann man ihr nicht verdenken. Aber was soll das mit dem Sohn? Nach so langer Zeit", sagte Jo.

„Sie hat mir vor vier Wochen geschrieben, dass der Junge seinen Vater kennenlernen möchte."

„Guten Morgen!", rief ein Wanderer in Bundhose und kariertem Hemd. „Ihr macht ja früh schlapp, ihr zwei Hübschen. Oder wart ihr schon oben? Ist es arg nass auf dem Weg?" Mit seinem Bergstock zeigte er zum Gipfel hinauf.

„Auf der Nordseite wahrscheinlich schon", antwortete Jo. Hoffentlich ging er bald weiter. Das war kein guter Zeitpunkt für einen Plausch.

„Wird schon nicht so schlimm sein. Und bleibt nicht so lange sitzen, ihr zwei, ihr wisst ja, Morgenstund hat Gold im Mund. Vor allem im Gebirge." Mit der freien Hand tippte er an seinen grauen Filzhut und marschierte weiter.

„Wie kann man um diese Uhrzeit so munter sein." Jakob rieb sich die Augen.

„Woher weißt du, dass du der Vater bist? Die kann dir alles erzählen." Jo lehnte sich nach hinten. Am Ende ließ Jakob sich noch, gutmütig wie er war, ein Kind anhängen, bloß weil er mal was mit ihr hatte.

„Sie wollte nie etwas von mir. Sie hat ihn allein großgezogen. Er ist zwölf."

„Hat sie Geldprobleme? Oder kannst du mir erklären, warum sie dir das nach zwölf Jahren sagt? Was will sie von dir?"

Jakob klopfte auf die Bank. „Komm runter. Der Junge will wissen, wer sein Vater ist. Findest du nicht auch, dass er ein Recht hat zu wissen, wer sein Vater ist?"

„Ein Recht? Gibt es ein Recht auf Wahrheit?", fragte Jo.

„Und wer erzählt mir diese rührselige Story von dem Mädchen, das dem Onkel die Maske herunterreißt? Und wer schwatzt mich seit einem Jahr voll mit dieser Familiengeschichte? Wieso misst du mit zweierlei Maß?"

„Was hat meine Familiengeschichte damit zu tun?"

„Wenn du nicht aufhörst, so einen Blödsinn zu reden, gehe ich zum Bahnhof und fahre sofort nach Hause." Die Blässe in Jakobs Gesicht war verschwunden.

Jo stützte sich mit den Ellbogen auf den Oberschenkeln ab. „Ich kann nicht mehr. Jetzt kommst auch noch du mit so etwas daher. Ich weiß überhaupt nicht mehr, wem ich noch irgendetwas glauben kann. Ich glaube am besten gar nichts mehr. Ich glaube ja nicht mal mehr mir selbst."

„Ich habe dich nicht angelogen, ich weiß es erst seit vier Wochen. Du bist die Erste, der ich es sage. Ich habe es nicht gewusst."

„Habt ihr nicht verhütet, verdammt noch mal?"

„Was bist du für ein Schlaumeier heute Morgen!", sagte der Freund.

„Jetzt ist mir schlecht. Was hast du vor?"

„Ich hab vier Wochen gebraucht, um das alles zu verdauen. Verstehst du das denn nicht? Ich bin völlig durcheinander. Ich habe einen zwölfjährigen Sohn. Er heißt Hendrik. Es ist ein Wechselbad. Mal bin ich mir sicher, dass ich ihn kennenlernen will und dass wir uns gut verstehen werden. Aber dann habe ich Horrorvisionen von einem pickeligen, unsicheren Jungen, der seinen Vater verachtet, weil der auf Männer steht."

Jo sah schweigend zum Brauneck hinüber.

„Amanda ist in Ordnung. Du kannst den Brief lesen. Kein Vorwurf, keine Unterstellungen, gar nichts. Sie hat einfach nur erzählt, wie es war mit ihm, die ganzen Jahre über. Aber seit einer Weile fragt der Junge ständig nach seinem Vater und da hat sie es sich überlegt. Sie hat mich gesucht und gefunden."

„Wieso ist sie sich so sicher, dass du es bist?" Jo kickte einen Stein weg.

„Sie ist die Mutter. Sie wird es wohl wissen. Und für mich passt es auch. Vor einem Jahr hätte ich ihr wahrscheinlich noch geschrieben, dass ich ihn nicht sehen will. Aber es ändert sich sowieso alles und ich bin gespannt, was passiert. Seit vier Wochen sehe ich in jedem Halbwüchsigen meinen Sohn."

„Mach lieber langsam. Auf eine Woche mehr oder weniger kommt es nicht an." Jo fuhr sich durch die Haare. Jetzt auch noch Jakob. Er war in diesem ganzen Chaos der Boden unter ihren Füßen gewesen.

„Hast du Angst, dass du mich verlierst?", fragte Jakob.

„Nein, es kommt nur wie aus heiterem Himmel."

„Hätte ich es dir nicht sagen sollen?"

„Um Himmels willen. Ich bin froh, dass du es mir erzählst. Und wie geht es jetzt weiter bei dir?", fragte sie.

„Ich habe Amanda angerufen und ihr gesagt, dass ich mich in zwei bis drei Wochen bei ihr melden werde. Ich möchte sie zuerst treffen, sie soll mir von ihm erzählen. Ich will wissen, wie sie leben, wie er ist, was er mag, was er nicht mag. Und sie kann ihm von mir erzählen. Und wenn der Junge dann immer noch will, werde ich ihn treffen. Ich bin neugierig, was er für einer ist.

Wenn er es will, bin ich für ihn da." Jakobs Augen leuchteten für einen Moment auf.

„Und was ist, wenn das alles nur eine Hormonlaune war? Kannst du dich noch daran erinnern, wie du mit zwölf warst? Heute dies und morgen das. Und du musst damit fertig werden. Was ist, wenn er seinen schwulen Vater zum Kotzen findet?"

„Das würde ich schon überleben. Ich kann jetzt nicht mehr so tun, als wüsste ich nicht, dass es ihn gibt. Und ich bin mir sicher, dass das alles seinen Grund hat. Ich kann nicht sagen, danke, war nett, dass du mir geschrieben hast, es ist schön und gut, dass ich der Vater bin, aber das bedeutet mir nichts."

„Sie hat dich all die Jahre lang nicht gebraucht. Also könntest du genauso gut so weitermachen wie bisher", sagte Jo.

„Sie braucht mich nicht. Der Junge braucht mich vielleicht."

„Ich will nicht, dass sie dir wehtun."

„Und was ist mit dem Jungen? Soll ich ihm wehtun? Und damit auch mir selbst? Es wäre schlimm für mich, so zu tun, als hätte Amanda sich nie gemeldet. Und hast du dir mal überlegt, wieso du nicht aufhören kannst, in deiner Familiengeschichte herumzustochern?", fragte Jakob.

„Das frage ich mich in der Zwischenzeit auch."

„Blut ist dicker als Wasser."

Jo seufzte. „Blut ist dicker als Wasser. Das klingt nach Blut und Boden. Fürchterlich."

„Familienbindungen sind sehr stark. Und es kostet mehr Kraft, sie zu ignorieren, als sich mit ihnen auseinanderzusetzen. Was glaubst du denn, warum du nicht von dieser Geschichte mit deinem Großvater loskommst?"

„Du hast leicht reden. Bei dir geht es immerhin um einen Jungen, der neugierig auf dich ist. Bei mir geht es um Gewalt, Tod, Misstrauen, Angst, Scham. Vielleicht sogar um einen Mord. Dass damit keiner zu tun haben will, wundert mich in der Zwischenzeit nicht mehr."

„Das gibt es wahrscheinlich häufiger, als man glaubt. Nur spricht niemand darüber, weil alle denken, dass sie nur so weiter funktionieren können. Ich will das nicht. Ich will versuchen, anders damit umzugehen als die Generationen vor uns", sagte Jakob entschieden.

„Wie anders?"

„Ich will offen sein. Ich will mit den beiden reden. Glaub bloß nicht, dass ich keine Angst hab. Ich fürchte mich sehr davor, sonst würde ich nicht so lange überlegen."

„Wahrscheinlich gibt es da kein Richtig oder Falsch."

„Das kann schon sein, aber man kann wenigstens versuchen, sich selbst und den anderen eine Chance zu geben. Du fürchtest dich auch, sonst hättest du schon längst mit meiner Großtante in Straubing geredet. Ich glaube, die weiß wirklich etwas. Deine Mutter fürchtet sich, deine Tante Helene fürchtet sich, Rebekka fürchtet sich. Auch wenn viel Zeit vergangen ist, alle haben Angst davor, dass danach nichts mehr so ist, wie es war", sagte er und legte den Arm auf die Banklehne.

„Ich glaube nicht, dass meine Familie irgendetwas zu verlieren hat."

„Diese trügerische Sicherheit, dass alles normal ist, so wie es ist, die kann man immer verlieren. Du kannst dir nicht vorstellen, wie es mir ging, als Amandas Brief kam. Erst habe ich ihn liegen lassen. Irgendwie wusste ich, dass er alles verändern würde. Und erst wollte ich das nicht. Dann hab ich ihn doch aufgerissen und gelesen. Ich konnte nicht glauben, was da steht. Ich habe es immer wieder gelesen. Sogar mitten in der Nacht. Ich konnte nichts mehr essen und nicht mehr schlafen. Ich war sehr froh, dass ich am nächsten Tag nur zwei Kurse hatte. Das war wie ein Erdbeben."

Jo versuchte, den Kloß im Hals hinunterzuschlucken. „Oder wie eine Flutwelle."

„Du brauchst keine Angst zu haben, Jo, ich bin da. Daran ändert sich nichts. Und du bist mir sehr wichtig."

„Ich bin sicher, dass du ein toller Vater bist. Ich muss mich nur daran gewöhnen", sagte sie und fuhr sich über die Augen. Jakob hatte einen Sohn. Andere Leute wünschten sich Kinder und es klappte nicht. Die liefen von einem Arzt zum anderen, um eines zu kriegen. Oder nahmen langwierige Adoptionsverfahren auf sich. Bei ihm ging es sozusagen wie von selbst.

Gemeinsam sahen sie zum Brauneck hinüber. Die Bergstation leuchtete in der Morgensonne, unten im Ort fuhren Autos hin und her und im Wald wurde die erste Motorsäge an diesem Samstag gestartet.

„Hast du überhaupt noch Lust, auf den Gipfel zu gehen?", fragte er nach einer Weile.

„Ja klar, wenn es dir besser geht. So schnell geben wir nicht auf, oder?"

„Mir geht es viel besser, seit ich es ausgesprochen habe."

„Gut, dann mal los. Sonst holt uns am Ende noch der Geier, wenn wir hier unten auf der Bank sitzen bleiben", sagte Jo und klopfte dem Freund auf den Oberschenkel.

19

„Du bist unwiderstehlich in deinem neuen Top.“ Alba warf ihr eine Kusshand zu und ging in eine enge Gasse hinein.

Jo traute ihren Ohren nicht und schob den verrutschten Träger ihres türkisfarbenen Oberteils nach oben. Nach den Prüfungen war die Freundin wie ausgewechselt. Es war alles gut gegangen. Und nach der monatelangen Plackerei hatte sie das gute Ergebnis auch wirklich verdient.

„Bei dem Wetter ist Regensburg so leicht. Das hätte ich nicht für möglich gehalten an diesem grauen nebligen Wintertag, als ich mit Jakob da war“, sagte Jo an der nächsten Ecke und legte Alba den Arm um die Schulter. Sie wollten noch einmal mit der alten Frau im Lebensmittelladen sprechen und hofften, mehr von ihr zu erfahren als beim ersten Mal.

Vor ihnen lag ein großer, belebter Platz. Zur Mittagszeit waren die Straßencafés und Pizzerias voll. Viele Frauen trugen bunte Sommerkleider, die Männer hatten ihre Jacketts ausgezogen und die Krawatten gelockert. Kleine Kinder kämpften mit viel zu schnell schmelzenden Eiskugeln und wehrten sich dagegen, dass ihre Mütter eingriffen. Die größeren tobten zwischen den Tischen herum und liefen den Kellnern mit ihren schweren Getränketabletts oder Pizzatellern vor die Füße. Sogar die Hunde marschierten mit erhobenen Schwänzen neben den Menschen her, die ihren Besorgungen nachgingen.

Als sie den Platz mit den großen, mittelalterlichen Patrizierhäusern überquerten, sagte Alba: „Sieh mal, da ist eine Justitia. Ich bin gespannt, wie das mit der Nachbarin deiner Großeltern wird.“

Jo näherte sich dem Brunnen, auf dem die Figur stand. Unten saßen Leute auf dem Sockel, aßen Eis und unterhielten sich. Weiter oben gab es einen schmiedeeisernen Zaun, an dem Blumenkästen mit roten Geranien und lila Begonien hingen. Die Justitia stand mit geschlossenen Augen in der Mitte des Brunnens und streckte mit der Rechten ein Schwert nach oben. In der linken Hand hielt sie eine Waage, auf der ein Spatz saß. Die beiden Waagschalen befanden sich auf gleicher Höhe.

„Weißt du noch, wann der Laden aufmacht?", fragte Alba.

„Um zwei, glaube ich. Das ist schon witzig, dass die mittags zumachen. Wie in Italien."

„Dann machen wir jetzt auch eine italienische Pause. Komm, lass uns eine Bar suchen."

In der Nähe des Stadttheaters fanden sie ein Café, aus dem es nach Espresso duftete. Ohne zu zögern ging Alba hinein und war so von den Sandwiches in der Vitrine begeistert, dass sie sich eines mit Thunfisch und einen Espresso bestellte. Jo entschied sich für Cappuccino und ein Brötchen mit Melone und Parmaschinken. Dann setzten sie sich draußen an den letzten freien Tisch.

Es gab Gäste, die im Stehen einen Kaffee zu sich nahmen und bald wieder aufbrachen. Andere lasen Zeitung, beobachteten die Passanten oder unterhielten sich miteinander. Manche sogar über die Tische hinweg.

Die beiden Frauen ließen sich die Sonne ins Gesicht scheinen und genossen den außergewöhnlich guten Kaffee und die *panini*. Nach einer Weile sagte Alba: „Es ist wirklich nett hier, aber dieser muffige Geruch ist unangenehm."

Am Nebentisch lachte ein älterer Mann und deutete zur gegenüberliegenden Kirche. „Das ist die Dreieinigkeitskirche. Die Tür ist offen, und manchmal ist es intensiver als sonst. Ich weiß auch nicht, woran das liegt."

„Kann man auf den Turm steigen?" Alba sah nach oben.

Der Mann nickte. „Es kostet Eintritt, weil die Evangelische Kirche auch Geld braucht. Aber es lohnt sich wirklich, so einen tollen Blick hat man sonst nirgends."

„Das klingt gut. Danke für den Tipp", sagte Alba und ging zahlen.

In dem kühlen Kirchenraum roch es wie in allen Kirchen und die beiden folgten dem Schild, das auf die Turmbesteigung hinwies. Oben auf der Empore bezahlten sie Eintritt, erhielten kleine Billetts mit einem romantischen Gemälde der Kirche und stiegen die vielen, steilen Holzstufen hinauf. Jo musste aufpassen, dass sie sich nicht den Kopf anschlug, denn das Treppenhaus war zum Teil sehr niedrig.

Alba geriet bald außer Atem und sah aus einem der Fenster. „Du liebe Güte, ich habe überhaupt keine Kondition."

Als sie auf der Aussichtsplattform ankamen, rief sie begeistert: „Ist das schön! Diese vielen Dächer und Türme."

Rechts, direkt unter ihnen, befand sich das Kirchenschiff der Dreieinigkeitskirche, das nahtlos in den großen alten Dachstuhl eines Nachbarhauses überzugehen schien. Und gleich daneben stand die nächste Kirche, die ihnen auffiel, weil die hohen gotischen Fenster reihum gingen. Weiter stadtauswärts entdeckten sie noch eine Kirche mit zwei gedrungenen Türmen und ganz weit hinten lagen die bewaldeten Hügel, die Jo schon bei ihrem ersten Besuch mit Rebekka im Herbst aufgefallen waren.

Alba ging ein paar Schritte nach links. „Das ist ja verrückt, da vorne ist schon wieder eine Kirche."

„Das dürfte Sankt Emmeram sein. Da wurden meine Mutter und Tante Helene getauft. Und rechts daneben muss das Schloss sein."

Über der Altstadt thronte der Regensburger Dom und Alba wollte wissen, in welcher Richtung das mächtige Bauwerk lag.

„Das ist Osten. Weiter hinten bei den Hügeln, da fängt der Vordere Bayerische Wald an. Und im Norden ist die Donau. Aber von hier oben kann man sie nicht sehen", sagte Jo und verfolgte mit dem Zeigefinger den breiten grünen Streifen, in dem der Fluss mit seinen Seitenarmen lag.

„Hast du eigentlich gar keine Lust mehr, Kajak zu fahren?“, fragte Alba.

Jo schüttelte den Kopf. Obwohl seit dem Unfall in Finnland schon fast ein Jahr vergangen war, träumte sie noch immer diese seltsamen Wasserträume. Und die Vorstellung, paddeln zu gehen, machte ihr weiter Angst. Mit beiden Händen hielt sie sich an der Brüstung fest und atmete so lange konzentriert aus und ein, bis es ihr wieder besser ging.

„Du brauchst einfach Geduld. Vielleicht nimmt dich mal jemand mit. Es geht sicher leichter, wenn du nicht allein auf dem Wasser bist“, sagte Alba und klopfte ihrer Freundin tröstend auf den Arm. Dann zeigte sie auf eine Terrasse, die in schwindelerregender Höhe an einem Dach klebte. „Die machen da sicher schicke Feste über den Dächern von Regensburg, sieh mal, da gibt es einen Grill, Stühle und einen Bartisch.“

„Und auf der da hinten, da steht sogar eine Palme. Die ist wie ein kleiner Garten. Das wäre was für dich“, sagte Jo.

„Ja und die daneben, die sieht aus wie ein Foto in *Schöner Wohnen*. Mit den Holzmöbeln und dem Bambus um das Geländer. Sehr beeindruckend. Ein nettes Städtchen. Lass uns eine Wohnung mit einer Dachterrasse suchen und hierher ziehen.“

„Und was willst du hier arbeiten, Frau Magister?“

„War ja nur eine Idee. Weißt du eigentlich, was es mit diesen viereckigen Türmen auf sich hat? Irgendwie erinnern die mich an italienische Städte“, sagte Alba und kniff die Augen zusammen.

„Ich wusste, dass du das fragen wirst. Ich habe es extra nachgelesen. Im Mittelalter trieben die reichen Regensburger Kaufleute Handel mit Norditalien. Dort gefielen ihnen diese Türme so gut, dass sie sie zu Hause nachbauen ließen. Aber die waren nur zum Repräsentieren da, man wohnte nicht drin. Das war viel zu ungemütlich und kalt.“

Unter ihnen lag die Fußgängerzone. Menschen liefen durch die Gassen, Radfahrer schlängelten sich durch, ab und zu fuhr ein gelber Stadtbus durch. Auf der Nordseite des Turmes rüttelte der Wind an einem Fensterladen und machte ein quietschendes Geräusch.

Jo fröstelte plötzlich in ihrem ärmellosen Shirt und sagte: „Da hinten, da sieht man die Donau übrigens doch."

Dann schlugen die Kirchtürme reihum und die beiden stiegen wieder hinunter. Bald darauf standen sie vor dem Lebensmittelladen und warfen einen Blick durch die Glastür. Da war nur die alte Frau, sie kniete am Boden und räumte Dosen in ein Regal. Jo hoffte inständig, dass ihr Bruder nicht da war, und öffnete die Tür.

„Grüß Gott. Was darf es sein?" Die alte Frau sah hoch.

„Grüß Gott. Ich war im Winter schon mal bei Ihnen, zusammen mit einem Freund. Erinnern Sie sich noch an mich?" Jo trat einen Schritt näher.

Die Frau stand auf, hielt sich den Rücken und sagte: „Die große Enkeltochter. Vom Schneider."

„Ja, und das ist meine Freundin Alba. Wir sind auf der Durchreise und wollten fragen, wie es geht."

„Ganz ordentlich. Mein Bruder ist gerade beim Doktor. Man wird halt nicht jünger."

„Aber Sie kriegen das gut zusammen hin mit dem Laden", sagte Jo erleichtert. Was für ein Glück, dass sie alleine mit ihr sprechen konnten.

„Wenn wir das nicht mehr machen können, dann geht es schnell auf den Friedhof. Der Laden ist unser Leben", sagte die Lebensmittelhändlerin.

„Dann wünsche ich Ihnen, dass Sie es noch lange und gut schaffen. Aber ich wollte Sie gerne noch etwas fragen. Ich weiß, dass es unangenehm war für Sie, aber ich habe damals nicht verstanden, warum Sie das mit den Gerüchten nicht erzählt haben."

„Es hat halt welche gegeben, aber das heißt noch lange nicht, dass sie wahr sind", sagte die alte Frau schroff.

„Aber was genau wurde denn geredet?"

„Warum kümmerst du dich um diesen alten Schmarren? Du hast den Großvater ja nicht mal gekannt."

„Wie war er denn, der Großvater?", mischte sich Alba ein und lächelte ihr vertrauenswürdiges Lächeln.

„Wie er war? Darüber möchte ich nicht reden."

„Hat er Sie ... ich meine, hat er Sie belästigt?", fragte die Freundin vorsichtig.

„Mich nicht. Ich war wohl zu alt für ihn", sagte die Frau und schüttelte den Kopf.

Jo zog die Augenbrauen hoch. Sie musste an das denken, was Helene ihr erzählt hatte. Anscheinend war sie nicht das einzige Mädchen gewesen, das er missbraucht hatte.

„Ich bin ihm aus dem Weg gegangen. Ich habe mir nur von deiner Großmutter nähen lassen. Und mein Bruder hat nicht viel gebraucht. Die Arbeitsschürzen, die er damals trug, die hab ich selbst genäht."

„Ist er denn nie zum Einkaufen in den Laden gekommen?", fragte Alba.

„Was glaubt ihr denn? Einkaufen war Frauensache. Das hat die Großmutter gemacht. Aber manchmal hat er sich was zum Trinken geholt."

„Was zum Trinken?", wiederholte Jo und runzelte die Stirn.

Die alte Frau deutete eine Flasche an und führte sie zum Mund.

„War er Alkoholiker?", fragte Alba.

„Das weiß ich nicht genau. Aber heute würde man das vielleicht so sagen."

„Und was war mit diesem Unfall? Erzählen Sie doch mal, was Sie davon mitgekriegt haben", sagte Alba betont harmlos.

Jo warf ihr einen dankbaren Blick zu. Das war gut. So würden sie es schaffen. Langsam kamen sie der Sache näher.

„Da stand doch auch sicher etwas in der Zeitung. Was haben die denn geschrieben?" Alba lächelte weiter.

Dann ging die Ladentür auf. Ein kleiner Junge kam herein, grüßte und streckte der Lebensmittelhändlerin einen Einkaufszettel entgegen. „Meine Oma hat mir erlaubt, was Süßes auszusuchen. Aber nur, wenn ich alles mitbringe. Machst du das bitte für mich? Oma hat eine schreckliche Schrift."

„Das sind doch Druckbuchstaben, junger Mann. Aber du kannst doch in der Zwischenzeit lesen, oder? Das Schuljahr ist bald vorbei und in der zweiten Klasse muss man das können."

Der Kleine nickte eifrig und reichte ihr einen Stoffbeutel. Die Frau lachte gutmütig. „Dann schauen wir mal, was die Oma alles braucht. Du weißt ja, wo die Schokoriegel sind."

Es dauerte ein wenig, bis alle Lebensmittel auf dem Kassentisch lagen, eingetippt, eingepackt und bezahlt worden waren. Gut gelaunt verließ der Junge mit seinem Schokoladenriegel in der einen und mit der Einkaufstasche in der anderen Hand den Laden und versprach, seine Oma zu grüßen.

Die Lebensmittelhändlerin sah ihm lächelnd nach und wandte sich dann wieder an die beiden Frauen. „Und ihr zwei, habt ihr auch Kinder? Ihr seid doch sicher verheiratet, zwei so adrette Mädchen wie ihr. Gott sei Dank sind die Männer heutzutage anders. Sie helfen im Haushalt mit und bei den Kindern. Da hat sich viel verändert in den letzten Jahren."

Jo sah ihre Freundin flehend an. Hoffentlich hatte Alba eine Idee, wie es weitergehen sollte.

„Seid ihr nur für einen Tag nach Regensburg gekommen?", fragte die alte Frau, stand auf und wischte mit der Hand über den Kassentisch.

„Ja, wir fahren heute Abend nach Straubing und besuchen die Eltern meiner Freundin. Und dann machen wir eine Radtour an der Donau. Und da dachten wir, wir könnten noch einmal mit Ihnen über die Sache sprechen", sagte Alba.

„Das ist schön, wir sind früher auch viel mit dem Rad gefahren. Sonst wären wir ja gar nie aus der Stadt gekommen. Immer im

Laden stehen, einräumen, verkaufen, putzen. Aber im Sommer sind wir am Sonntagnachmittag oft aufs Land und in die Biergärten gegangen. Da gibt es noch ein paar von den ganz alten. In Eilsbrunn oder in Matting. Da müsst ihr hinfahren."

Alba nickte und lächelte wieder. „Und wie war das noch mal mit dem Unfall, den der Schneider hatte?"

Aber die alte Frau presste die Lippen zusammen, zog ihre Schürze nach unten und sagte laut: „Mein Bruder kommt gleich zurück. Es ist besser, wenn ihr jetzt geht."

Im Zug nach Straubing saßen sie nebeneinander und sprachen leise über das, was die Lebensmittelhändlerin gesagt und vor allem nicht gesagt hatte. Jo war sich sicher, dass sie mehr herausgefunden hätten, wenn sie der kleine Junge nicht unterbrochen hätte.

„Vielleicht, vielleicht auch nicht. Ich weiß nicht, ob wir es geschafft hätten. Wahrscheinlich hat ihr Bruder mit ihr geschimpft. Es sah so aus, als hätte sie Angst vor ihm. Aber dein Großvater muss ein grässlicher Mensch gewesen sein."

„Meine Güte, mir wird ganz schwindlig. Ich musste an Helene denken. Vielleicht hat er auch andere Kinder missbraucht", flüsterte Jo.

„Ja, das kann ich mir auch vorstellen. Leider haben wir nicht mehr herausgefunden. Ich habe mein Bestes getan. Aber die Gute war sehr geschickt im Ausweichen. Es ist eine Kunst, viel zu reden und nichts zu sagen. Ich glaube, die alten Leute beherrschen das besser als wir."

„Meine Großmutter hat nie viel gesagt."

„Ja. Leider. Und bitte tu mir den Gefallen und sag deiner Mutter nicht, was wir in Regensburg gemacht haben. Ich möchte es schön haben mit deinen Eltern. Ich habe sie so lange nicht gesehen. Und wenn Walburga etwas weiß, dann sagt sie es dir schon zum richtigen Zeitpunkt", sagte Alba.

Jo zog die Beine an und entschuldigte sich bei dem Fahrgast gegenüber, weil sie ihm zu nah gekommen war. Dann sah sie aus dem Fenster. Es gab noch etwas, was nicht gesagt worden war. Alba wusste noch immer nichts von Elsa. Aber das war weder der richtige Ort noch der richtige Zeitpunkt.

Die Freundin klopfte Jo auf den Arm, deutete auf die Getreidefelder und sagte: „Hoffentlich kommt der Wind morgen auch aus dem Westen. Ich könnte den Rückenwind gut gebrauchen."

Der Abend in Straubing verlief tatsächlich entspannt. Alle zeigten sich von ihrer besten Seite und vermieden das kritische Thema. Mutter hatte einen Schweinebraten und Semmelknödel gemacht, um Alba mit einem bayerischen Essen zu verwöhnen. Später saßen sie draußen im Wintergarten zusammen und stießen auf die bestandenen Prüfungen an. Aber im Grunde unterhielten sich nur Alba und Vater. Mutter und Tochter waren sehr still.

Jo war entsetzt, dass Walburga noch schlechter aussah als beim letzten Mal. Als sie vor dem Schlafengehen die Sektgläser zusammen in die Küche brachten, sagte sie: „Mama, bitte geh zum Arzt. Jedes Mal, wenn ich dich sehe, bist du wieder dünner geworden. Was ist los mit dir?"

„Ich mache demnächst einen Termin. Und wie viel hast du abgenommen in den letzten Monaten?", fragte Mutter und fing an, die Gläser zu spülen.

20

Am nächsten Morgen fuhren die jungen Frauen mit viel Proviant und guten Wünschen weiter. Den Vormittag über radelten sie auf asphaltierten, baumlosen Wirtschaftswegen an endlosen Mais- und Getreidefeldern vorbei. Der Fluss war nur selten in Sicht.

„Wenn die Berge nicht wären, wäre es hier genauso langweilig wie in der Po-Ebene", sagte Alba und deutete auf die Höhenzüge des Bayerischen Waldes.

„Das ist hier so etwas wie die bayerische Po-Ebene. Die Bauern im Gäuboden, so heißt die Gegend hier, das sind die reichsten und größten in der Region, weil die Böden so fruchtbar sind. Da oben waren die Leute früher sehr, sehr arm, weil das Klima so rau ist. Im Volksmund heißt es, Bayerischer Wald, ein halbes Jahr ist's Winter, ein halbes Jahr ist's kalt. Meine Großmutter kam von da hinten."

„Was ist da hinten?"

„Viechtach heißt der Ort. Da gibt es nur Berge und Wälder. Und mittlerweile die Transitstraßen nach Tschechien."

„Stimmt, das habe ich auf der Karte gesehen. Vielleicht sollte ich versuchen, ein oder zwei Semester an einer osteuropäischen Universität zu unterrichten. Was hältst du davon? Das ist sicher spannend", sagte Alba.

„Keine Ahnung. Ich bin nicht sicher, ob dir der postsozialistische Charme gefallen würde. Warst du überhaupt schon mal irgendwo im Osten?"

„Nein, aber Prag stell ich mir schön vor."

Jo zuckte mit den Schultern. Alba sprach zum ersten Mal über ihre Zukunftspläne. Und es schien so, als wartete sie nur darauf, von zu Hause wegzugehen.

„Wir könnten im Sommer nach Prag fahren. Wann hast du Urlaub?", fragte Alba.

„Im August.“ Jo zog ihren Helm in die Stirn. Die Sonne blendete und sie hatte ihre Sonnenbrille zu Hause vergessen. Als sie an München dachte, zog es sie natürlich sofort weiter zu Elsa, die an diesem Wochenende mit Heiko verreist war. Die Vorstellung war nur schwer zu ertragen.

„Nebeneinander fahren und träumen gilt nicht“, rief einer von drei jungen Männern, die trotz ihrer schweren Packtaschen zügig an den beiden Frauen vorbeizogen. Jo hob die Hand und grüßte. Früher hatte sie die Donauradfahrer belächelt. Als Jugendliche wäre sie nie auf die Idee gekommen, mit Sack und Pack am Fluss entlangzuziehen. Dabei hatten das langsame Tempo und das körperliche Erleben der Landschaft etwas sehr Erholsames.

Als sie wieder nebeneinander fahren konnten, sagte sie: „Donau abwärts wird es viel schöner. Nach Passau zieht der Fluss enge Schleifen durch hohe, bewaldete Felshänge. Das ist romantisch. Das wird dir gefallen.“

„Ich denke schon die ganze Zeit an Jakob und seinen Sohn. Weiß es die Familie schon?“, fragte Alba.

„Nein, nicht dass ich wüsste. Und es wird sicher nicht leicht mit seinen Eltern. Die Straubinger mögen solche Überraschungen nicht.“

„Über ein Enkelkind freuen sich doch alle.“

„Darum hat sich seine Schwester bereits gekümmert, sie hat zwei Söhne. Und auf die sind Jakobs Eltern mächtig stolz. Die Kleinen werden von vorne bis hinten verwöhnt, genau wie meine Nichten“, sagte Jo und sah auf den Weg. Vor ihnen lag etwas Glitzerndes auf dem Asphalt. „Vorsicht, Scherben“, schrie sie und schaffte es im letzten Moment, die kaputte Bierflasche zu umfahren.

Alba konnte nicht mehr ausweichen und fuhr mitten durch die Glasscherben.

„Diese Deppen. Aber du guckst auch immer nur in die Luft. Hast du einen Ersatzschlauch eingepackt?“

„Das wird schon gut gehen. Wieso denkst du immer gleich an das Schlimmste?“

Jos Herz klopfte schneller. Allmählich wurde ihr bang. Wird schon gut gehen. Das war Elsas Kommentar gewesen, als sie über die geplante Radtour mit Alba gesprochen hatten. Dann fuhr sie schneller, um die Freundin, die zügig weitergefahren war, einzuholen. Unter Umständen war dies die letzte gemeinsame Reise. Wenn die Wahrheit erst auf den Tisch kam, dann war nichts mehr so wie früher.

„Hab ich einen Hunger! Können wir Pause machen?“, fragte die Freundin und suchte die flache Gegend mit den Augen ab.

Jo bot ihr den Arm an, damit sie sich einhängen konnte. „Ob wir so bis nach Wien kommen?“

„Vergiss nicht, dass man am Schreibtisch und in der Bibliothek nur sein Hirn trainiert, nicht die Muskeln.“

„Wird höchste Zeit, dass du dich bewegst. Was hältst du von den Bäumen da links hinten?“, fragte Jo.

Auf einer schmalen Staubstraße fuhren sie zu zwei großen, alten Linden, unter denen eine Bank neben einem alten Feldkreuz stand. Jo packte die Brote aus, die ihre Mutter am Morgen für sie gemacht hatte. Die Freundin setzte sich, griff nach der Wasserflasche und trank. Das Salamibrot aß sie in Windeseile auf. Zum Nachtisch gab es Äpfel und Nüsse. Nach dem Essen streckte sie sich auf der Bank aus und massierte sich die Oberschenkel. „Danke. Das Brot hat mich gerettet. Es ist schön, draußen zu sein, auch wenn es anstrengend ist. Du kannst dir nicht vorstellen, wie schwer es mir am Schluss fiel, mich zu konzentrieren. Ich musste ständig aufstehen und mich bewegen. Mein Kopf war dermaßen voll von dem ganzen Zeug, dass fast nichts mehr ging. Bin ich froh, dass das vorbei ist. Und ich verspreche dir, es wird wieder gut zwischen uns. Ich war einfach nicht mehr ich selbst. Es tut mir leid, dass ich oft so genervt war.“

Beinahe hätte sich Jo an ihrem Apfel verschluckt. Alba entschuldigte sich bei ihr! Es war ein unerträglicher Gedanke, noch einmal so zu tun, als wäre nichts passiert. Schnell trank die junge Frau einen Schluck Wasser, fuhr sich über den Mund und sagte: „Ich muss mich bei dir entschuldigen, Alba."

Die Freundin schlug nach einer Mücke, die um ihre Beine surrte. „Wofür denn? Du warst zwar ziemlich komisch in letzter Zeit, aber dass dir das mit deiner Familiengeschichte an die Substanz geht, das kann ich durchaus nachvollziehen."

„Ich muss dir etwas sagen, ich meine, ich wollte es schon lange tun, aber dann wollte ich warten, bis deine Prüfungen vorbei sind. Aber ich hätte es dir schon längst sagen müssen."

„Was denn? Was hättest du mir schon längst sagen müssen?" Alba setzte sich auf.

„Es tut mir wirklich leid, aber ... aber ich bin mit jemandem zusammen."

„Du bist was?"

„Ich bin mit jemandem zusammen." Jo wischte sich den Schweiß von der Stirn.

„Seit wann?"

„Seit Weihnachten."

„Wer ist sie? Kenne ich sie?", fragte Alba.

„Nein, ich glaube nicht. Sie ist Tierärztin."

Alba rutschte an das andere Ende der Bank und starrte auf das Maisfeld, das vor ihnen lag.

Eine ganze Weile passierte gar nichts. Die Zeit schien still zu stehen. Es war schrecklich. Jo war immer klar gewesen, dass dieser Augenblick schlimm werden würde, aber in der Realität war es viel schlimmer als in all ihren Fantasien, in denen sie es durchgespielt hatte. Und dann begriff sie plötzlich, dass sie keinen schlechteren Zeitpunkt und keinen ungünstigeren Ort hätte auswählen können als diesen. Zu Beginn ihrer Radtour, mitten in der Provinz, auf einer Bank, auf der die jungen Leute früher ihre Stelldicheins gehabt hatten, sagte sie ihrer Freundin, dass sie sie betrog.

„Deshalb warst du so durcheinander, als ich früher aus Rom zurückgekommen bin. Ich habe mich schon gewundert. Irgendetwas stimmte nicht mit dir und man konnte kein vernünftiges Wort mit dir reden. Aber dann haben wir uns doch wieder ganz gut verstanden“, sagte Alba.

Jo nickte. Dem hatte sie nichts entgegenzusetzen.

„Du hast mich ein halbes Jahr lang angelogen. Wieso hast du so lange nichts gesagt?“

„Es tut mir leid. Es ging nicht anders. Deine Prüfungen.“

Alba unterbrach sie. „Was für ein Geschwätz! Es ging nicht anders. Ich nehme an, alle wissen es, nur ich nicht. Und alle denken, diese blöde Kuh, die merkt nicht einmal, was hinter ihrem Rücken passiert. Dein Freund Jakob, der ist sicher bestens informiert.“

„Er ist der Einzige. Und Elsas Mann.“ Jo scharrte mit den Füßen in der Staubkuhle vor der Bank.

„Elsa heißt sie. Ein hübscher Name. Sie ist sicher eine interessante Frau und besonders gut im Bett.“

„Ich wusste einfach nicht, wie ich es dir mitten in der Prüfungszeit sagen sollte.“

„Was ist das mit euch beiden? Ein nettes Abenteuer? Oder wie hast du dir das vorgestellt? Hat es dir Spaß gemacht, mich zu belügen? Oder bist du jetzt glücklich?“ Alba drehte sich zu ihr.

„Bitte, sei nicht zynisch.“ Jo stand auf und ging ein paar Schritte von der Bank weg.

„Wie habt ihr das angestellt? Wo habt ihr euch getroffen? Jakob hat dich gedeckt, oder? Und du warst gar nicht bei diesem Yoga-Seminar. Ich habe doch gesehen, was du alles eingepackt hast für das Yoga-Wochenende auf dem Land. Das waren keine bequemen Klamotten, die du da mitgenommen hast. Und du warst sehr einsilbig, als du am Sonntagabend zurückgekommen bist.“

„Wir waren in Wien."

„Und jetzt willst du mit mir nach Wien fahren? Ich glaube wirklich, du bist von allen guten Geistern verlassen!"

„Die Idee mit dem Donauradweg hatten wir doch schon vor ewigen Zeiten. Erinnerst du dich? Seit deiner Zwischenprüfung reden wir davon, dass wir nach Wien radeln, wenn du mit dem Studium fertig bist."

Alba machte eine wegwerfende Handbewegung. „Und dir ist kein besserer Zeitpunkt eingefallen, es mir zu sagen. Warum hast du es nicht zu Hause gemacht? Wir hätten uns das hier sparen können. Du bist erbärmlich, ich hätte nie gedacht, dass du so erbärmlich bist."

„Ich wollte uns die Radtour nicht verderben."

„Und was soll das hier werden? Eine fröhliche Landpartie? Mein Gott, all die Abende, an denen du ein Bier trinken warst, da warst du also bei ihr. Und weißt du noch, an dem Morgen, als wir uns über das Theaterstück unterhielten, da wollte ich dich zwingen, mit mir zu reden. Ich hatte ein blödes Gefühl, gleichzeitig wollte ich nicht hysterisch sein. Ich bin so dumm. Wieso hast du es mir nicht gesagt?"

„Ich konnte es dir nicht eher sagen. Erst war ich völlig durcheinander und dann kamen deine Prüfungen. Das hätte dich total aus dem Takt gebracht." Jo verschränkte die Arme.

„Lass diese verfluchten Prüfungen aus dem Spiel. Du bist ein verdammter Feigling, das ist alles. Und was heißt das, du bist mit ihr zusammen? Geht es um Sex? Oder bist du in sie verliebt? Sag mir wenigstens jetzt die ganze Wahrheit. Sag mir alles." Alba packte die Trinkflasche und warf sie nach ihr.

Jo wich aus und widerstand dem Impuls, die Flasche aufzuheben. „Ja, ich bin verliebt. Aber ich weiß nicht, wie es weitergeht mit uns."

„Soll ich dich jetzt auch noch trösten? Ihr seid beide zu feige, euch zu trennen, weil ihr Angst davor habt, Verantwortung zu übernehmen. Und deshalb tut ihr das, worauf ihr gerade Lust habt. Ohne Rücksicht auf die anderen. Da passt ihr ja wunderbar zusammen. Das ist so was von egoistisch! Das kannst du deiner tollen Elsa ausrichten. Ihr seid egoistisch und feige."

Jo ließ die Arme fallen. Es musste unerträglich sein. Arme Alba. Es war wahr, was sie sagte. Eine Entscheidung musste fallen. So konnten sie nicht weitermachen.

„Und ist es schön mit ihr im Bett? Ist sie aufregend? Sie ist bestimmt eine, die dir jeden Wunsch von den Augen abliest." Alba sprang auf, näherte sich Jo und gab ihr eine schallende Ohrfeige.

„Bitte mach es nicht schlimmer, als es schon ist. Es tut mir wirklich leid. Aber bitte lass uns wenigstens miteinander reden." Jo hielt ihre Wange und streckte den anderen Arm aus, um Alba zu berühren.

Die Freundin stieß sie weg und schrie: „Fass mich nicht an! Fass mich bloß nicht an! Die Radtour hast du mir auch noch verdorben. Dabei habe ich mich so darauf gefreut. Du hättest dein schäbiges Geständnis auch erst machen können, wenn wir wieder zu Hause gewesen wären. Wie stellst du dir das vor? Soll ich neben dir herfahren und mich über die prächtige Landschaft freuen? Mir ein Doppelbett mit dir teilen? Du denkst nur an dich. Das widert mich an."

„Ich hatte ein wahnsinnig schlechtes Gewissen. Was glaubst du, warum ich kommentarlos die letzten Monate den Haushalt gemacht habe, ohne dich nur ein einziges Mal daran zu erinnern, dass du auch Pflichten hast. Du hast alles stehen und liegen lassen. Ich habe hinter dir hergeräumt und geputzt und du warst völlig frei für die Uni. Ich hab mich sogar um deine Pflanzen gekümmert."

„Was soll das für ein Handel sein? Du machst den Haushalt und hältst mir den Rücken frei, damit du tun und lassen kannst, was du willst, und ins Bett gehen kannst, mit wem du willst? So läuft das nicht."

„Das weiß ich. Aber ich will wenigstens, dass du siehst, dass ich es mir nicht leicht gemacht habe." Jo hob die zerbeulte Wasserflasche auf und schob sie von einer Hand in die andere.

„Es hat überhaupt keinen Sinn, mit dir zu reden, ich fahre nach Hause." Alba lief zu ihrem Fahrrad, stieg auf und fuhr dermaßen schnell über Stock und Stein, dass ihre Packtaschen auf dem Gepäckträger auf und ab hüpften.

Jo ließ sich auf die Bank fallen. Mit brennender Wange und rasendem Puls sah sie der Freundin hinterher, die nach einem guten Kilometer stehen blieb, abstieg und sich über ihren Hinterreifen beugte. Die Scherben. Wenn sie einen Plattfuß hatte, kam sie nicht einmal mehr bis zum nächsten Bahnhof. Alba schlug mit dem Fuß gegen die Felge und fuhr weiter.

Jo warf alles in ihre Packtaschen und folgte ihr so schnell, wie es auf dem holprigen Feldweg möglich war. Bis sie Alba erreicht hatte, war der Hinterreifen bereits ziemlich platt. „Halt an. So kannst du nicht weiterfahren."

„Woher willst du wissen, was ich kann? Du interessierst dich eh nicht mehr für mich. Ich finde schon jemanden, der mir hilft."

„Ich hab das Werkzeug. Es sind noch mindestens zwanzig Kilometer bis zum nächsten Bahnhof. Willst du die schieben? Steig ab. Ich flicke den Schlauch und dann sehen wir weiter."

„Lass mich in Ruhe. Hau ab. Ich komme alleine klar."

Die hintere Felge schlug mittlerweile so hart auf dem Boden auf, dass Alba stehen bleiben musste. „Wie kannst du nur vergessen, wie glücklich wir miteinander waren?", schluchzte sie und wischte ihre Tränen mit dem Handrücken weg.

„Das habe ich nicht vergessen. Es tut mir wirklich leid, dass es so gekommen ist", sagte Jo, stellte ihr Rad ab und packte das Flickzeug aus.

21

Drei Tage später saß sie in Krems an der Donau vor einem Kaffeehaus, sah auf die Uhr und bestellte einen letzten kleinen Braunen, wie der Espresso in Österreich hieß. Gleich würde sie mit dem Zug nach Hause fahren.

Immerhin hatte sie am Samstag den Schlauch flicken und alles wieder einbauen dürfen. Mit Engelszungen hatte sie auf Alba eingeredet und versucht, sie davon zu überzeugen, wenigstens gemeinsam bis zum nächsten Bahnhof zu fahren. Doch die Freundin war wortlos auf und davon gefahren.

Jo war zu der Bank unter den Linden zurückgekehrt und hatte überlegt, ob sie sofort den Zug nach München nehmen oder weiterfahren sollte, um Abstand, Ruhe und Zeit zum Nachdenken zu finden. Als sie sich für Letzteres entschieden hatte, schrieb sie Alba eine SMS und radelte los. In Passau sagte sie das vorbestellte Doppelzimmer ab, überquerte die Grenze nach Österreich und kam bis Obernzell.

Nach einer bleiernen Nacht in einer kleinen Frühstückspension direkt am Fluss stieg sie am Sonntag in aller Frühe auf ihr Fahrrad. Die glitzernde Donau, den blauen Himmel und die bewaldeten Hügel nahm sie nur wahr, wenn andere Radfahrer den Weg blockierten, um alles ausgiebig zu fotografieren. Später fühlte sie sich von den steilen, roten Felsen bedrängt, obwohl genau dieser Streckenabschnitt, auf dem die Donau direkt an den Ausläufern des Böhmerwaldes entlangfließt, als der schönste weit und breit gilt. Mit dem Finger an der Klingel überholte sie die vielen Sonntagsfahrer und nutzte vor allem die späten Abendstunden, um Kilometer zu machen. Und weil sie sich den Tag über ausgetobt hatte, fiel sie abends in Linz todmüde in ein Hotelbett und schlief durch.

Am nächsten Tag war es auf dem Radweg ruhiger. Auf dem grünen Damm tanzten die Margeriten und Glockenblumen im Sommerwind. Und der Fluss war an manchen Stellen so breit, dass er auch ein See hätte sein können. Als sie am Montagnachmittag in Melk in einer kleinen Gasse unter dem Kloster einen Kaffee trank, kam eine SMS von Elsa. „Bitte ruf sofort an, wenn du zurück bist."

Jo antwortete auf der Stelle, aber Elsa ging weder ans Handy noch ans Telefon. Hoffentlich war ihr nichts passiert. Und hoffentlich hatte sich Alba nicht daneben benommen. Wahrscheinlich war sie am Samstag sofort nach Hause gefahren. Wer weiß, was sie für Ideen hatte, verletzt und zornig, wie sie war. Gott sei Dank kannte sie Elsa nicht. Und Jakob hatte sicher nichts verraten.

Mittlerweile war es kurz nach elf und Zeit aufzubrechen. Jo winkte dem Kellner und zahlte die Rechnung. Am Bahnhof stellte sie ihr Fahrrad in den Zug nach Sankt Pölten und suchte sich mit ihrem Gepäck einen Platz in der Nähe des Fahrradabteils. Wie gut, dass sie gestern Abend noch einen Platz für den Intercity nach Deutschland reservieren konnte. Es stiegen viele Radfahrer zu.

Dann kontrollierte sie ihr Handy. Keine Nachrichten. Alba hatte sich nicht gemeldet; ihr Handy war ausgeschaltet. Und sie reagierte weder auf die SMS noch auf die Nachrichten auf dem Anrufbeantworter. Es war so schlecht gelaufen, wie man es sich nur vorstellen konnte. Jo hätte wenigstens mit ihrem Geständnis warten können, bis sie wieder zu Hause gewesen wären. Hätte. Wäre. Immerhin war die Wahrheit auf dem Tisch und dieser unsägliche Zustand hatte ein Ende.

Endlich bewegte sich etwas. Vielleicht würde sie mit Elsa über ihre gemeinsame Zukunft reden können. *Eine Krise kann ein produktiver Zustand sein, man muss ihm nur den Beigeschmack der Katastrophe nehmen.* Das stand in einem der Ratgeber, den sie kürzlich korrekturgelesen hatte, und jetzt war sie unsicher, ob das stimmte.

Auf dem Bahnhof in Sankt Pölten war es mühsam, mit dem Fahrrad und den Packtaschen zwischen den vielen Fahrgästen durchzukommen und in den Zug nach Deutschland umzusteigen. Die Rückfahrt dauerte eine Ewigkeit. Bis auf einige wenige Sätze, die sie beim Ein- und Aussteigen im Radabteil mit den anderen Radfahrern gewechselt hatte, blieb sie für sich und blätterte lustlos im *Spiegel*, den sie in Krems gekauft hatte.

Eine Stunde vor ihrer Ankunft in München rief sie Elsa an, die sofort ans Telefon kam und sehr müde klang.

„Wie geht es dir? Ich bin bald in München."

„Gut, ich muss dringend mit dir reden."

„Einverstanden. Geht es dir gut?" Jo ignorierte den beharrlichen Blick des Fahrgastes, der ihr schräg gegenüber saß.

„Kommst du heute noch bei mir vorbei? Ich kann dir das nicht am Telefon erklären."

„Ist irgendetwas passiert?" Jo starrte aus dem Fenster. Da stimmte etwas nicht. Elsas Stimme klang anders als sonst.

„Nein, nein. Komm zu mir und ich sage dir, was los ist", wiederholte die Freundin und legte auf.

Jo traute sich nicht, noch einmal anzurufen. Wenn sich Heiko von ihr getrennt hatte, hätte sie es gleich sagen können. Vielleicht ging es doch um Alba.

Der Fahrgast von gegenüber vertiefte sich endlich wieder in seine Zeitung. Jo dagegen hielt es nicht mehr auf ihrem Sitz aus. Viel zu früh stand sie mit den Gepäcktaschen im Radabteil und musste lange warten, bis der Zug im Münchner Hauptbahnhof einfuhr und sie aussteigen konnte.

Kurz darauf sperrte sie in der Bauerstraße ihr Fahrrad ab, nahm die Taschen vom Gepäckträger und klingelte. Beim Anblick von Friedas Klingelschild schoss ihr die Warnung von damals in den

Kopf. Lass die Finger von dieser Frau. Und schon summte der Türöffner.

Elsa erwartete sie an der Haustür. Sie war schöner denn je, wenn auch ein wenig blass und übermüdet, und strich Jo mit der Hand über die Wange. „Braun bist du geworden."

Jo stellte die Radtaschen ab und streifte sich die Schuhe von den Füßen.

„Hast du Hunger?"

„Nein, danke. Ich muss auch bald nach Hause und nach Alba sehen. Ich weiß nicht, wie es ihr geht."

„Wieso ist sie zu Hause? Und wo kommst du her?"

„Ich komme aus Österreich. Ich bin allein bis Krems gefahren."

Im Wohnzimmer bot Elsa ihr einen Platz auf dem Sofa und ein Glas Wasser an. Auf dem Couchtisch stand ein überdimensionaler Strauß roter Rosen. Jo trank das Glas in einem Zug leer und stellte es auf den Tisch.

„Habt ihr euch gestritten?" Elsa setzte sich in den Sessel gegenüber.

Jo nickte. Das letzte Mal war sie vor vier Wochen hier bei Elsa gewesen, weil Heiko zu einem Kongress gefahren war. Die Rosen mussten von ihm sein. Elsa durfte nicht zu ihm zurückgehen. Um Himmels willen. Nicht das. Nicht jetzt. Jo richtete sich auf. „Ich habe ihr gesagt, dass wir zusammen sind."

„Wie hat sie reagiert?"

„Sie ist nach München zurückgefahren. Und seitdem habe ich nichts mehr von ihr gehört."

„Wahrscheinlich ist sie in Rom", sagte Elsa.

„Ja, wenn sie nicht daheim ist, ruf ich bei ihrer Mutter an. Aber weißt du, irgendwie bin ich auch erleichtert. Jetzt ist die Wahrheit endlich auf dem Tisch."

Elsa lächelte müde und legte die Hände auf den Bauch. „Ich habe dich hergebeten, weil ich dir etwas sehr Wichtiges sagen muss."

„Das habe ich schon verstanden. Was ist denn los?"

„Ich bin schwanger."

Jo starrte Elsa über den Tisch hinweg an und brachte kein Wort heraus.

„Ich erwarte ein Kind. Von Heiko." Elsa stand auf, öffnete die Terrassentür und lehnte sich an den Türrahmen.

In der stickigen, schwülen Luft, die von draußen hereinkam, zählte Jo bis zwanzig, ehe sie antwortete. „Willst du es auf die Welt bringen?"

„Natürlich."

„Und was wird mit uns?" Jo ließ sich nach hinten fallen.

„Ich wusste, dass du das fragen würdest."

„Was erwartest du von mir? Soll ich mich freuen, dass du von ihm schwanger bist?"

Die Geliebte stieß sich vom Türrahmen ab und sagte leise: „Dazu braucht man nun mal einen Mann."

„Ich liebe dich, Elsa. Ich will dich nicht verlieren. Wieso willst du jetzt ein Kind? Was ist mit deiner Praxis? Und du willst Mutter und Hausfrau werden? Wie soll das alles gehen?"

„Ich will das Kind und ich freue mich, auch wenn sich alles radikal ändern wird."

„Und was sagt Heiko dazu?"

„Er freut sich sehr und er will mit mir zusammen sein." Elsa setzte sich in ihren Sessel.

„Und du? Ich verstehe das nicht. Denk an Wien und an all unsere schönen Abende. Warst du da nicht glücklich?"

„Ich glaube, du verwechselst Liebe mit Verliebtsein."

„Und du warst nur auf ein Abenteuer aus." Jo fuhr sich mit beiden Händen durch die Haare.

„Ich habe dir nie etwas versprochen. Und ich habe dir nie gesagt, dass ich dich liebe. Ich habe dich nicht angelogen."

„Sag gleich, dass es aus ist mit uns. Dass du zu Heiko zurückgehst. Was soll dieses Katz- und Mausspiel?" Jo sprang auf. Am liebsten hätte sie die Blumenvase vom Tisch gestoßen. Dann wäre sie wenigstens für einen Moment erleichtert gewesen, aber als sie sich genau in diesem Augenblick an Albas Ohrfeige erinnerte, ließ sie sich schnell wieder auf das Sofa fallen. „Verlässt du mich, weil du ein Kind kriegst?"

„Nein. Heiko und ich haben viel miteinander gesprochen und uns auseinandergesetzt. Ich will ihn nicht verlieren. Und er hat mir klar gesagt, dass er so nicht weitermachen kann. Ich muss mich entscheiden und ich muss auf mich aufpassen, Jo. Mir ist die ganze Zeit schlecht. Und ich trage die Verantwortung für mich und das Kind. Ich bin nicht mehr die Jüngste."

„Kannst du einfach alles wegwerfen, was zwischen uns ist?"

„Das tue ich nicht, ich trenne mich von dir. Und ich möchte, dass es mit Respekt und Anstand geht."

„Respekt und Anstand? Dass ich nicht lache! Die grausame Königin verkündet das Todesurteil mit besonders huldvollen Worten. Kannst du dir vorstellen, wie du dich anhörst?"

„Es tut weh, ich weiß es. Mir tut es auch weh. Aber ich kann nicht mehr. Ich hab keine Kraft mehr. Ich muss auf das Baby und auf mich aufpassen."

Jo nahm eine Rose aus der Vase, starrte Elsa an und zupfte Blütenblatt für Blütenblatt ab. „Sie liebt mich. Sie liebt mich nicht. Sie liebt mich. Sie liebt mich nicht. Sie liebt mich nicht. Sie liebt mich nicht. Die grausame Königin liebt mich nicht."

Die Tierärztin stand auf, ging zur Terrassentür und schloss sie. „Die Rosen, die sind von ihm. Zur Versöhnung, oder?"

„Es gibt Zeiten im Leben, da kann man sich dem, was passiert, nur noch hingeben. Und man muss darauf vertrauen, dass es das Richtige ist, auch wenn es sich im Moment schrecklich anfühlt."

„Fragt sich nur, für wen was richtig ist", sagte Jo und warf den Rosenstängel auf den Tisch.

„Ich hoffe, du kannst meine Entscheidung irgendwann nachvollziehen."

„Das ist wie in einem meiner Alpträume. Gleich geh ich unter. Ich weiß nicht, wie ich das schaffen soll. Und das mit Alba, das muss ich ja auch noch irgendwie auf die Reihe kriegen."

„Dass du deine Freundin so lange angelogen hast, hat nichts mit mir zu tun."

„Das hat nichts mit dir zu tun? Wieso mach ich das alles? Weil ich Spaß daran habe, ihr wehzutun? Oder weil ich mit dir zusammen sein will?" Jo krallte die Finger in eines der weichen blutroten Samtkissen, die auf dem Sofa lagen.

„Bitte geh, so kann und will ich nicht mit dir weiterreden." Elsa durchquerte den Raum und verließ das Zimmer.

Jo warf das Kissen zurück auf das Sofa und rief ihr hinterher. „Bitte denk noch mal darüber nach!"

„Es tut mir leid. Ich habe mich entschieden. Bitte lass mich allein", sagte Elsa, verschwand in ihrem Zimmer und zog die Tür hinter sich zu.

Das war nicht zu fassen. Ihre Geliebte machte einfach die Tür zu und damit war alles aus und vorbei. Das war nicht fair. Lange starrte Jo auf die weiß lackierte Tür mit der verschnörkelten goldenen Klinke, aber irgendwann stand sie auf, zog ihre Schuhe an und nahm ihre Packtaschen. In Elsas Zimmer erklangen die ersten Takte einer Bach-Kantate. *Unser Leben ist ein Schatten*.

Zu Hause war es still. Die Luft im Flur war schlecht. Als Jo das Gepäck ablegte und das Licht anmachte, stockte ihr der Atem. Überall lagen Kleider, Schuhe, Papiere, Bücher und Zeitungen herum, alles wahllos verstreut. Da war jemand eingebrochen. Erschrocken riss Jo die Tür zu Albas Zimmer auf und schrie: „Alba, wo bist du? Alba, ist dir etwas passiert?"

In der Küche knirschte es unter den Füßen. Zerbrochene Teller und Porzellanscherben lagen über dem Fußboden verteilt, in der Spüle türmte sich schmutziges Geschirr, der Müll stank. Alba war nicht da. Im Wohnzimmer und in ihrem eigenen Zimmer sah es ebenfalls wüst aus. Bei diesem ganzen Durcheinander war es unmöglich festzustellen, ob etwas fehlte. Jo ging noch einmal in das Zimmer ihrer Freundin, das seltsamerweise aufgeräumt und ordentlich war. Dann untersuchte sie das Türschloss, das sie gerade eben normal aufgeschlossen hatte und keine Spuren von Gewalt zeigte. Das war kein Dieb gewesen. Sondern Alba. So hatte sie sich abreagiert oder gerächt oder was auch immer. Es musste harte Arbeit gewesen sein, so viel Durcheinander anzurichten.

In der Küche holte sich Jo ein Glas Wasser und ließ sich auf einen Stuhl fallen. Es war ihr gleichgültig, worauf sie saß. Eigentlich hätte sie etwas Hochprozentiges gebraucht, um den ätzenden Geschmack im Mund zu vertreiben. Was war sie nur für ein Idiot gewesen! Alles hatte sie falsch gemacht. Alles lag in Scherben. Sogar das Wasser schmeckte schal. Ihr war speiübel.

Auf dem Weg ins Bad fiel ihr auf, dass der Anrufbeantworter blinkte. Aber außer ihren eigenen Nachrichten aus Österreich gab es nur noch eine von Jakob. Er bat sie, sich nach dem Radurlaub bei ihm zu melden. Schnell wählte sie seine Nummer, doch seine Maschine spulte die übliche Ansage ab. Wahrscheinlich war er nach dem Unterricht noch ausgegangen. In dieser schönen, warmen Juninacht waren alle draußen unterwegs und amüsierten sich miteinander.

Im Wohnzimmer öffnete sie die Fenster, holte den Grappa aus dem Schrank und schenkte sich ein Glas ein. „Auf die Liebe und ihre Verwüstungen“, sagte sie laut und kippte den Schnaps hinunter. Der Alkohol brannte ihren Gaumen und die Speiseröhre entlang. Wahrscheinlich gab es so etwas wie ein Schicksal und das machte jetzt Nägel mit Köpfen. Elsa hatte sie nie geliebt. Und Alba würde ihr nie mehr vertrauen. Wie denn auch. Jo goss sich noch einen Grappa ein.

Nach dem zweiten Glas sah sie sich selbst in einer schmutzigen, verwüsteten Wohnung sitzen und Schnaps trinken. Der

Spruch mit der Krise und der Katastrophe fiel ihr ein und sie stützte ihren Kopf mit den Händen ab. Sich zu betrinken, würde nichts besser machen. Endlich gab sie sich einen Ruck, schüttete den Rest der Grappaflasche in die Toilette und ging noch einmal in Albas Zimmer. Die Freundin musste nach Rom gefahren sein. Alle wichtigen Dinge hatte sie mitgenommen. Papiere, Tagebuch, T-Shirts, Hosen, Kleider. Sogar der Stapel mit den Lieblingsbüchern, der normalerweise griffbereit an ihrem Bett lag, fehlte.

Jo warf die Tür hinter sich zu, ging ins Bad und putzte sich die Zähne zweimal hintereinander. Im Spiegel fixierte sie ihr Gesicht. Dieser ganze Wirbel um Liebe und Glück in den Beziehungen war immer derselbe Mist. Wahrscheinlich waren es lauter Egos, die umeinander tanzten, sich anzogen und abstießen. Da hatte Jakob schon recht. Aber es tat so weh. Was sollte sie bloß tun? Es musste etwas geben, was darüber hinausging. Es musste im Leben mehr geben als dieses ‚Ich liebe dich' oder ‚Ich liebe dich nicht'.

Unter der Dusche wurde ihr Kopf klarer. Und bevor sie ins Bett ging, kehrte sie in der Küche die Scherben zusammen, brachte den Müll hinunter und räumte das Geschirr, das noch ganz war, in die Spülmaschine ein. Als die Maschine anfing zu laufen, fühlte sie sich ein wenig getröstet.

Am Mittwoch quälte sie sich nach einer heißen, klebrigen Nacht aus dem Bett und kochte mit Albas Espressomaschine Kaffee. Weil die Milch im Kühlschrank sauer geworden war, trank sie ihn schwarz mit Zucker. Genau wie Elsa. Warum gab sie ihnen keine Chance? Hatte sie Jo nur etwas vorgemacht? War es für sie einfach nur ein kleines Abenteuer gewesen, das ihrer Ehe mit Heiko wieder die nötige Würze gab? Sollte sie mit Heiko zur Hölle fahren und dort glücklich werden.

Frieda hatte recht gehabt. Jo hätte die Finger von ihr lassen müssen. Oder sie hätte besser hinhören müssen. Elsa hatte am

Abend behauptet, sie hätte nie von Liebe gesprochen. Wahrscheinlich stimmte das sogar. Es war so besonders gewesen, mit ihr zusammen zu sein. Noch nie hatte Jo so viel Nähe, so viel Berührung, so viel Tiefe zugelassen wie in den Begegnungen mit dieser Frau. Und sobald Jo nur an sie dachte, breitete sich das Begehren in ihrem Körper aus wie ein Buschfeuer. Da war ein Ziehen und Sehnen, dass Jo am liebsten sofort zu Elsa gegangen wäre und sie angefleht hätte, ihre Entscheidung zurückzunehmen.

Gegen neun klingelte das Telefon. Jakob sprach auf den Anrufbeantworter. „Einen wunderschönen guten Morgen wünsche ich. Heute ist Mittwoch und ich habe wunderbare Neuigkeiten."

Jo ging nicht an den Apparat. Der Freund berichtete, dass er Amanda getroffen hatte, dass es gut gegangen war und dass er sich demnächst mit Hendrik treffen würde. Immerhin lief es bei ihm besser als bei ihr. Später würde sie ihn zurückrufen, vielleicht würde sie sich dann mit ihm freuen können.

Allmählich machte sie sich Sorgen um Alba. Was wäre, wenn sie wirklich die Nerven verloren hätte am letzten Samstag? Es gab da dieses starke Schmerzmittel im Medizinschrank, das die Freundin nach ihrer Zahnoperation bekommen hatte. Jo lief ins Bad, durchsuchte den Schrank und atmete erleichtert auf. Die Schachtel war noch da und es fehlten auch nur die zwei oder drei Tabletten, die Alba geschluckt hatte, als man ihr die Weisheitszähne gezogen hatte.

Dann durchwühlte sie ihren Schreibtisch, weil sie ihr Adressbuch suchte, um in Italien anrufen zu können. Nachdem sie das größte Durcheinander beseitigt hatte, entdeckte sie einen handgeschriebenen Brief von Alba.

Die Freundin war nach Rom gefahren und wollte vier Wochen Bedenkzeit. Anfang Juli würde sie sich melden. Jo durfte nicht anrufen und nicht schreiben. Da waren keine Beschuldigungen, keine Vorwürfe, keine Gefühle. Nichts. Alba musste es geschrieben haben, nachdem sie die Teller zerschlagen und das ganze Chaos angerichtet hatte.

Das Telefon klingelte noch einmal. Obwohl sie sich fast sicher war, dass Alba nicht anrief, raste Jo zum Apparat. Auf der Anzeige erschien eine deutsche Telefonnummer. Schnell nahm sie den Hörer ab und meldete sich.

„Jo, was für eine Überraschung, du bist zu Hause. Ich bin es, Dan, ich wollte mich mal wieder bei dir melden. Wie geht es dir?"

„Frag mich lieber nicht. Hier passiert eine Katastrophe nach der anderen."

„Aber an dir ist noch alles ganz?"

Jo musste über die Formulierung lachen und sagte: „Körperlich ja, seelisch nein."

„Was ist denn passiert?", fragte Dan so fürsorglich, dass Jo ihm das Herz ausschüttete. Der Cousin hörte zu, stellte keine Zwischenfragen und gab keine Ratschläge.

„Wenn du Abstand brauchst und Lust hast, dann komm nach Freiburg. Mein Gästezimmer ist frei. Du bist herzlich willkommen."

„Danke, das ist sehr lieb von dir, aber ich habe das Gefühl, ich habe einiges zu regeln. Und das muss ich hier tun", sagte sie.

„Ja, das verstehe ich. Aber hör mal, ich wollte gerne noch etwas fragen. Ich gehe schon Ende August nach Kanada und wollte dich vorher noch mal sehen. Bist du im August da?"

„Ich habe zwei Wochen Urlaub, aber ich habe keine Ahnung, wie das hier alles wird. Alba will sich erst Anfang Juli bei mir melden. Sag mir einfach, wann du kommst, dann bin ich da und nehme mir Zeit."

„Wunderbar. Und ich soll dir viele Grüße von Mutter ausrichten", sagte er nach einer kleinen Pause.

„Danke. Ist alles in Ordnung bei ihr? Ich habe oft an sie gedacht", sagte Jo und kämpfte mit ihrem schlechten Gewissen. Schon längst hätte sie Helene wieder einmal anrufen sollen.

„Ich weiß nicht recht. Das Ganze hat sie mitgenommen. Als sie aus Straubing zurückkam, war sie ziemlich durcheinander. Aber dann musste sie bald abreisen. Ich kann jetzt nicht weg aus Freiburg. Und sie will auch nicht noch mal nach Deutschland kommen. Ich glaube, es ist nicht leicht für sie."

„Machst du dir Sorgen?"

„Irgendwie schon. Das geht ihr alles sehr nah. Aber aus der Ferne ist das immer schwer einzuschätzen." Dan klang sehr besorgt.

„Meiner Mutter geht es auch nicht gut. Ich hoffe bloß, sie geht wirklich bald zum Arzt. Sie nimmt ständig ab."

„Ich frage mich, wie die beiden mit dieser Geschichte klarkommen. Ich meine, ich bin weit weg, aber dass es unsere Mütter so mitnimmt, das trifft mich sehr."

„Passt dein Vater gut auf Helene auf?", fragte Jo.

„Ich glaube schon. Sie hatte immer mal wieder solche Phasen."

„Wie war das für dich als Kind?"

„Nicht leicht, aber ich wusste immer, dass sie mich liebt. Daran gab es keinen Zweifel", sagte Dan leise.

„Sie wirkt so stark."

„Das ist sie auch, aber sie ist auch sehr verletzt. Und ich würde ihr so gerne helfen."

„Ich war mit Alba in Regensburg und wir haben mit einer alten Nachbarin gesprochen. Das, was sie sagt, passt genau zu dem, was Helene erlebt hat. Großvater war wirklich ein mieser Typ", sagte Jo nachdenklich.

„Aber hast du denn jetzt herausgefunden, wie er gestorben ist?"

„Nein, da war nichts zu machen. Mir fällt nichts mehr ein. Meine Mutter sagt nichts, deine Mutter weiß nichts. Ich hoffe bloß, dass die beiden bald miteinander reden. Vielleicht passiert dann etwas, was uns weiterbringt", sagte Jo und schob mit dem Fuß einen Schuh zur Seite.

„Mal sehen, ob ich da etwas ausrichten kann. Aber es wäre auf jeden Fall gut, wenn sie bald mal zusammenkommen würden. Die zwei könnten sich wenigstens wieder versöhnen."

„Möchtest du eigentlich meine Mutter kennenlernen, bevor du weggehst?"

„Unbedingt, wenn sie das auch möchte. Ich plane auf jeden Fall genügend Zeit ein und dann fahren wir zusammen nach Straubing", sagte der Cousin.

„Wenn es die Mütter schon nicht schaffen, zusammenzukommen, dann sollten wir das für sie übernehmen. Und dann lernst du auch meine süßen Nichten kennen. Und Rebekka, meine Schwester."

„Habt ihr viel miteinander zu tun?"

„In letzter Zeit nicht", sagte Jo.

„Wieso das denn?"

„Weil ich finde, dass sie mich hängen lässt. Sie hat sich überhaupt nicht dafür eingesetzt, mir zu helfen. Im Gegenteil."

„Aber das muss sie doch auch nicht, wenn sie nicht will, Jo."

„Meinst du?"

„Das kann man doch niemandem befehlen", sagte Dan und lachte.

„Anscheinend mache ich in letzter Zeit alles falsch. Ich sollte lieber die Finger vom Leben lassen."

„Wir machen alle Fehler, das ist das Leben. Und wenn du das mal verstanden hast, dann lebt es sich leichter."

„Danke, das ist schön, dass du mir so viel Mut machst. Also, wir sehen uns im August", sagte Jo und legte auf.

22

Einen Tag später lag ein Brief von Heiko Mering im Briefkasten. Jo wollte ihn sofort zerreißen und entschied sich beim Treppensteigen doch dafür, ihn zu lesen. Auf einer weißen, neutralen Briefkarte stand da in einer kleinen, engen Handschrift folgende Botschaft: *Liebe Frau Richter, ich muss und ich möchte mich bei Ihnen entschuldigen. Ich habe mich damals im Februar schrecklich benommen. Und jetzt hat sich die Situation zugespitzt. Können wir miteinander sprechen? Wäre es Ihnen möglich, sich mit mir am Samstag, den 11. Juni, um 15.00 Uhr im Tresznjewski (Theresienstraße/Ecke Barer Straße) zu treffen? Danke. Heiko Mering*

Jo faltete die Karte zusammen und schob sie in ihre Hosentasche. Oben in der Wohnung packte sie ihre Einkäufe in den Kühlschrank. Einen Liter Milch, eine Honigmelone, drei Pfirsiche, zwei Joghurt und einen kleinen Salat. Appetit hatte sie keinen, aber Jakob hatte ihr das Versprechen abgenommen, dreimal am Tag wenigstens eine Kleinigkeit zu essen.

Heikos Karte landete auf dem Küchentisch und sie begann zu putzen, als ginge es um ihr Leben. Es sah noch fast so schlimm aus wie bei ihrer Rückkehr, weil sie den ganzen Mittwoch in der Küche gesessen und gegrübelt hatte. So lange, bis Jakob vor der Tür gestanden und sie genötigt hatte, mit ihm zum Italiener zu gehen.

Abgesehen von Albas Zimmer brachte sie alles auf Hochglanz. Bei dem inneren Durcheinander musste wenigstens außen Klarheit herrschen. Jo schrubbte die Küche und das Bad so sauber wie nie zuvor. Sie putzte die Fenster und Türen, unter den Schränken und in allen Ecken, in die sie zuvor noch nie hineingesehen hatte. Ihr Schweiß vermischte sich mit dem alten Dreck und lief in kleinen, grauen Bächen auf ihrer Haut herunter.

Zu guter Letzt fing sie an, Papiere, Bücher und Kleider auszumisten. Mit jedem Stück, das sie in den Kleidersack oder in einen großen Bücherkarton steckte, ging es ihr besser. Wahrscheinlich würde sie sowieso bald umziehen müssen. Wenn Alba hier bliebe, würde Jo das Feld räumen.

Am Freitagmorgen holte sie sich einen Strauß Löwenmäulchen, stellte die Vase auf den Schreibtisch und setzte sich in ihren Bürostuhl. In der Schreibtischschublade fand sie eine kleine Kiste mit Briefen von Alba aus der ersten, frisch verliebten Zeit. Die Freundin hatte damals die ganzen Semesterferien in Rom bei ihrer Mutter verbracht und sie hatten sich jeden Tag geschrieben. Richtige Briefe, keine E-Mails. Jo löste die Schleife, holte die Briefe heraus und begann zu lesen. Dann kämpfte sie mit den Tränen und strich vorsichtig über das weiche Papier, das mit Albas großen Schriftzügen bedeckt war.

Das mit Elsa hätte sie der Freundin nicht so lange verschweigen dürfen und sie hätte sie letzten Samstag wirklich nicht allein nach München zurückfahren lassen dürfen. Schnell legte sie die Briefe zurück in den Karton und band die rote Schleife mit einem Doppelknoten zu. Dann beschloss sie, Jakobs Rat zu folgen und an die frische Luft zu gehen.

„Und wenn du es nicht mehr aushältst, dann gehst du raus und bewegst dich", hatte er Mittwochabend gesagt und ihre Hand gedrückt, als sie beim Italiener den Teller mit der Pasta nahezu unberührt zur Seite geschoben hatte.

Deshalb packte sie die Zeitung, eine Flasche Wasser und eine Decke in die Tasche, holte ihr Fahrrad aus dem Keller und fuhr in den Englischen Garten. Dort schob sie das Rad über kleine Nebenwege, um sich einen ruhigen Platz zu suchen. Bei dem warmen Wetter waren viele unterwegs. Überall Menschen, die Händchen hielten, sich schmachtende Blicke zuwarfen, sich streichelten und küssten, ineinander verschlungen auf Decken lagen, Finger und Hände über nackte Bäuche und unter kurze T-Shirts wandern ließen.

Außer ihr schien es keinen zu geben, der allein war. Und bis vor Kurzem hatte auch sie zu dieser Gruppe von Menschen gehört, die nur als Paar existieren konnten. Unter einer großen Buche stellte sie ihr Fahrrad ab und breitete die Decke aus.

Es fiel ihr schwer, sich auf die Artikel in der Zeitung zu konzentrieren, weil schon wieder ein Paar auf sie zusteuerte, das Münder und Hände nicht voneinander lassen konnte.

„Was gibt es da zu glotzen?", rief das Mädchen, schob ihren Freund von sich weg und zeigte auf Jo. Der junge Mann sagte etwas zu seiner Freundin, schlang seinen Arm um sie und zog sie weiter. Dann drehte sich das Mädchen noch einmal um und streckte Jo den Mittelfinger entgegen.

So war es also, wenn man alleine war. Man ging in den Park und starrte frisch verliebten Paaren hinterher. Sie würde Jakob fragen, wie er es schaffte, in einer Welt voller Paare allein zu leben. In einer Welt, die all die als gescheiterte Existenzen betrachtete, die das nicht konnten oder wollten. Dann packte sie ihre Sachen und fuhr wieder nach Hause.

Am Samstagnachmittag stand sie vor dem Kleiderschrank und überlegte, was sie anziehen sollte. Solche Treffen gab es nur in Filmen, im richtigen Leben fanden sie normalerweise nicht statt. In einer Stunde würde sie sich mit Heiko Mering treffen. Jakob hatte ihr davon abgeraten, aber sie hatte nichts mehr zu verlieren.

Es wurde Zeit, sich fertig zu machen. Jo holte einen Blazer und die helle Sommerhose aus dem Schrank. Dazu würde sie ein gebügeltes, helles T-Shirt anziehen. Vor dem Spiegel hielt sie sich die Kleider vor den Körper. So war es gut. Sie wollte keinen guten Eindruck auf den sauren Hering machen, aber sie wollte sich einigermaßen sicher fühlen.

Um kurz vor drei stand sie vor dem Tresznjewski und sah zur Pinakothek der Moderne hinüber. Dort hatte sie Elsa und Heiko letzten September getroffen. Vor neun Monaten. Was für eine Ironie. Jetzt war Elsa schwanger und zu ihm zurückgekehrt. Und in weiteren neun Monaten würde das Kind schon auf der Welt sein.

Im Freien waren alle Plätze besetzt, deshalb ging die junge Frau an den Tischen unter den weiß-gelb gestreiften Markisen vorbei in das Lokal hinein. Heiko Mering war noch nicht da. Der Tisch am Fenster gefiel ihr am besten. Sie bestellte einen Pfefferminztee.

Abgesehen von Jo, zwei Kellnerinnen und dem Barmann war niemand im Lokal. Leiser Jazz klang aus den Lautsprechern, an der Decke gab es Stuck. Da waren Köpfe von Jünglingen, die mit Lorbeerkränzen geschmückt waren und weise auf sie herunterblickten. Jakob hätte das gefallen.

Es war drei. Jo schob ihre Uhr nach oben. Wenn Heiko Mering sie warten ließe, hätte er Pech gehabt. In fünf Minuten würde sie gehen.

Dann kam er und es dauerte einen Augenblick, bis er sie erkannte. Der Mann sah wesentlich besser aus als an Friedas Geburtstag. Sein Gang war aufrecht, seine Haare waren kürzer und sein Gesicht hatte einen entschiedenen Ausdruck. Einen winzigen Moment zögerte er, ehe er ihr die Hand reichte, und sagte: „Danke, dass Sie gekommen sind, Frau Richter."

Jo stand auf, drückte seine feuchte Hand und widerstand dem Impuls, ihre Handfläche an der Hose trocken zu reiben. Warum hatte er Angst? Elsa hatte sich für ihn entschieden.

Die Kellnerin brachte den Tee und Heiko Mering bestellte einen Kaffee bei ihr.

Als die junge Frau den Tisch verlassen hatte, fragte Jo: „Wieso möchten Sie mit mir sprechen?"

„Ich möchte Ihnen sagen, dass es mir wirklich leidtut. Ich habe mich daneben benommen an Frau Müllers Geburtstag. Sie können sich nicht vorstellen, wie mich Elsa gequält hat. Sie hat mich in den Wahnsinn getrieben, weil sie mir nichts gesagt hat. Obwohl ich dauernd nachgefragt habe. Sie hat immer nur gesagt: ‚Nein, Heiko, beruhige dich, es gibt keinen anderen Mann.' Es gab ja auch keinen anderen Mann. Und bald darauf habe ich herausgefunden, dass sie ständig mit Ihnen telefonierte. Und als wir uns bei Frau Müller trafen, da waren Sie wie ein rotes Tuch für mich."

„Warum erzählen Sie mir das alles?" Jo runzelte die Stirn.

„Elsa und ich sind seit dreizehn Jahren zusammen und wir hatten nie Affären. Als sie damit anfing, war ich so verletzt, dass ich mich gerächt habe. Hat sie Ihnen das nicht erzählt?" Auf seinem Hals bildeten sich rote Flecken.

Die Kellnerin brachte seinen Kaffee. Der Mann gab Zucker hinein, rührte um und trank einen Schluck.

Jo wartete einen Moment und sagte: „Nein, das hat sie mir nicht erzählt. Und das geht mich auch gar nichts an. Was wollen Sie von mir?"

„Nehmen Sie meine Entschuldigung an?", fragte er und drückte die Zuckertüte zusammen.

Jo nickte und nippte an ihrem Pfefferminztee.

„Sie wissen, dass Elsa schwanger ist?"

„Sie hat es mir vor ein paar Tagen gesagt."

„Ich freue mich sehr, dass wir ein Kind bekommen", sagte er.

„Und deshalb haben Sie ihr ein Ultimatum gestellt, damit sie zu Ihnen zurückkommt?"

„Was heißt hier zurückkommt? Sie war nie weg."

„Wenn Sie meinen. Aber was wollen Sie von mir, Herr Mering? Was soll dieses Treffen? Ich gehe jetzt auf der Stelle, wenn Sie nicht endlich sagen, worum es Ihnen wirklich geht", sagte Jo und stand auf.

„Hat sie sich ... ich meine, hat sie sich wirklich von Ihnen getrennt?" Beherrscht legte er die Zuckertüte auf den Tisch und sah Jo in die Augen.

„Wenn das alles ist, was Sie von mir wissen wollen, dann kann ich Sie beruhigen", sagte Jo und verließ das Lokal. Draußen sagte sie der Kellnerin: „Der Herr zahlt für mich mit."

Seit zwanzig Minuten warteten sie an diesem Samstagmorgen vor dem Bootshaus in Seebruck auf den Verleiher, um das bestellte Kanu abzuholen. Noch vor einer Woche hatte Jo nichts von diesem Ausflug mit Hendrik wissen wollen und Jakob mehrmals aufgefordert, sie in Ruhe zu lassen. Aber dann hatte er sie gebeten, ihm zuliebe mitzukommen. Daraufhin konnte sie nicht mehr nein sagen und außerdem war es höchste Zeit für sie, wieder in ein Boot zu steigen. Sonst würde sie es nie mehr tun.

„Hendrik hat deine Augen und genau dieselbe Statur wie du. Ich würde gerne ein Foto von dir sehen, auf dem du so alt bist wie er. Suchst du mal eines raus?", fragte sie und beobachtete den Jungen, der auf dem Weg zur Toilette war.

Jakob setzte sich mit gekreuzten Beinen auf den Boden, schob seine Schirmmütze nach hinten und sagte leise: „Ich habe nie daran gezweifelt, dass er mein Sohn ist. Es ist nur sehr neu und ungewohnt, dass er auf einmal da ist."

„Auch dein Leben ist Veränderung, nicht nur meines." Jo zog ihm die Mütze vom Kopf und setzte sich neben ihn.

Jakob streckte die Beine nach vorne, legte den Oberkörper auf den Oberschenkeln ab und kam wieder hoch. „Hast du was von Alba gehört?"

„Nein, sie wollte vier Wochen Bedenkzeit. In zehn Tagen ist es so weit." Jo warf ihm seine Mütze zu und rieb sich die Augen. Die letzten Wochen waren wie nächtliches Fernsehflimmern an ihr vorbeigerauscht. Aufstehen, zur Arbeit gehen, spät nach Hause kommen, über den Friedhof laufen, grübeln, schlecht träumen und wenig schlafen. Am nächsten Morgen ging alles von vorne los.

„Hast du mit Elsa gesprochen?", fragte der Freund.

„Bitte verschone mich mit der Frau Doktor. Frieda nervt mich auch schon damit, dass sie uns zusammen einladen will."

„Frieda weiß es noch gar nicht?"

„Von mir nicht. Soll Elsa es ihr sagen." Jo öffnete den Packsack, suchte die Tube mit der Sonnencreme heraus und begann, sich das Gesicht und die Arme einzucremen.

„Was für ein Zustand", sagte Jakob und fächelte sich mit seiner Mütze Luft zu.

Jo verteilte weiter Sonnencreme auf ihrer Haut und schwieg.

„Ist schon gut. Keine Antwort ist auch eine Antwort", sagte der Freund, nahm ihr die Tube aus der Hand und rieb ihr den Nacken und die Schultern ein. Dann legte er die Hände auf ihre Schultern, schob sie nach unten und fing an, sie zu massieren. „Meine Güte, bist du verspannt. Hast du Schmerzen?"

„Wundert dich das?", seufzte Jo und richtete sich auf. Erst waren ihr die Berührungen unangenehm, aber nach einer Weile fing sie an, sich zu entspannen.

„Ich könnte dir Übungen zeigen", sagte Jakob, knetete fester und erreichte allmählich die tieferen, verklebten Muskelschichten.

„Nicht so fest bitte. Du quälst mich auch."

„Es wird gleich besser."

Als Hendrik zurückkam, setzte er sich ihnen gegenüber, beobachtete sie eine Weile und fragte: „Seid ihr ein Paar?"

„Das hätte ich dir gesagt. Wie kommst du denn darauf?" Jakob beendete die Massage, ließ aber die Hände auf Jos Schultern liegen.

„Sieht irgendwie so aus."

„Dein Vater und ich kennen uns seit einer Ewigkeit. Seit wir zusammen in Straubing in die Schule gegangen sind. Und manchmal habe ich mir tatsächlich gewünscht, dass wir zusammen wären", sagte Jo.

„Aber er mag doch Männer lieber."

„Ja, das stimmt. Trotzdem ist er mir sehr, sehr wichtig. Danke, das hat gut getan.“ Sie schob Jakobs Hände von ihren Schultern, streckte sich und cremte ihre Beine ein.

Der Freund kramte in seinem Packsack herum, warf einen Blick auf die Armbanduhr und sagte: „Wann kommt denn der Fahrer mit den Booten? Ich möchte losfahren. Heute wird es heiß.“

„Kann man in der Alz schwimmen?“, fragte Hendrik.

„Ja, das Wasser ist so weich wie im Chiemsee. Es ist eine sehr schöne Tour und gar nicht anstrengend“, antwortete Jakob und lächelte einer Frau zu, die zusammen mit ihren zwei halbwüchsigen Töchtern auf einer Bank saß und das Dreiergespann schon länger beobachtete.

Beim Bootshaus wartete eine Familie mit Zwillingen. Der Junge und das Mädchen waren ungefähr zehn und stritten sich lautstark darüber, wer welchen Platz im Boot einnehmen würde.

Jo gab die Sonnencreme an Jakob weiter. „Die armen Eltern. Die sehen schon müde aus, bevor es überhaupt losgeht. Wie man das im Doppelpack nur tagaus, tagein schafft.“

Hendrik wickelte einen Kaugummi aus, schob ihn in den Mund und zielte mit dem Papier auf seinen Vater. „Ich hätte gerne einen Bruder. Und ich will vorne sitzen. Da habe ich den besten Überblick.“

„Klar, und Jo packen wir in die Mitte. Da braucht sie keine Angst zu haben.“ Jakob grinste, verteilte großzügig Sonnencreme im Gesicht und auf den Armen und gab die Tube an seinen Sohn weiter.

„Ich dachte, du bist ein Profi“, sagte Hendrik überrascht.

„Profi. Wer sagt denn so etwas? Früher war ich im Verein und da sind wir viel auf der Donau unterwegs gewesen. Aber seit letztem Sommer war ich nicht mehr paddeln, weil ich in ein Unwetter gekommen bin und seitdem keine Lust mehr hatte.“

„Du brauchst dich nicht zu fürchten. Das ist nur ein kleiner Fluss. Man kann leicht ans Ufer schwimmen." Der Junge wickelte einen Kaugummi zu zwei Dritteln aus dem Papier und reichte ihn ihr.

Dankend nahm sie den Streifen entgegen und schob ihn in den Mund. Hendrik war süß und altklug. Mit seinen blauen Augen, dem blonden Schopf und den viel zu weiten Hosen sah er wirklich aus wie eine jüngere Ausgabe von Jakob. Es war erstaunlich, wie schnell sich die beiden nah gekommen waren. Als wäre es nie anders gewesen.

„Bitte denk an die Sonnencreme. Du holst dir sonst einen Sonnenbrand", mahnte er.

Der Junge protestierte, klatschte sich aber doch eine Portion Creme auf Arme und Beine und verteilte sie. Als er fertig war, rangelte er mit seinem Vater, der sich gutmütig auf die Balgerei einließ und nach einer Weile um Gnade bettelte.

Endlich fuhr der Kombi mit dem großen Bootsanhänger vor und alle Wartenden drängten sich um den Fahrer. Jakob schraubte den Deckel auf die Sonnencreme und packte zusammen.

Als der Bootsverleiher fast alle Boote ausgegeben hatte, kam er auf sie zu, nahm seinen Strohhut ab und wischte sich mit einem Stofftaschentuch den Schweiß von der Stirn. „Grüß Gott. Haben Sie den Dreier bestellt? Es tut mir leid, dass ich es nicht pünktlich geschafft habe. Aber das Auf- und Abladen hat heute länger gedauert. Es ist viel los."

Vater und Sohn holten das Boot vom Anhänger und trugen es zum Ufer. Jo folgte ihnen mit dem Gepäck und fühlte sich so unwohl, dass sie am liebsten im Schatten sitzen geblieben wäre.

Jakob verteilte Paddel und Schwimmwesten, gab dem Jungen eine kleine Einführung und verstaute die Packsäcke im Boot.

„Wenn das mal gut geht", sagte sie leise, zog die Weste an und nahm das Paddel in die Hand.

„Du wirst begeistert sein. Die Alz hat nur eine leichte Strömung und sie ist nicht tief. Man sieht bis zum Grund. Das ist ein Klacks für dich. Und wir können schwimmen und wieder ins Boot steigen. Das ist ideal für einen heißen Tag wie heute. Es wird dir gefallen. Und ich habe ein wunderbares Picknick vorbereitet."

„Der Wetterbericht war nicht eindeutig", sagte sie.

„Heute hält es. Außerdem sind wir sofort am Ufer, wenn irgendetwas sein sollte."

Hendrik fing die Mütze auf, die sein Vater ihm zuwarf, tappte von einem Fuß auf den andern und hielt sein Paddel hoch. „Warum braucht ihr denn so lange?"

„Nur keine Hektik. Ruhe ist das oberste Prinzip auf dem Wasser. Mütze auf den Kopf, bitte. Und sitzt deine Schwimmweste richtig? Gut, Hendrik, du steigst als Erster ein. Du bist der Motor und bestimmst das Tempo. Jo sitzt in der Mitte. Und ich bin hinten. Ich bin der Steuermann und lenke, sonst niemand", sagte Jakob.

Die beiden Erwachsenen ließen das Boot zu Wasser und hielten es fest, bis der Junge auf seinem Platz saß. Dann kam Jo an die Reihe. Ihr Magen zog sich zu einem Knoten zusammen, aber sie setzte sich schnell in die Mitte, nahm das Paddel und stabilisierte das Boot.

„Da hinten, da mündet die Alz in den Chiemsee. Da müssen wir hin. Alles klar?" Der Freund stieg ein und deutete nach links zur Flussmündung.

Auf dem See wimmelte es an diesem Juliwochenende nur so von Ruder-, Tret-, Paddel- und Segelbooten. Anfang Juli war Hochsaison. Hendrik holte begeistert mit dem Paddel aus und lenkte kräftig mit, so wie es die meisten Anfänger auf seiner Position erst einmal taten. Obwohl sie im Zickzack am Ufer entlangfuhren, gelang es Jakob, den anderen Booten auszuweichen und seinem Sohn zu zeigen, wie man es richtig machte. Weil der

Junge schnell lernte, fuhren sie bald einigermaßen gerade und übten, wie man auswich, wendete und bremste.

„Beeilt euch mit euren Manövern. Da vorne ist das Ausflugsschiff aus Prien und das gibt ziemlich hohe Wellen, wenn man ihm zu nahe kommt", sagte Jo und machte Tempo.

Auf der Alz ließ sie die beiden anderen entscheiden, wenn es etwas zu entscheiden gab, paddelte im Rhythmus, den Hendrik vorgab, und starrte auf das Wasser. Wenn sie sich nicht immer wieder bewusst machte, dass das eine vollkommen harmlose Tour war, wäre sie in Panik ausgebrochen. Alte Traumfetzen stiegen auf und diese unerklärliche Angst vor dem Ertrinken rumorte in ihren Eingeweiden.

„Wie fühlst du dich in unserer Mitte?", fragte Jakob und reichte ihr die Wasserflasche nach vorne.

„Es geht so", sagte sie, trank und drehte sich nach hinten.

Jakob lächelte ihr aufmunternd zu. „Was haltet ihr davon, ein Lied zu singen? Macht ihr mit?", fragte er und fing an, in seinem klaren Bariton zu singen. „Jetzt fahr'n wir über'n See, über'n See, jetzt fahr'n wir über'n See. Mit einer hölzern' Wurzel, Wurzel, Wurzel, Wurzel."

Bei der zweiten Strophe setzte Jo ein und sogar Hendrik summte mit, bis der Kanon rund und voll klang.

„Das war gut", sagte sie, zog das Paddel durch das Wasser und fragte sich, wovor sie sich eigentlich fürchtete. Es war so schön wie früher, auf dem Fluss unterwegs zu sein. Hin und wieder mussten sie anderen Booten ausweichen, aber insgesamt war es friedlich. Die Sonne, der blaue Himmel und die weißen Sommerwolken spiegelten sich auf der Wasseroberfläche, die grünen Algenfäden tanzten in der Strömung und es gab nichts, was sie bedroht hätte.

Gemächlich paddelten sie durch die grüne Wiesenlandschaft, beobachteten die Schwalben beim Jagen und hingen ihren Gedanken nach.

Später drehte sich Hendrik zu ihnen um und fragte: „Wie war das mit dem Picknick? Außerdem möchte ich ins Wasser. Mir ist heiß."

„Mein Magen knurrt auch langsam. Heute Morgen konnte ich nichts essen", sagte Jo.

Sobald sie einen geeigneten Liegeplatz entdeckt hatten, steuerten sie das Ufer an und zogen das Boot an Land. Die Paddel sowie die Packsäcke nahmen sie mit auf die Wiese und ließen sich unter einer großen Weide nieder. Jakob wollte das Picknick in Ruhe auspacken und schickte die beiden ins Wasser.

„Los, schwimmen wir um die Wette. Bis ans andere Ufer", rief der Junge und legte los.

Jo ließ ihm ausreichend Vorsprung, so dass er haushoch gewann. Übermütig spritzte er ihr Wasser ins Gesicht und sagte noch ein wenig außer Atem: „Du bist in Ordnung. Ich hätte nichts dagegen, wenn du mit meinem Vater zusammen wärst."

„Danke. Das ist nett, dass du das sagst. In letzter Zeit habe ich so viele Fehler gemacht, dass mir das schon lange keiner mehr gesagt hat."

Der Junge sah sie nur an, wendete und schwamm mit schnellen Zügen zurück.

Jo ließ sich auf dem Rücken von der Strömung flussabwärts treiben und schloss die Augen. Ihr Körper machte die richtigen Bewegungen. Die Sonne schien ihr ins Gesicht, das Wasser war weich und frisch. Es war köstlich, sich abzukühlen. Alles war bestens. Trotzdem war sie unruhig. Schnell drehte sie sich auf den Bauch, legte das Gesicht mit geöffneten Augen auf das Wasser und sah bis auf den Grund hinab. Es gab klares Wasser, Algen, einige wenige kleine Fische und den Untergrund mit flachen Wasserpflanzen.

Früher hätte sie nie einen Gedanken daran verschwendet, was sich unter ihr befand, wenn sie auf oder im Wasser war, sie hatte sich einfach wohlgefühlt. Alba konnte das nie nachvollziehen, für sie musste es schon das warme Mittelmeer sein, damit sie freiwillig hineinging und ein wenig herumplantschte. Und ob es der Tierärztin auf einer Bootstour oder im Wasser gefallen hätte, hatte Jo nie herausgefunden.

Jetzt war es zu spät. In jeglicher Hinsicht. Selbst wenn sie noch zusammen gewesen wären, hätte Elsa das in ihrem Zustand sicher nicht mehr mitgemacht. Wahrscheinlich war sie eine von den extrem vorsichtigen Schwangeren, die sich selbst in Watte packten, damit ihrem Kind nichts passierte.

Jo ärgerte sich, dass ihre Gedanken schon wieder um ihre Beziehungsdramen kreisten, und schwamm mit kräftigen Zügen gegen die Strömung an. Trotzdem musste sie auf dem Rückweg eine Weile am Ufer entlanglaufen, bis sie den Lagerplatz auf der Wiese erreicht hatte. Schnell trocknete sie sich ab und setzte sich zu den beiden anderen ins Gras. Jakob hatte sogar an ein Tischtuch gedacht und ein köstliches Mittagessen aus den Packtaschen gezaubert.

Hendrik hatte schon ein Sandwich aufgegessen und spülte es mit einer Cola herunter. Als sie ihres ausgepackt und den ersten Bissen genommen hatte, fragte er: „Wieso siehst du denn so traurig aus?"

„Das hat mit zwei Frauen zu tun, die mir wichtig sind", sagte sie leise.

„Ich war auch eine Weile traurig, weil mir meine Mutter nicht sagen wollte, wer mein Vater ist."

„Und jetzt geht es dir besser?", fragte sie und nahm sich eine Olive.

„Ja. Weil ich jetzt eine Mutter und einen Vater habe. Und wie ist das mit deiner Familie, Jo?", fragte der Junge und machte sich über das zweite Sandwich her.

„Von außen gesehen ganz normal. Vater, Mutter, eine Großmutter, zwei Töchter. Aber gleichzeitig sehr kompliziert."

„Und was ist mit dem Großvater?", fragte Hendrik zwischen zwei Bissen.

Jo legte ihr Sandwich auf einer Serviette ab, sah Jakob an und warf mit einer Olive nach ihm. Der Freund wich aus, zuckte mit den Schultern und schälte weiter hart gekochte Eier.

„Mein Großvater ist jung gestorben. Ich habe ihn nie kennengelernt", sagte sie und zog ein Rucolablatt aus ihrem Sandwich.

„Was ist daran kompliziert?" Hendrik nahm sich eine Kirschtomate und schob sie sich in den Mund.

„Das ist eine gute Frage. Aber da gibt es einige ungeklärte Sachen in meiner Familie und das beschäftigt mich in letzter Zeit ziemlich."

„Du könntest endlich mal Tante Tilda besuchen und sie fragen. Ich hatte das Gefühl, dir würde sie mehr sagen als mir. Das wäre zumindest noch eine realistische Chance", sagte der Freund.

„Ich möchte jetzt nicht weiter darüber reden", erwiderte sie, nahm das Sandwich und biss hinein.

„Wenn Erwachsene das sagen, dann ist es wirklich ernst. Das habe ich schon verstanden", sagte der Junge und holte sich noch eine Tomate.

Jakob reichte die geschälten Eier herum. „Es ist immer schwer, die eigene Familie so zu nehmen, wie sie ist, und seinen eigenen Weg zu gehen. Da geht es uns allen gleich. Aber irgendwann ist jeder erwachsen und unabhängig und trifft seine eigenen Entscheidungen. Und hat seine eigenen Krisen."

Hendrik nahm sich ein Ei und fragte leise: „Jakob, erzählst du mir irgendwann, wie es bei dir war mit dem Erwachsenwerden?"

„Klar, ich erzähl dir alles, was dich interessiert." Er knuffte seinen Sohn in die Seite und reichte Jo ein kleines Glas mit Rotwein. „Esst, ihr Wasserratten. Ich habe so viel eingepackt, dass ihr mindestens dreimal so viel essen müsst wie sonst. Ich will das nicht mehr mit nach Hause nehmen."

„Du bist eh so dünn, Jo", sagte Hendrik, gab Salz auf das Ei und biss hinein.

„Das geht zu weit. Das darf nur meine Mutter sagen, aber die sagt es nicht mehr, weil sie selbst so viel abgenommen hat in letzter Zeit."

„War sie schon beim Arzt?", fragte Jakob und nahm sich ein Sandwich.

„Ich hoffe es."

„Meine Mutter sagt immer, dass sie das schon alleine hinkriegt. Dabei sehe ich es ihr an, wenn es ihr schlecht geht. Mir kann sie nichts vormachen", sagte der Junge.

„Vielleicht will sie dich nicht mit ihren Sorgen belasten." Jakob klopfte seinem Sohn auf den Arm.

„So ein Blödsinn, sie will auch immer wissen, wie es mir geht."

„Ach, weißt du, die Erwachsenen wissen oft nicht, wie sie es richtig machen sollen. Vor allem nicht, wenn sie in irgendwelchen Krisen stecken. Sie sind auch nur Menschen, die Fehler machen", sagte Jo und sah in die Weide hinauf.

Der Fluss spiegelte Lichtflecken auf die Unterseite der Weidenblätter. Der Wind raschelte in den Bäumen. Es roch nach Gras, Käse und Rotwein.

Jakob hob sein Rotweinglas und sagte: „Jetzt hören wir auf zu philosophieren und genießen das Picknick."

Jo prostete den beiden zu, trank einen kleinen Schluck und nahm einen großen Bissen von ihrem Sandwich. Der reife Pecorino, die Tomaten und der Rucola schmeckten wie ein heißer Sommertag in Italien.

23

Noch am selben Abend rief sie Jakobs Großtante an und bat um ein Treffen. Tante Tilda sagte, dass sie schon die ganze Zeit mit diesem Anruf gerechnet und am Sonntagnachmittag Zeit hätte. Jo war zu überrascht, um weiter nachzufragen, und bestätigte nur kurz, dass sie gegen zwei Uhr da sein würde.

In der Nacht gab es heftige Gewitter, die im Laufe des Morgens in Dauerregen übergingen. Als sie in München auf die Autobahn fuhr, war viel los und die Stau- und Unfallmeldungen im Radio nahmen kein Ende.

Hoffentlich hatte die Frau wirklich etwas zu sagen und lockte Jo nicht nach Straubing, weil ihr langweilig war oder weil sie sich nach Abwechslung sehnte. In dem Gespräch mit ihrem Großneffen Jakob hatte sie damals etwas von Gerüchten gesagt, war aber ausgewichen, genau wie die alte Nachbarin in Regensburg. Noch einmal brauchte sich dieses Spiel nicht zu wiederholen. Es war kompliziert genug, die Sache mit Elsa zu verdauen und auf Albas Anruf zu warten, ohne etwas tun zu können.

Die alte Dame wohnte im Westen der Stadt in einem geschmackvoll renovierten Altbau. Bei der Ankunft musterte sie Jo mit ihren hellwachen blauen Augen und führte den Gast in das Wohnzimmer. Ihr Dutt saß perfekt, ihr Gang war aufrecht und mit dem blau-weiß gestreiften Baumwollpullover und der blauen Stoffhose wirkte sie nicht, als wäre sie über achtzig.

Jo war als Jugendliche einige Male mit Jakob bei ihr zu Besuch gewesen, aber sie konnte sich kaum daran erinnern, nur dass die Großtante immer sehr korrekt und streng gewesen war. Als Erwachsener hatte der Freund darüber gelacht. Das wäre eben die Berufskrankheit, die sich im Laufe der vierzig Jahre als Lehrerin an der Mädchenrealschule entwickelt hatte.

Im Wohnzimmer standen helle Holzmöbel aus den sechziger Jahren und eine lindgrüne Couch. Hinter den Glasscheiben der großen Bücherschränke gab es Unmengen von Büchern und Bildbänden. An den Wänden hingen Aquarelle von Flusslandschaften.

Jo hatte sich vorgenommen, geduldig zu sein. Schließlich hatte Jakob sie am Abend vorher gewarnt. Die Großtante wäre ein schlauer Fuchs und sagte viel zwischen den Zeilen.

Als Tante Tilda den Tee auf einem kleinen Nierentisch servierte und Jo bat, auf der Couch Platz zu nehmen, bewunderte die junge Frau erst einmal die Fotos von Jakobs Neffen und all den anderen Kindern aus der Verwandtschaft. Dabei musste sie daran denken, wie sie Hendrik hier in Straubing aufnehmen würden. Es war nur eine Frage der Zeit, bis Jakob seinen Sohn mit zur Familie nehmen würde. Der Junge hatte schon danach gefragt.

Die alte Dame goss den Tee in hauchdünne chinesische Teetassen, deutete auf die Schale mit Teegebäck und sagte: „Johanna, ich war mir sicher, dass du bald vor meiner Tür stehen würdest, nachdem Jakob mich letzten Herbst nach deinem Großvater gefragt hatte."

„Bei mir war viel los, privat und in der Arbeit", sagte Jo und lehnte sich zurück.

„Wie bist du überhaupt darauf gekommen? Gab es irgendeinen Anlass? Oder war dir langweilig?"

So kurz wie möglich erzählte sie von ihrem Erlebnis in Finnland und von ihren Alpträumen. Die zähen Gespräche mit ihrer Mutter und das, was sie von Helene erfahren hatte, ließ sie außen vor.

Tante Tilda trank einen Schluck Tee, stellte vorsichtig ihre Tasse ab und zog ihren Pullover glatt. „Ich habe Jakob nicht die Wahrheit gesagt. Ich wollte nicht, dass diese alte Geschichte aufgewärmt wird. Aber nach seinem Besuch dachte ich viel darüber nach und nahm mir vor, es dir zu sagen, wenn du mich jemals persönlich danach fragen solltest."

„Jetzt bin ich da."

„Was hast du in der Zwischenzeit herausgefunden?", fragte die alte Dame.

„Leider keine schönen Dinge. Ich glaube, er war nicht besonders sympathisch, der Großvater."

„Ich habe nie verstanden, warum deine Großmutter ihn geheiratet hat."

„Sie kannten ihn?", fragte Jo.

„Gekannt wäre zu viel gesagt. Aber ich war oft in Regensburg zu Besuch und bin mit meinem Cousin auch bei deinen Großeltern gewesen."

„Großmutter war blutjung und schwanger. Anfang der fünfziger Jahre dürfte das gereicht haben, um einen Mann zu heiraten."

„Ich hätte mein Kind lieber allein aufgezogen." Die alte Dame presste die Lippen zusammen.

„Das sagt sich leicht. Aber es stimmt schon, da hätte sie sich und ihren Töchtern viel erspart. Und hinterher musste sie sich ja auch allein um sie kümmern."

„Deine Großmutter war eine sehr unglückliche Frau."

„Ja, das weiß ich. Aber ich habe nie verstanden, warum sie bis an ihr Lebensende so unglücklich geblieben ist. Ich meine, es lief doch gut in Straubing mit der Schneiderei. Und mit uns. Mein Vater war immer nett zu ihr, obwohl es sicher nicht leicht war, mit ihr unter einem Dach zu leben. Und nach so vielen Jahren kommt man mit so etwas doch wieder klar, vor allem, wenn der Mann eine Belastung war", sagte Jo.

„Das ist es ja, diese Belastung, die wurde deine Großmutter nie mehr los."

„Wie meinen Sie das?"

„Damals wohnte mein Cousin in derselben Straße wie deine Großeltern. Die ganze Stadt redete darüber, dass der sogenannte Unfall kein Unfall war", sagte Tante Tilda leise und nahm einen Schluck Tee.

„Eine alte Nachbarin, die Lebensmittelhändlerin, hat angedeutet, dass er Mädchen missbrauchte. Ich kann mir durchaus vorstellen, dass sich jemand an ihm rächen wollte."

„Ja, das wäre möglich. Aber damals hieß es in Regensburg – das erzählte mir auf jeden Fall mein Cousin –, es wäre jemand aus der Familie gewesen."

„Wen gab es denn da noch in der Verwandtschaft? Ich weiß ja nichts über die Zeit. Und warum sollte das jemand aus der Familie getan haben?", fragte Jo und runzelte die Stirn.

„Verzeih mir, wenn ich es direkt sage, Johanna, aber schließlich bist du gekommen, weil du es wissen willst."

Jo nickte. Ihr war wieder einmal übel geworden. Vielleicht war es jetzt endlich so weit.

„Die Regensburger munkelten, dass es deine Großmutter war."

„Meine Großmutter?"

„Ja, deine Großmutter Theresia. Und nach allem, was ich weiß und zusammenzählen kann, hatte sie genügend Gründe, diesen Mann loszuwerden", sagte die alte Dame und trank von ihrem Tee.

Jo fröstelte und zog den Reißverschluss ihres Kapuzenpullovers hoch. Großvater musste bald darauf gestorben sein, nachdem Großmutter herausgefunden hatte, was er seiner Tochter angetan hatte.

„Ich hätte nicht mehr darüber gesprochen, wenn Jakob nicht nachgefragt hätte und wenn du nicht gekommen wärst. Und ich bin froh, dass du es erst jetzt erfährst."

„Wieso das denn?", fragte die junge Frau.

„Weil Theresia tot ist. Sonst hättest du jetzt wirklich ein Problem. Mord verjährt schließlich nicht."

„Aber es sind doch nur Gerüchte. Oder fand die Polizei irgendetwas heraus?"

„Soweit ich weiß, stellten sie die Ermittlungen bald ein. Aber es war auffallend, dass deine Großmutter sofort aus Regensburg wegging", sagte die alte Dame.

„Weil sie nicht mehr an das erinnert werden wollte, was passiert war, nehme ich an."

„Richtig. Und wir können nicht mit hundertprozentiger Sicherheit sagen, dass sie es war. Aber auch nicht, dass sie es nicht war."

„Wem haben Sie das noch erzählt?" Jo ließ ihre Arme fallen und stützte sich auf der Couch ab.

„Ich habe lange nicht mehr darüber gesprochen. Warum hätte ich das tun sollen? Aber ich habe deine Großmutter die ganzen Jahre über beobachtet. Sie war immer misstrauisch und sehr bedacht darauf, wenig zu sprechen und sich nicht viel zu zeigen. Ich hatte die ganze Zeit über den Eindruck, dass sie etwas verbirgt. Sogar ihre Körperhaltung war geduckt."

„Ja, das stimmt. Ich hatte immer das Gefühl, dass sie sich selbst einsperrte. Glauben Sie, dass meine Mutter etwas weiß?"

„Walburga war ein Baby und wenn ich das richtig einschätze, sagte deine Großmutter kein Sterbenswort. Ich glaube, sie hat es mit ins Grab genommen", sagte Tante Tilda und deutete in Richtung Friedhof, der östlich von ihnen lag.

Jo sah aus dem Fenster. Es hatte zwar aufgehört zu regnen, aber der Himmel war grau und hing schwer über der Stadt. Ihr war immer noch schlecht. Sie atmete langsam ein und aus, um sich zu beruhigen. Alles sträubte sich in ihr, das Gerücht als Wahrheit zu akzeptieren.

„Möchtest du noch Tee?", fragte Jakobs Großtante.

Jo schüttelte den Kopf. „Es ist einfach nicht zu fassen, was da alles ans Tageslicht kommt, wenn man anfängt nachzufragen."

„Das kann ich nachvollziehen, Johanna, aber du hast den Stein ins Rollen gebracht und du wirst akzeptieren müssen, was dabei herauskommt. Und das braucht Zeit."

„Wen könnte man noch fragen? Haben Sie eine Idee?"

„Was ist mit dem alten Meier, eurem ehemaligen Hausmitbewohner? Der weiß doch sonst immer alles", sagte Tante Tilda abfällig.

„Das habe ich schon letzten Herbst versucht. Und den frage ich mit Sicherheit nicht noch einmal."

„Gibt es noch ältere Verwandte?"

„Noch eine oder zwei Cousinen in Viechtach. Aber mehr als Gerüchte werden die auch nicht kennen. Am besten ist es, ich erzähle es meiner Mutter, dann sehe ich, was passiert", sagte Jo.

„Bitte tu das nicht. Walburga sieht schlecht aus in letzter Zeit. Ich glaube, das ist jetzt kein guter Zeitpunkt. Sie tut mir leid, unter solchen Umständen aufzuwachsen, das stelle ich mir schwer vor."

„Tante Helene erzählte, dass meine Mutter Großmutters Liebling war."

„Du hast deine Tante getroffen? Sie ist doch seit vielen Jahren in Amerika. Wie geht es ihr? Sie war zwei oder drei Jahre lang bei mir in der Schule", sagte die alte Dame.

„Sie haben sie unterrichtet? Wie war sie?"

„Sie war ein lebhaftes Mädchen, sehr klug und schon früh selbstständig. Ich hatte sie in Deutsch und in Geografie."

„Haben Sie gewusst, dass sie nicht den besten Ruf hatte?"

„Ja, alle regten sich auf, weil sie mit den Straubinger Burschen unterwegs war. Aber ich hatte den Eindruck, dass sie wusste, was sie wollte, und dass sie sich nichts vormachen ließ. Und das bewies sie auch allen. So jung nach Amerika auszuwandern, das hat ihr hier keiner nachgemacht."

„Wir haben uns im Frühling in München getroffen. Sie hat ihren Sohn besucht, der zurzeit in Freiburg arbeitet", sagte Jo und dachte an Dan und ihr baldiges Wiedersehen. Immerhin war etwas Schönes bei der ganzen Sache herausgekommen; sie hatte ihren Cousin kennengelernt.

„Geht es ihr gut?"

„Im Großen und Ganzen schon. Aber sie hat mir schreckliche Dinge aus ihrer Kindheit erzählt."

„Wusste sie, was mit ihrem Vater war?", fragte Tante Tilda.

„Nein, sie war ja erst fünf. Großmutter hatte ihr erzählt, dass es ein Unfall war."

„Haben sich die beiden Schwestern eigentlich irgendwann wiedergesehen?"

Jo streckte den Rücken durch. „Ich habe sie beide mehrmals darum gebeten, aber sie haben es noch nicht getan."

„Wahrscheinlich brauchen sie Zeit, um sich an den Gedanken zu gewöhnen. Außerdem kann ich mir lebhaft vorstellen, dass du die beiden zusammenbringen wirst. Jakob sagte, dass du sehr hartnäckig sein kannst. Das hast du wahrscheinlich von deiner Tante." Die alte Dame lächelte und reichte ihr die Gebäckschale.

Jo nahm sich einen Keks und fragte: „Glauben Sie, dass es Sinn hätte, bei der Polizei nachzufragen?"

„Ich weiß es nicht. Aber die haben damals nichts herausgefunden, sonst hätte es einen Prozess gegeben. Was würde es für dich ändern, wenn du es mit hundertprozentiger Sicherheit wüsstest?"

„Ob meine Großmutter eine Mörderin ist oder nicht, das macht einen großen Unterschied. Finden Sie nicht?", fragte Jo und hätte beinahe den Keks in der Hand zerdrückt.

In der darauffolgenden Woche stand Elsa eines Abends mit einem Lächeln und mit weit ausgebreiteten Armen mitten auf dem Weg und sagte: „Ich wusste, dass ich dich irgendwann auf dem Nordfriedhof treffen würde."

Jo blieb stehen. Ihrer Ex schien es prächtig zu gehen. Die Haare waren kürzer, das Gesicht glatt und in ihrem hellen Seidentop und dem orangefarbenen Rock leuchtete sie wie damals, als sie sich zum ersten Mal gesehen hatten. Ihr Bauch war ein wenig runder geworden, aber auch das stand ihr hervorragend.

Jo verfluchte das Begehren, das sofort in ihrem Unterleib aufwachte. Anscheinend lag es immer bereit wie ein schlafendes

Tier und wartete nur darauf, sie zu quälen. „Es wäre leichter gewesen, mich anzurufen, als mir hier aufzulauern."

„Was heißt hier auflauern? Wieso hast du dich nie bei mir gemeldet?"

„Ich bin davon ausgegangen, dass wir uns nichts mehr zu sagen haben."

„Und ich habe gehofft, dass wir Freunde bleiben können", sagte Elsa und kam einen Schritt näher.

„Wie denkst du dir das? Dass wir zusammen dein und Heikos Kind im Kinderwagen durch den Park schieben?"

„Warum nicht? Bitte, ich möchte mit dir reden. Ich möchte verstehen, wie das alles gekommen ist. Ich mag dich wirklich."

„Wenn du verstehen willst, wieso du in eine Affäre mit mir geschlittert bist, mach eine Therapie bei deinem Mann", sagte Jo.

„Du bist unmöglich."

„Ist das so schwer zu begreifen? Ich begehre dich. Ich kann nicht so tun, als wären wir einfach nur Freundinnen." Jo fuhr sich durch die Haare und schwieg, bis eine Spaziergängerin an ihnen vorbeigegangen und außer Hörweite war.

„Bist du gar nicht neugierig auf die neue Elsa?"

„Nur weil du schwanger bist, bist du kein anderer Mensch. Mir tut es weh, dich zu sehen und dich nicht berühren zu dürfen. Ich kann das nicht."

„Bitte gib deinem Herzen einen Stoß. Interessiert es dich überhaupt nicht, wie das mit dem Baby wird?" Elsa legte die Hände auf ihren Bauch.

„Du bist mit Heiko zusammen. Vergiss das nicht", antwortete Jo und wollte weiterlaufen.

Aber Elsa hielt sie am Arm fest. „Warte. Sag mir noch, wie es dir geht."

„Es ging schon mal besser."

„Hast du dich wieder mit deiner Mutter gestritten?"

„Nein, aber ich bin mir in der Zwischenzeit relativ sicher, dass mein Großvater nicht bei einem Unfall gestorben ist."

„Manchmal habe ich Angst vor dir, wenn du so über deine Familie sprichst."

Jo stemmte die Hände in die Seiten. „Gibt es sonst noch etwas? Ich muss weiter."

„Deine Mutter wird ihre Gründe haben, warum sie davon nichts wissen will. Vielleicht ist es zu gefährlich für sie."

„Du kennst sie doch gar nicht. Ich muss jetzt los. Alles Gute für dich. Und das Baby. Leb wohl." Jo lief los und drehte sich nicht mehr um, obwohl Elsa ihr hinterherrief und sie bat zu warten.

Sollte die Frau sie an der Nase herumführen wollen wie einen trotteligen Verehrer, der nach der Pfeife seiner angebeteten Schönen tanzte, hatte sie sich getäuscht. Außerdem waren diese Freundschaftspläne vollkommen unrealistisch. Noch einmal erhöhte Jo das Tempo und ignorierte ihre schmerzenden Beinmuskeln. Es gab jetzt nichts Wichtigeres zu tun, als nach Hause zu laufen und zu duschen. Und es war höchste Zeit, ihr Leben wieder in die Hand zu nehmen, sich einen anderen Job zu suchen und neue Leute kennenzulernen.

Als sie die große Runde direkt an der Friedhofsmauer entlang beendet hatte und auf das Südtor zulief, fiel ihr ein großer Papierstreifen auf, der auf dem Eingangstor klebte. Vorhin hatte sie gar nicht bemerkt, dass es auf dem Nordfriedhof Kunst gab. Allmählich konnte sie die leuchtend roten Buchstaben entziffern. Da stand: „Fährst du mit mir nach Venedig?"

Jo bremste ab und las es noch einmal. Elsa hatte öfter davon gesprochen, zusammen nach Venedig zu fahren. Aber das konnte nicht sein. Das ging Jo nichts mehr an. Das hatte nichts mehr mit ihr zu tun. Und wenn das tatsächlich die Tierärztin gewesen sein sollte, hatte sie endgültig den Verstand verloren. Das konnte sie nicht ernst meinen. Fährst du mit mir nach Venedig. Jo wollte gerade weiterlaufen, als ihr jemand von hinten die Hand auf die Schulter legte.

„Bitte, bitte, Jo. Es tut mir leid, dass ich mich nicht bei dir gemeldet habe. Mir war die ganze Zeit schlecht. Ich habe es gerade noch geschafft, in der Praxis klarzukommen. Im OP war es grauenhaft. Diese ersten Wochen waren sehr schwierig. Ich hatte keine Kraft, mich mit dir auseinanderzusetzen. Aber es geht mir wieder besser. Lass uns wenigstens Freunde sein", sagte Elsa und strich Jo über den Arm.

„Diese Botschaft da, ist die von dir?", fragte Jo und schüttelte den Arm ab.

„Ich würde so gerne nach Venedig fahren. Das weißt du doch."

„Venedig? In die Stadt der Verliebten und der Hochzeitsreisenden? Und was sollen wir zwei da? Unsere Trennung feiern? Du hast dich getrennt und jetzt redest du von einer Reise nach Venedig. Das ist vollkommen daneben. Nimm Heiko mit nach Venedig, der begleitet dich sicher sehr gerne."

Elsa starrte sie aus schmalen Augen an. Ohne auf das junge Paar zu achten, das an ihnen vorbeiging, sagte sie laut: „Also gut. Jetzt weiß ich endgültig, woran ich bin. Aber eines muss ich dich noch fragen. Hast du wirklich mich gemeint? Mich? Eine Frau mit ihren guten und mit ihren schlechten Seiten? In wen hast du dich verliebt? In die, die ich bin? Oder in deine Vorstellung von einer perfekten Geliebten? In deine Fantasie von einer, die gar nicht aus Fleisch und Blut sein kann, sondern nur dazu da ist, deinem Ideal zu entsprechen? Hast du dir darüber schon mal Gedanken gemacht?"

Jo wich zurück und hielt dem Redeschwall stand, ohne etwas zu sagen. Dann ging die Tierärztin zum Eingang, riss den Papierstreifen mit beiden Händen herunter, zerknüllte ihn und ließ ihn fallen. Ohne ein weiteres Wort kehrte sie um, lief weiter, hielt nach einigen Metern kurz inne und schrie: „Melde dich endlich bei Frau Müller, sie macht sich Sorgen um dich."

Jo blieb wie angewurzelt stehen und starrte ihr nach. Ihrer stolzen Königin. Ihrer Ex-Königin. Es tat weh. Es war wie ein Geschwür, das ein wenig abgeheilt war und wieder aufplatzte. Deshalb durften sie sich nicht mehr wiedersehen. Weil die Wunde sonst nie heilen würde.

Sobald Elsa außer Sicht war, kam Jo wieder in Bewegung. Das war alles nur ein schlechter Traum, aus dem sie gleich aufwachen und feststellen würde, dass sie nur geträumt hatte. Immerhin funktionierten ihre Muskeln noch. Schnell lief sie durch den einsetzenden Regen nach Hause, riss sich die Kleider vom Leib und duschte, bis sie die oberste Schicht ihres Kummers abgewaschen hatte.

Am nächsten Tag saß sie im Verlag an ihrem Schreibtisch und legte den Ausdruck der Statistik, an der sie die letzten zwei Stunden gearbeitet hatte, zur Seite. Seit dem Morgen hatte sie ihre E-Mails nicht mehr überprüft. Aber es gab immer noch keine Nachricht von Alba. Obwohl die Zeit längst um war, hatte sie sich noch nicht gemeldet. Und bei ihrer Mutter war in den letzten Tagen niemand an den Apparat gegangen.

Es war zum Verzweifeln. Jo klickte auf die Seite mit dem Wetter. Seit Wochen glühte ein dunkelrotes Hoch über Italien. Bei der Hitze musste Rom ein Hexenkessel sein. Entweder schwitzte sich Alba dort zu Tode oder sie war gar nicht mehr in der Stadt. Wenn sie nur endlich ein Lebenszeichen geben würde.

Schnell tippte sie die Telefonnummer von Albas Mutter ein, die sie inzwischen auswendig wusste. Da auch dieses Mal wieder nur der Anrufbeantworter anging, bat sie dringend um Rückruf. Notfalls würde sie Alba in Italien suchen.

Am besten wäre es, wenn sie sofort losfahren würde. Während sie überlegte, wie das gehen könnte, fragte eine dunkle Stimme hinter ihr: „In was sind Sie denn da vertieft, Frau Richter?"

Jo drehte sich um. Frau Kreise schob ihre Brille nach unten und sah neugierig auf den Bildschirm.

„Das ist das Italien-Wetter“, sagte Jo leise.

„Sind Sie schon so urlaubsreif?“, fragte die Chefin.

„Nein, aber hätten Sie einen Augenblick Zeit für mich?“

„Hier oder in meinem Büro?“

„Lieber in Ihrem Büro“, sagte Jo, machte die Wetterseite zu und stand auf. Die Zeit der Ungewissheit ging zu Ende, da konnte sie gleich alles auf den Tisch legen. Mit den neugierigen Blicken ihrer Kollegen im Rücken folgte sie der Chefin und dankte dem Himmel, dass Suse Morschitz gerade nicht an ihrem Platz war.

In ihrem Büro deutete Frau Kreise auf einen Stuhl und sagte: „Frau Richter, ich dachte, Sie hätten sich wieder stabilisiert. Was ist denn mit Ihnen los?“

„Es tut mir leid, aber es ist privat.“

„Das dachte ich mir. Letzten Herbst fiel mir schon auf, dass Sie nicht mehr so gut und konzentriert arbeiten wie früher. Ich dachte mir, dass Sie vielleicht krank sind oder jemand in Ihrer Familie krank ist. Ich weiß, das geht mich alles nichts an, aber vielleicht kann ich Ihnen irgendwie helfen.“

Jo sah der Kreise in die Augen und sagte: „Sie hatten recht mit Ihrer Vermutung. Es geht mir nicht gut. Ich habe große Probleme in meiner Beziehung. Ich hatte eine Affäre und jetzt ist meine Freundin in Italien und meldet sich nicht bei mir. Ich weiß nicht, wie es mit uns weitergeht. Außerdem bin ich dabei, ein Familiengeheimnis aufzudecken. Es könnte sein, dass meine Großmutter meinen Großvater ermordet hat.“ Sie holte noch weiter aus und erzählte von dem Erlebnis in Finnland, von den Alpträumen und ihren Gesprächen mit ihrer Mutter. Als sie fertig war, sagte sie: „Jetzt wissen Sie, was mit mir los ist.“

Die Chefin zog die Augenbrauen hoch. „Du liebe Güte, das ist aber viel auf einmal. Ich weiß auch nicht, was ich an Ihrer Stelle tun würde. Aber ich mache Ihnen einen Vorschlag. Nehmen Sie Urlaub, fahren Sie nach Italien und sprechen Sie mit Ihrer

Freundin. Das ist das Einzige, was Sie jetzt tun können. Hatten Sie nicht sowieso zwei Wochen im August beantragt?“

„Ja. Aber soll ich das nicht erst einmal mit meiner Vertretung abklären?“, fragte Jo überrascht.

„Ist Ihre Herbstproduktion unter Dach und Fach?“

„Das ist alles in der Herstellung.“

„Gut, dann schaffen die Kollegen das in den nächsten zwei Wochen. Aber die Statistik brauche ich noch, bevor Sie fahren.“ Die Chefin stand auf.

„Sie können sich darauf verlassen, Frau Kreise. Und danke für Ihre Unterstützung.“

„Eins noch, Frau Richter. Letzten Winter, als wir aneinandergerieten, da ging es mir auch nicht gut. Ich weiß also durchaus, wovon Sie sprechen. Klären Sie das mit Ihrer Freundin und erholen Sie sich im Süden. Hier wird das sowieso nichts mehr mit dem Sommer. Und danach arbeiten Sie wieder so gut wie früher.“

Jo gab ihr die Hand, verließ das Zimmer und ging zurück in das Büro. Während sie ihren Kollegen erzählte, was sie mit der Chefin besprochen hatte, kam die Sonne durch die Wolken. Und die Statistik lag noch am selben Abend auf Frau Kreises Schreibtisch.

24

In der letzten Juliwoche stieg Jo in Buonconvento aus dem Zug und bestellte in der Bahnhofsbar einen Cappuccino. Der Kaffee war stark und ihre Lebensgeister wachten allmählich auf.

Im Nachtzug nach Florenz war es heiß und stickig gewesen. Das Liegewagenabteil war bis auf den letzten Platz belegt und ihre Ohrstöpsel waren machtlos gewesen. Ein dicker Oberbayer, der in Rosenheim eingestiegen war, legte sich hin und schnarchte wie ein Bär, bis er in Bologna den Zug verließ. Außerdem war in den Nachbarabteilen eine Schulklasse untergebracht, die bis spät in die Nacht hinein feierte und sang.

Als endlich Ruhe einkehrte und der Zug früh morgens mit offenen Fenstern durch die langen Tunnel im Apennin fuhr, nahm der Druck auf die Ohren so zu, dass Jo davon aufwachte, sich verschwitzt auf der schmalen Liege hin und her wälzte und ihre Idee verfluchte, mit dem Liegewagen zu fahren.

Vor ein paar Tagen hatte sie endlich von Albas Mutter erfahren, dass ihre Tochter bei einer Freundin in der Toskana war. Jo rief daraufhin sofort bei Anna Maria an, hatte Alba am Apparat und flehte sie an, nach Hause zu kommen.

„Das hättest du dir vorher überlegen müssen", antwortete die Freundin und legte auf.

Beim nächsten Versuch sprang nur noch der Anrufbeantworter an. Erst kam eine kurze italienische Ansage, danach eine deutsche. Aber Jo erreichte niemanden mehr und beschloss, unangemeldet hinzufahren.

Im Bummelzug nach Siena sah sie aus dem Fenster und dachte ständig an den ersten gemeinsamen Urlaub mit Alba.

Vor zwei Jahren hatte die Freundin sie im Mai quer durch die Toskana gelotst und ihr lauter Leckerbissen vorgesetzt. Den tollsten Cappuccino, das cremigste *cornetto con crema* und die beste

Pasta. Die schönsten Marktplätze, den aussichtsreichsten Spaziergang in den Hügeln zum Sonnenuntergang und die wärmsten Schwefelquellen im Mondlicht. Den größten Pinienhain und die *cala violina,* den romantischen Strand mit dem singenden Sand und den Eichenwäldern, die bis an das Wasser reichten. Alba schenkte ihr nicht nur im Urlaub Leichtigkeit. Auch im Alltag erinnerte sie Jo oft daran, dass man nicht immer alles mit deutscher Gründlichkeit und Ernsthaftigkeit tun musste.

Sie starrte in die toskanischen Hügel und fragte sich zum wiederholten Mal, warum sie das alles, was sie mit Alba verband, so leichtsinnig aufs Spiel gesetzt hatte. Dieses verfluchte Begehren für die schöne Tierärztin hatte ihren Verstand schachmatt gesetzt. Niemals hätte sie so lange lügen dürfen.

Hoffentlich war die Freundin zu Hause. Vormittags ging sie oft einkaufen und trank im Ort einen Kaffee, bevor sie sich zurückzog. Obwohl sie in Rom aufgewachsen war, vertrug sie die Hitze nicht gut. Da mussten sich die Gene ihres deutschen Vaters durchgesetzt haben.

Jo nahm einen Bissen von ihrem *panino*, weil sie endlich in die Gänge kommen musste. Aber bei der Vorstellung, gleich ihrer Freundin gegenüberzustehen, verging ihr der Appetit auf das *tramezzino* mit Thunfisch und Kapern.

Zum Laufen war es auf den schattenlosen Staubstraßen schon um halb elf zu heiß. Es waren bestimmt fünf oder sechs Kilometer bis zu Anna Marias Haus hinauf. Aber Alba anzurufen und zu sagen: ‚Ich bin unten im Ort, könntest du mich bitte abholen?', kam auch nicht in Frage.

Es gab doch diesen Radverleih in Buonconvento. Dann könnte sie hinauffahren, das Rad am Tor abstellen und *buongiorno* rufen, bis eine aus dem Haus käme. Aber wenn Anna Maria ihren Hund noch hatte, würde es mit der Überraschung wohl nichts werden. Pluto bellte schon, wenn sich jemand dem Grundstück nur näherte.

Jo trank ihren Cappuccino aus, holte noch schnell eine Flasche Wasser aus der Kühltheke und bezahlte, ehe die drei italienischen Geschäftsleute, die gerade zur Tür hereinkamen, die Barfrau in Beschlag nehmen würden.

Draußen blendete sie das südliche Licht dermaßen, dass sie erst einmal ihre Sonnenbrille aus dem Rucksack holte, ehe sie sich zum Zentrum aufmachte. Im Ort waren die Italienerinnen mit ihren Einkaufstaschen unterwegs und unterhielten sich im Stehen miteinander. Die alten Männer saßen wie eh und je vor der Bar am Marktplatz und hielten einen Plausch im Schatten. Jo nickte ihnen zu und überquerte die Kreuzung in Richtung Murlo.

Den Fahrradladen mit dem Verleih gab es glücklicherweise noch. Grüßend betrat sie die kleine Werkstatt und versuchte, auf Italienisch zu erklären, was sie wollte. Ein Fahrrad, um auf den löchrigen Staubstraßen in die Hügel zu fahren. Keine dieser dünn bereiften Rennmaschinen, mit denen die Italiener über die Straßen sausten.

Der ältere Fahrradhändler ließ einen toskanischen Wortschwall los, den sie ganz und gar nicht verstand, sah sie von oben bis unten an und holte ein Mountainbike aus dem hinteren Teil der Werkstatt. Nachdem er den Sattel hochgestellt hatte, gab er ihr gestikulierend zu verstehen, dass sie ausprobieren sollte, ob es passte.

Jo stieg auf, drehte eine Runde bis zum Ortsende und kam zurück. Mit dem Daumen nach oben erklärte sie ihm, dass sie das Rad zwei Tage leihen wollte. Schließlich wusste sie nicht, wie lange sie da oben bleiben würde. Es konnte auch sein, dass Alba sie sofort wegschicken würde. Jo rechnete mit allem. Sie bezahlte, schnallte ihren Rucksack um und fuhr los. Auf der Straße nach Murlo brannte ihr die Sonne so heiß auf den Nacken, dass sie den Kragen ihres Poloshirts aufstellen musste. Wie hatte sie nur die Sonnencreme vergessen können?

Der Ombrone war Ende Juli zu einem kleinen, bräunlichen Rinnsal vertrocknet. Die Getreidefelder waren alle abgeerntet, große Strohballen lagen auf den Stoppelfeldern, einige Äcker waren bereits umgepflügt.

Auf der Staubstraße freute sie sich über jeden kleinen Schattenfleck, den die Pinien am Wegrand warfen. Als sie an dem großen, alten Gutshof vorbeifuhr, stützte sich ein Gärtner auf seine Hacke, hob den Strohhut und wischte sich das Gesicht ab. Hoffentlich würde er bald Siesta machen. Für die Feldarbeit war es im Hochsommer schon am späten Vormittag viel zu heiß.

„Hier fährt im Juli oder im August kein Mensch mit dem Fahrrad durch die Gegend. Wenn du Radfahrer siehst, können das nur Deutsche, Holländer oder Engländer sein", hatte ihr Alba damals erklärt und schallend gelacht.

Auch Jo wischte sich den Schweiß von der Stirn und bog an der Kreuzung nach rechts ab. Es ging an den Bahngleisen weiter. Da war sie vorhin mit dem Zug entlanggekommen und jetzt fuhr sie den Weg zurück. Ob es einen Weg zurück zu Alba gäbe, das würde sich herausstellen.

Jo hielt an, um etwas zu trinken. Hier gab es eine Stelle, von der man das alte Gehöft zwischen den Hügeln sehen konnte. Leider hatte sie kein Glück. Oder das Haus versteckte sich vor ihr. Wahrscheinlich war es keine gute Idee gewesen, einfach so herzukommen. Aber es war auch zu spät, um umzukehren. Die aufmunternden Worte ihrer Chefin kamen ihr in den Sinn und sie nahm sich vor, wenigstens dieses eine Mal kein Feigling zu sein.

Das Motorengeräusch, das sie schon eine Weile im Ohr hatte, kam näher. Und es dauerte nicht lange, bis ein kleiner, roter Fiat 500 mit Karacho an ihr vorbeizog und sie in eine Staubwolke einhüllte. Hustend und fluchend hielt sie noch einmal an und trank Wasser.

In dem Weiler am Fuße des Hügels, auf dem Anna Marias Haus stand, war kein Mensch zu sehen. Nur dürre Katzen lungerten im Schatten der Häuser herum und ein kleiner Mischling rannte kläffend am Gartenzaun auf und ab.

Am Ortsende wurde es steil. Diesen Hang würde sie heute nicht hochfahren. Damals war sie fit gewesen. Oft war sie schon vor dem Frühstück nach Buonconvento hinuntergeradelt, um Alba mit den leckeren *cornetti con crema* und einem Cappuccino wecken zu können.

Bis zur nächsten Kuppe schob sie das Rad und plötzlich tauchte das Bauernhaus auf. Ihr Herz klopfte. Der Hof war leer, das Auto weg. Keiner war zu Hause. Aber der Hund schlug an. Kurz darauf entdeckte sie eine Person, die in dem kleinen Garten an der Südseite des Hauses gearbeitet haben musste, so plötzlich, wie sie aus dem Nichts auftauchte. Die Frau schirmte die Augen mit der Hand ab und beobachte, was auf dem Feldweg unten passierte.

Jo starrte hinauf. Ihr Puls hämmerte. Alba. Das musste Alba sein. Anna Maria war viel größer.

Die letzten Meter fuhr sie mit dem Fahrrad hoch, stellte es atemlos unter der Pinie ab und wischte sich mit einem Taschentuch über das Gesicht.

Der Hund lief bellend am Zaun entlang. Alba rief ihn zu sich, hielt ihn am Halsband fest und kam zum Tor. „Ich dachte schon, das ist eine Fata Morgana. Was machst du denn hier? Einen Gang nach Canossa?"

„Nein, ich bin ein armer Pilger und bitte um ein Glas Wasser."

„Und dafür kommst du hier hoch?"

„Hier geht der Pilgerpfad lang. Oder habe ich mich verlaufen?" Jo deutete auf das Schild mit der Jakobsmuschel, das an der alten Pinie hing, und stellte ihren Rucksack ab. „Ist Anna Maria gar nicht da?"

„Sie ist ein paar Tage in die Abruzzen gefahren, Freunde besuchen. Ich hüte Haus und Hof."

„Und Pluto." Jo lächelte. Eigentlich war er zum Fürchten, der große, schwarze Mischling mit der hellen Schnauze, aber er war lammfromm.

Alba öffnete das Tor. Als Jo das Fahrrad in den Hof hineinschob, schnüffelte Pluto an ihr herum und gab ihr einen freundschaftlichen Schubs mit der feuchten Schnauze.

„Wenigstens freut sich einer, dass ich da bin", murmelte Jo.

„Ist es aus zwischen dir und dieser Frau?"

„Ja. Können wir zwei miteinander reden?"

„Dafür bist du neunhundert Kilometer gefahren?", fragte Alba mit schmalen Lippen.

„Wir müssen reden. Und neunhundert Kilometer sind neunhundert Kilometer, in jede Richtung. Keine Angst, die bin ich nicht mit dem Rad gefahren, das habe ich nur unten im Ort ausgeliehen. Kann ich es hier unterstellen?" Jo zeigte auf das breite Vordach, das sich zwischen Haus und Scheune befand.

„Certo", antwortete Alba und ging weiter zum Eingangsbereich.

Jo warf einen Blick ins Tal. Bei aller Anspannung war sie doch erleichtert, dass sie endlich da war. Frau Kreise sei Dank. Länger hätte sie es nicht mehr aufschieben können. Eine Schwalbe flog im Tiefflug über ihren Kopf und verschwand im Kuhstall. In den Akazien summten die Bienen. Unten im Tal flirrte die Mittagshitze über den Dächern. Es war still hier oben. Dann hörte Jo nur ihren eigenen Herzschlag und spürte, wie ihr der Schweiß herunterlief.

Alba wartete an der Außentreppe, die in die Wohnung im ersten Stock hinaufführte, und sagte: „Anna Maria wird nicht entzückt sein, wenn sie dich hier antrifft."

„Wieso? Seid ihr zusammen?"

„Haben wir nicht beide das gleiche Recht? Wieso darfst du dich monatelang mit dieser Frau treffen, während ich die treue Ehefrau sein soll?"

„Da kann ich ja gleich wieder fahren", erwiderte Jo.

„Ich bin nicht mit Anna Maria im Bett gewesen. Warum hätte ich das tun sollen? Aus Rache?"

„Ihr wart immerhin schon mal ein Paar."

„Das ist ewig her. Du mit deinen seltsamen Vorstellungen. Man muss nicht miteinander schlafen, um sich nah zu sein." Alba ging nach oben.

Jo folgte ihr. Natürlich war sie verletzt, aber musste sie gleich so zynisch sein. Mit einem höflichen *permesso* betrat Jo die Wohnküche. Die Freundin setzte sich mit versteinerter Miene an den großen Küchentisch und sagte kein Wort.

„Bitte, Alba, versprich mir eines: Spiel nicht das arme Opfer. Das passt nicht zu dir."

„Solange wir uns in diesem Stück befinden, gibt es leider nur zwei Rollen, Frau Don Juan. Einer betrügt und der andere wird betrogen. Du kannst dir nicht vorstellen, wie wütend ich auf dich war. Ich wollte dich nie, nie mehr wiedersehen."

„Genau so sah es auch aus bei uns zu Hause."

„Ich hätte am liebsten noch viel mehr kaputt gemacht." Alba holte mit der Hand aus und tat so, als würde sie gleich einen Teller auf den Boden werfen.

„Darauf wäre es auch nicht mehr angekommen. Und vielleicht hätte es dich wenigstens richtig erleichtert." Jo machte einen Schritt zur Seite, weil Pluto hereinkam, zu Alba lief und sich an ihre Beine drückte.

„Du musst nachsehen, was hier los ist, mein Großer. Wir streiten uns. Ich weiß, du magst das nicht. Die Menschen tun das manchmal. Du brauchst dich nicht zu fürchten, Süßer, du bist der Beste", sagte sie leise, kraulte dem Hund die Ohren und klopfte ihm auf den Rücken. Dabei war ihr Gesichtsausdruck so zärtlich und weich, dass Jo die Tränen in die Augen stiegen.

Alba sah sie an. „*Madonnina*, warum musste das sein? Siehst du wenigstens ein, dass dich diese Frau nur benutzt hat?"

Jo kämpfte mit den Tränen und fragte: „Kann ich unter die Dusche? Ich bin vollkommen verschwitzt."

Die Freundin deutete in den hinteren Teil der Wohnung. „Nimm dir ein Handtuch. Du kennst dich aus."

Im Bad freute sich Jo auf kaltes Wasser, aber als sie den Hahn aufdrehte, kam es nur lauwarm aus der Leitung. Nachher würde sie sich einen Eimer Wasser aus dem Brunnen holen und ein Fußbad nehmen.

Im Haus war alles beim Alten geblieben. Die dunklen Holzbalken an der Decke knackten. Ansonsten war es still. Anna Marias Erzählungen zufolge musste das Leben auf dem Hof noch bis vor kurzer Zeit sehr arbeitsam, anstrengend und ärmlich gewesen sein. Im Sommer zerrte der heiße Wind aus Afrika an den Nerven, im Winter übernahm das der Nordwind aus dem Apennin.

Jo gab sich einen Ruck und stieg unter die Dusche. Sie durfte weder Alba noch sich selbst länger auf die Folter spannen. Es war nicht in Ordnung gewesen, es so lange zu verschweigen. Prüfungen hin, Prüfungen her. Jo wusch sich die Haare und trocknete sie nur leicht, damit sie nicht tropften. Das kühlte zumindest für kurze Zeit.

Alba saß am Tisch und schob sich ein Stück Wassermelone in den Mund. Auf dem Tisch standen eine Karaffe Wasser, zwei Gläser und ein Teller mit Obst. Jo nahm einen Stuhl und fuhr sich durch die nassen Haare.

Dann sahen sie sich in die Augen und schwiegen. Wie zwei Schauspielerinnen, die eine schwierige Szene spielen sollten und sich weigerten, die ganze Gefühlspalette aufzubieten, die das Stück von ihnen verlangte. Vielleicht war das Stück schlecht.

Oder sie hatten ihren Text nicht gelernt. Oder die Souffleuse stand nicht zur Verfügung. Oder sie waren schlechte Schauspielerinnen.

In der Küche wurde es von Augenblick zu Augenblick heißer.

„Wie lange bist du schon hier oben?", fragte Jo, als sie das Schweigen nicht mehr aushielt.

„Ich war nur ein paar Tage in Rom."

„Hattest du nicht vor, nach der Prüfung länger bei deiner Mutter zu bleiben?"

„Ja, aber sie hat mich verrückt gemacht, weil sie in einer Tour auf mich eingeredet hat. Und natürlich hofft sie, dass ich jetzt einen Mann finde. Und das Schlimmste ist, dass ihre unerledigten Gefühle wieder an die Oberfläche gekommen sind. Sie ist die betrogene Ehefrau par excellence. Sie hat es meinem Vater immer noch nicht verziehen. Das konnte ich nicht mehr ertragen. Ich hätte ihr nichts davon erzählen sollen, aber ich war so durcheinander und so fertig. Und die Hitze in der Stadt. Es wäre besser gewesen, wenn ich gleich hierher gekommen wäre." Alba pulte mit einem spitzen Messer Melonenkerne aus dem rötlichen Fruchtfleisch.

„Es tut mir leid, ich habe mich wie ein Idiot benommen."

„Du hast ein halbes Jahr lang gebraucht, um mir das zu sagen. Kannst du dir vorstellen, wie sich das anfühlt?"

„Ich war feige. Ich habe mir vorgemacht, dass es wegen der Prüfungen ist. Es war Feigheit und Angst." Jo sah zum Fenster hinaus.

„Und was ist jetzt? Tut es dir wirklich leid? Und was willst du?"

„Spielt das denn überhaupt noch eine Rolle, was ich will? Wie ist es für dich?"

„Ich hätte erwartet, dass du weißt, was du willst, wenn du schon hierher kommst", sagte Alba leise.

„Bitte mach nicht denselben Fehler wie ich. Du siehst ja, wozu das führt, wenn man zu lange wartet. Das macht es nicht besser."

„Was willst du von mir?"

„Gib uns noch eine Chance, bitte. Es tut mir leid, ich weiß, dass das nicht fair war. Dass ich mich unmöglich benommen habe. Bitte, lass es uns noch einmal versuchen." Jo rieb ihre Handflächen aneinander und sah wieder aus dem Fenster.

Alba hatte vergessen, die Läden zu schließen. Die großen Strohballen hoben sich gegen den blauen Himmel ab. Die Sonne wanderte allmählich um die Hausecke.

Nach einer Weile räusperte sich die Freundin. „Ich weiß nicht, ich muss darüber nachdenken. Lass mir Zeit."

„Bitte Alba."

Die Freundin stand seufzend auf, schloss die Fensterläden und sagte leise: „Das ist eine schwierige Situation für mich. Du lügst mich ein halbes Jahr lang an, machst mir ein Geständnis und glaubst, alles wäre beim Alten."

„Das tu ich gar nicht. Bitte gib uns wenigstens noch eine Chance."

„Wenn ich das nicht täte, hätte ich dich gar nicht erst hereingelassen." Alba schickte Pluto, der immer noch neben ihrem Stuhl stand, auf seinen Platz im Flur.

„Und was sollen wir jetzt tun?", fragte Jo ratlos.

„Ich weiß es auch nicht. Vielleicht etwas, was uns beide auf den Boden zurückbringt. Diese ganzen aufgewirbelten Gefühle, die müssen sich setzen. So kann man keine Entscheidung treffen. Und mit leerem Magen auch nicht. Ich mache uns eine *pasta fresca*."

Jo nickte, obwohl ihr nicht nach Essen zumute war. Die Freundin beruhigte es immer, in Ausnahmesituationen alltägliche Dinge zu tun. Und in diesem Augenblick war das sicher für sie beide gut.

„Hast du das Basilikum draußen auf der Treppe gesehen? Hier schmeckt es viel besser als in Deutschland. Holst du mir eine Handvoll?", fragte Alba und setzte das Nudelwasser auf.

Unten im Hof erntete Jo die Blättchen so, wie die Freundin es ihr beigebracht hatte. Nur die, die sich oben an den Spitzen befanden, damit die Kräuter gut nachwachsen konnten. Den Menschen gelang das nicht so leicht wie den Pflanzen. Wenn sie sich von jemandem trennten, dauerte es meist sehr lange, bis es verheilt und nachgewachsen war. Die Krone der Schöpfung konnten sie wirklich nicht sein. Jo ließ ihren Blick noch einmal über das weite, goldbraun gefärbte Hügelland schweifen und ging zurück in die Küche.

Wie üblich übernahm Alba beim Kochen die Regie. Von außen betrachtet schien alles normal zu sein. Jo schnitt die Eiertomaten, die reif aussahen und süß schmeckten.

„Deine Pasta ist besser denn je", sagte sie, als sie beim Essen saßen.

„Du hast anscheinend nicht viel gegessen in letzter Zeit", sagte die Freundin und legte ihr noch eine Portion Nudeln auf den Teller.

Jo protestierte vergeblich und rollte weiter Spaghetti auf die Gabel.

Nach dem Essen räumte Alba die Teller ab und fragte: „Hättest du Lust auf einen Ausflug heute Abend?"

„Seit wann fährst du Fahrrad?"

„Wir fahren mit der Vespa. Was denkst du denn, wie ich ins Dorf komme, wenn Anna Maria mit dem Auto weg ist?"

„Und was ist mit Pluto?", fragte Jo.

„Der hütet das Haus. Das ist sein Job. Und jetzt machen wir Siesta, damit wir heute Abend fit sind."

Im Gästezimmer legte sich Jo aufs Bett und fiel umgehend in einen schweren, traumlosen Schlaf. Beim Aufwachen klebte das T-Shirt an ihrem Oberkörper und sie brauchte lange, bis sie wusste, wo sie war. Die geschlossenen Fensterläden ließen nur wenig Licht herein. Als sie Läden und Fenster geöffnet hatte, nahm ihr die glühende Nachmittagshitze den Atem.

Draußen im Hof holte sie kaltes Wasser aus dem Brunnen, setzte sich mit dem Eimer in den Schatten und nahm ein Fußbad. Verschlafen ließ sie ihren Blick über die Hügel und das Tal schweifen und versuchte, das endlose Kreisen ihrer Gedanken gar nicht erst aufkommen zu lassen.

Am frühen Abend servierte die Freundin Eis und Espresso auf dem kleinen Gartentisch unter der Pinie, fütterte den Hund und ging mit ihm eine Runde über die Felder. Dann brachen sie auf.

Anna Marias rote Vespa war Jo schon immer unheimlich gewesen. Alba musste ihr versprechen, besonders vorsichtig zu fahren, denn auf den Staubstraßen konnte dieses Gefährt leicht wegrutschen. Und auf den geteerten Straßen waren sie mit dieser kleinen Maschine nicht mehr als ein lästiges Hindernis für die temperamentvollen italienischen Autofahrer und die ungeduldigen Touristen mit den deutschen und holländischen Nummernschildern.

Im schrägen Abendlicht entfalteten die Hügel ihren vollen Zauber mit den goldgelben Stoppelfeldern, den rotbraunen Äckern und den gelbgrünen Maisfeldern, die um diese Tageszeit bewässert wurden. Die Türme von Montalcino leuchteten in der Abendsonne. Jo entspannte sich, weil sie abgelenkt war und weil Alba langsam genug fuhr.

In Buonconvento herrschte reges Treiben. Die Einheimischen gingen ihren Besorgungen nach und plauderten miteinander, während die Touristen einen letzten Cappuccino oder einen Aperitif tranken und die Italiener bei ihren Alltagsbeschäftigungen beobachteten. Für einen Moment schmiegte sich Jo an Albas Rücken. Hoffentlich würden sie beide irgendwann wieder so unbeschwert miteinander sein wie all diese Paare, die Hand in Hand durch den Ort schlenderten.

Die Stunden vor dem Abendessen hatten im Süden einen besonderen Reiz. Jo liebte das große Aufatmen, das um diese Tageszeit durch die Städte und Dörfer ging. Endlich konnten die Menschen ihre Fensterläden und Fenster öffnen, die Häuser verlassen und sich im Freien aufhalten. Es war zwar noch sehr warm, weil sich die Hitze des Tages gespeichert hatte, aber je schwächer die Sonne schien, desto munterer wurden die Menschen.

Alba fuhr über die Bahngleise aus dem Ort hinaus in die Hügel hinauf. Was sie da oben wollten, war Jo schleierhaft. Aber als sie Albas Arm drückte, reagierte die Freundin nicht und gab einfach nur Gas.

Auf der kurvigen Strecke wurden sie etliche Male von Autofahrern überholt, bis Alba endlich in einem Weiler, der auf halber Höhe lag, nach unten in einen steilen Waldweg einbog und durch eine Zypressenallee wieder bergauf fuhr.

Da oben war die *Crete*. Dabei hätten sie auch zu Hause hinter dem Haus spazieren gehen und Pluto mitnehmen können. Der Gute hätte sich wahrscheinlich über einen zusätzlichen Abendspaziergang gefreut. Oben auf der Kuppe hielt Alba an, stellte den Motor aus und nahm den Helm ab.

„Was machen wir hier?", fragte Jo.

„Spazieren gehen." Die Freundin zurrte die Helme an der Vespa fest und packte die Nierengürtel in den Kasten hinter dem Rücksitz. Mit einer Flasche Wasser in der Hand stapfte sie los und nahm Jo an der Hand. „Komm schon. Ich will dir etwas zeigen."

Dass es hier im Frühling Knabenkräuter und andere Orchideen gab und dass der Ginster im Frühsommer weite Flächen in ein verführerisches, duftendes Gelb tauchte, das hatte Alba oft genug erzählt. Aber im Hochsommer war alles vertrocknet und verbrannt.

„Sieh dir diese Aussicht an", sagte Alba.

Jo drehte sich um. Es war traumhaft. Der Blick reichte von Montalcino zu ihrer Linken weit über das Tal hinaus bis zu den Türmen von Siena. Die Luft war klarer geworden. Unter ihnen breitete sich das Land mit seinen braunen, gelben und grünen Flecken aus wie auf den Gemälden der alten Meister im Museum.

Mitten zwischen den Dörfern, Strohfeldern und Olivenhainen lag Anna Marias Haus. Kein Wunder, dass Alba gerne hier war. Jo konnte ihr nur München und die verhassten Alpen bieten. Und eine Beziehung, durch die ein tiefer Riss ging.

„Es ist jedes Mal wie ein Wunder hier oben. Ich komme mir vor wie ein Adler, der über das Land fliegt und auf alles heruntersehen kann. Ich fühle mich so mächtig und gelassen und getragen." Alba breitete die Arme aus und lief voraus.

Jo blieb immer wieder stehen. Schräg unten lag das alte Kloster mit seinem Oliven- und Zypressenhain. Die Mönche produzierten das beste Olivenöl weit und breit. Unten im Tal des Ombrone schmiegten sich die Dörfer gut getarnt an die braune Erde. Und der kleine Ort auf der Kuppe lag wie ein Adlerhorst über den karstigen Abbrüchen der *Crete.*

Als sie Alba eingeholt hatte, sagte sie: „Danke, dass du mich hierher gebracht hast. Diese Blicke sind unbeschreiblich schön."

Nach einer kurzen gemeinsamen Strecke stellte sich die Freundin mitten auf eine vertrocknete Wiese, breitete die Arme aus und sagte: „Hier ist es."

Jo ging ein paar Schritte auf und ab und konnte nichts Besonderes entdecken. Vertrocknete Ginsterbüsche und braunes Gras bewegten sich in der Abendbrise. Zikaden übertrafen sich gegenseitig mit ihrem Gezirpe, ein Fasan unterhielt sich mit seinesgleichen und auf dem einsamen Bauernhof weiter hinten bellte ein Wachhund.

„Erinnerst du dich?", fragte Alba und beobachtete Jo argwöhnisch.

„Gibt es hier besonders viele Knabenkräuter? Da wuchs ein ganzer Ring mit diesen Orchideen, du hast mir ein Foto gezeigt. Oder hast du hier oben die vielen Stachelschweinstacheln gefunden?“

„Wir zwei waren hier schon mal.“

„Das weiß ich.“

Alba wartete und schüttelte den Kopf. „Es war klar. Ich wusste es die ganze Zeit.“

„Was meinst du denn, sag schon, bitte.“

„Hier oben hast du mir das erste Mal gesagt, dass du mich liebst.“

„O nein. Wie konnte ich das nur … ich meine, du weißt, dass ich nicht so romantisch bin wie du. Ich hab einfach nicht mehr daran gedacht. Das hat nichts damit zu tun, was ich für dich empfinde. Bitte, Alba.“ Jo streckte die Hand nach der Freundin aus.

„Ich weiß einfach nicht mehr, ob ich dir noch vertrauen kann, nach all dem, was passiert ist.“ Alba ließ die Arme hängen, drehte um und ging den Weg zurück.

Obwohl die Landschaft auf dem Rückweg in das rote Glühen der untergehenden Sonne getaucht war, nahm Jo nicht viel davon wahr. Ihre Augen brannten und der Kloß in ihrem Hals war so dick, dass es wehtat.

Die Heimfahrt dauerte ewig. Jo wagte es kaum, die Freundin zu berühren, aber auf der kurvigen Strecke musste sie sich festhalten. Als sie endlich zu Hause von der Vespa stiegen, verlor sie fast das Gleichgewicht, weil der Hund vor lauter Freude über ihre Rückkehr an ihr hochsprang.

„Ich muss allein sein“, sagte Alba, stellte die Vespa ab und verschwand mit Pluto hinter dem Haus.

Jo holte sich ein Glas Wasser und setzte sich auf die Gartenbank. Die Schwalben drehten ihre letzten Jagdrunden und zogen sich zwitschernd in den Stall zurück. Bald würden die ersten

Fledermäuse durch die Luft zischen. Als es dunkel war, gingen in dem kleinen Dorf auf der *Crete* drüben die Lichter an. Der Mond schob sich wie ein großer, orangefarbener Lampion über den Horizont und alles war so friedlich, dass es kaum auszuhalten war. Jo massierte ihre verspannten Schultern. Anscheinend machte sie wirklich alles falsch, was man falsch machen konnte.

Nach einer schlaflosen Nacht kam sie am frühen Morgen in die Küche. Es duftete nach Kaffee. Sie nahm sich eine Tasse und ging in den Hof hinunter. Dort saß Alba an dem kleinen Gartentisch unter der Pinie und schrieb Tagebuch. Pluto lag bei ihr, hob den Kopf und wedelte mit dem Schwanz. Mit einem leisen *buongiorno* sah Alba kurz hoch und beugte sich wieder über ihr Heft.

Jo ließ sich auf der Treppe nieder. Die Sonne stand wie ein roter Ball im Osten über der *Crete* und Montalcino hüllte sich im Gegenlicht in ein milchiges Blau. Unten im Tal lag noch ein wenig Dunst, aber die Schwalben flogen geschäftig hin und her. In der Feige beim Stall raschelte es. Vielleicht war dieser traumhaft schöne Morgen der letzte mit Alba. Der Kaffee war stark und bitter. Nach einer Weile stand Jo auf, brachte die leere Tasse in die Küche zurück und ging duschen.

In der Küche trafen sie sich wieder. Alba setzte gerade frischen Espresso auf und sagte: „Ich werde nicht nach Deutschland zurückgehen."

„Heißt das, du trennst dich von mir?"

„So wie es sich im Moment anfühlt, ja."

„Wusstest du das schon vorher?", fragte Jo und ließ sich auf einen Stuhl fallen.

„Wie vorher?"

„Bevor ich gekommen bin?"

„Nein. Es war gut, dass du gekommen bist. Es fällt mir nicht leicht, dich loszulassen. Aber so wie ich dich erlebe, ist es besser, wenn wir uns trennen. Ich war nicht wach genug, um zu sehen, was da passierte. Ich war so mit diesen Prüfungen beschäftigt, dass ich nichts mehr von dir mitgekriegt habe. Und mir ist in den letzten Wochen klar geworden, dass ich nur wegen dir in Deutschland geblieben wäre."

„Du wärst nur wegen mir geblieben? Wieso hast du nie etwas gesagt?", fragte Jo.

„Ich hatte immer Heimweh nach Italien. All die Jahre über. Die langen Winter und die kurzen Sommer sind zum Verrücktwerden. Und die deutsche Ernsthaftigkeit und diese ewige Grübelei gehen mir auf die Nerven. Das macht das Leben unnötig schwer."

„Und du willst uns gar keine Chance mehr geben?", fragte Jo.

„Damit wir uns beide weiter quälen?"

Jo sah aus dem Fenster. Ein Traktor fuhr auf dem Stoppelfeld herum, sammelte mit seiner großen Schaufel Strohballen ein und trug sie auf einem Haufen zusammen. Da draußen sorgte jemand dafür, dass das Leben weiterging. Ernten, pflügen, düngen, säen, wachsen lassen, ernten und so weiter. Als ein Strohballen von der Schaufel fiel, fragte Jo: „Ist das dein letztes Wort?"

Alba nickte, schraubte die Espressomaschine zu und stellte sie auf den Gasherd.

Nach langem Schweigen fragte Jo: „Was soll aus unserer Wohnung in München werden?"

„Ich hole meine Möbel, meine Sachen und die Pflanzen im August ab. Alles andere kannst du entscheiden. Du kannst bleiben oder kündigen. Wie du willst."

„Wenn das für dich schon alles so klar ist, hättest du es auch am Telefon mit mir besprechen können."

Alba legte sich die Hand auf das Herz. „Ich habe es mir nicht leicht gemacht. Ich weiß es erst seit heute Morgen. Ich habe heute Nacht nicht geschlafen. Vielleicht hätten wir beide an etwas festgehalten, was sowieso vorbei war, auch wenn das nicht mit dir und deiner Tierärztin passiert wäre. Ich bin mir jetzt sicher, dass ich in Italien leben möchte. Ich will auf all das hier nicht mehr verzichten. Hier sind meine Wurzeln, hier bin ich zu Hause. Und ich will mir hier eine Zukunft aufbauen. Du konntest dir ja nie vorstellen, mit mir hier zu leben."

„Vielleicht bedeuten wir uns noch etwas."

„Ja, das stimmt sogar. Und vielleicht sehen wir uns wieder, wenn wir das alles verdaut haben. Aber lass uns dieses Hin und Her beenden. Dann bin ich frei für das, was kommt. Und du kannst in aller Ruhe herausfinden, was dir wichtig ist."

Jo rieb sich die Augen und fühlte nichts.

Alba holte die röchelnde Espressomaschine vom Herd, schäumte Milch auf und stellte zwei Tassen mit Cappuccino auf den Tisch. „Wie bist du mit deiner Familiengeschichte weitergekommen?"

„Es gab damals ein Gerücht, dass es meine Großmutter gewesen sein soll."

„*Non è vero*! Das wollte uns die alte Frau also nicht sagen. Manche Geheimnisse sind so schrecklich, dass man sie besser nicht ans Tageslicht zerrt. Vielleicht wäre es besser, sie da zu lassen, wo sie sind."

„Wenn das aber nicht mehr funktioniert?", sagte Jo und trank ihren Cappuccino.

„Dann muss man es so nehmen, wie es kommt. Viel Glück dabei, Jo. Und danke für die schönen Zeiten. Danke für alles." Alba kam zu ihr, gab ihr einen Kuss auf den Mund und verließ die Küche.

Jo starrte auf die Tischplatte. Ihre Glieder waren schwer, am liebsten hätte sie sich auf der Stelle hingelegt, geschlafen und dafür gesorgt, nie mehr aufzuwachen. Nach einer Weile stand sie auf, packte ihre Sachen zusammen und verließ das Haus.

Alba war mit Pluto draußen unterwegs. Die beiden verschwanden gerade hinter der nächsten Hügelkuppe. Eine kleine Frau und ein großer schwarzer Hund. Jo fing an zu weinen.

Vergeblich suchte sie nach einem Taschentuch, fuhr sich über die Augen und erinnerte sich daran, dass sie Jakob eine SMS schreiben sollte, wenn sie nicht mehr weiterwusste. Schnell tippte sie: „Sie hat sich getrennt. Was soll ich tun?"

Das Handy kündigte seine prompte Antwort mit einem lauten Piepen an. „Nicht in Selbstmitleid versinken und sofort nach Hause kommen. Sag Bescheid. Ich bin da."

Der Weg in den Ort hinunter kam ihr unendlich lang vor. Unten bei den Bahngleisen sah sie noch einmal nach oben in die Hügel und entdeckte das alte Bauernhaus mit der großen Pinie auf Anhieb. Nach knapp vierundzwanzig Stunden war alles vorbei.

Ihr Bahnticket war erst für den Nachtzug am darauffolgenden Tag ausgestellt und in der Hochsaison war die Chance wahrscheinlich nicht groß, umbuchen zu können. Als sie das Fahrrad zurückgegeben hatte, trank sie in der Bahnhofsbar einen frisch gepressten Orangensaft und dachte nach. In Buonconvento würde sie auf gar keinen Fall bleiben.

Leider kam es tatsächlich so, wie sie befürchtet hatte. In Siena konnte sie weder das Bahnticket umtauschen noch ein bezahlbares Hotelzimmer für eine Nacht finden. Immerhin kam sie in Florenz für eine Nacht unter, kaufte einen billigen Reiseführer und zog lustlos durch die Stadt.

Alle Sehenswürdigkeiten, all die schönen Plätze, Kirchen und Museen lagen hinter einem grauen Schleier. Außerdem war es für alles viel zu heiß. Am Ende beschränkte sie sich darauf, in einem Straßencafé im Schatten zu sitzen und Touristen zu beobachten.

Endlich wurde es Zeit, zum Bahnhof zu gehen. Obwohl es im Nachtzug nach München genauso voll, eng und stickig war wie auf der Anreise, wurde sie mit jedem Kilometer zuversichtlicher. Wenigstens wusste sie noch, wo sie hingehörte.

25

Jakob holte sie vom Bahnhof ab und sie frühstückten bei ihm. Das heißt, er nötigte sie, ein halbes Brötchen zu essen und Kräutertee zu trinken. Gegen neun Uhr fuhr sie nach Hause, legte sich hin und schlief ein paar Stunden. Als sie sich nach dem Aufstehen die Zähne putzte, klingelte es. Schnell zog sie etwas über und warf einen Blick durch den Spion.

Ihre Mutter stand wie ein verloren gegangenes Kind vor der Tür und hielt sich an einem Blumenstrauß fest. Jo war schlagartig wach und öffnete die Wohnungstür. „Was machst du denn hier? Ich meine, wie bist du hergekommen? Das ist aber eine Überraschung."

„Ich muss dringend mit dir sprechen, Johanna. Die sind aus meinem Garten, die magst du doch so gerne." Walburga streckte ihr die Blumen entgegen.

„Du hast Glück, ich bin erst heute Morgen aus Italien zurückgekommen", sagte Jo. In der Küche arrangierte sie die dunkelroten Dahlien in Albas großer Glasvase und stellte sie auf den Tisch. „Nimm Platz. Was möchtest du trinken? Einen Kaffee?"

„Nein, Kaffee darf ich nicht mehr trinken."

Jo holte eine Karaffe mit Wasser und zwei Gläser. „Wie bist du überhaupt hergekommen? Mit dem Zug?"

„Dein Vater hat mich gefahren."

„Wieso ist er nicht mit hereingekommen?"

„Ich muss dir etwas mitteilen und das muss ich allein tun." Mutter verschränkte die Hände ineinander.

„Ist etwas mit den Mädchen?", fragte Jo erschrocken.

„Nein, nein. Denen geht es gut. Rebekka und deinem Schwager auch. Und von Vater soll ich dich grüßen. Ihr seht euch nachher, wenn er mich abholt."

„Ist etwas mit dir nicht in Ordnung?“ Jo sah ihre Mutter prüfend an, die noch dünner und durchsichtiger geworden war als beim letzten Mal.

Walburga trank einen Schluck Wasser und nickte.

„Bist du krank?“

„Ich habe Darmkrebs.“

„Mutter, das ist furchtbar“, sagte Jo leise.

„Am Montag gehe ich ins Krankenhaus. Und die Operation ist voraussichtlich am nächsten Mittwoch.“

„Hast du Schmerzen?“

„Es geht.“ Sie lächelte zaghaft.

Jo nahm Walburgas Hand, die auf dem Tisch lag, und drückte sie. „Seit wann weißt du es?“

„Seit Anfang der Woche.“

„Was sagen die Ärzte?“

Mutter zog ihre Hand zurück. „Sie wollen den Eingriff abwarten, danach können sie mehr sagen. Ich verstehe nicht, wie das alles gekommen ist. Seit Großmutters Tod ist alles aus dem Ruder gelaufen. Ich habe gespürt, dass irgendetwas nicht mit mir stimmt. Aber ich bin so lange nicht zum Arzt gegangen, weil ich davon überzeugt war, dass sich alles wieder einrenken wird.“

„Du meinst, als Großmutter noch lebte, war alles im Lot?“

„Zwei Monate nach ihrem Tod kamst du aus Finnland zurück und machtest einen großen Wirbel. Und seitdem ist nichts mehr, wie es war.“

Jo stand auf. „Das ist nicht meine Schuld.“

„Das habe ich auch nicht gesagt. Setz dich, Johanna, du wolltest wissen, was passiert ist. Ich weiß es jetzt, aber ich würde viel dafür geben, wenn ich es nicht wüsste.“

„Niemand zwingt dich, etwas zu sagen, was du nicht sagen willst.“ Jo ließ sich auf den Stuhl fallen.

„Es geht um deine Großeltern. Du weißt ja, dass deine Großmutter nie über den Tod ihres Mannes geredet hat. Sie sagte, es war ein Unfall. Warum hätte ich etwas anderes glauben sollen? Als sie tot war, kamst du mit deinen seltsamen Fragen zu mir. Das war zwar nicht das erste Mal, dass du seltsame Fragen gestellt hast, aber nach Mutters Tod warst du sehr hartnäckig. Ich wollte nichts damit zu tun haben. Als ihr Testament eröffnet wurde, lag ein Brief bei, der an mich adressiert war. Ich wollte nicht wissen, was sie mir schrieb. Sie redete nicht mit mir, als sie noch lebte. Und nach ihrem Tod wollte ich ihr nicht zuhören, weil ich keine Chance hatte, etwas dazu zu sagen. Das hätte ihr gepasst. Ich las den Brief nicht, aber ich habe ihn auch nicht weggeworfen."

„Du musst es dir nicht schwerer machen, als es ist. Vergiss diesen Brief. Lass die alten Geschichten alte Geschichten sein. Du musst dich um dich kümmern und herausfinden, was dir gut tut. Welche Behandlung für dich die beste ist. Wer dir helfen kann. Und mit welcher Therapie. Soll ich Jakob fragen? Der kennt sich mit alternativen Methoden aus. Vielleicht gibt es in München bessere Behandlungsmöglichkeiten als in Straubing. Du kannst bei mir wohnen." Jo stützte sich mit den Ellbogen auf den Tisch. Mit so etwas hatte sie nicht gerechnet.

„Wo ist Alba?", fragte Mutter und blickte sich in der Küche um, als hätte sich jemand hinter dem Kühlschrank oder hinter der Tür versteckt.

„In der Toskana."

„Gut. Das geht nur uns etwas an. Als ich erfuhr, dass ich ins Krankenhaus muss, habe ich den Brief gelesen. Und jetzt bist du dran, Johanna. Ich will, dass du Bescheid weißt, ehe ich operiert werde. Wer weiß, was bei so einer Operation alles passieren kann. Du wolltest die Wahrheit wissen. Also lies, was da steht." Ihre Mutter holte einen Briefumschlag aus ihrer Handtasche und legte mehrere gefaltete Briefbogen auf den Tisch.

„Sag mir, was sie geschrieben hat. Der Brief ist an dich gerichtet, nicht an mich. Ich habe kein Recht, ihn zu lesen." Jo schob den Brief zurück.

„Du wolltest wissen, was mit deinen Großeltern war. Da steht es schwarz auf weiß." Mutter drückte ihr den Brief in die Hand.

Jo faltete den ersten Bogen auf und begann zu lesen. Großmutter schrieb vom Sterben und wie schwer es ihr fiele. Und dass sie deshalb alles aufgeschrieben hätte, damit es dann vielleicht leichter ginge, wenn sie die Wahrheit gesagt hätte.

Sie machte damals die ganze Arbeit im Haushalt, versorgte die Mädchen und half in der Schneiderei. Und wenn Großvater betrunken war, übernahm sie auch noch seine Aufträge. Er war Alkoholiker gewesen, genau wie es die alte Nachbarin in Regensburg angedeutet hatte.

Jo überflog die ersten Absätze, hob den Kopf und sagte: „Was für eine katastrophale Ehe. Ich habe mir das schon gedacht, als ich das Hochzeitsfoto sah."

„Wieso kennst du das Hochzeitsfoto deiner Großeltern?" Walburga sah ihre Tochter aus schmalen Augen an.

„Vater hat mir das Fotoalbum gegeben, das bei euch auf dem Speicher war."

„Lies weiter", sagte Mutter nur und trank einen Schluck Wasser.

Jo beugte sich wieder über den Brief. Die Gerüchte, dass er sich schon früher an Mädchen vergangen hatte, hielt Großmutter zu Beginn ihrer Ehe für Verleumdungen. Aber nachdem er sie immer öfter nötigte, von ihm genähte Nachthemden anzuziehen, die sie vom Stoff und vom Schnitt her an die aus ihrer Kindheit erinnerten, wurde sie wachsam.

Als Jo die Seite erreichte, auf der stand, wie Großmutter vom sexuellen Missbrauch an ihrer ältesten Tochter erfuhr, wurde der jungen Frau schlecht. Sie legte den Brief auf den Tisch und sagte: „Helene hat es mir erzählt."

Ihre Mutter stellte das Glas auf den Tisch zurück und starrte ihre Tochter an. „Helene weiß es?"

„Sie kann sich nicht genau erinnern, was geschah, aber sie weiß von dem Missbrauch."

„Das arme Mädchen. Meine arme Schwester."

„Sie war sehr aufgewühlt, als sie es mir sagte. Und es hat sie sehr mitgenommen", sagte Jo.

„Weiß sie auch, was danach passiert ist?" Sie tippte auf den Brief und sah ihrer Tochter in die Augen.

„Hat sie es getan? Hat Großmutter ihn umgebracht?", fragte Jo.

Mutter nickte und wischte sich mit einem Taschentuch über die Stirn.

„Wie hat sie es getan?"

„Bitte lies weiter, es steht alles in dem Brief", sagte Mutter.

„Ich kann das nicht weiterlesen, mir ist schlecht."

„Ja, das verstehe ich, aber da steht die Wahrheit, nach der du die ganze Zeit gesucht hast."

Als die Tochter das lange Schweigen, das darauf folgte, nicht mehr aushielt, sagte sie: „Jakobs Großtante hat mir erzählt, dass die Regensburger damals behaupteten, seine Frau hätte es getan. Aber ich habe es nicht geglaubt, ich dachte, das wäre nur Gerede."

„Wahrscheinlich steht man unter Schock, wenn man so etwas erfährt." Mutter zerknüllte das Taschentuch in ihrer Hand.

„Wieso hat sie es getan? Wieso ist sie nicht zur Polizei gegangen? Sie hätte ihn anzeigen müssen. Auch wegen der anderen Kinder. Und sie hätte mit ihren Mädchen weggehen müssen. Ich meine, wieso hat sie ausgerechnet das getan?"

„Damals war das noch nicht so wie heute. Damals sprach man nicht über so etwas, auch wenn es genauso passiert ist. Heutzutage könnte man sich Hilfe von außen holen, aber deine Großmutter hat sich wahrscheinlich völlig allein gefühlt."

„Ja, das kann ich mir vorstellen. Es ist trotzdem schwer, das alles zu begreifen", sagte Jo. „Und es tut mir so leid für dich und für Helene. Und dass du es ausgerechnet jetzt erfahren hast, mit deiner Krankheit."

Mutter trank noch einen Schluck Wasser und sagte: „Wer weiß, wozu es gut ist? Ich habe keine Ahnung, wie es mit mir weitergeht, aber das habe ich wenigstens noch geschafft."

„Du bist sehr tapfer", sagte Jo.

„Was bleibt mir übrig? Als ich den Brief vor ein paar Tagen in die Hand nahm, war mir klar, dass da nichts Leichtes drinstehen würde."

„Mutter, bitte, ich bin sicher, dass deine Operation gut verläuft und du wieder gesund wirst."

„Wir wissen es nicht. Es ist nicht klar, wie das alles ausgehen wird", sagte Walburga leise.

„Aber du musst daran glauben, dass du es schaffst. Und wir helfen dir. Und wenn du wieder gesund bist, kannst du mit Helene sprechen."

Ihre Mutter zeigte auf den Brief. „Ich lass ihn dir da, dann kannst du ihn ganz lesen und Helene geben, wenn du sie das nächste Mal siehst."

„Ich glaube, es wäre besser, wenn du es ihr sagen würdest. Bitte ruf sie an. Bitte sprich mit ihr, ich kann dir ihre Telefonnummer geben."

„Hört das denn nie auf? Was muss ich denn noch alles tun, damit du Ruhe gibst?", stöhnte ihre Mutter.

„Bitte sprich mit deiner Schwester. Ich glaube, das wäre für euch beide wichtig."

„Johanna, du bist wirklich unglaublich hartnäckig."

„Helene soll genauso sein, sagt Jakobs Großtante. Aber eines habe ich nicht verstanden. Ganz am Anfang schrieb Großmutter, dass sie sich Sorgen machte, dass der alte Meier es dir sagen würde. Wieso das denn? Wieso wusste er es?", fragte Jo.

„Sie hatte sich ihm anvertraut und er erpresste sie jahrelang."

„Wie erpresst? Verlangte er Geld von ihr?"

„Nein, sie musste mit ihm schlafen, obwohl sie nicht mehr wollte. Die beiden waren eine Weile zusammen", sagte Mutter.

Jo schüttelte den Kopf. „Sie war mit diesem Mann zusammen? Und er erpresste sie? Ich wusste, dass mit dem etwas nicht stimmt, aber du hast ihm ja immer jedes Wort geglaubt."

„Ich wurde so erzogen, Johanna, ich habe alles geglaubt, was man mir erzählte. Sonst hätte ich das alles nicht überstanden. Wenn man unter solchen Umständen groß wird, kann man sich nur so schützen."

„Wie habt ihr zwei das nur geschafft?" Jo nahm Walburgas Hand zwischen ihre Hände und hielt sie fest. Und dieses Mal entzog sich ihre Mutter nicht mehr.

Eine Woche später fuhr Jo nach Straubing in die Klinik. Es tröstete sie, dass die Hügelketten des Bayerischen Waldes sichtbar waren. Als sie vom Parkplatz über die gepflegten Grünflächen zum Krankenhaus ging, fing es wieder an zu regnen. Unter den halbwüchsigen Laubbäumen standen hell lackierte Bänke, die an einem schönen Sommernachmittag sicher alle besetzt gewesen wären. Hoffentlich würde Mutter bald aufstehen und in den kleinen Park gehen können.

Im Foyer der Klinik herrschte viel Betrieb. Patienten gingen mit ihren Besuchern in das kleine Café im Erdgeschoss oder holten sich Getränke aus dem Automaten. Ein Arzt und ein Pfleger eilten durch die Halle. Der korrekt gekleidete Mann am Empfang telefonierte. Gleichzeitig beschwichtigte er mit den Händen einen Besucher, der eine Auskunft von ihm brauchte. Vor dem Tresen hatte sich bereits eine kleine Warteschlange gebildet. Wie gut, dass Rebekka ihr alles genau erklärt hatte. Jo entschied sich, zu Fuß zu gehen, weil schon einige Besucher auf den Lift warteten.

Im Vorraum der Chirurgie standen abgedeckte Krankenhausbetten. Es roch nach Desinfektionsmitteln und Angst. Auf der Station selbst begegnete sie einer Patientin, die mit einem Infusionsständer unterwegs war. Unter dem grellen Neonlicht wirkte die Frau so fahl, dass sich Jos Magen zusammenzog. Ein Pfleger saß im Stationszimmer und verteilte Tabletten. Er sah kurz auf, nickte und wandte sich wieder seinen Listen zu. Am Ende des langen Flurs wartete ihr Vater.

Schnell überholte sie einen jungen Mann mit Krücken und wäre fast mit einem Besucher zusammengestoßen, der aus einem der Zimmer kam. Als sie ihren Vater erreicht hatte, legte sie ihm die Hand auf die Schulter und fragte: „Was ist los?"

„Irgendetwas stimmt nicht mit dem Katheter. Sie haben mich hinausgeschickt."

„Wie geht es ihr?"

„Sie schläft die meiste Zeit. Ich sitze an ihrem Bett und wenn sie aufwacht, weiß ich nicht, was ich sagen soll", sagte er und rieb sich die Hände.

„Und wie geht es dir?"

„Wir dürfen die Hoffnung nicht aufgeben. Es muss wieder aufwärts gehen mit ihr."

„Was sagen die Ärzte?", fragte Jo.

„Heute hieß es, es gehe ihr den Umständen entsprechend gut, aber sie wissen nicht, ob sie noch einmal operieren müssen."

„Weiß sie das?"

„Ja, und sie ist erstaunlich ruhig. Das liegt wahrscheinlich an den Schmerzmitteln. Da kommen sicher noch andere Zeiten auf uns zu. Und wie ist es bei dir?", fragte er.

„Die Chefin ist sehr nett zu mir, seit ich ihr alles erzählte habe. Ich habe viel zu tun und unternehme abends manchmal etwas mit den Kollegen."

„Es ist ein Jammer, dass ihr euch getrennt habt."

Jo wusste nicht, was sie darauf antworten sollte, und war froh, dass die Tür aufging. Ein junger Arzt und eine ältere Krankenschwester kamen aus dem Zimmer. Die Schwester blieb bei ihnen stehen und sagte, dass sie nicht zu lange bleiben sollten.

Ihre Mutter lag mit geschlossenen Augen im Bett und war so bleich wie die Laken und das Krankenhausnachthemd, das sie trug. Auf der linken Seite versperrten der Infusionsständer und der Katheterbeutel den Zugang zu ihr, deshalb schob sich Jo an ihrem Vater vorbei, legte ihre Hand vorsichtig auf Walburgas und flüsterte: „Hallo, Mama, ich bin es, Johanna."

Sie öffnete die Augen und sah sie an. Jo strich ihr behutsam die verklebten Haare aus der Stirn und fragte, ob sie einen kalten Waschlappen holen sollte.

Walburga antwortete mit einem leisen, heiseren Ja und hatte die Augen schon wieder zu, als die Tochter aus dem Bad zurückkam und ihr das feuchte Tuch auf die Stirn legte. Jo nahm sich einen Stuhl, setzte sich neben ihren Vater und legte ihre Hand so neben Walburgas, dass sie sich ganz leicht berührten.

Ihre Mutter atmete schwer und war viel zu schwach, um mit ihnen zu reden. Außerdem war es nachvollziehbar, was ihr Vater gesagt hatte. Was konnten die Worte, die einem in dieser Situation auf den Lippen lagen, schon ausrichten? Du wirst sicher wieder gesund werden. Es wird dir bald besser gehen. Du brauchst dich nicht zu fürchten. Nicht vor den Schmerzen. Nicht vor der Einsamkeit in diesem Krankenzimmer. Nicht vor den langen, schlaflosen Nächten. Nicht vor dem Tod.

Vielleicht reichte es, einfach da zu sein. Jo beugte sich nach vorne, nahm den Waschlappen vorsichtig von Walburgas Stirn und legte ihn mit der kühlen Seite wieder zurück. Dann tätschelte sie den Arm ihres Vaters, lehnte sich zurück und sah aus dem Fenster.

Nach dem Besuch ihrer Mutter hatte sie den Brief viele Male gelesen und es war ihr plötzlich wie Schuppen von den Augen gefallen. Ihre Großmutter hatte sich mit dem, was sie getan hatte, hinter unzugänglichen Mauern verbarrikadiert. Walburga war mindestens genauso einsam wie ihre Mutter und vor allem war sie Zeit ihres Lebens mit einem schweren Eisenring an deren

Schweigemauern gekettet. Und weil sie nichts davon gewusst hatte, hatte sie sich auch nie befreien und ihr eigenes Leben führen können. Jo seufzte und ließ den Blick durch das Zimmer schweifen.

Ihre Mutter atmete wieder gleichmäßig und schien eingeschlafen zu sein. Über dem Bett hing ein Aquarellbild mit einer grünen Wiesenlandschaft, an der Wand gegenüber ein kleines Holzkreuz. Auf dem Tisch stand ein bunter Strauß Astern aus dem Garten. Ihr Vater saß zusammengesunken auf seinem Stuhl und döste vor sich hin. Die Luft war stickig und verbraucht.

Jo hätte gerne die Fenster geöffnet. Ihr war, als stünde die Gewalt, die es in ihrer Familie gegeben hatte, mitten in diesem Krankenzimmer. Mord, sexueller Missbrauch, Vergewaltigung. Dabei hatte sie immer geglaubt, dass das nur in Zeitungen, Filmen oder Krimis vorkam.

Auf einmal stöhnte ihre Mutter leise und zuckte mit der Hand. Ihr Vater schreckte hoch und sah sie besorgt an.

Jo stand auf und beugte sich über die Kranke. „Kann ich etwas für dich tun? Bitte sag Bescheid, wenn du den Arzt brauchst. Soll ich dir noch einmal einen kalten Waschlappen bringen?"

Walburga nickte, ohne die Augen zu öffnen. Als Jo aus dem Bad zurückkam, strich sie ihrer Mutter ganz leicht über die Wange und flüsterte: „Ich bin für dich da, wenn du mich brauchst."

26

In der letzten Augustwoche wartete Jo am Münchner Hauptbahnhof auf ihren Cousin. Der Intercityexpress hatte Verspätung. Am vereinbarten Treffpunkt beobachtete sie die Reisenden und fragte sich, was die Menschen um sie herum beschäftigte. Bei ihr war so viel passiert in letzter Zeit, dass sie sich nur positive Gedanken erlaubte.

Ihre Mutter war mittlerweile zu Hause und nicht mehr ganz so schwach wie direkt nach der Operation. Es schien aufwärts zu gehen.

Ihr eigenes persönliches Chaos lichtete sich allmählich. Nachdem sie sich entschieden hatte, in der Heßstraße zu bleiben, räumte sie mit Jakob Albas Sachen aus der Küche und dem Wohnzimmer und strich die Wände hellgelb. Zwar waren die Zimmer jetzt halb leer und es gab auch keine schönen Bilder mehr an den Wänden, aber das war alles besser, als ständig an Alba erinnert zu werden.

Die hatte vor ein paar Tagen in einer E-Mail angekündigt, dass sie Ende des Monats alles abholen würde. Ihr Zimmer würde das Gästezimmer werden und Jo ertappte sich dabei, wie sie sich Gedanken über die neue Einrichtung machte. Und beim Streichen war ihr aufgefallen, dass sie schon seit längerer Zeit nicht mehr so oft an Elsa dachte.

Jakob hatte sie mit neuen Wanderrouten und Bergtouren überrascht und so viele Terminvorschläge für September und Oktober gemacht wie noch nie. Auf ihre Frage, ob er denn noch genügend Zeit für seinen Sohn hätte, antwortete er, dass er seine Wochenendkurse reduziert und deshalb mehr Freiraum hätte.

Rebekka hatte angerufen und gefragt, ob ihre Töchter im September ein verlängertes Wochenende bei der Tante in München verbringen könnten. Die Mädchen hätten danach gefragt und bereits Pläne für die Großstadt geschmiedet. Jo freute sich und nahm sich vor, mit den beiden Möbel für das neue Gästezimmer zu kaufen.

Endlich fuhr der Intercityexpress ein und Jo hielt Ausschau nach Dan.

Bald kam er mit großen Schritten über den belebten Bahnsteig auf sie zu und umarmte sie. „Du solltest den Beruf wechseln, Cousine. Es ist unglaublich, was da ans Licht kam. Als Mutter mich anrief, war ich sprachlos. Aus diesem Stoff könnte man einen Film machen."

„Mir reicht das echte Leben, ich brauche keinen Film", sagte sie und nahm seine Tasche.

Beim Abendessen bat der Cousin bald um eine zweite Portion Lasagne und sagte: „Jetzt weiß ich endlich, warum meine Mutter nie mit mir deutsch sprach. Und warum ich als Jugendlicher nicht Deutsch lernen oder nach Deutschland fahren sollte. Das war für mich sehr verwirrend. Ich konnte auch nicht nachvollziehen, warum sie immer wieder depressiv war. Sie hatte doch alles, sie verstand sich gut mit Vater und ich war ein braver Junge. Ich fragte mich immer wieder, ob wir irgendetwas falsch machten und ob es ihr deshalb schlecht ging. Ich glaube, es ist wirklich gut, dass wir endlich die Wahrheit erfahren haben."

„Hoffentlich sehen das unsere Mütter auch so."

„Meine Mutter nahm es erstaunlich gut auf. Nach dem Telefongespräch mit Walburga war sie entsetzt und traurig und durcheinander. Aber das ist normal. Jetzt geht es ihr viel besser, weil sie das alles einordnen kann."

„Was kann sie besser einordnen?", fragte Jo und stocherte auf ihrem Teller herum.

„Warum ihre Mutter so kalt und abweisend war. Und warum es keinen Kontakt mehr gegeben hatte, als Helene in Amerika war. Vater sagte mir vorgestern am Telefon, dass sie sehr ruhig und gefasst sei. Aber ich bin trotzdem froh, dass ich bald nach Hause fliegen werde. Und wie geht es Walburga?"

„Sie ist seit ein paar Tagen daheim. Sobald sie stabil ist, kriegt sie eine Chemotherapie. Vater kümmert sich rührend um sie. Wenn du möchtest, können wir sie besuchen. Sie hat gesagt, dass sie dich gerne sehen will, wenn wir nicht zu lange bleiben."

„Ja, gerne. Und ich möchte auch auf den Friedhof", sagte Dan und aß weiter.

Jo sah ihm eine Weile zu und schob sich dann doch noch eine Gabel voll in den Mund. Der Cousin schien die ganze Sache gelassener zu sehen als sie.

„Und wie geht es dir?", fragte er, als sein Teller leer war.

„Wir sind alle sehr mit Mutter beschäftigt."

„Und mit dem Familiengeheimnis?"

„Manchmal glaube ich, dass ich mir das alles nur eingebildet habe. Aber wenn ich an den Brief denke, ist es wieder klar. Und die Alpträume sind vorbei", sagte sie.

„Und die Trennung von deiner Freundin?"

„Ich kann inzwischen nachvollziehen, warum sie sich so entschieden hat. Es ist kein Wunder, dass sie die Nase voll von mir hatte. Ich habe alles falsch gemacht."

„Wenn du den Tatsachen ins Gesicht siehst, wird der Schmerz schneller vergehen", sagte Dan und hob sein Rotweinglas.

Jo verzog das Gesicht und stieß mit ihm an. Von solchen Versprechungen hielt sie nicht viel, aber sie wusste, wie er es gemeint hatte. Jakob hätte so etwas auch sagen können. Vielleicht würden die beiden gut zusammenpassen. Wenn Dan nicht schon nächste Woche aus Deutschland weggehen würde, hätte sie die zwei sofort miteinander bekannt gemacht.

Am nächsten Vormittag fuhren sie zusammen nach Straubing. Je näher sie kamen, desto stiller wurde es im Auto. Der Cousin nahm alles in sich auf, was er von der Landschaft und den Dörfern sehen konnte. Ständig fragte er, wie dieser oder jener Ort hieß und ob seine Mutter dort schon einmal gewesen sein könnte. Jo erklärte ihm das Wenige, das sie wusste, drückte ihm eine Landkarte in die Hand und bemühte sich, konzentriert zu fahren.

Das erdige Braun der großen, umgepflügten Ackerflächen beherrschte den Gäuboden. Nur die Kartoffeln waren noch nicht abgeerntet und die Maisfelder, die Jo einen Stich versetzten, weil sie sie an ihren Besuch bei Alba erinnerten.

Als die ersten Berge zu sehen waren, zeigte Jo hinauf und sagte, dass ihre Großmutter dort auf die Welt gekommen war.

„Es sieht düster aus da oben“, sagte Dan.

„Früher waren sie sehr arm. Und die Landschaft ist immer noch rau und stellenweise sehr wild. Aber keine Sorge, manchmal scheint auch die Sonne.“

Im Haus der Richters bewegte der Cousin sich so normal, als wäre er schon öfter zu Besuch gewesen. Bei der Begrüßung sagte er zu Rudolf: „Ihr seid herzlich eingeladen, uns in Eugene zu besuchen. Meine Eltern würden sich sehr freuen.“

„In Amerika waren wir noch nie“, sagte Jos Vater leise.

„Die Westküste ist traumhaft. Am Pazifik kann man im Frühjahr und im Herbst Wale beobachten, es gibt weite, einsame Strände und im Landesinneren sogar richtig hohe Vulkane. Und wir haben viel Regen und Nebel in Oregon. Das wäre für euch wie zu Hause.“

„Das ist wahr. Aber Walburga muss erst gesund werden.“ Rudolf brachte den Besuch nach oben in den ersten Stock.

Ihre Mutter lag im Bett, richtete sich mithilfe ihres Mannes auf und sagte: „Falls du dich wunderst, Johanna, das Bett steht deshalb am Fenster, damit ich den Himmel sehen kann. Heute Nacht habe ich Sternschnuppen gesehen und mir etwas gewünscht. Und wenn mein Wunsch in Erfüllung geht, wird alles gut.“

„Hast du Schmerzen?“, fragte Jo und umarmte sie vorsichtig.

Ihre Mutter verneinte, aber als Jo ihren Vater ansah, wusste sie, dass es nicht ganz der Wahrheit entsprach.

Der Cousin lächelte und reichte der Tante die Hand. „Walburga, ich soll dich herzlich von meiner Mutter grüßen und dir ausrichten, dass du bald gesund werden musst, damit ihr uns besuchen könnt. Und dein Garten ist zauberhaft. Meine Mutter hat leider überhaupt keinen grünen Daumen. So sagt man doch, oder?"

„Normalerweise ist er um diese Jahreszeit noch viel schöner. Aber es hat alles verregnet. Das war der schlimmste August seit Jahren. In den Alpen war es besonders dramatisch. In Österreich, in der Schweiz und in Oberbayern gab es so viel Hochwasser, dass sogar Menschen ertrunken sind", sagte Rudolf.

Das Gespräch drehte sich so lange um die europäische Flutkatastrophe, bis Walburga sie unterbrach. „Wie geht es Helene? Ich bin immer noch ganz aufgeregt, wenn ich daran denke, dass wir miteinander telefoniert haben. Das könnt ihr euch nicht vorstellen. Ich hatte Angst, dass mir das Herz stehen bleibt. Erst habe ich ihr gesagt, was in dem Brief stand, dann waren wir still und danach haben wir zusammen geweint."

„Es geht ihr gut. Und es war sehr mutig von dir, den Brief zu lesen", sagte Dan.

„Ohne meine Tochter wäre es nie so weit gekommen."

„Dan fliegt in fünf Tagen nach Oregon zurück. Ist das nicht schade, wo wir ihn gerade erst gefunden haben?", fragte Jo und fuhr sich durch die Haare.

„Dann musst du ihn eben besuchen", sagte ihre Mutter.

„Du bist jederzeit herzlich bei uns willkommen. Auch bei mir in Quebec, sobald ich eine Wohnung gefunden habe."

„Das sind Aussichten. Da werden wir den Winter schon überstehen", sagte ihre Mutter und erkundigte sich nach Dans Arbeit an der Universität und seinem neuen Projekt in Kanada.

Nach einer Weile sah ihr Vater auf seine Armbanduhr und sagte mit seiner Lehrerstimme: „Ihr solltet bald gehen. Wir dürfen Walburga nicht überanstrengen."

Beim Abschied küsste Jo ihre Mutter auf die Wangen und versprach, am nächsten Wochenende wiederzukommen, um beim Hausputz und im Garten zu helfen.

Kurz darauf fuhr sie mit dem Cousin über die Donau in Richtung Stadtmitte und warf einen Blick nach unten. Wenn die Berechnungen der Behörden stimmten, würde der Fluss auch hier bald über die Ufer treten.

„Das wird noch ansteigen, wenn erst der ganze Regen aus den Alpen in der Donau gelandet ist. Hier haben sie übrigens Agnes Bernauer ertränkt", sagte sie und erzählte ihm die Geschichte.

„Gibt es bei euch auch noch andere Todesarten als Ertrinken?", fragte Dan und starrte aus dem Fenster.

„Sorry, aber das lernt man in Straubing im Heimatkundeunterricht", sagte sie und brachte ihn zum Friedhof.

Als sie zehn Minuten später vor dem Familiengrab standen, zeigte sie auf die Lebensdaten ihrer Großmutter, die seit ihrem letzten Besuch golden eingraviert worden waren.

„*Theresia Mayr. Geboren am 2.11.1930, gestorben am 15.6.2004.* Was war das für ein Leben", sagte der Cousin leise.

Jo bückte sich und sammelte verwelkte Lindenblüten und Blätter vom Grab. Hinter ihnen knirschten Schritte im Kies und als sie sich aufrichtete, sah sie den alten Meier auf sie zukommen.

Es dauerte nicht lange, bis er vor dem Grab stand, sich auf seinen Stock stützte und mit seiner knarzigen Altmännerstimme sagte: „Wen haben wir denn da. Da ist ja die junge Richter mit ihrem Freund. Was für eine Überraschung. Ich dachte schon, sie kommt gar nicht mehr nach Straubing."

Jo ließ das Laub fallen und schwieg.

„Und mit wem haben wir die Ehre?", fragte der Cousin.

„Ein ehemaliger Nachbar der Familie", sagte der Mann, kam noch einen Schritt näher und starrte sie unverfroren an.

„Das ist der alte Meier." Jo stemmte die Hände in die Seiten.

„Er ist wer?", fragte Dan verwirrt.

„Er erpresste Großmutter. Du weißt schon, womit", sagte sie laut und sah dem alten Mann dabei in die Augen.

Das erwartungsvolle Gesicht des Alten fiel von einer Sekunde auf die andere in sich zusammen. Er machte den Mund auf und wieder zu, drehte sich von ihnen weg und humpelte mit seinem Stock davon.

„Man könnte meinen, der Teufel wäre hinter ihm her." Jo ließ die Arme wieder fallen und sah ihm nach.

„Er hat nie im Leben damit gerechnet, dass das jemand erfährt", sagte der Cousin und schüttelte den Kopf.

Jo sammelte das Laub wieder ein und fragte: „Soll ich dir noch zeigen, wo Großmutters Schneiderei war?"

Als sie bald darauf in der Innenstadt vor dem Altbau standen, in dem ihre Großmutter vierzig Jahre genäht hatte, deutete Dan auf das große Fenster im Erdgeschoss. „Bisher war es für mich nur eine Geschichte, die lange zurückliegt. Aber wenn ich das hier sehe, wird es sehr konkret."

„Rebekka war manchmal hier, als ich noch klein war. Aber zwei Kinder waren Großmutter natürlich zu viel. Für mich war sie immer unberechenbar und ich habe ihr nie vertraut. Mit Mutter konnte ich leider nie darüber sprechen, aber jetzt weiß ich ja, warum das so war."

„Vielleicht kann ich nächsten Sommer wiederkommen und Helene mitbringen. Wir könnten mit den beiden durch den Ort gehen und sie fragen, an was sie sich erinnern."

„Hoffentlich ist meine Mutter nächsten Sommer gesund", sagte Jo leise und hakte sich bei ihm unter.

Im Auto fragte er, ob sie auf dem Rückweg über Regensburg fahren und auf die Steinerne Brücke gehen könnten. Jo hatte nichts dagegen und eine Dreiviertelstunde später stellten sie den Wagen in einem Regensburger Parkhaus ab. Zielstrebig lotste sie Dan durch die Altstadt zum Fluss hinunter.

Dort stießen sie auf rot-weiße Absperrungen. Schilder und Lampen warnten vor Hochwasser. Die Uferwege waren gesperrt. Feuerrote, mit Luft gefüllte Barrieren und graue Metallplatten schützten die Häuser, die direkt an der Donau lagen. Die Bäume standen mitten im Wasser, genau wie die Fundamente der alten mehrstöckigen Häuser auf einer kleinen Insel gegenüber. Auf die Steinerne Brücke konnten sie gehen. Viele Touristen und Schaulustige bestaunten von dort die braunen, reißenden Wassermassen und machten Fotos.

Jo zeigte auf eine zweite überflutete Insel. „Da unten vor den Weiden, da lagen die Regensburger im Juni im Gras. Wenn mich nicht alles täuscht, hat die Donau hier drei Arme, aber jetzt ist überall Land unter. Deshalb ist das alles so breit und reißend."

„Es ist gewaltig", sagte Dan ehrfürchtig und starrte auf das Wasser hinunter.

„In Passau kommt der Inn dazu, da ist es noch heftiger."

„Aber es würde schon reichen, hier hineinzufallen. Ich glaube nicht, dass man das überleben würde."

Jo trat einen Schritt von der Brückenmauer zurück. „Die Strudel sind auch schon bei normalem Wasserstand gefährlich genug. Und bei Hochwasser geht hier gar nichts mehr."

Dan wich einer Passantin aus, die direkt an der Brüstung entlangging, blieb neben der Cousine stehen und fragte: „Was sind Strudel?"

„Das sind diese spiralförmigen Wasserwirbel da unten. Es muss hier gewesen sein."

„Und wie?"

Jo deutete nach Norden und sagte leise: „Großmutter hat es im Brief ziemlich deutlich beschrieben. Ich habe es kaum ausgehalten, das zu lesen. Er war in Stadtamhof, im Spitalgarten. Sie wartete, bis er aus dem Gasthaus kam, und verfolgte ihn bis auf die Steinerne hinauf. Er war so betrunken, dass er kaum laufen konnte und sich bald übergeben musste. Da hat sie ihn über die Brüstung gestoßen."

Schweigend ging Dan zurück zur Brückenmauer und sah wieder auf den Fluss hinunter.

Jo ließ eine Touristengruppe vorbei und folgte ihm.

„Und dann? Was geschah dann?", fragte er und klopfte mit der Hand auf die Brüstung.

„Die Donau hatte viel Wasser, es war Schneeschmelze. Sie haben ihn nach ein paar Tagen gefunden. Weiter flussabwärts. Bald darauf stellte die Polizei die Untersuchungen ein und verkündete, dass es ein Unfall gewesen sein musste. Und Großmutter zog sofort mit den Mädchen zu ihrer Schwester nach Straubing."

„Und jetzt stehen wir beide fünfzig Jahre später genau an der Stelle", sagte Dan. Nach einer Weile sah er auf und zeigte auf die Häuser und Türme in der Altstadt. „Wenn das alles nicht passiert wäre, hätten wir bei den Großeltern Ferien machen können. Das hätte mir gefallen. Es ist schön hier."

„Vielleicht gäbe es dich gar nicht, wenn deine Mutter nicht nach Amerika gegangen wäre", sagte Jo und drehte sich um, weil sie italienische Stimmen hörte.

Auf der anderen Seite der Brücke stand ein Paar in ihrem Alter. Die Frau trug eine große Sonnenbrille, ein schwarzes Designerkleid und weiße Stiefeletten. Mehrmals deutete sie in Richtung Süden, fotografierte die Altstadt und redete gleichzeitig auf ihren Begleiter ein. Der Mann fuchtelte ihr mit dem Reiseführer vor dem Gesicht herum und verkündete laut, dass er zuerst auf der anderen Flussseite etwas essen wolle.

Jo drehte sich wieder um, rieb sich die Augen und seufzte. Alba war oft so laut und theatralisch gewesen wie ihre beiden Landsleute da drüben.

Dan sah sie von der Seite her an, kam einen Schritt näher und legte ihr die Hand auf die Schulter. „Kopf hoch, Cousine. Du bist eine interessante Frau und du hast das Herz an der richtigen Stelle. Sagt man das so? Und du wirst wieder jemanden treffen. Und wenn nicht, mach es wie ich. Bleib allein und genieße deine Freiheit. Außerdem wird es Zeit, dass du das jetzt alles hinter dir lässt."

Jo zog die Augenbrauen hoch. „Und wie soll ich das machen?"

„Lass es einfach los. Die Donau nimmt es mit." Dan lächelte und zeigte auf einen dicken Ast, der zwischen den Brückenpfeilern Donau abwärts trieb.

Danksagung

Mein Dank geht an alle, die mich unterstützt haben. Ohne euch wäre dieser Roman nie entstanden. Jim Baker, Regina Nössler und Ilona Bubeck danke ich ganz herzlich für die wunderbare Zusammenarbeit.

Beziehungsthriller!

Regina Nössler

Morgen ohne Gestern

Roman

ISBN: 978-3-89656-145-9

14,90 €

Christine hat ihr Leben vergessen. Eltern, Freunde, selbst ihre Lebensgefährtin sind ihr fremd. Eine Begegnung mit Eva bringt das Gefühl von Glück zurück. Ein Beziehungsthriller über die Suche nach wahren Gefühlen und sich selbst.

JEDE MENGE L-BÜCHER: WWW.QUERVERLAG.DE

„Ein Buch über die Liebe.
Die Liebe auf den zweiten Blick."
(Weltexpress)

Corinna Waffender
Flüchtig bleiben
Roman
ISBN: 978-3-89656-138-1
14,90 €

JEDE MENGE L-BÜCHER: WWW.QUERVERLAG.DE